南部を愛することを教えてくれた父に
そして、それを書くよう勧めてくれたビリー・ベネットに

開かれた瞳孔

おもな登場人物

サラ・リントン――――ジョージア州グラント郡検死官。小児科医
ジェフリー・トリヴァー――――サラの元夫。グラント郡警察署長
テッサ――――サラの妹
エディ、キャシー――――サラの両親
ジェブ・マグワイア――――サラのデート相手。薬局の店主
ヘアトン・アーンショー――――サラのいとこ。開業医
シビル・アダムズ――――大学教授
レナ・アダムズ――――シビルの双子の姉。刑事
ナン・トーマス――――シビルの恋人。図書館司書
ハンク・ノートン――――シビルとレナの伯父
リチャード・カーター――――大学院生
ジュリア・マシューズ――――大学生
ジェニー・プライス――――大学生。ジュリアのルームメイト
ライアン・ゴードン――――ジュリアのボーイフレンド
フランク・ウォレス――――刑事
マット・ホーガン――――刑事
ニック・シェルトン――――ジョージア州捜査局の捜査官
ジャック・アレン・ライト――――レイプ犯
バディ・コンフォード――――弁護士

月曜日

1

サラ・リントンは、椅子の背にもたれかかり、電話口で「ええ、ママ」と低い声でつぶやいていた。母の小言をちょうだいするにはもう歳を取りすぎているというときがいつか来るのだろうか、と考えた。

「ええ、ママ」サラはもう一度言い、ペンでこつこつとデスクを打った。顔が赤く染まり、耐えがたいほどのきまり悪さがこみ上げた。

オフィスのドアに軽いノックの音がして、ためらいがちに「ドクター・リントン?」と呼びかける声がした。

サラは安堵の気持ちを抑えた。「もう行かなくちゃ」電話に向かって言うと、母親は最後にもうひとつ小言を言ってから電話を切った。

ネリー・モーガンがドアを引き開け、厳しい目でサラの顔を見た。ネリーはハーツデイル児童診療所の事務長なのだが、サラにとっては秘書にいちばん近い存在だ。サラが記憶しているかぎりの昔、サラ自身がここの患者だったころから、ネリーはこの診療所を運営している。

ネリーが言った、「頬がまっ赤よ」

「たったいま母から怒鳴りつけられたところなの」

ネリーが片眉を上げた。「それなりの理由があるんだと思うけど」

「まあね」サラはその話は終わりにしたかった。

「ジミー・パウエルの検査結果が届いたわ」ネリーはサラを見据えたまま言った。「それから郵便も」そうつけ加えると、書類受けの未決書類の上に手紙の山をどさっと置いた。

新たに加わった重みでプラスティックがたわんだ。

サラはファクスを読みながらため息をついた。耳痛や扁桃腺炎の診断を下すだけの、楽な日もある。今日は、十二歳の少年の両親に息子さんは急性の骨髄性白血病だと伝えなければならない。

「良くないのね」ネリーは言い当てた。診療所での勤務が長いので、検査結果報告書の読みかたを知っているのだ。

「良くないわ」サラは認め、目をこすった。「とても悪いわ」椅子の背にもたれかかり、

「パウエル一家はディズニー・ワールドに行ってるのよね？」とたずねた。

「ジミーの誕生日のお祝いにね。今夜、戻ることになってるわ」

サラは悲しみに襲われた。こういうつらいニュースを伝える役目にはいまだに慣れてい

ない。

ネリーが「なんなら、彼らに会う予定を明日の朝一番にできるけど」と申し出た。

「ありがとう」サラは報告書をジミー・パウエルのカルテに挟んだ。壁の掛け時計に目をやり、はっきり聞こえるほど大きな音で息を呑んだ。「あの時計、合ってるの？」と言いながら、自分の腕時計で時刻を確認した。「テッサと一緒に昼食をする約束の時間を十五分過ぎてるわ」

ネリーは自分の腕時計を見た。「こんな遅い時刻に？　夕食の時間に近いわよ」

「こんな時間しか体があかないんだもの」言いながら、サラはカルテをかき集めた。手が書類受けに当たり、書類と重なりあったまま床に落ちて、プラスティック製のトレイにひびが入った。

「くそっ」サラは吐き捨てるように言った。

手を貸そうとするネリーを、サラは押しとどめた。自分の散らかしたものを他人にかたづけてもらうのがいやだからという理由だけではなく、ネリーがなんとかひざをついてかがむことができたとしても、かなりの助力なしでは二度と立ち上がれないように思えたからだ。

「大丈夫よ」サラは言い、書類の山をすくい上げるように取ってデスクに置いた。「ほかにもなにかあるの？」

ネリーはちらりと笑みを送った。「トリヴァー署長が三番の電話でお待ちよ」

サラは座り込んだまま不安に襲われた。彼女はこの町の小児科医と郡の検死官というふたつの仕事をこなしている。元夫のジェフリー・トリヴァーは郡の警察署長だ。彼が日中サラに電話をかけてくるのには理由がふたつしかないのだが、どちらの理由もあまり愉快なものではない。

悪いことは考えないことにして、サラは立ち上がって受話器を取った。「死人が出たのでなければ承知しないわよ」

ジェフリーの声がよく聞き取れないのは、携帯電話でかけているからだろう。「がっかりさせて悪いな」彼は言い、続けて文句を言った。「十分も待たされたぞ。緊急の用だったらどうするんだ?」

サラは書類の山をブリーフケースに突っ込み始めた。ジェフリーの電話は簡単にはサラにつながらない、というのが、この診療所の不文律だ。実のところ、ジェフリーから電話が入っているのをネリーが言い忘れなかったことに、サラは驚いていた。

「サラ?」

サラはドアに目をやり、つぶやいた。「さっさと出かけてればよかった」

「なんだって?」携帯電話のせいでジェフリーの声には少しばかりエコーがかかっている。

「緊急の用なら、あなたはかならずだれかをよこすって言ったのよ」サラはうそをついた。

「いまどこにいるの？」

「大学だ。〝保安官助手〟どもを待ってるんだ」

彼は、町の中心部にある州立大学、グラント工業技術大学の大学警備本部を指すふたりだけの隠語を使っていた。

サラはたずねた。「なんの用？」

「きみがどうしてるか知りたかっただけだ」

「元気よ」吐き捨てるように言い、書類をブリーフケースから引き出しながら、そもそもどうしてそこに入れたのかしらと考えた。数人のカルテにざっと目を通し、脇の仕切りに突っ込んだ。

「テスとの昼食に遅刻なの。用件はなに？」

ジェフリーは彼女のそっけない口調に驚いたようだった。「昨日きみが取り乱してる様子だったからさ。教会で」

「取り乱してなんかいなかったわ」ぼそぼそと言い返しながら郵便物を繰った。一枚の絵葉書を見て手が止まり、全身がこわばった。絵葉書の片面は、サラの出身校、アトランタにあるエモリー大学の写真だ。その裏面、児童診療所の彼女宛ての住所の横には、きちんとタイプされた字で〝なぜにわたしをお見捨てになったのですか？〟と記してあった。

「サラ？」

冷や汗が吹き出た。「もう行かなくちゃ」

「サラ、おれは――」

ジェフリーが言い終わらないうちにサラは電話を切り、その絵葉書と一緒に、あと三人分のカルテをブリーフケースに突っ込むと、だれにも見られることなく、そっと横手のドアから出た。

通りを歩くサラに陽光が降り注いだ。外気は朝とちがってひんやりしており、黒い雲が、夜には雨になると告げていた。

窓から小さな腕を垂らした赤いサンダーバードが前を通った。

「ヘイ、ドクター・リントン」子どもが叫んだ。

サラは手を振り、「ヘイ」と叫び返しながら通りを渡った。大学の前の芝生を横切りながらブリーフケースを持ち替えた。歩道に出ると右側を歩いてメイン通りに向かい、五分足らずで簡易レストランに着いた。

テッサは、ほかに客のいない簡易レストランの奥の壁際のボックス席に座ってハンバーガーを食べていた。気分を害しているようだ。

「遅れてごめん」言いながらサラは妹に歩み寄った。笑みを送ってみたが、テッサは笑顔を返してこなかった。

「二時って言ったじゃない。もう二時半近いわ」

「書類仕事があったのよ」サラは説明し、ブリーフケースを席に押し込んだ。テッサは父親と同じく水道修理工だ。排水管が詰まれば確かに笑いごとではすまないが、サラが日常事としているような緊急の電話が〈リントン・アンド・ドーターズ〉にかかってくることはめったにない。家族はサラの多忙な一日というのがどんなものか理解できないので、サラが遅刻すると決まって腹を立てる。

「二時にモルグへ電話したの」フライドポテトをかじりながらテッサが告げた。「いなかったじゃない」

サラはうなるような声を出して席につき、髪に手ぐしを通した。「診療所に戻ったらママから電話がかかってきたものだから、つい遅くなったのよ」そこで言葉を切り、口癖のようになっている言葉を口にした。「ごめんね。電話すればよかったわ」テッサが黙っているので、サラは続けて言った。「食事のあいだずっとそうやって怒っててもいいけど、怒るのをやめればチョコレート・クリーム・パイを一切れおごるわ」

「レッド・ヴェルヴェット・ケーキがいい」テッサは別の取引条件を出してきた。

「交渉成立ね」サラは大いに安堵した。怒っているのは母親だけで充分だ。

「電話で思い出したけど」テッサが切り出したので、質問を受ける前からサラには話の行く先が見えていた。「ジェフリーはなにか言ってきた？」

サラは立ち上がって片手を前のポケットに突っ込んだ。五ドル札を二枚、引っぱり出した。「診療所を出る直前に電話があったわ」

テッサが大声で笑い、その声が店内に響き渡った。「彼はなんて言ったの？」

「なにも言わないうちに切ってやったの」サラは言い、妹に金を渡した。

テッサは二枚の五ドル札をブルー・ジーンズのうしろポケットに押し込んだ。「で、ママが電話してきたって？　ずいぶんとご立腹だったわよ」

「わたしも自分にすごく腹が立ってるわ」離婚して二年になるのに、サラはいまだに元夫への思いを断ち切れずにいる。そのため、彼女の気持ちは、ジェフリー・トリヴァーに対する憎しみと自己嫌悪のあいだで揺れ動いていた。一日でいいから彼のことを考えない日、自分の人生に彼が立ち入ってこない日がほしかった。昨日も、今日と同じく、その日ではなかった。

復活祭は、彼女の母親にとって重要な日だ。サラはとりたてて信心深い人間ではないのだが、一年に一度だけ日曜日にパンティ・ストッキングをはくのは、キャシー・リントンの幸せに対するささやかな罪ほろぼしになっていた。サラは、ジェフリーが教会に来るとは予想もしていなかった。最初の賛美歌の直後、目の隅にジェフリーの姿をとらえた。彼女の右手、三列うしろに座っていて、おたがい同時に気づいたようだった。サラは強いて自分から先に目をそらした。

教会で座って、説教師を見つめていても説教の言葉などまったく耳に入らないまま、サラはうなじのあたりにジェフリーの視線を感じていた。彼の強い視線が熱を発し、全身がほてるようだった。教会で、一方を母親、反対側をテッサと父親に挟まれて座っているにもかかわらず、サラは、自分の体がジェフリーの視線に反応するのを感じた。一年のこの時期、サラはまったくの別人になってしまうことがあるのだ。

ジェフリーに触れられ、彼の両手で肌をなでられる感触を思い出して、座ったまま身もだえした瞬間、キャシー・リントンがひじでサラの横腹を突いた。たったいまサラの脳裏をよぎった想像などお見通しで、まったく気に入らないという表情だった。キャシーは憤然と腕組みをした。その格好は、復活祭の日曜日に原始バプテスト教会でセックスのことを考える娘は地獄に落ちるにちがいない、という事実をいたしかたなく受け入れたことを示していた。

祈りが捧げられ、続いてまた賛美歌を歌った。ほどよい時間が経ったと思ったころ、ふたたび肩越しにジェフリーに目をやったサラは、彼が眠っているらしく頭を胸に垂れているのに気づいた。そこが、ジェフリー・トリヴァーの問題点だ。頭に思い描く彼のほうが実物よりはるかにいいのだ。

テッサが指でこつこつとテーブルを打ってサラの注意を呼び戻した。「サラ?」

サラは昨日の朝に教会で感じたのと同じ動悸を覚えて胸に片手を当てた。「なに?」

テッサはわけしり顔をしたが、ありがたいことにそれ以上の追及はしなかった。「ジェブはなんて言ったの？」

「どういう意味？」

「礼拝のあとで彼と話してるのを見たのよ」テッサは言った。「彼はなんだって？」

サラはうそをつくべきかどうか、じっくり考えた。ようやく、「今日、昼食を一緒にどうかって誘われたんだけど、あなたと約束があるからって言ったの」と答えた。

「わたしのほうを断わってくれてもよかったのに」

サラは肩をすくめた。「水曜日の夜に会うことにしたわ」

拍手こそしなかったものの、テッサはいかにもうれしそうな顔をした。

「参ったわ」サラは不満を漏らした。「わたしったら、なにを考えてたのかしら？」

「今度ばかりはジェフリーのことじゃないわ」テッサが応えた。「そうでしょ？」

サラは、見る必要もないのにナプキン立てのうしろからメニューを取った。サラも家族も、サラが三歳のときから少なくとも週に一度はここ〈グラント給油所〉で食事をしてきたし、そのあいだにメニューが変わったのは、店主であるピート・ウェインが当時の大統領ジミー・カーターに敬意を表してデザート・メニューにピーナッツ・キャンディを加えたときだけだ。

テッサがテーブルの向こうから手を伸ばして、メニューをそっと下ろさせた。「大丈夫？」

「また、あの季節が来たせいよ」サラはブリーフケースの中をかきまわして例の絵葉書を探した。見つけて持ち上げた。

テッサが手に取らないので、サラは文面を読み上げた。「〝なぜにわたしをお見捨てになったのですか?〟」絵葉書をテーブルのまん中に置き、テッサの反応を待った。

「聖書の引用なの?」テッサは、むろん知っているはずなのにたずねた。

サラは窓の外をながめて気持ちを鎮めようとした。突然、「手を洗ってくるわ」と言って立ち上がる。

「サラ?」

手を振ってテッサの心配を制すると、サラはレストランの奥へと向かい、トイレに着くまでに心を落ち着けようとした。女性トイレのドアはずっと以前から枠にぴったりはまって固いので、サラはドアの取っ手をぐいと引っぱった。中に入ると、黒と白の小さなタイル張りのトイレはひんやりしていて、心地よく感じた。サラは壁に寄りかかり、両手を顔に当てて、この数時間の出来事をぬぐい去ろうとした。ジミー・パウエルの検査結果にはまだ苦悩していた。十二年前、アトランタのグレイディ病院でインターン研修をしているあいだに、慣れたとは言わないまでも死を身近に感じるようになっていた。グレイディ病院にはアメリカ南東部でもっともすぐれた救急病棟があるので、かみそりの刃を束で飲み込んだ子どもからハンガーを使う中絶を受けた十代の少女にいたるまで、治療の難しい外傷性傷害の数々を目の当たりにした。いずれも悲惨な事例だったが、アトランタほどの大都市ではまったく予想もつかないケースというわけではなかった。

児童診療所での勤務でジミー・パウエルのような患者に遭うのは、ビル解体用の鉄球で殴られたような衝撃だった。サラのふたつの仕事が重なるめずらしいケースになるはずだ。大学バスケットボールの試合観戦が大好きで、サラがこれまで見たことのないほどたくさんのモデル・カーを収集しているジミー・パウエルは、かなりの高い確率で、一年以内に死ぬ。

洗面ボウルに水がたまるのを待つあいだに、サラは髪をうしろで軽くまとめてポニーテールにし、バレッタで留めた。洗面台の上にかがみこんだが、洗面ボウルから上がってくる胸の悪くなるような甘いにおいに動きが止まった。汚臭がしないよう、ピートが排水管に酢を流したのだろう。水道修理工が昔から使う手だが、サラは酢のにおいが大嫌いだった。

息を止めて身をかがめ、目を覚まそうと、両手で顔に水をかけた。終わって鏡を見ると、まったく効果がないどころか、シャツの襟元に点々と水がしみていた。

「参ったな」サラはつぶやいた。

両手をスラックスで拭きながら、並んだ個室トイレに向かった。便器の中を見てから、隣の身体障害者用の個室に行ってドアを開けた。

「あっ」サラはあえぎ、慌ててあとずさると、両脚に洗面ボウルの縁が当たった。両手をうしろにまわし、しっかりと洗面台をつかんだ。口の中に金臭い味が広がったので、気絶しないよう、意識して何度も息を吸い込んだ。頭を垂れ、目を閉じて、たっぷり五秒数えてから、改めて目を上げた。

大学の教授をしているシビル・アダムズが便器に腰かけていた。のけぞった頭はタイル張りの壁に当たり、両目は閉じている。スラックスが足首まで引き下ろされ、両脚は大きく開いている。腹部をナイフで刺されていた。血が便器にあふれ、両脚のあいだからタイル張りの床にしたたり落ちている。

サラは勇気をふりしぼって個室内に入り、若い女性の正面にかがんだ。シャツが引き上げられていたので、シビルの腹部を大きく縦に走る切創がへそのまん中を通って恥骨に達しているのが見てとれた。もうひとつの切創ははるかに深く、胸の下を水平に切っている。そっちの傷が出血の源で、血はまだじわじわとしみ出して体をつたい落ちていた。サラは片手を傷口に当てて止血を試みたが、スポンジを握り締めたかのように指のあいだから血が漏れ出した。

シャツの前部で手をぬぐってからシビルの頭を前に傾けた。シビルの口から小さなうめきが漏れたが、それが死体の口から空気の漏れた音にすぎないのか、生きている女性の懇願なのか、サラにはわからなかった。「シビル？」かろうじて名前を口にしてささやいた。

夏風邪のように、恐怖が喉の奥に張りついていた。

「シビル？」もう一度言いながら、親指を使ってシビルのまぶたを押し開けた。手で触れると、何時間も日光浴をしていたのかと思うほどシビルの皮膚は熱かった。顔の右半分に大きな打撲傷ができている。右目の下にこぶしの跡が見えた。その打撲傷に触れると、手の下で骨が動き、二個のビー玉をこすり合わせるような音がした。

シビルの頸動脈に指を押し当てるとき、手が震えた。細かい振動が指先に伝わってきたが、自分の手が震えているせいなのか、感じているのが生命の証なのか、サラには判断がつかなかった。目を閉じ、気持ちを集中して、ふたつの知覚を区別しようとした。

いきなりシビルの体が激しく痙攣し、前に倒れてきてサラを床に押し倒した。ふたりのまわりに血が広がり、サラは痙攣している女性の下から逃れようと、とっさに手がかりを探した。両手両足で、ぬるぬるするトイレの床になんらかの手がかりをつかんだ。ようやくシビルの下から這い出ることができた。シビルをあお向けにし、両手で頭を抱いて痙攣をおさめようとした。突然、痙攣が止まった。サラはシビルの口元に耳を寄せ、呼吸音を聞こうとした。呼吸音はなかった。

体を起こしてひざをつき、シビルの心臓に命を押し戻そうと、心臓マッサージを始めた。シビルの鼻をつまんで口から息を吹き込んだ。一瞬シビルの胸が膨らんだものの、それきり反応はなかった。もう一度息を吹き込んだが、逆流した血が口に入って喉が詰まりそうになった。何度か血を吐き出して口の中を空《から》にし、人工呼吸を続けようとしたが、もはや手遅れだとわかった。目玉がぐるっと裏返ったかと思うと、シビルはかすかに身を震わせて息を吐き出した。脚のあいだから少しずつ尿が流れ出した。

シビルは死んだ。

2

　グラント郡の名前は、グラント将軍ではなく、十九世紀中ごろにアトランタ鉄道をはるかジョージア州南部、さらには海岸まで延ばした鉄道敷設業者〝善人グラント〟ことレミユエル・プラット・グラントにちなんでいる。綿花やその他の産物を鉄道で州内にくまなく運搬できたのはグラントの敷いた線路があったからこそだ。その鉄道のおかげでハーツデイルやマディスン、アヴォンデイルといった地方都市が地図に載るようになったし、ジョージア州には彼の名前をつけた町は少なくなかった。南北戦争開始当初、当時は大佐だったグラントは、アトランタが包囲攻撃を受けた場合に備えて防衛策を展開した。あいにく、彼は戦線の構築よりも鉄道路線の建設に優れていた。

　大恐慌時代、アヴォンデイル、ハーツデイル、マディスンの住民たちは、学校のみならず警察や消防署まで合併統合することにした。そのおかげで、必要不可欠な施設の経費節減ができたし、鉄道会社にグラント線を走らせ続けるよう説得する役にも立った。なにしろ、郡としてまとまれば、個々の都市よりはるかに広いのだ。一九二八年、マディスンに陸軍基地が建設され、軍人の家族がアメリカ中からちっぽけなグラント郡に流れ込んだ。数年後、アヴォンデイルはアトランタとサバンナを結ぶ鉄道の保線用の中継点になった。さらに数年後、ハーツデイルに州立グラント大学ができた。基地の閉鎖、企業の合併、レーガノミクスの浸透が原因でマディスンとアヴォンデイルが三年のあいだに相次いで財政破綻するまで、六十年近くにわたってグラント郡は繁栄し続けた。一九四六年に農業関連産業を専門とする工業技術大学に変わった州立大学がなければ、ハーツデイルもまた、姉妹都市と同じく衰退の道をたどっていたにちがいない。

事実、大学はハーツデイルの活力源であり、署長の職を失いたくなければ大学当局を満足させておけ、というのがハーツデイル市長から警察署長ジェフリー・トリヴァーへの最初の命令だった。まさにジェフリーはそれを実践中で、大学警備本部の連中と会い、このところ多発している自転車泥棒への対策を検討している最中に、携帯電話が鳴ったのだ。初めはサラの声だとはわからず、いたずら電話のたぐいだと思った。サラと知り合って八年になるが、あれほど取り乱した声を聞いたことは一度もない。彼女の口から出るとは予想だにしたことのない短い言葉を言うあいだ、声が震えていた。〝すぐに来て〟

ジェフリーは大学の門を出て、自分のリンカーン・タウン・カーでメイン通りを簡易レストランへと走った。今年は春の到来が早く、街路樹のハナミズキがすでに花をつけて、通りに白いカーテンを織りなしていた。園芸クラブの女性たちが歩道に並ぶ小さなプランターにチューリップを植え終え、ふたりの高校生が放課後の居残りを一週間する代わりに通りの掃除をしていた。洋服屋の店主は洋服のラックを歩道に出しているし、金物屋はポーチ用のブランコまでそろった戸外休憩所の展示を組んでいた。この光景が簡易レストランで自分を待ち受ける光景と極端な対照をなすはずなのは、ジェフリーにもわかっていた。

窓を下ろし、むっとする車内に新鮮な空気を取り込んだ。喉元のネクタイがきつく、無意識のうちにはずしていた。意識の上では、サラの電話の内容を何度も頭の中で繰り返し、明白な事実以上のなにかを引き出そうとしていた。シビル・アダムズが簡易レストランで刺殺された。

警察官として二十年つとめてきたジェフリーも、こんな知らせに対する心構えはできていなかった。警察官としての年月の半分を過ごしたアラバマ州バーミンガムでは殺人もめずらしくなかった。殺人事件で呼び出されない日は一週間も続かず、少なくとも週に一件は殺人事件の捜査をしていた。たいていはバーミンガムの極度の貧困が原因だった。銃がたやすく手に入る社会での麻薬売買のトラブルや家庭内のいざこざだ。サラの電話がマディスンかアヴォンデイルからだったら、ジェフリーも驚かなかっただろう。麻薬やギャングの暴力がらみの事件は、急速に辺鄙な町の問題になってきている。ハーツデイルは、それら三市の至宝なのだ。ここ十年、ハーツデイルでたったひとつの不審死は、孫がテレビを盗み出そうとする現場を押さえた老婦人が心臓麻痺を起こして死んだ一件だけだ。

「署長？」

ジェフリーは手を伸ばして無線を取った。「なんだ？」

警察署の受付係マーラ・シムズが言った。「頼まれた件は手配しました」

「わかった」彼は続けて言った。「追って知らせるまで無線連絡はなしだ」

マーラは返事をせず、当然あるはずの質問を口にしなかった。グラントはいまだ小さな社会で、警察署といえど口の軽い連中はいる。ジェフリーは、今回の件をできるだけ長く伏せておきたかった。

「聞こえたか？」ジェフリーはたずねた。

ややあってマーラが応えた。「わかりました」

車を降りる際、ジェフリーは携帯電話をコートのポケットに入れた。刑事課の上級刑事フランク・ウォレスがすでに簡易レストランの外で見張りに立っていた。

「出入りした人間は？」ジェフリーはたずねた。

フランクは首を振った。「裏口にはブラッドがついてる。警報は切ってあった。犯人は裏口から出入りしたと考えざるをえないな」

ジェフリーは背後の通りに向き直った。安物雑貨屋の店主ベティ・レイノルズが外に出て歩道を掃いており、いぶかしげな目でちらちらと簡易レストランを見ていた。まもなく、好奇心からではないとしても、夕食をとるために、人々が歩いてこの店にやってくるはずだ。

ジェフリーはフランクに向き直った。「なにか目撃した人間はひとりもいないのか?」

「いない」フランクはきっぱりと言った。「彼女は家から歩いてここに来た。ピートの話だと、彼女は毎週月曜日、混みあうランチタイムが終わってから来るらしい」

ジェフリーは硬い動きでなんとかうなずき、店内に入った。〈グラント給油所〉はメイン通りのまん中にある。大きな赤いブース席、しみが点々とついた白いカウンター、クロム製の手すり、ストロー入れがあって、おそらくピートの父親がガソリン・スタンドを開いた当時のおもかげをそのままとどめているのだろう。ところどころすり切れて接着剤が点々と黒く見えている白無地のリノリウムのタイルさえ、もとからレストランの床に張ってあるものだ。この十年、ジェフリーは毎日のようにここで昼食をとっている。このレストランは安らぎを与えてくれる場所であり、人間のクズのような連中を相手に仕事をしたあとでなにか身近な感じを覚える場所だった。二度とそんなふうには思えなくなるなと考えながら、ジェフリーはがらんとした店内を見まわした。

テッサ・リントンがカウンター席に座って両手に顔をうずめていた。ピート・ウェインは彼女の向かいに座って、うつろな目で窓の外を眺めている。スペース・シャトル〈チャレンジャー〉号が爆発炎上した日をのぞけば、ジェフリーが店内で紙製の帽子をかぶっていないピートの姿を見るのは初めてだった。それでも、ピートの髪はてっぺんでひとつにまとめられ、もともと面長の顔をますます長く見せていた。

「テス？」ジェフリーは声をかけ、彼女の肩に手を置いた。テッサは彼の胸に顔をうずめて泣き出した。テッサの髪をなでながら、ジェフリーはピートにうなずいた。

ピート・ウェインはふだんは陽気な男だが、今日の彼は完全にショックを受けた人間の表情を浮かべていた。ジェフリーに気づいたふうでもなく、レストランの表側に並ぶ窓から外を眺め続けており、唇がわずかに動いたものの、声は出てこなかった。

何秒か静寂が続くうちに、やがてテッサが上体を起こした。ナプキン入れからナプキンを取ろうとするがままならず、すぐにジェフリーがハンカチを差し出した。ジェフリーは彼女が鼻をかむのを待ってたずねた、「サラはどこだ？」

テッサはハンカチをたたんだ。「まだトイレにいるわ。よくわからない——」テッサの声が途切れた。「すごくたくさんの血だった。姉さんはわたしを入れてくれなかったわ」

ジェフリーはうなずき、彼女の顔にかかる髪をなで上げてやった。サラは常に妹を庇護し、その気持ちが結婚生活のあいだにジェフリーにもうつったのだ。離婚後も彼は、心のどこかでまだ、テッサやリントン家の人たちは自分の家族だと感じていた。

「大丈夫か？」彼がたずねた。

テッサはうなずいた。「行って。姉さんにはあなたが必要だわ」

ジェフリーはその言葉に反応しないよう努めた。サラが郡の検死官でなければ、二度と会うことはなかったはずだ。だれかが死なないかぎり彼女が自分と同じ部屋にいることはない、という事実がふたりの関係を如実に物語っている。

店の奥へと向かいながら、ジェフリーは底知れぬ不安に襲われた。不当な暴力が行使されたのはわかっている。シビル・アダムズが殺されたのはわかっている。それ以外、女性トイレのドアを引き開けたときなにが目に入るか見当もつかなかった。目にした光景に、彼は文字どおり息を呑んだ。

サラがトイレのまん中で、シビル・アダムズの頭をひざにのせて座り込んでいた。床一面に血が広がり、死体もサラの体も血まみれで、サラのシャツとスラックスの前部は、だれかにホースで水をかけられでもしたようにずぶ濡れだった。派手なとっくみ合いでもあったかのように、床には血による靴跡と手形がついている。

ジェフリーは戸口に立ったまま、それらすべてを見てとり、息をつこうとした。

「ドアを閉めて」サラがささやくような声で言い、シビルの額に片手をのせた。

ジェフリーは言われたとおりにし、壁をつたって中に入った。口を開けたものの言葉が出てこない。当然すべき質問があるのだが、心のどこかで、その答えを知りたくないと思っていた。心のどこかで、サラをここから連れ出して自分の車に乗せ、ふたりともがこの狭いトイレの中の光景やにおいを思い出せなくなるまで車を走らせ続けたいと思っていた。暴力のかげが空中を漂い、喉の奥がねばついて気持ち悪かった。その場に立っているだけで自分が汚れる気がした。

「レナにそっくりだな」ようやく言葉を発し、署の刑事でシビル・アダムズの双子の姉の名前を口にした。「一瞬、てっきり……」先を続けることができず、首を振った。

「レナのほうが髪が長いわ」

「そうだな」被害者から目をそらすことができなかった。昔はジェフリーも無残な光景を幾度となく目にしたが、個人的に知っている人間が暴力犯罪の被害者になることはこれまで一度もなかった。シビル・アダムズをよく知っているわけではなかったが、ハーツデイルのような小さな町では、だれもが隣人同士なのだ。

サラが咳払いをした。「レナにはもう話したの？」

彼女の質問は、頭にかなとこが落ちてきたかのようにジェフリーを打ちのめした。警察署長になって二週間後、彼はメイコンの警察学校を出たレナ・アダムズを採用した。あの当時、レナはジェフリーと同じく〝よそ者〟だった。八年後、彼はレナを刑事に昇進させた。三十三歳の彼女は刑事課で最年少かつ唯一の女性刑事だ。そしていま、彼女の双子の妹が、警察署からわずか百八十メートルあまりのところ、目と鼻の先で殺されたのだ。ジェフリーは自分の責任のように感じ、息ができないほどだった。

「ジェフリー？」

ジェフリーは大きく息を吸い込み、ゆっくりと吐き出した。「彼女はいま、ある証拠品をメイコンまで届けに行っている」ようやく答えた。「ハイウェイ・パトロールに電話して、彼女をここに連れてくるよう頼んだよ」

サラが彼を見つめていた。目の縁がまっ赤だが、泣いたわけではなさそうだ。ほっとした。これまでサラが泣くのを一度も見たことがないからだ。彼女が泣くのを見てしまったら自分の中のなにかが崩壊するにちがいない、とジェフリーは思った。

「彼女は目が見えないって知ってた?」サラがたずねた。

ジェフリーは壁に寄りかかった。そのことをなぜか忘れていた。

「自分の身になにが起ころうとしているかさえ見えなかったのよ」サラが小さな声で言った。うつむいて、シビルの顔を見つめた。例によって、サラがなにを考えているのかジェフリーには想像もつかなかった。彼女が話しだすのを待つことにした。どうやら、彼女には考えをまとめる時間が必要なようだ。

彼は両手をポケットに突っ込んで、トイレ内を観察した。木製ドアのついたふたつの個室の向かいにひとつだけある洗面台は古いもので、湯と水の蛇口がそれぞれ洗面ボウルを挟んでついている。洗面台の上方には、金色の斑点が浮き出し、角の欠けた鏡。全部ひっくるめても二平方メートルほどの広さしかないのだが、床が白と黒の小さなタイル張りになっているせいで、実際以上に狭く見える。死体のまわりに広がる黒ずんだ血の池でいっそう見苦しかった。ジェフリーはこれまで閉所恐怖症に悩まされたことは一度もなかったが、サラの沈黙をトイレの中にいるもうひとつの存在として感じていた。少し隔たりがほしくて白い天井を見上げた。

ようやくサラが話しだした。さっきよりしっかりして自信にあふれた口調だ。「見つけたとき、彼女は便器に腰かけていたわ」

ほかにすることがないので、ジェフリーはらせん綴じの小さなメモ帳を取り出した。胸ポケットのペンをつかむと、それまでの経過を説明するサラの話を書き留めた。臨床的にシビルの死を詳しく語る段になると、彼女の口調は抑揚がなくなった。

「それで、テスに言って、わたしの携帯電話を持ってきてもらったの」サラが言葉を切ったので、ジェフリーは彼女が質問するよりも先に答えた。

「テスは大丈夫だ」彼は告げた。「ここに来る途中、エディに電話しておいた」

「なにがあったか話したの？」

ジェフリーは笑みを浮かべようとした。サラの父親は、彼の大ファンというわけではない。「おれの声を聞くなり電話を切られずにすんだのは、ラッキーだったよ」

笑みこそ浮かべなかったが、サラはようやくジェフリーと目を合わせた。サラの目は、彼がもう何年も見ていない優しさをたたえていた。「予備検証をする必要があるの。それがすめば彼女をモルグに運ぶわ」

ジェフリーはメモを上着のポケットに入れ、サラはシビルの頭をそっと滑らすようにして床に下ろすと、両ひざをついたまま体を起こしてスラックスの尻で両手をぬぐった。

「レナに見せる前に検死解剖を終えておきたいの」

ジェフリーはうなずいた。「彼女が戻るまで少なくともあと二時間はかかる。だから警察が現場を検証する時間はある」彼は身振りで個室のドアを指した。錠が壊れてはずれている。「きみが彼女を見つけたとき、錠はこの状態だったのか？」

「その錠は、わたしが七歳のときからそんな状態よ」サラが言い、ドアの脇に置かれたブリーフケースを指さした。「手袋を取って」

ジェフリーは持ち手についている血に触れないようにしてブリーフケースを開け、中のポケットからラテックスの手袋を引っぱり出した。向き直ると、サラは死体の足もとに立っていた。すでに表情が変わり、着衣の前面に血がついているにもかかわらず、自制心を取り戻したように見えた。

それでも、ジェフリーはたずねずにいられなかった。「ほんとうにやるのか？　アトランタからだれか呼んでもいいんだぞ」

サラは首を振り、熟練したきびきびとした動作で手袋をはめた。「知らない人に彼女を触らせたくないわ」

ジェフリーには彼女の言う意味がわかった。これはこの郡の問題だ。この郡の人間がシビルの世話をするのだ。

サラは両手をうしろにまわしてスラックスの腰の部分に差し込み、死体のまわりを歩いた。自分がこの場にいなかったものとして客観的に現場を見ようとしているのだと、ジェフリーにはわかった。気がつくと、そんな元妻の様子を見つめていた。サラは百八十センチ近い長身で、深い緑色の瞳に濃い赤毛をしている。ジェフリーがとりとめなく思いを巡らし、一緒にいるととても心が和んだものだと思い出していると、彼女の声の鋭い響きで現実に引き戻された。

「ジェフリー?」サラがとがった口調で言い、厳しい目を向けた。

ジェフリーは視線を返しながら、自分が現実から目をそむけて安全と思える場所に思いを巡らせていたと気づいた。

サラは、一瞬、彼の視線を受け止め、すぐに個室に向き直った。ジェフリーが彼女のブリーフケースから一組の手袋を取り出してはめているあいだに彼女が話しだした。

「さっきも言ったように、わたしが見つけたとき、彼女は便器に腰かけていたわ。ふたりでもつれ合って床に倒れ、わたしがあお向けにしたのよ」

サラはシビルの両手を持ち上げ、爪の下を調べた。「なにもないわ。彼女は不意を襲われ、なにが起きてるかわからないまま、手遅れになってしまったのね」

「素早い犯行だったと思うのか?」

「素早いってわけじゃないわ。犯人がなにをしたにせよ、計画的だったと思う。わたしが見つけるまで、現場はきれいなものだった。わたしがトイレに入ってこなければ、彼女は便器の上で出血多量で死んでたはずよ」サラは目をそらした。「あるいは、わたしが遅刻しなければ、彼女は死ななかったかもしれない」

ジェフリーは彼女を慰めようとした。「そんなこと、わからないじゃないか」

彼女は肩をすくめてその言葉を無視した。「手首にいくつか打撲傷があるわ、位置からすると、腕を障害者用の手すりにぶつけたのね。それに」――彼女はシビルの脚をわずかに広げた――「両脚のこの部分を見て」

ジェフリーは言われるままに見た。両ひざの内側の皮膚がすりむけている。「それは?」

彼はたずねた。

「便座よ。裏側の角が結構とがってるの。抵抗しながら両脚を締めつけてたんだと思う。皮膚片が便座についてるわ」

ジェフリーはちらっと便器を見やり、すぐに視線をサラに戻した。「犯人は彼女を便座の奥まで押しやって刺したと思うか?」

サラはその問いに答えなかった。答える代わりに、シビルの裸の胴部を指さした。「交差のまん中以外、切創は深くないわ」説明しながら、腹部を押して、ジェフリーに見えるよう傷口を開いた。「凶器は両刃の刃物ね。創口の両端がV字型になってるでしょ」サラはこともなげに人さし指を傷口の奥に突っ込んだ。シビルの皮膚から指を吸い込むような音がしたので、ジェフリーは奥歯を嚙みしめて目をそらした。視線を戻すと、サラがけげんそうな顔で彼を見ていた。

彼女がたずねた。「大丈夫？」

ジェフリーは口を開けるのが怖くて、うなずいた。

彼女はシビル・アダムズの胸に開いた穴に突っ込んだ人さし指をまわした。傷口から血がしみ出した。「刃渡りは少なくとも十センチ」彼女はジェフリーに視線を据えたまま推断を下した。「こんなことをすると気持ち悪いの？」

さっきの音で胃がむかむかしているにもかかわらず、彼はちがうと首を振った。

サラは人さし指を抜いて、話を続けた。「凶器は鋭利な刃物。切創の周囲にためらい傷はないから、さっきも言ったとおり、犯人は初めから自分のやろうとしてることがわかっていたのよ」

「犯人はなにをしようとしていたんだ？」

彼女の口調は実に淡々としていた。「彼女の腹部に刻むつもりだったのよ。攻撃はいずれもまったく躊躇なく、一本を縦に、一本を横に刻み、次に胸部を突き刺した。それが致命傷になったと思うわ。死因はおそらく失血ということになるわね」

「出血多量で死んだのか？」

サラは肩をすくめた。「現時点で考えうるかぎりでは、そうよ。彼女は出血多量で死んだの。たぶん十分くらいでね。全身痙攣はショックによるものよ」

　ジェフリーは震えを抑えることができなかった。身振りで切創を指した。「それは十字だよな?」

　サラは切創をじっくり見た。「たぶん。だって、十字以外のものには見えないでしょ?」

「この犯行はなんらかの信仰の表明だと思うか?」

「レイプまでしてるのに?」彼女は言い、ジェフリーの浮かべた表情を見て言葉を切った。「なに?」

「彼女はレイプされてるのか?」彼はシビル・アダムズに目をやって、レイプによる損傷の明らかな痕跡を探した。腿に打撲傷はなく、骨盤の周囲に擦過傷もない。「なにか見つけたのか?」

　サラは無言だった。ややあって言った。「いいえ。つまり、わからないの」

「なにを見つけたんだ?」

「なにも」彼女は素早い動きで手袋を脱いだ。「いま言ったとおりよ。あとはモルグでやるわ」

「おれは別に――」

「死体を取りにくるようカルロスに電話する」彼女が言っているのは、モルグでの助手だ。「ここが終わったらモルグに来て。いいわね?」ジェフリーが答えずにいると、彼女は言った。「レイプのことはわからないのよ、ジェフ。ほんとうよ。ただの推測にすぎなかったの」

ジェフリーはなんと言ったものかわからなかった。元妻のことで唯一わかっているのは、彼女がこと検死に関しては推測でものを言う人間ではないということだ。「サラ？」彼は声をかけた。そして「大丈夫なのか？」と続けた。

サラは冷ややかに笑った。「大丈夫なのか？」彼女はジェフリーの言葉を繰り返した。「まったく、ジェフリー、なんてばかな質問なの」彼女は戸口まで歩いていったが、ドアは開けなかった。ふたたび口を開いたとき、彼女の言葉は簡潔明瞭だった。「なんとしても犯人を見つけるのよ」

「わかってる」

「わかってないわ、ジェフリー」サラは向き直り、射るような目で彼を見た。「これは一度かぎりの犯行ではなくて、儀式的な犯行よ。彼女の体を見て。彼女の置かれた状況を見て」サラはいったん言葉を切り、さらに続けた。「シビル・アダムズを殺したのが何者であれ、周到に計画を練ってるわ。どこへ行けば彼女を見つけられるか知っていた。彼女を追ってトイレに入った。なんらかの意思表明をしたがってる人間による計画的犯行だわ」

彼女の言っているのが真実だと気づき、ジェフリーは茫然となった。この手の殺人は前にも見たことがある。彼女が言っていることはいやというほどわかっていた。これは素人の犯行ではない。この殺人を犯した人間は、いまこの瞬間にも、もっと劇的な犯行に及ぶべく着々と準備を進めていることだろう。

サラはまだ、彼が理解したとは思っていないようだった。「犯人が一度かぎりでやめると思う?」

今度はジェフリーも返事をためらわなかった。「思わない」

3

レナ・アダムズは眉をひそめてヘッドライトを点滅させ、前を走るブルーのホンダ・シビックに合図を送った。ジョージア州内を通る州際高速道二〇号線のこの区域の制限速度は、標識に従うなら百五キロだが、ジョージア州の田舎町に住む人間の大半と同じく、レナもその標識はフロリダへと行き来する旅行客に対する勧告にすぎないと考えていた。現に、シビックのナンバー・プレートはオハイオ州のものだ。

「いいかげんにしてよ」レナはうめき、スピードメーターを確認した。右側を大型トレーラー、前方を彼女に少しだけ制限速度を上回るスピードを守らせようと決めているらしいシビックの北部人《ヤンキー》に囲まれている。レナは一瞬、グラント郡のパトロールカーに乗ってくればよかったと思った。自分のセリカより快適な走りをするからという理由だけではなく、ついでに高速道路を走行するほかの速度違反車を脅す喜びも味わえるからだ。

奇跡的に、大型トレーラーが速度を落としてシビックを前に入れてやった。レナが陽気に手を振ると、シビックのドライバーはばかにしたように中指を突き立てた。教訓になったはずよ、とレナは思った。車で南部を走るうちに充分な進化をとげるわ。

メイコンの市境を出るとセリカを時速百四十キロに上げた。レナはカセットテープをケースから取り出した。帰路で聴く音楽テープをシビルが作ってくれたのだ。レナはテープをカセット・デッキに入れ、音が鳴りだすと、ジョーン・ジェットの《バッド・レピュテイション》のイントロだと気づいて笑顔になった。その歌は姉妹の高校時代の思い出の一曲で、幾夜も車で裏道を飛ばしながら、大声を張り上げて「悪いうわさがたったって、あたしはちっとも気にしない」と歌ったものだ。姉妹は、素行が修まらない伯父のせいで、さほど貧乏ではなかったのにクズと見られ、ヒスパニックとのハーフの母親のせいで白人扱いしてもらえなかった。

メイコンにあるジョージア州捜査局《GBI》の科捜研に証拠品を届けるのは、大きな事件の捜査においては使い走りにすぎないが、レナはその役目を喜んで引き受けた。その日一日休んで頭を冷やせばいいとジェフリーは言ったが、それは彼なりの遠まわしな言いかたで、彼女に癇癪を抑えろと言っているのだ。フランク・ウォレスとレナは、パートナーを組んだ当初から悩まされてきた問題で、あいもかわらず角突き合わせていた。五十八歳のフランクは、女とパートナーを組むことはおろか、女が警察官になることすら歓迎していない。彼がレナを捜査からはずすことはしょっちゅうで、レナのほうはいつも無理やり捜査に戻してもらおうとしていた。どちらかが折れるしかない。フランクが定年退職するまであと二年だとはいえ、レナは絶対に自分から折れる気はなかった。
実際、フランクは悪い人間ではない。老境に入ってある種の気難しさが身についたのを別にすれば、彼は努力しているように見える。レナも、機嫌のいい日には、彼の横暴な態度は自我《エゴ》より深いところから出ていると理解できた。彼は女性のためにドアを開けたり、室内では帽子を脱ぐといったタイプの男なのだ。それに、フリーメイソンの地元支部の一員でもあった。女のパートナーを強制家宅捜索の先頭に立たせることはもちろん、尋問の主導をさせるタイプではない。機嫌の悪い日には、レナは、エンジンをかけた車と一緒に彼をガレージに閉じこめたくなる。

メイコンへの使いで頭を冷やすことができるというジェフリーの言葉は正しかった。行きは車を飛ばし、セリカのＶ６エンジンの馬力のおかげで運転時間を優に三十分は短縮できた。レナはフランク・ウォレスとは正反対のタイプのボスに好意を抱いていた。フランクは勘に頼るタイプの刑事だが、ジェフリーはもっと頭を使うタイプだ。それに、女が一緒にいても気を張らず、女が自分の意見を述べても気にしない。彼女に刑事としての仕事が務まるよう第一日目から教育を施してくれた事実も、レナは忘れていなかった。ジェフリーが彼女を刑事に昇進させたのは、郡の刑事の頭数をそろえるためでもなければ、前任の署長よりものわかりがいいと思われたかったからでもない。なにしろ、ここはグラント郡、ほんの五十年前までは地図に載ってさえいなかった地方都市だ。ジェフリーがレナを刑事にしたのは、彼女の仕事ぶり、そして彼女の頭脳を買ったからだ。レナが女だということはまったく無関係だ。

「くそっ」うしろの青い点滅灯に気づいて、レナはつぶやいた。スピードを落として路肩に寄ると、さっきのシビックが追い抜いていった。ヤンキー野郎がクラクションを鳴らし、手を振った。今度はレナがオハイオ州のドライバーに中指を突き立てる番だった。

ジョージア州ハイウェイ・パトロールの隊員がゆっくりと車から下りてきた。レナは後部座席に置いたバッグのほうを向き、中をかきまわして警察バッジを探した。前に向き直り、パトロール隊員が車のまうしろに立っているのを見て驚いた。彼が片手を銃にかけているので、レナは彼が車の脇に来るのを待たなかった自分に腹を立てた。おそらく、銃を探していると思われたのだ。

レナはバッジをひざの上に落とし、両手を高く上げて、開いている窓から「悪かったわ」と言ってみた。

パトロール隊員はためらいがちに一歩踏み出し、角張ったあごを動かしながら車に近づいてきた。サングラスをはずし、仔細に彼女を見た。

「聞いて」レナは両手を上げたまま言った。「勤務中なのよ」

彼はレナの言葉をさえぎって言った。「セレーナ・アダムズ刑事ですね？」

レナは手を下ろし、問いかけるようにパトロール隊員を見た。背は低めだが、小柄な男が身長の不足を埋め合わせる例に漏れず上半身は筋肉過剰だ。あまりに腕が太いため、脇にぴったりつけることができない。制服の胸のボタンはどれもきつそうだ。

「レナよ」彼女は言い、彼の名札に目をやった。「会ったことがある？」

「いいえ」パトロール隊員はサングラスをかけた。「おたくの署長から電話があったんです。グラント郡までの帰り道を私が先導することになっています」

「どういうこと？」レナは、聞きまちがいに決まっていると思ってたずねた。「うちの署長が？　ジェフリー・トリヴァーが？」

パトロール隊員はそっけなくうなずいた。「そうです」レナがそれ以上なにも質問できないうちに、彼は自分の車に戻った。彼が車を本線に出すのを待って、レナはあとに続いた。車はたちまちスピードを上げ、数分のうちに時速百四十五キロにまで達した。先ほどの青いシビックを追い抜いたが、レナはろくに注意を向けなかった。ただひとつのことしか考えられなかった。わたし、今度はなにをやらかしたんだろう？

4

ハーツデイル医療センターは、メイン通りのつきあたりにあると言っても、名前が示すほどの重要性を持っているようにはとても見えない。二階建ての小さな病院で、個人医院の診察時間まで待てないかすり傷や胃痛を診る程度の設備しかない。車で三十分ほどのオーガスタにはもっと大きな病院があり、重度の病人はそこで診てくれる。地下に郡のモルグがなければ、この医療センターはとうの昔に取り壊され、学生宿舎にでも建て替えられていたにちがいない。

この町のほかの建物と同じく、この病院も、町が繁栄へと向かう一九三〇年代に建てられた。病棟フロアはのちに修理されたが、病院の経営理事会にとってモルグは重要ではなかったらしい。四方の壁には明るいブルーのタイルで線が入っているのだが、古すぎてふたたび流行がめぐってきているようなデザインだ。床は緑色と黄褐色のリノリウムが市松模様に張ってある。天井には水漏れによる被害の跡が見られるが、大半は板を張って修理してある。器具類は旧式だが機能的だ。

サラのオフィスはモルグの奥にあり、大きなガラス窓でモルグと隔てられている。サラはデスクの前に腰を下ろし、窓からモルグを見ながら考えをまとめようとしていた。モルグから聞こえる白雑音《ホワイト・ノイズ》に意識を集中しようとする。死体冷蔵室のエア・コンプレッサーの音、カルロスが床を洗い流しているホースのこすれる音。地下にあるため、モルグの壁は音を屈折させずに吸収する。耳慣れた雑音やホースが床をこする音を聞いているうち、奇妙なことにサラは気持ちが楽になっていくのを感じていた。けたたましい電話の音が沈黙を破った。

「サラ・リントン」サラは、てっきりジェフリーからだと思った。だがジェフリーではなく父親からだった。

「やあ、ベイビー」

エディ・リントンの声を聞いたとたんに気持ちが軽くなって、サラの顔に笑みが浮かんだ。「あら、パパ」

「ジョークをひとつ披露しようと思ってな」

「そうなの？」ユーモアが父親の唯一のストレス対処法だとわかっていたので、サラは軽い口調を心がけた。「どんなジョーク？」

「小児科医と弁護士、牧師が〈タイタニック〉に乗り、船が沈み始めた」エディが話し始めた。「小児科医は〝子どもたちを助けるのよ《セイブ・ザ・チルドレン》〟と言った。〝子どもなんかくそくらえ《ファック・ザ・チルドレン》だ！〟

と弁護士。そして牧師が言った、〝その時間がありますか？〟」

サラは声を上げて笑ったが、それは父のためにほかならない。父は黙り込み、サラが話しだすのを待っていた。サラは、「テッシーの様子はどう？」とたずねた。

「いま昼寝してるよ。おまえはどうなんだ？」

「あら、わたしなら大丈夫よ」サラは卓上カレンダーに円をいくつも描き始めた。ふだんは落書きなどしないサラだが、いまは両手でなにかをする必要があった。どこかで、テッサが例の絵葉書を戻しておくことに気づいたかどうか確認するためにブリーフケースを開けてみたい気持ちがある。別のどこかで、絵葉書のありかを知りたくない気持ちがあった。

サラの思考をエディが断ち切った。「明日はうちで朝食をとりなさいってママが言ってるぞ」

「そうなの？」サラは聞き返しながら、いくつもの円に重ねて四角を描き始めた。

父の声が歌うような調子を帯びた。「ワッフルにグリッツ、トースト、ベーコン」

「やあ」ジェフリーが声をかけた。

サラははっとして顔を上げ、ペンを落とした。「驚かさないでよ」サラは言い、すぐに父親に言った。「パパ、ジェフリーが来たから――」

エディ・リントンは理解できない言葉を大声で並べ立てた。ジェフリー・トリヴァーの欠点は硬いレンガで頭を殴れば簡単に直る程度のものだ、というのが父の意見だ。

「わかったわ」サラは電話に向かって言い、ジェフリーに硬い笑みを見せた。ジェフリーは、ガラス窓にかけてある腐食銅版の名札を見つめていた。サラの父親が〈トリヴァー〉の名前の上にマスキング・テープを貼って、黒のマーカーペンでそこに〈リントン〉と書いていた。彼がサラを裏切り、町でただひとりの看板業者と浮気をしたので、その文字がすぐにも専門家の手によって直されるかどうかは怪しいかぎりだ。

「パパ」サラは父の言葉をさえぎった。「じゃあ、明日の朝ね」父にそれ以上なにか言ういとまを与えずに、サラは受話器を置いた。

ジェフリーがたずねた。「当ててみようか。親父さんはおれによろしくと言っただろ」

ジェフリーと個人的な会話をしたくないので、サラはその質問を無視した。彼はそうやってサラを昔に引き戻し、自分は正直で頼りになる普通の人間だと思わせておいて、現実にサラの愛情を取り戻したと感じたら、おそらくその瞬間に口実《カヴァー》を求めて逃げ出すにちがいない。いや、正確にはほかの女の夜具《カヴァー》にもぐり込むのだ。

彼が言った。「テッサの様子はどうなんだ？」

「大丈夫よ」サラは言い、眼鏡をケースから取り出した。眼鏡をかけながらたずねた。「レナはどのあたり？」

ジェフリーは壁の掛け時計に目をやった。「あと一時間くらいかかるはずだ。彼女があと十分ほどで着くとなったら、フランクがおれのポケットベルを鳴らしてくれることになってる」

サラは立ち上がり、手術衣のズボンの腰のあたりを直した。すでに病院の休憩室でシャワーを浴び、血まみれの服は裁判で必要になった場合に備えて証拠品袋に入れて保管してある。

サラはたずねた。「彼女にどう話すか、もう考えたの?」

彼は、まだだ、と首を振った。「彼女に話す前に、なにか具体的な事実をつかめることを期待してるんだ。レナは刑事だ。答えをほしがるにちがいない」

サラはデスクに身を乗り出して、ガラス窓をノックした。カルロスが顔を上げた。「もう行っていいわ」サラは言った。次いで、ジェフリーに説明した。「彼は血液と尿を科捜研に届けることになってるの。今晩、科捜研が検査してくれるのよ」

「それはよかった」

サラはまた椅子に腰を下ろした。「トイレからなにか出たの?」

「便器のかげからシビルの杖と眼鏡を見つけた。指紋はきれいにぬぐい取ってあった」

「個室のドアは?」

「指紋は出なかった。いや、ひとつも出なかったわけじゃなく、町じゅうの女性がみんな、あそこに出入りしてる。マットが数えたら、最終的に五十以上の異なる指紋が出たよ」彼はポケットから数枚のポラロイド写真を取り出し、デスクに放った。床に横たわる死体のクローズ・アップ写真が数枚のほか、血によるサラの靴の跡と手形の写真も何枚かあった。サラはその中の一枚を手に取り、「わたしが現場をめちゃくちゃにしたのはまずかったでしょうね」と言った。

「きみにはどうしようもなかったさ」

サラは心の内を押し隠して、写真をもっともらしい順番に並べた。

ジェフリーが、トイレでのサラの所見をそのまま口にした。「犯人が何者であれ、自分のやろうとしてることがわかっていた。彼女がひとりでレストランに行くのを知っていた。彼女の目が見えないのを知っていた。日中のあの時間、あのレストランに人が少ないことも知っていた」

「犯人が彼女を待ち伏せしてたと考えてるの？」

ジェフリーは肩をすくめた。「どうも、そう思える。犯人はおそらく店の裏口から出入りしたんだろう。店内の換気のために裏口を開け放しておけるよう、ピートが警報装置を切っていた」

「そうね」サラは、あの簡易レストランの裏口がたいていなにかで支えて開け放してあるのを思い出した。

「だから、われわれは彼女の行動を熟知してた人間を探すことになる。そうだろ？　あの簡易レストラン内の配置をよく知ってる人間を」

殺人犯がグラントに住む人間で、人々や場所について住民しか知りえない事柄に通じている何者かだと遠まわしに告げるその質問に、サラは答えたくなかった。無言で立ち上がり、背後の、デスクの反対側にある金属製の書類キャビネットに歩いていった。真新しい白衣を取り出して着ながら、「X線写真は撮ったし、彼女の着衣も調べたわ。あとは、用意ができてる」と言った。

ジェフリーが向き直り、モルグの中央に置かれた台に目を凝らした。サラも台に目をやり、死んだシビル・アダムズは生前より縮んで見える、と思った。サラですら、人が死ぬと縮むという現実には慣れることができない。

ジェフリーがたずねた。「彼女のことはよく知ってたのか?」

サラは彼の質問をじっくり考えた。ややあって答えた。「たぶんね。去年、ふたりとも中等学校で一日だけ職業指導をしたの。それに、あなたも知ってるとおり、ときどき図書館で見かけたわ」

「図書館で?」ジェフリーがたずねた。「彼女は目が見えないと思ってたよ」

「あの図書館にはカセット・ブックがあるんだと思うわ」サラはジェフリーの真正面に立ち、腕組みをした。「ねえ、ひとつ話しておかなくちゃならないことがあるの。レナとわたしは数週間前、言うなれば喧嘩をしたわ」

どうやらジェフリーは驚いたらしい。サラも驚いた。この町には、サラがうまくつき合うことのできない相手はそう多くない。しかし、レナ・アダムズはまちがいなくそのひとりだ。

サラは説明した。「彼女がGBIのニック・シェルトンに電話をして、ある事件の毒物検査報告書を見せてほしいと言ったのよ」

ジェフリーは理解できずに首を左右に振った。「なぜ?」

サラは肩をすくめた。とりわけ、ジョージア州捜査局《GBI》のグラント郡担当捜査員ニック・シェルトンとサラが仕事の上で良好な関係にあることは周知の事実だという点を考えると、レナがなぜサラの頭越しにことを進めようとしたのか、いまだに理解できない。

「それで?」ジェフリーが先を促した。

「ニックにじかに電話をしてなにを得られるとレナが考えたのかはわからない。わたしたち、言い争ったの。流血ざたにこそならなかったけど、友好的な言葉を交わして別れたとは言えないわ」

ジェフリーは、無理もないと言いたげに肩をすくめた。レナは他人を怒らせて出世を重ねてきた。サラと夫婦だったころ、ジェフリーはレナの直情径行な言動に対する懸念をしょっちゅう口にしていた。

「もし彼女が」――彼はやめかけたものの、続けて言った――「彼女がレイプされてたとしたらどうだろう、サラ。おれにはわからない」

「さあ、始めましょう」サラは間髪を入れずに応じ、彼の横を通り過ぎてモルグに入った。備品キャビネットの前に立ち、解剖衣を探した。両手を扉にかけたまま、いまの会話を頭の中で繰り返しながら、いったいどうして法医学上の所見が、シビル・アダムズがただ殺されたのではなくレイプまでされていたとなったらジェフリーが怒りをかき立てられるという話になってしまったのだろう、と考えた。

「サラ？」ジェフリーが声をかけた。「なにか問題でも？」

サラは、彼の愚かな質問で自分の怒りに火がついたのがわかった。「なにか問題でも？」解剖衣を見つけ、荒々しく扉を閉めた。あまりの勢いに金属製の枠ががたがた揺れた。サラは滅菌パックを破って開けながら向き直った。「問題は、なにが問題なのかいやと言うほどはっきりしてるのに、あなたに繰り返し〝なにか問題でも〟と訊かれてうんざりしてるってことよ」サラは言葉を切り、乱暴に解剖衣を取り出した。「考えてもみて、ジェフリー。今日、文字どおりわたしの腕の中でひとりの女性が亡くなったのよ。見知らぬ人なんかじゃなく、知ってる人が。ほんとうなら、いまごろは家でゆっくりとシャワーを浴びるか犬たちを散歩させてるはずなのに、わたしはあそこに入っていって、すでに切られている以上に彼女を切り開かなくちゃならないの。この町の変態どもを残らずしょっぴき始めたものかどうか、あなたに教えるためにね」

解剖衣を着ようとする両手が怒りに震えていた。袖に手が届かず、ちゃんとつかめるように体の向きを変えた瞬間、ジェフリーが手を貸すべく近づこうとした。

「もうすんだわ」サラは険悪な口調で言った。

ジェフリーは降参するように手のひらを彼女に向けて両手を上げた。「すまない」

サラは解剖衣のひもをうまく結べず、結局、ひもが絡まってしまった。「ああ、もう！」

癇癪を起こし、絡まった結び目をほどこうとした。

ジェフリーは切り出してみた。「犬たちの散歩ならブラッドにやらせてもいい」

サラはあきらめたように両手を下ろした。「わたしが言いたいのはそういうことじゃないのよ、ジェフリー」

「ちがうのはわかってるさ」彼は切り返し、狂犬にでも近づくような態度でサラに近づいた。ジェフリーがひもを手に取ると、サラは視線を落とし、彼が結び目をほどくのを見ていた。視線を彼の頭頂部へと移したサラは、黒髪に白い筋が何本か混じり始めているのに気づいた。なんでもジョークにしようとするのではなく、彼女を慰める能力を、念力で彼に吹き込みたかった。ジェフリーに、他人の感情を理解する能力を魔法のように身につけてほしかった。知り合って十年になるのだから、いいかげん、それは無理だとあきらめてもよさそうなものなのに。

ジェフリーは、目下取り組んでいる簡単な行為ですべてが好転するといわんばかりに、笑顔で結び目をゆるめた。「さあ、できた」

サラがあとを引き継ぎ、ひもを蝶結びにした。

ジェフリーは片手を彼女のあごに当てた。「大丈夫だな」今度は質問ではなかった。

「ええ」彼女は認め、一歩後退した。「わたしは大丈夫」ラテックスの手袋を一組引っぱり出し、目の前の仕事に気持ちを向けた。「レナが戻ってくる前に予備検案をすませましょう」

サラはモルグの中央の床にボルトで固定された琺瑯《ほうろう》引きの検死台に歩いていった。湾曲して左右が高くなっている白い台がシビルの小さな体を抱いている。カルロスが彼女の頭を黒いゴムのブロックに載せ、体には白い布をかけていた。右目のまわりの黒いあざを別にすれば、眠っているといってもよかった。

サラは布をめくりながら「ひどい」とつぶやいた。殺害現場から運び出された死体は損傷が強調されて見える。モルグの煌々《こうこう》とした明かりの下では、ひとつひとつの創痕が浮び上がるように目立つのだ。腹部をくっきりと長く走る二本の切創はほぼ完璧な十字を描いている。サラの注意が十字の交差部分の深い溝状痕からそれ、ところどころひきつれた皮膚に向いた。検死解剖の際、創痕はまっ黒に近い黒ずんだ外観を呈する。シビル・アダムズの皮膚の裂け目は、いくつもの小さな濡れた唇が大きく口を開けているようだった。

「彼女はあまり体脂肪がついてなかったわ」サラは説明した。シビルの腹部、へその真上の、ほかより大きく口を開けた切創を指さした。その箇所の切創は深く、皮膚の裂け目は、ボタンがはじき飛んだあとのきついシャツのように広がっている。「刃が腸管を破り、腹腔に糞便が漏れ出してるわ。わざとそんなに深く刺したのか、たまたまそこまで深く刺さったのかはわからないけど。無理に押し込んだようよ」

サラは創口の両端を指した。「こっちの創口の先端が細い線状になってるのがわかるでしょ。犯人はナイフをまわしたのかもしれない。ねじったのよ。それに……」彼女は言葉を切り、動きながらあれこれ考えた。「便の跡は両手にもついてるし、個室の手すりにもついてたから、彼女は切られて腹部を両手で押さえ、そのあと、なんらかの理由から両手で手すりをつかんだと考えざるをえないわ」

サラは顔を上げてジェフリーを見て、どこまでそのむごたらしさに耐えているか推し量ろうとした。彼はシビルの死体を見て茫然となり、床に根を下ろしたように立ちすくんでいる。サラは、自分の経験から、人間の頭脳のいたずらによって暴力の鮮明な痕跡が和らげられることがあると知っていた。慣れているはずのサラでも、改めてシビルの死体を目にしたときのショックはおそらく最初に見たときより大きかったはずだ。

サラは、両手で触れてみて、死体がまだ温かいのに驚いた。地下にあるため、モルグの室温は常に低く、夏のあいだも涼しいほどだ。シビルの体はとうに冷たくなっていてもいいはずなのだ。

「サラ？」ジェフリーが呼びかけた。

「なんでもないわ」サラにはまだ推論を口にする用意はなかった。交差部分の創口の周囲を押してみた。「凶器は両刃の刃物ね」所見を述べ始めた。「これで少しは絞れるでしょ。人を刺すのには、たいがいは刃がぎざぎざになった狩猟用ナイフが使われる、そうでしょ？」

「そうだ」

サラは交差部分の創口のまわりについている薄茶色の圧迫痕を指した。死体の汚れを取り除いてあるので、トイレで現場検案をしたときよりも多くのものが目に入る。「これは十字形の鍔《つば》の跡よ。犯人は鍔が当たるまで刺したのね。解剖すれば、脊椎骨が何カ所か欠けてるのが確認できると思うわ。指を突っ込んだときにでこぼこした感じがあったの。たぶん骨片がまだ体内に残ってると思う」

ジェフリーはうなずいて先を促した。

「運がよければ、刃跡のようなものが採れるわ。刃跡が採れなくても、十字形鍔の圧迫痕からなにかわかるかもしれない。レナに見せたあと、その部分の皮膚をいったん剝がして戻すこともできるし」

サラは十字の交差部分の刺創を指さした。「これは深い刺創だから、犯人は力の入る位置から刺したと思う。刺入口がほぼ四十五度の角度になってるのがわかる？」彼女はその刺創を調べ、どういうことか理解しようとした。「腹部の刺創と胸部の切創はちがうと言いたくなるわね。理屈が通らないわ」

「なぜ？」

「創口形状がちがうからよ」

「どんなふうに？」

「説明できないわ」サラは正直に答えた。その問題はひとまず置いて、十字の交差部分の刺創に集中した。「だから、おそらく犯人はひざを曲げて彼女の正面に立ち、刃物を脇に構えて」――実際に片手を引いて構えてみせた――「彼女の胸に深々と突き刺した」

「この犯行で、犯人は二種類の刃物を使っているのか？」

「なんとも言えない」サラは認めて、腹部の刺創に戻った。どこか、つじつまが合わない。

ジェフリーはあごを掻きながら胸部の創傷を見た。「犯人はなぜ心臓を刺さなかったんだろう？」

「それは、ひとつには、心臓が胸の中央部にないからよ。十字の交差部分を狙うためには胸の中央部を突き刺さなくちゃならないでしょ。だから、犯人は美意識を尊重するほうを選んだってわけ。もうひとつには、心臓のまわりには肋骨と肋軟骨があるからよ。心臓に達するまで突き刺すには、繰り返し刺す必要がある。そんなことをしたら、十字の見た目が台なしになってしまう、そうでしょ？」サラは間を置いた。「心臓を刺せば血が大量に出るわ。相当な速さで流れ出るの。犯人はそれを避けたかったのかもしれない」彼女は肩をすくめ、顔を上げてジェフリーを見た。「犯人にその気があれば胸郭の下から差し込んで上に突き上げ、心臓に達することができたかもしれないけど、うまくいく確率はすごく低いはずよ」

「犯人になんらかの医学知識があるというのか？」

サラが切り返した。「心臓の場所を知ってる？」

ジェフリーは自分の左胸に片手を当てた。

「そのとおり。それに、胸の中央部では肋骨がつながってないことも知ってるわね」

彼は胸の中央部を軽く叩いた。「これはなんだ？」

「胸骨よ」サラは答えた。「でも、切創はもっと下だわ。剣状突起のあたりよ。まぐれ当たりなのか計算なのか、判断がつかないわ」

「どういう意味だ？」

「つまり、だれかの腹部になにがなんでも十字を刻み、その中央部にナイフを突き刺すつもりなら、ナイフを突き通すには剣状突起をおいてほかにないってことよ。胸骨は三つの部分に分かれてるわ」彼女は自分の胸部を使って説明した。「いちばん上から胸骨柄、主要部分である体部、そして剣状突起。三つのうち、剣状突起がもっとも柔らかいの。特に彼女の年齢ではね。彼女はいくつ、三十代前半？」

「三十三だ」

「テッサと同い年だわ」サラはつぶやき、一瞬、妹の顔を頭に浮かべた。すぐに振り払い、死体に集中しなおした。「年齢とともに剣状突起は石灰化し、肋軟骨は固くなるの。だから、わたしがだれかの胸を突き刺すとしたら、この位置に目標を定めるわ」

「犯人は彼女の乳房を切りたくなかったのでは？」

サラはその点を考えてみた。「もっと個人的な犯行に思えるわ」言葉を見つけようとした。「よくわからないけど、犯人は彼女の乳房を切りたいと思うはずだと思うの。言ってることがわかる？」

「特に、性的欲望が動機の場合は、だろ」彼は意見を述べた。「つまり、一般的にレイプは力を示す犯行だ。そうだろ？　レイプ犯は女に対する怒りを抱えており、女を支配したいと思っている。だから、女の象徴である部位ではなく腹部を切るはずがない」

「レイプはペニスの挿入でもあるわよ」サラは言い返した。「今回の犯行は、まちがいなくそっちに属するわ。とにかく、完全に突き破るほど強く刺してる。わたしが思うに――」言葉を切って刺創を見つめているうちに、新たな考えが浮かんできた。「なんてこと」つぶやくように言った。

「なにが？」ジェフリーがたずねた。

サラはしばし口をきくことができなかった。喉が詰まるようだった。

「サラ？」

ビーという音がモルグに響き渡った。ジェフリーはポケットベルを見た。「レナのはずはないな。電話を借りていいか？」

「どうぞ」サラは、自分自身の考えから身を守る必要を感じて、腕組みをした。ジェフリーがデスクの前に腰を下ろすのを待ち、検案を続けた。

骨盤のあたりがもっとよく見えるよう、頭上に手を伸ばして明かりをつけた。反射鏡を調節し、ささやくような声で自分自身に、神に、だれであれ自分の声が届く相手に、祈りを唱えたが、まったく役に立たなかった。ジェフリーが戻ってきたときには、彼女は確信していた。

「どうだ？」彼がたずねた。

手袋を脱ぐサラの両手は震えていた。「襲われたあと、早い段階で性的暴行を受けてる」言葉を切り、汚れた手袋を検死台の上に置いて、便器に腰かけているシビル・アダムズが腹部に開いた傷口に両手を当てたあと、自分の身になにが起きているのかまったくわからないまま、個室の壁の両側に設けられた手すりにしがみついている姿を思い浮かべた。

ジェフリーは何秒か待ってから促した。「それで？」

サラは台の両端に手を置いた。「ヴァギナに糞便が見つかったの」

ジェフリーは理解できないようだ。「まずアナル・セックスをされたのか？」

「アナルに挿入された形跡はないわ」

「でも糞便が見つかったんだろ」ジェフリーはまだ飲み込めていない。

「ヴァギナの奥深くにね」口にしたくないが、言うしかないとサラにはわかっていた。

「腹部の刺創は、故意に深く刺したものなのよ、ジェフリー」と言ったとき、サラは、自分の声がめずらしく震えているのに気づいた。一呼吸おいて、自分の発見した驚愕の事実を言い表わす言葉を探した。

「犯人は彼女をレイプしたんだな」ジェフリーの言葉は質問ではなかった。「ヴァギナに挿入されてるんだから」

「そうよ」答えながら、サラは、明確に言い表わす方法をまだ探していた。ようやく告げた。「刺した創口を犯したあとでヴァギナに挿入したの」

5

夜の訪れが早く、太陽が沈むのに合わせて気温は下がっていた。ジェフリーが通りを渡っていると、ちょうど、レナが警察署の駐車場に車を乗り入れた。ジェフリーがそばに行ったときには、彼女はすでに車から降りていた。

「なにがあったの？」レナは強い口調でたずねたが、なにか悪いことが起きたとすでに察しているのがジェフリーにはわかった。「伯父ね？」レナは言い、寒けを払うように腕をこすった。いつもの仕事用の服装ではなく薄手のTシャツにジーンズというでたちだが、メイコンへの使いは気の張らないものだった。

ジェフリーはジャケットを脱いで彼女に手渡した。サラの出した検案所見が重石のようにずっしりと胸にのしかかっていた。思惑どおりにことを運ぶことができれば、シビル・アダムズの身に起きたことをレナが正確に知ることは絶対にないはずだ。けだもののような犯人が妹になにをしたか、レナが知ることは絶対にない。

「中に入ろう」ジェフリーは言い、片手を彼女のひじに当てた。

「中になんて入りたくない」彼女は言い、腕を振りほどいた。ジェフリーのジャケットがふたりのまん中に落ちた。

ジェフリーはかがんでジャケットを拾った。顔を上げると、レナは両手を腰に当てていた。知り合って以来、レナ・アダムズはことあるごとにエベレスト・サイズのひねくれ根性を発揮する。彼女にも寄りかかって泣かせてくれる肩か慰めの言葉が必要なはずだと、ジェフリーは心のどこか奥底で考えていた。レナに弱い面がないのを受け入れられないのは、たぶんレナが女性だからだ。あるいは、わずか数分前、体を切り裂かれてモルグに横たわっている彼女の妹を見たからかもしれない。レナ・アダムズがそんな柔弱な人間ではないことを思い出すべきだった。彼女の怒りを予期するべきだった。

ジェフリーはさっとジャケットを着た。「外では話したくない」

「なにを話すつもり？」レナは迫った。「まず、伯父は車の運転中だったと言うのね、そうでしょ？　次に、車が急に道路からそれたって言う、そうよね？」指先で順を追うようにして言うので、警察官教本に記された、家族の死を伝える際の手順を一語一句ジェフリーに教えているようだった。順を追って話せ、と教本には書いてある。いきなり家族の死を伝えてはならない。故人の家族あるいは最愛の人に、その人が亡くなったという考えに慣れてもらうのだ。

さらに手順どおりに話を進めるうち、レナの声がしだいに大きくなった。「ほかの車と衝突したの？　そういうこと？　で、伯父は病院に搬送されたのね？　医師たちは伯父の命を救おうとしたけど、だめだった。できるかぎりの手は尽くしたんでしょ？」

「レナ――」

彼女は車に戻りかけ、すぐに振り向いた。「妹はどこ？　妹にはもう話したの？」

ジェフリーは大きく息を吸い込み、ゆっくりと吐き出した。

「あれを見て」吐き捨てるように言うと、レナは警察署に向き直り、大きく手を振った。マーラ・シムズが表側の窓のひとつから外を見ている。「出てきなさいよ、マーラ」レナは怒鳴った。

「よせ」ジェフリーは彼女を止めようとした。

レナは一歩下がって彼から離れた。「妹はどこ？」

口が動こうとしない。ジェフリーは、意思の力だけでなんとか口を開いた。「彼女はあの簡易レストランにいた」

レナは向き直り、通りを簡易レストランへと歩き始めた。

ジェフリーは先を続けた。「彼女はトイレに行った」

レナはその場に立ち止まった。

「トイレには何者かがいた。そいつは彼女の胸を刺した」ジェフリーはレナが向き直るのを待ったが、彼女はまだ振り向かない。背中をぴんと張り、静止の手本のような姿勢だ。

ジェフリーは話を続けた。「ドクター・リントンは自分の妹と食事をしていた。そしてトイレに行き、彼女を見つけた」

レナがゆっくりと向き直り、口をわずかに開いた。

「サラは彼女を救おうとした」

レナは彼の目を正面からとらえた。ジェフリーは目をそらすまいとした。

「彼女は亡くなった」

その言葉は、街灯にたかる蛾のごとく空中に浮かんでいた。

レナが片手で口を押さえた。酩酊した人間が半円を描いて歩くような感じで歩くと、ジェフリーのほうを向いた。彼の目を突き通すようなレナの目に、質問が浮かんでいた。〝いまの話はなんかのジョークなの？　あなたはそんな残酷なジョークを言える人間なの？〟

「彼女は亡くなったんだ」ジェフリーは繰り返し告げた。

レナの息遣いがスタッカート風に荒くなった。ジェフリーには、彼女がいまの情報を飲み込むなり行動に移るよう頭の中で自分の尻を蹴っている様子が手に取るように理解できた。レナは警察署に向かい始め、すぐに足を止めた。ジェフリーに向き直り、口を開いたが、なにも言わなかった。いきなり、彼女は簡易レストランへと駆けだした。

「レナ！」ジェフリーは叫び、あとを追って走りだした。小柄なわりに足が速く、スニーカーで歩道を突っ走る彼女は、革靴を履いているジェフリーの比ではなかった。ジェフリーはひじを曲げて腕を大きく振り、彼女が簡易レストランに着く前になんとしても追いつこうとした。

彼女が簡易レストランに近づくとジェフリーはふたたび名前を呼んだが、彼女は風のようにレストランの前を通り過ぎ、右に曲がって医療センターへと向かった。

「まずい」ジェフリーはうめき、足を速めようとした。彼女はモルグに行くつもりだ。もう一度、名前を呼んだが、レナは振り返りもせずに通りを渡って病院の私道へと入った。彼女が両開きの引き戸に体当たりしたので、ドアが枠からはずれ、緊急警報が鳴り響いた。

ジェフリーは数秒遅れで病院に入った。廊下の角をまわって階段に達すると、レナのテニス・シューズがゴム張りの段板を駆け下りる音が聞こえた。彼女がモルグのドアを開けるドンという音が狭い階段に反響した。

ジェフリーはあと四段というところで足を止めた。「レナ」というサラの驚いたような声に続いて、痛々しいうめき声が聞こえた。

ジェフリーは意を決して残りの数段を下り、なんとか歩いてモルグに入った。

レナは妹の死体に身をかがめ、一方の手を取った。サラはもっともひどい損傷を受けた部分に布をかけようとしたらしいが、それでもシビルの上半身のほとんどが見えていた。

妹の脇に立ったレナは、息遣いが速く荒くなり、骨まで凍えるほどの寒さに襲われたかのように全身を震わせている。

サラの視線は、ジェフリーの体をまっぷたつに切り裂くようだった。彼は両手を広げてみせるしかなかった。彼だって、レナを止めようとしたのだ。

「何時だったの？」レナが歯をガチガチ鳴らしながらたずねた。「妹が死んだ時刻は？」

「二時三十分ごろよ」サラが答えた。手袋に血がついていて、隠そうというのか、両手を脇に挟んだ。

「体がとても温かいわ」

「わかってる」

レナは声を低くした。「わたし、メイコンにいたのよ、シビー」妹に向かって言いながら、髪をかき上げてやった。サラがわざわざ髪を梳かして血の一部をすき取っておいたとわかって、ジェフリーはほっとした。

モルグに静寂が広がった。亡くなった妹の脇に立つレナを見ていると不気味な感じだった。シビルとレナは一卵性双生児なので、なにもかもがそっくりなのだ。ともに小柄で、身長は百六十二センチほど、体重はせいぜい五十五キロといったところだ。肌の色も同じオリーブ色。こげ茶色の髪は、レナのほうが妹のシビルより長く、シビルのほうが縮れている。姉妹の顔は対照の見本のようで、一方は生気がなく無表情、もう一方は満面に悲しみをたたえている。

サラはほんの少し横を向いて手袋をはずした。「上に行きましょうよ、ね？」

「あなた、その場にいたんでしょ」レナが低い声で言った。「妹を救うためになにをしたの？」

サラは目を伏せて自分の両手を見た。「できることはしたわ」

レナは妹の頬をなでてやり、少しとがった声でたずねた。「あなたにできたことって、正確に言ってどんなこと？」

ジェフリーが一歩踏み出したが、彼がこの状況をよくするタイミングは十分も前に過ぎてしまったと言いたげに、鋭い目でサラが制した。

「あっという間だったの」サラは、いかにも気が進まないといった口調でレナに説明した。「すぐに全身痙攣を起こしたわ」

レナはシビルの手を下ろして検死台に置いた。布を引き上げ、妹のあごの下に布の端を挟みながら言った。「あなたは小児科医だわ。そうでしょ？　妹の命を救うために、正確にはなにをしたの？」彼女はサラと視線を絡ませた。「どうして本物の医者を呼ばなかったの？」

サラは、信じられないと言いたげな笑いを漏らした。大きく息を吸ってから答えた。

「レナ、もうジェフリーに家へ連れて帰ってもらうべきだと思うわ」

「家になんて帰りたくない」応えるレナの口調は穏やかで、世間話でもしているようだった。「救急車を呼んだ？　恋人に通報したの？」首を傾けてジェフリーを指した。

サラは両手をうしろにまわした。体を使って自分を抑えているらしい。「こんな会話、いますべきじゃないわ。あなたはとても動揺してる」

「とても動揺してる」レナはおうむ返しに言い、両手を握り締めた。「わたしが動揺してると思ってるの？」今度ばかりは彼女の声が大きくなった。「わたしがとても動揺してるから、あなたが妹を救えなかったわけを話せないと思ってるの？」

駐車場から駆けだしたときと変わらぬ素早さで、レナはサラに詰め寄っていた。

「あなたは医者でしょ！」レナが金切り声を上げた。「医者が同じ部屋にいたのに、どうして妹は死ぬのよ？」

サラは返事をしなかった。目をそらして横を向いた。

「わたしの顔を見ることもできないのね。そうでしょ？」

サラの視線は動かなかった。

「妹を死なせたから、わたしの顔を見ることさえできないんだわ」

「レナ」ジェフリーが声をかけ、ようやく割って入った。レナの腕に手をかけて引き下がらせようとした。

「放して」鋭い声で叫ぶなり、レナは彼の顔にこぶしをお見舞いした。さらに彼の胸をこぶしで何度も叩き始めると、ジェフリーは彼女の両手をとらえ、しっかりとつかんだ。それでもレナは抵抗し、金切り声を上げ、つばを吐き、足で蹴った。彼女の両手をつかんでいるのは、電流の通じている電線をつかんでいるのと同じだった。しっかりつかんだまま攻撃を浴び続け、悲しみをすべて吐き出させると、ようやくレナは床に崩れ落ちてボールのように身を丸めた。ジェフリーは隣に座り、彼女がすすり泣くあいだ抱いてやった。サラの様子を見ようと思ったときには、彼女の姿はどこにも見当たらなかった。

ジェフリーはデスクから片手でハンカチを取り出しながら、もう一方の手で受話器を耳に当てていた。ハンカチで口元を押さえて血をぬぐっていると、サラの事務的な声が発信音を待つよう告げた。

「やあ」ジェフリーはハンカチを口から離した。「いるんだろ?」数秒待った。「きみが大丈夫か確認したいんだ、サラ」さらに数秒待った。「電話に出ないなら、そっちに行くぞ」これには反応があるはずだと思ったが、なんの反応もない。録音時間が終わり、電話の切れる音が聞こえた。

フランクが署長室のドアをノックした。「キッドは洗面所だ」フランクの言う〝キッド〟とはレナのことだ。〝キッド〟と呼ばれるのをレナが嫌っているのはジェフリーも知っているが、フランク・ウォレスは〝キッド〟と呼ぶことでしか自分のパートナーに対する気づかいを示すことができないのだ。

フランクが言った。「彼女の右のパンチはかなり強い、そうだろ？」

「そうだ」ジェフリーは汚れていない面を表にしてハンカチをたたんだ。「おれが待ってるのを彼女は知ってるのか？」

フランクが「絶対に寄り道しないよう念を押しておこう」と申し出た。

「そうしてくれ」ジェフリーは言い、すぐに「ありがとう」と言い添えた。

レナがあごを上げて挑戦的な態度で署員集合室を歩いてくるのが見えた。署長室に入ると、ゆっくりドアを閉め、ジェフリーの前にあるふたつの椅子の片方にどさっと腰を下ろした。校長室に呼びつけられた十代の子どものような表情だ。

「殴って悪かったわ」彼女がぼそぼそと言った。

「そうだな」ジェフリーは応えて、ハンカチを持ち上げた。「オーバン対アラバマの試合ではもっとこっぴどく殴られたよ」レナが返事をしないので、彼は言い足した。「しかも、あのときはスタンドにいたんだ」

レナは片方のひじを椅子のひじ掛けに置き、身を乗り出して頬づえをついた。「どんな手がかりをつかんでるの？」彼女はたずねた。「容疑者はいるの？」

「いまコンピュータで照会中だ」彼は言った。「明日の朝にはリストが出るはずだ」

レナは片手で目を覆った。彼はハンカチをたたみながら、レナが口を開くのを待った。

彼女はささやくような声で言った。「妹はレイプされたの？」

「そうだ」

「どの程度ひどいの？」

「わからない」

「切られてたわ」レナは言った。「どこかのジーザス・フリーク（キリスト教狂信者）の犯行？」

彼は正直に答えた。「わからない」

「あまり多くのことはわかってないようね」ようやくレナが言った。

「そのとおりだ」彼は認めた。「きみにいくつか訊きたいことがある」

レナは顔を上げなかったが、わずかにうなずいたのをジェフリーは見てとった。

「彼女にはつき合ってる男がいたのか？」

レナはやっと顔を上げた。「いないわ」

「昔のボーイフレンドは？」

一瞬、彼女の目になにかが浮かび、返事は前の答えほど早く返ってこなかった。「いいえ」

「まちがいないか？」

「ええ、まちがいないわ」

「数年前につき合ってた男も？　シビルがこの町に引っ越してきたのは、ええと、六年ほど前だな？」

「そうよ」レナの口調にふたたび敵意がにじんでいた。「わたしのそばにいられるようにって、あの大学で職を得たの」

「彼女はだれかと同居してたのか？」

「どういう意味？」

ジェフリーはハンカチを落とした。「言葉どおりの意味だ、レナ。彼女は目が不自由だった。手を貸してくれる人間が身近に必要だったと思うんだ。彼女はだれかと同居してたのか？」

レナは唇を引き結び、答えるべきかどうか考えているようだった。「クーパーにある家で同居してたわ、ナン・トーマスと」

「司書の？」それなら、サラが図書館でシビルを見かけた説明がつく。

レナはぼそぼそと言った。「今度のこと、ナンにも話さなくなっちゃいけないわね」

すでにナン・トーマスの耳にも入っているだろうとジェフリーは思った。グラントでは情報をそう長く伏せておけないのだ。それでも、「なんなら、おれから話そうか」と申し出た。

「だめよ」レナは刺すような目で彼を見た。「知ってる人間の口から聞かされるほうがいいと思うわ」

言外の意味はジェフリーにもはっきりわかったが、言い返さないことにした。レナがまた喧嘩の種を探しているのは一目瞭然だ。「たぶん、彼女もすでにある程度のことは耳にしてるはずだ。詳しいことは知らせるわけにいかない」

「レイプのことは伏せておくという意味？」神経性の痙攣か、レナの片脚が上下に揺れた。

「十字の印のことは彼女に話すべきじゃないんでしょうね？」

「たぶん」彼は答えた。「だれかが自白する場合にそなえて、詳しい情報の一部は伏せておく必要がある」

「うその自白をするやつは、この手でとっちめてやりたい」つぶやくレナの片脚はまだ震えていた。

「今夜はひとりでいてはだめだ」彼は言い渡した。「おれから伯父さんに電話しようか？」

彼は電話に手を伸ばしたが、レナはいいえと言って制した。

「わたしは大丈夫」彼女は言い、立ち上がった。「じゃあ、明日」

ジェフリーも、この話を終えることができてほっとして立ち上がった。「なにかつかんだら、すぐに電話するよ」

彼女は妙な目で彼を見た。「捜査会議は何時から？」

ジェフリーは彼女の話の先が読めた。「きみをこの事件の捜査に当たらせるわけにはいかないんだ、レナ。それは承知しておいてもらわなければならない」

「わかってないのね」彼女は言った。「わたしを捜査からはずしたら、モルグにいるあなたのガールフレンドにもうひとつ死体を送り届けることになるわよ」

6

　レナは妹の家の玄関ドアをこぶしで叩いた。車に戻って合い鍵を取ってこようとした瞬間、ナン・トーマスがドアを開けた。

ナンはレナより背が低く、体重は四、五キロほど重そうだ。短い髪はネズミの体毛のようなくすんだ茶色、分厚い眼鏡をかけていて、いかにも典型的な司書といった感じの彼女は、実際に司書をしている。

目が腫れてむくんでいるが、新たな涙がまだ頬をつたっている。片手にはボールのように丸めたティッシュを持っていた。

　レナは言った。「聞いたようね」

ナンは背中を向け、レナのためにドアを開けたまま家の中に入った。ふたりはまったく馬が合わない。ナン・トーマスがシビルの恋人だという事実がなければ、レナは彼女と二言とは口をきかないだろう。

家は一九二〇年代に建てられた平屋《バンガロー》だ。硬材を張った床からあっさりした刳《くり》形のドア枠にいたるまで、多くの箇所に当時の建築様式の名残が見られる。玄関ドアを入ると、一方は暖炉のある広いリビング・ルーム、もう一方はダイニング・ルームに続いている。ダイニング・ルームの奥がキッチンだ。あとは小さなベッドルームがふたつにバスルームがひとつあるだけの、ささやかな間取りだ。

レナはすたすたと廊下を進んだ。右手の最初のドアを開け、もともとはベッドルームだったのをシビルが書斎として使っていた部屋に入った。主として必要に迫られてだが、室内は整理整頓が行き届いている。シビルは視覚不自由者だったので、ものを決まった場所に置く必要があり、そうしないと見つけられないのだ。棚には点字の本がきちんと積み重ねてある。古い折りたたみ式ベッドの前のコーヒー・テーブルには、やはり点字の雑誌が並んでいる。奥の壁際に置いたデスクにはコンピュータが一台据えてあった。レナがコンピュータの電源を入れたとき、ナンが部屋に入ってきた。

「なにをするつもり?」

「妹の身のまわり品を調べる必要があるの」

「なぜ?」ナンがたずね、デスクに近づいた。レナを止めることができると思ってでもいるようにキーボードに片手を置いた。

「なにか不審なものがなかったか、だれかにあとをつけられていなかったか、知る必要があるのよ」

「それがこのコンピュータから見つかると思ってるの？」ナンは厳しい口調でたずね、キーボードを取り上げた。「彼女はこのコンピュータを大学の講義用に使ってただけよ。あなたには音声識別ソフトを理解することもできないわ」

レナはキーボードをつかんで奪い返した。「すぐにわかるわよ」

「いいえ、無理よ」ナンが言い返した。「ここは、わたしの家でもあるのよ」

レナは両手を腰に当て、部屋の中央に歩いていった。古い点字用タイプライターの横に積み重ねてある書類に目を留めた。その書類を手に取り、ナンに向き直った。「これはなに？」

ナンが駆け寄り、書類をつかんだ。「彼女の日記よ」

「あんた、読めるの？」

「個人的な日記よ」ナンはショックを受けた様子で、繰り返し告げた。「書かれてるのは彼女のプライヴェートな思考だわ」

レナは下唇を噛み、もう少し穏やかな戦法でいくことにした。彼女がこれっぽっちもナン・トーマスに好意を持っていないのは、この家では秘密でもなんでもない。「あんた、点字が読める、そうよね？」

「少しはね」

「これになんて書いてあるのか、わたしに教えてちょうだい、ナン。彼女は何者かに殺されたのよ」レナは書類を指で軽く叩いた。「だれかにあとをつけられてたかもしれない。なにかに怯えてて、わたしたちには言いたくなかったのかもしれない」

ナンは顔をそむけ、うつむいて書類を見た。一行目の点字を指でなぞったが、読んでいるのではないとレナにはわかった。どういうわけかレナは、ナンが紙に触れているのはシビルが触れたものだからであり、書かれた言葉ではなくシビルの気持ちを吸収できるかのように触れているといった印象を受けた。

ナンが言った。「彼女は毎週月曜日にはあの簡易レストランに行ったわ。ひとりで外出すると決まってたの」

「知ってるわ」

「今夜はブリトーを作ることにしてたのよ」ナンは書類をデスクに積み重ねた。「必要なことをすればいいわ。わたしはリビング・ルームにいるから」

レナは彼女が出ていくのを待って、目の前の仕事を続けた。コンピュータに関してはナンの言ったとおりだった。レナには音声識別ソフトの使いかたがわからなかったし、シビルは大学の講義用に使っていただけだ。必要なときコンピュータに口述入力すれば、教育助手がちゃんとプリントアウトしてくれる。

もうひとつのベッドルームは、さっきの部屋より少し広い。レナは戸口に立ち、きちんと整えられたベッドを見た。並んだ枕のあいだにプーさんのぬいぐるみが押し込んである。

プーさんは古いもので、ところどころ毛が剝げていた。シビルは子どものときから片時もそのプーさんを放さなかったので、捨てるのは裏切り行為に思えたのだろう。プーさんを抱いて立っている幼いシビルの姿がふと頭をよぎり、レナはドアに寄りかかった。目を閉じて、思い出に身をまかせた。子どものころのことで思い出したい出来事はそう多くないが、ある日の記憶がまざまざとよみがえった。シビルが視力を失うことになった事故から数カ月後、ふたりは裏庭にいて、ブランコにのったシビルの背をレナが押していた。シビルはプーさんをしっかり胸に抱き、頭をのけぞらせてそよ風を肌に感じ、満面に笑みを浮かべて、そんななんでもない喜びを嚙みしめていた。深い信頼が存在した。シビルは、レナがあまり強くあまり高くまで押さないと信頼してブランコにのった。レナは責任を感じていた。責任感で胸がいっぱいになり、腕が痛くなるまでシビルの背を押し続けた。

レナは涙をぬぐい、ベッドルームのドアを閉めた。バスルームに入り、洗面所のキャビネットを開けた。シビルが常飲しているビタミン剤とハーブのほか、キャビネットにはなにもなかった。クロゼットを開け、トイレット・ペーパーやタンポン、ヘア・ジェルやハンド・タオルの奥を探した。なにを探しているのか、自分でもわからなかった。シビルはものを隠す人間ではない。隠したりすれば、だれよりもシビル本人がそれを見つけられなくなる。

「シビー」深呼吸して、キャビネットの扉になっている鏡に向き直った。自分ではなくシビルの顔に見えた。レナは映っている自分自身の姿に向かってささやきかけた。「なにか教えてよ。お願い」

両目を閉じ、シビルになったつもりで、この空間を歩いてみようとした。バスルームは狭く、中央に立っているので両手で左右の壁に触れることができる。力なくため息をついて目を開けた。バスルームにはなにもない。

リビング・ルームに戻ると、ナン・トーマスはカウチに座っていた。シビルの日記をひざに置き、レナが入っていっても顔を上げなかった。「最後の数日分を読んだの」抑揚のない口調だった。「妙な記述なんて、ひとつもなかった。赤点ばかり取ってる生徒の心配をしてたわ」

「男子学生？」

ナンは首を振った。「女子学生よ。一年生」

レナは片手をついて壁に寄りかかった。「この数カ月のあいだに工事職人が出入りした？」

「いいえ」

「郵便配達にくるのはいつも同じ配達人だった？　小包や宅配便は届かなかった？」

「新顔は見てないわ。ここはグラント郡なのよ、リー」

愛称で呼ばれてレナはかっとした。怒りを噛み殺そうとした。「あとをつけられてる気がするとかなんとか、言ってなかった？」

「いいえ、なにも。彼女はまったくいつもと同じだったわ」ナンは書類を抱き締めた。「大学のクラスは問題なかった。わたしたち、なんの問題もなかった」かすかな笑みが口元に浮かんだ。「この週末、ユフォーラに日帰り旅行をすることになってたの」

レナはポケットから車のキーを取り出した。「そう」皮肉な口調だった。「なにか思い出したら電話をしてくれるわね」

「リー――」

レナは片手を上げて制した。「やめて」

ナンは警告に気づき、顔をしかめた。「なにか思い出したら電話するわ」

レナは、午前零時には三本目のローリング・ロックを飲み終え、車でマディスンを抜けてグラントの郡境を越えていた。空き瓶を窓から投げ捨てようと考えたが、すんでのことで思いとどまった。自分のひねくれた道徳観念に苦笑した。飲酒運転はしてもゴミの投げ捨てはしない。どこかで線を引く必要がある。

レナの母親アンジェラ・ノートンは、兄のハンクがアルコールと麻薬乱用で底なしの深みへと落ちていくのを目の当たりにして育った。ハンクがレナに語ったところでは、アンジェラは飲酒には断固反対していた。カルヴィン・アダムズと結婚したときにアンジェラが夫婦の決めごととしたのはただひとつ、同僚の警官たちと飲みに出かけないというものだった。カルがときどき家を抜け出して飲みに出かけるのはばれていたが、だいたいにおいて彼は妻の願いを尊重していた。結婚三カ月後、ジョージア州リース郊外の未舗装道路で日常任務の交通検問をしていたカルに向けて、あるドライバーが銃の引き金を引いた。頭部に二発の銃弾を受けたカルヴィン・アダムズは、地面に倒れる前に死んでいた。二十三歳のアンジェラには夫に先立たれる心構えができているはずもなかった。彼女が夫の葬儀の際に気絶すると、家族は神経が参っているせいだと考えた。空腹時の吐き気が一カ月続いたのち、ようやく医者が診断結果を告げた。妊娠だった。

妊娠が進むにつれてアンジェラはますますふさぎ込むようになった。もともと幸せな女性ではなかった。リースでの生活は楽ではなく、ノートン一家もそれなりの辛酸をなめていた。ハンク・ノートンは激しやすい気性の持ち主として知られており、薄暗い路地で出くわしたくない、たちの悪い酔っぱらいのたぐいと見られていた。幼いころから兄を見てきたアンジェラは、喧嘩をしてもすぐに引き下がる女性になった。双子の女児を出産した二週間後、アンジェラ・アダムズは感染症に屈した。二十四歳だった。親戚の中で双子を引き取る気があったのはハンク・ノートンだけだった。

ハンクが言うには、シビルとレナが彼の人生を一変させたらしい。ふたりを家に連れ帰った日、彼は自分の体を粗末にするのをやめた。ふたりの存在を通して神を見出したと言い、初めてレナとシビルを抱いたときの感触を一瞬一瞬にいたるまで思い出すことができると、いまだに言っている。

実際、ふたりを引き取ったときにハンクがやめたのは、覚醒剤を打つことだけだ。飲酒をやめたのははるかあとだ。それは、ふたりが八歳のときに起きた。仕事でおもしろくないことがあって、ハンクは飲み過ぎていた。アルコールがなくなると、店まで歩かずに車で行こうと考えた。車は通りに出ることすらできなかった。シビルとレナが前庭でボール遊びをしていた。車庫の前までボールを追いながらシビルがなにを考えていたのか、レナはいまだにわからない。ボールを拾おうとシビルが身をかがめたとき、ハンクの乗った車が彼女を横から襲い、こめかみにスティール製のバンパーが激突した。

郡警察が呼ばれたが、捜査してもなにも出なかった。もっとも近い病院でもリースから車で四十五分かかる。ハンクには酔いをさまし、もっともらしい話を考えつく時間がたっぷりあった。レナはいまでも、彼と一緒に車に乗り、彼が頭の中で話を考えながら口を動かしていた姿を思い出すことができる。当時、八歳だったレナにはなにが起きたのか確信がなく、警察に事情を訊かれたときもハンクの話を裏づけたのだった。

いまでもときどきレナはあの事故の夢を見ることがあり、夢の中でシビルの体はあのときのボールと同じように地面にぶつかって跳ね返る。あれ以来アルコールを一滴も口にしていないとハンクが言うのも、レナにはどうでもいいことだった。すでに手遅れだ。

レナは両手をハンドルから放し、キャップをひねって新しいビール瓶を開けた。ぐいっと一口飲み、苦さに顔をしかめた。レナは一度もアルコールをおいしいと思ったことがない。自制心を失うのがいやで、頭がぼうっとして思考が麻痺するのも大嫌いだった。酩酊など弱い人間のすることで、自分の人生を生き二本の脚で立つことのできない弱い人間がすがるものだ。飲酒はなにかからの逃避だ。レナはまた一口ビールを飲みながら、いまこそそれらすべてにふさわしいときだ、と思った。

急に向きを変えて出口を下りたので、セリカが大きく尻を振った。レナは片手でハンドルを戻し、もう片方の手でしっかりとビール瓶を握り締めた。出口の先で乱暴に右折して〈リース・ストップ・アンド・セイヴ〉に入った。店内は暗かった。町のおおかたの商売と同じく、このガソリン・スタンドも午後十時には閉店する。しかし、レナの記憶が正しければ、この建物の裏に行くと、十代の子どもたちがたむろして飲酒や喫煙、そのほか親が知りたくないようなことをしているのを見られるはずだ。月のない夜に、レナとシビルはハンクの少しも鋭くない目を盗んでよく家を抜け出し、歩いてこの店まで来たものだ。

レナは空き瓶を両手で抱えて車を降りた。ドアに足を引っかけてつんのめった。瓶の一本が手からすべり落ち、コンクリートの地面に当たって割れた。レナは汚い言葉を吐き、破片を蹴ってタイヤから離すと、ごみ箱に歩いていった。空き瓶を放り入れながら、店の板ガラスに映る自分の姿を見つめた。一瞬、シビルを見ている気がした。ガラスに手を伸ばし、唇と目に触れてみた。

「いやだわ」レナはため息をついた。レナがアルコールを嫌う山ほどある理由のひとつがこれだ。自分がどんどん無能な役立たずになる。

通りの向かいのバーから音楽が鳴り響いていた。バーを所有しながら絶対に酒を飲まないのが意志の強さを図る試金石になるとハンクは考えていた。〈ザ・ハット（あばら屋）〉はその名のとおりの建物で、南部らしい工夫も加えられている。屋根は肝心な部分だけが藁葺きで、それ以外はタールを塗った表面に錆びのついたブリキを張ってある。実際に火を焚く代わりにオレンジや赤の電球をつけたたいまつが入口の両脇に置かれ、ドアにはペンキを塗って草の葉で作ったように見せている。壁のペンキは剝げかけているが、大部分はいまでも竹をデザインしたものだとわかる。

泥酔状態とはいえ、レナは通りを渡る前に左右を確認する分別があった。足が体より十秒ばかり遅れるので、砂利敷きの駐車場を横切るときは両手を横に出してバランスをとった。駐車場に停めてある五十台前後の車のうち、四十台ほどがピックアップ・トラックだ。ここは〝新しい南部《ニュー・サウス》〟なので、銃架を取りつける代わりに、車体の横腹にこれ見よがしにクロム製のレールと金色の防護材をつけている。残る十台ほどはジープと四輪駆動車だ。リア・ウィンドウには米国改造自動車競技連盟の登録番号が書き込まれている。ハンクの一九八三年型のクリーム色のメルセデスが、この駐車場に停めてある唯一のセダンだった。

〈ザ・ハット〉には煙草のにおいが立ちこめ、レナはむせないよう何度か浅い呼吸をしなければならなかった。バー・カウンターまで行くあいだに目が痛くなった。店内はここ二十年ほどのあいだ、あまり変わっていない。床はあいかわらず、こぼれたビールでねばばし、ピーナッツの殻でがさがさしていた。左手に並ぶブース席には、おそらくクワンティコにあるFBIの科学捜査研究所よりも多くのDNA鑑定資料があるにちがいない。右手には、二百リットル樽と松の芯材で作った長いバー・カウンター。奥の壁際にステージがあり、その両側にそれぞれ男性用と女性用のトイレ。バーの中央は、ハンクがダンス・フロアと呼んでいるスペースだ。ほぼ毎晩のように、程度こそちがうものの酔っぱらった勢いでいろんな男女が入り乱れて踊っている。〈ザ・ハット〉は、午前二時半にはだれもがご機嫌に見えることから〝二時半のバー〟と呼ばれている店のひとつだ。

ハンクの姿はどこにも見当たらなかったが、アマチュア・ショーの行なわれる夜に彼が遠くに行くはずがないのをレナは知っていた。隔週の月曜日、〈ザ・ハット〉の常連たちが招かれてステージに立ち、町の連中の前で恥をかく。レナはそれを考えただけで身震いした。リースに来ると、ハーツデイルが喧騒に満ちた大都市に思える。タイヤ工場がなければ、この店にいる連中の大半はとうの昔にこの町を出ていったはずだ。ところが実際は、酒の飲み過ぎで死ぬことに満足し、幸せなふりをしている。

レナは最初に目についた空いている腰かけに座った。ジュークボックスから流れてくるカントリー・ソングは腹に響く重低音なので、レナはカウンターに両ひじをつき、自分の考えに耳を傾けることができるよう両手で耳をふさいだ。

腕になにかがぶつかるのを感じて顔を上げると、ちょうど、ウェブスターの辞書で〝田舎者〟を引いたら記してあるとおりの風体の男が隣の席に腰を下ろすのが見えた。どうやら野球帽をかぶって戸外で働いているらしく、首から上が、髪の生え際から二センチばかり下まで日焼けしている。だめになる寸前のシャツは糊づけされ、袖口は太い手首にぴったりだ。ジュークボックスが急に止まったので、レナはトンネルの中にいるような気分にならないよう、耳を直そうとあごを動かした。

隣席の男がまたレナの腕にぶつかり、笑顔で声をかけてきた。「やあ、お嬢さん」

レナはあきれ顔でバーテンの目をとらえた。「ジャック・ダニエルズをロックで」と注文した。

「おれがおごるよ」男が言い、十ドル札をカウンターにぴしゃりと置いた。口を開くと、事故で大破した列車のような感じでとぎれとぎれの音が不明瞭に響くので、レナは男が泥酔しているとわかり、自分はあそこまで酔っぱらいたくないと思った。

男はレナににやけた笑みを向けた。「なあ、お嬢ちゃん、あんたと聖書の教えを実践したいなぁ」

レナは身を乗り出し、男の耳元に唇を寄せた。「そんなことをしようものなら、車のキーであんたの睾丸を切り落としてやるわ」

男は口を開けてなにか言い返そうとしたが、一言も発しないまま、バースツールから引き下ろされた。うしろに立っていたハンクが男のシャツの襟をつかみ、人込みのほうに突き飛ばした。ハンクがレナに注いだ視線は、レナが自分の顔に浮かんでいると思う表情に負けないほど厳しいものだった。

レナは伯父を好きだと思ったことは一度もない。シビルとちがって、レナは他人を簡単に許す人間ではない。シビルがリースまで伯父を訪ねるのを車で送ってきても、レナはほとんどの時間を車の中で待つか、シビルが玄関ドアから出てくるなり出発できるよう車のキーを持ってポーチの階段に座って待っていた。

二十代と三十代の大半を腕に覚醒剤を打って過ごしてはいたが、ハンク・ノートンは愚かな人間ではない。レナが夜中にハンクの所有する有名な店の戸口に現われたことが意味するのはひとつしかない。

ふたたび鳴り響き始めた音楽が壁を震わせ、床の振動がバースツールに伝わってきたときも、ふたりの視線は絡み合ったままだった。ハンクが「シビルはどこだ?」とたずねたとき、レナはその言葉が聞こえたというより、見えた。

バーの裏の人目につかない場所にあるハンクのオフィスはブリキ屋根の小さな木造小屋

で、商売の場所というより屋外便所のようだった。公共事業促進局が取りつけたらしいすり切れた電線から裸電球が一個ぶら下がっている。ビール会社やウィスキー会社からもらったポスター類が壁紙の役目を果たしていた。奥の壁際には、前後に一個ずつ椅子を配したデスクの周囲三メートル四方だけを残して、ウィスキーの詰まった白いプラスティック・ケースが積み上げてある。デスクの周囲には、長年のバー経営でたまった領収書が詰まっている箱が積んであった。小屋の裏手に小川が流れているので、空気は湿ってかび臭い。ハンクはこの薄暗くてじめじめした、舌にこそふさわしい環境で仕事をしながら日々を過ごすのが好きなのだと、レナは想像した。

「改装したようね」レナは言い、箱のひとつに飲みかけのグラスを置いた。もう酔いがさめたのか、酔いすぎて自分が酔っているのがわからなくなったのか、レナには判断がつかなかった。

ハンクはグラスにちらっと目をやり、すぐにレナに視線を戻した。「おまえは酒を飲まないだろ」

レナは乾杯するようにグラスを持ち上げた。「晩成型の大器に」

ハンクはオフィス用の椅子に深々と腰かけ、両手を腹の前で組んだ。ハンクはのっぽで痩せっぽち、冬になると皮膚がはがれ落ちやすくなる。父親がヒスパニックだったにもかかわらず、ハンクの顔立ちは、肌の色と同じく陰気くさかった生気のない母親のほうに似ている。レナは心の中で常々、アルビノのヘビにそっくりなのがハンクにはふさわしいと思っていた。

彼がたずねた。「こっちへは、なんの用で？」

「ちょっと寄ってみただけよ」レナはなんとかグラスを持った。ウィスキーが苦かった。ハンクの目を見据えたまま飲み終え、空《から》のグラスをさっきの箱の上に乱暴に置いた。自分がなぜためらっているのか、レナにもわからなかった。長年、ハンク・ノートンにぎゃふんと言わせる日を待ち続けてきた。いまこそ、彼がシビルを傷つけたのと同じように彼を傷つける絶好の機会だ。

「おまえはコカインまでやり始めたのか。それとも泣いてるのか？」

レナは手の甲で口元をぬぐった。「どう思う？」

ハンクは彼女を見つめたまま、両手をさすり始めた。それが不安になったときのただの癖ではないのをレナは知っていた。両手の静脈に覚醒剤を打っていたせいで、ハンクは若いときから関節炎を患っている。麻薬を絶つために用いる粉末混合剤のせいで腕の静脈の大半にカルシウムが異常沈着しているので血行も悪い。彼の両手はたいてい氷のように冷たく、常に痛みを伴うのだ。

突然、ハンクが手をさするのをやめた。「話をすますそうじゃないか、リー。おれはショーを開かなくちゃならないんだ」

レナは口を開きかけたが、言葉は出てこなかった。ひとつには、伯父の軽々しい態度に怒りを覚えたからだが、もともと伯父との関係には怒りがつきものだ。もうひとつには、彼にどう話せばいいのかわからなかったからだ。レナがどれほど憎んでいても、伯父とて人間だ。ハンクはシビルを可愛がっていた。高校時代、レナはシビルをどこにでも連れていくわけにはいかず、シビルは多くの時間を家でハンクと過ごした。シビルとハンクのあいだには否定しようのない絆があったので、レナは伯父を傷つけたい反面、自分がその気持ちを抑えているのもわかった。レナはシビルを愛していた。そのシビルがハンクを愛していた。

ハンクはボールペンを手に取り、デスクの上で何度かまわしてから、ようやくたずねた。

「どうしたんだ、レナ？　金が入り用なのか？」

そんな簡単なことならいいんだけど、とレナは思った。

「車が壊れたのか？」

レナはゆっくりと大きく首を振った。

「シビルだな」声が喉に引っかかるような感じでハンクが口に出した。

レナが答えずにいると、ハンクはゆっくりとうなずき、祈りを捧げるように両手を組んだ。「シビルが病気なのか？」最悪の事態を予期しているような口調だった。この短い言葉だけで、レナが知るようになってから一度も見せたことのないほど強い感情をハンクは示した。レナは初めて会った人を見るように伯父を見た。青白い皮膚には、血色の悪い男が歳をとると顔にできる赤い斑点が浮かんでいる。レナが物心ついたときから銀色だった髪は、六十ワットの裸電球の下ではくすんで黄色みを帯びている。アロハ・シャツは伯父にしてはめずらしくしわが寄り、そわそわと動く両手がかすかに震えている。

レナはジェフリー・トリヴァーのやりかたをまねた。「彼女は町のまん中にある簡易レストランに行ったの」話を始めた。「洋服屋の向かいにあるレストラン、知ってるでしょ？」

伯父はわずかにうなずくだけだった。

「彼女は家からレストランまで歩いていったわ」レナは先を続けた。「毎週そうしてるのよ、自分ひとりでできることだから」

ハンクは顔の前で手を組み、両手の人さし指を額に当てた。

「それで、えーっと」レナはなにかする必要を覚えてグラスを手に取った。氷の溶けたわずかな水を飲み干してから続けた。「彼女はトイレに入り、何者かが彼女を殺したの」

狭いオフィスにはほとんど物音がしなかった。外ではキリギリスが鳴いている。小川からは水音が聞こえる。遠くで鳴り響くような音がバーから聞こえてくる。

いきなりハンクが背中を向け、箱をざっと調べながらたずねた。「今夜はなにを飲んでるんだ？」

レナは伯父の質問に驚いたが、別に驚くことではなかった。アルコール中毒者互助会で洗脳を受けたにもかかわらず、ハンク・ノートンは不快なことを避ける達人だ。そもそもハンクが麻薬やアルコールに溺れるようになったのは逃避願望のせいだった。「車の中でビール」レナは、伯父が不快なことを詳しく訊きたがらないのを初めてうれしく思い、調子を合わせた。「ここではジャック・ダニエルズ」

彼はジャック・ダニエルズのボトルにかけた手を止めた。「ウィスキーの前にビール、悪酔いのもとだ」警告したが、最後の部分は喉が詰まっていた。

レナは注意を引くために氷の音を立ててグラスを差し出した。ハンクがジャック・ダニエルズを注ぐのをじっと見て、彼が唇を舐めても驚かなかった。

「仕事はどうだ？」たずねるハンクの声は小屋の中であまり響かなかった。下唇がかすかに震えている。口から出た言葉とは裏腹に、顔には悲しみに打ちひしがれた表情が浮かんでいた。「うまくやってるのか？」

レナはうなずいた。自分が自動車事故のまっただ中にいるような気がした。〝現実離れ〟という言葉の意味を、レナはようやく理解した。この狭い空間で、なにひとつ現実のものと思えなかった。手の中のグラスの重みが感じられない。ハンクは何キロも遠くにいる。レナ自身は夢の中にいる。

レナは我《われ》を取り戻そうと、急いでウィスキーを飲み干した。燃える火のかたまりのごとくアルコールが喉の奥を襲い、まるで熱いアスファルトでも飲み込んだかのようだった。

そのときも、ハンクはレナではなくグラスを見ていた。

その表情でレナの我慢の糸が切れた。「シビルは死んだわ、ハンク」

不意に彼の目に涙があふれ、レナは彼がとても年老いて見えるということしか考えられなくなった。花がしおれていくのを見ているようだった。彼はハンカチを取り出して鼻を拭いた。

ジェフリー・トリヴァーが夕方やったとおり、レナも同じ言葉を繰り返した。「彼女は死んだわ」

「まちがいないのか?」とたずねるハンクの声は震えていた。

レナはさっとうなずいた。「遺体を見たわ」すぐに続けた。「犯人は彼女をめちゃくちゃに切ったの」

ハンクの口が魚のように開いて閉じた。それでも、昔レナのうそを見破ろうとするときによくやったように、ずっとレナの目を見ていた。ようやく目をそらし、つぶやくように言った、「考えられないことだ」

レナは手を伸ばして彼の老いた手を軽く叩いて慰めようとすることもできたが、そうしなかった。レナは凍りついたように椅子に座っていた。シビルのことを考えるのが最初の反応のはずなのに、シビルのことを考えるどころか、ハンクに、彼の濡れた唇、目、鼻からはみ出している毛に、意識を集中していた。

「ああ、シビー」彼はため息をつき、目をぬぐった。見ていると、彼がつばを飲み込むときに喉仏が動いた。手を伸ばし、ボトルの首に手をかけた。たずねもせずキャップをねじ開けて、レナにお代わりを注いだ。今度は、琥珀色の液体がグラスの縁に達するほどだった。

しばらくしてハンクは大きな音で鼻をかみ、目元をハンカチで軽く押さえた。「彼女を殺そうとする人間がいるなんて、信じられない」幾重にもハンカチを折りたたむうちに手の震えが激しくなった。「考えられない」つぶやくように言った。「殺されたのがおまえなら話はわかる」

「どうもありがとう」

その言葉はハンクの怒りに火をつけるには充分だった。「おまえの仕事柄という意味だ。いいかげん、いつものひねくれ根性を直すんだな」

レナは黙っていた。いつもの命令だ。

彼は手のひらをぴたりとデスクに置き、レナを見据えた。「それが起きたとき、おまえはどこにいたんだ?」

レナはウィスキーをぐいと飲んだが、今度はさほど喉の焼けつきを感じなかった。グラスをデスクに戻したときも、ハンクはまだレナを見据えていた。

レナはつぶやくように言った。「メイコンよ」

「それで、動機はなんらかの怨恨だったのか？」

レナは手を伸ばしてボトルを取った。「わからない。そうかもしれない」グラスに注ぐときボトルの中でウィスキーがどくどくと音を立てた。「犯人は、彼女がゲイだから狙ったのかもしれない。目が不自由だから狙ったのかもしれない」レナは横目で見て、伯父がその言葉に傷ついた表情をする瞬間をとらえた。自分の見解を説明することにした。「レイプ犯は、自分が支配できると思う女を標的に選ぶものなのよ、ハンク。彼女は絶好のカモだった」

「じゃあ、なにもかもおれのせいなんだな？」

「そんなこと言ってないわ」

彼はボトルをつかんだ。「そうだな」吐き捨てるように言い、残りが半分になったボトルをケースに戻した。口調は怒りを帯び、事務的な態度に逆戻りした。レナと同じく、ハンクも以前から、物事の感情的な面となると落ち着かなくなる。ハンクとレナがまったく反りが合わないいちばんの理由はおたがい似すぎているからだと、シビルはよく言っていた。ハンクと一緒にこの小屋の中で座って、狭い空間に満ちてきた彼の悲しみと怒りをひしひしと感じていると、シビルの言ったとおりだとレナは思った。いま目にしているのは二十年後の自分の姿であり、それを止めるすべはない。

ハンクがたずねた。「ナンにはもう話したのか?」

「ええ」

「葬儀の手配をしなくちゃな」彼は言い、ペンを手に取って卓上カレンダーに四角い枠を書き込んだ。いちばん上には大文字で、〝葬儀〟と書いた。「グラントに、ちゃんとやってくれそうな人がいるか?」しばし彼女の返事を待ったのち、言い足した。「なにしろ、彼女の友だちの大半がグラントにいるからな」

「え?」レナは口元でグラスを止めて聞き返した。「なんの話?」

「リー、おれたちは手配をする必要があるんだ。ちゃんとシビーを葬ってやらなくちゃならない」

レナはウィスキーを飲み干した。目を上げてハンクを見ると、彼の顔がぼやけていた。実は、部屋全体がぼやけていた。ローラー・コースターに乗っているような感じがしたかと思うと、たちまち胃が反応した。レナは片手を口に押し当て、吐き気をこらえようとした。

おそらくハンクはこれまでに何度もその表情を、おおかたは鏡で、見たことがあるのだろう。レナが闘いに負けた瞬間、脇にいてごみ箱を彼女のあごに当てていた。

火曜日

7

両親の家で、サラはキッチンのシンクに身を乗り出し、父親のレンチを使って蛇口をゆるめていた。昨夜は大半をモルグで、シビル・アダムズの検死解剖をして過ごした。明かりのついていない家に帰ってひとりきりで眠りにつくのはいやだった。それに加えて、ジェフリーが留守番電話に入れていたメッセージの最後で家に行くぞと脅していたので、昨夜はどこで眠るか、実際のところサラに選択の余地はなかった。家には犬たちを連れ出しにこっそり立ち寄っただけで、わざわざ手術衣を着替えることもしなかった。

額の汗をぬぐい、コーヒーメーカーについている時計に目をやった。午前六時三十分、わずか二時間眠っただけだ。目を閉じるたび、便座に腰かけ、自分の身になにが起ころうとしているのかまったく見えないまま、犯人の攻撃ひとつひとつを体で感じていたシビル・アダムズのことを考えた。

明るい面に目を向けるなら、ある種の家庭内の悲劇を別にすれば、断じて今日は昨日ほど悪くなりようがない。

キャシー・リントンがキッチンに入ってきて、キャビネットを開けてコーヒー・カップを取り出し、ようやく長女が隣に立っているのに気づいた。「なにをしてるの？」

サラはねじ山を切ったボルトに新しいパッキン押さえをはめた。「蛇口から水漏れがしてたの」

「家族に二人も水道修理工がいるのに」キャシーは自分のカップにコーヒーを注ぎながら不満を漏らした。「医者をしている娘が蛇口の水漏れの修理をしてるだなんて」

サラは笑みを浮かべて、力いっぱいレンチをまわした。リントン家は水道修理工一家で、サラも学生時代には夏休みの大半を父親の仕事を手伝い、通し棒を押し込んだり水道管を溶接したりしたものだ。ハイスクールを一年早く終了したのも、毎年の夏休みに学士号取得に専念したのも、理由はただひとつ、そうすればクモがはびこる床下にもぐって父親と一緒に動きまわらなくてすむからだ、とサラはときどき考える。父親を愛していないというのではないが、テッサとちがって、サラはクモ嫌いを克服できなかった。

キャシーがすっとキッチンの腰かけに座った。「ゆうべはここで寝たの？」

「そうよ」サラは答え、手を洗った。蛇口を閉め、水漏れがないのを見ると笑顔になった。達成感を覚えて、肩の荷がいくぶん軽くなった。

キャシーが感心したような笑みを見せた。「あっちの医者の仕事がうまくいかなくても、いざとなれば水道修理工の仕事はできるわね」

「実はね、それは、パパが最初の日に車で大学まで送ってくれたときに言ったせりふよ」

「知ってるわ」キャシーが言った。「パパを殺してやりたいと思ったもの」コーヒーを飲みながら、カップの縁越しにサラを見た。「どうして自分の家に帰らなかったの？」

「遅くまで仕事をしてたから、ここに来たかっただけよ。かまわないんでしょ？」

「もちろん、かまわないわ」キャシーは言い、サラにタオルを放った。「ばかなこと言わないで」

サラは手を拭いた。「うちに入るときに起こさなかったのならいいけど」

「わたしは起きなかったわ」キャシーは答えた。「どうしてテスのところに泊まらなかったの？」

サラはタオル掛けに戻したタオルをせっせと伸ばし始めた。テッサはガレージの上の、ベッドルームがふたつあるアパートに住んでいる。この数年、サラには自分の家でひとりきりで眠りたくない夜が何度かあった。たいていは、決まって悩みごとを充分に話し合いたがる父親を起こす危険を冒すより、テッサのアパートに泊まっていた。

サラは、「あの子を起こしたくなかったのよ」と答えた。

「まあ、ばかばかしい」キャシーが声を上げて笑った。「やれやれ、あの大学に何十万ドルもつぎ込んだのに、もっとましなうそをつくようには教えてくれなかったの？」

サラはキャビネットからお気に入りのマグカップを取り、コーヒーを注いだ。「代わりにロー・スクールに送り込めばよかったのよ」

キャシーはしぶい顔をして脚を組んだ。小柄な女性で、体型と健康の維持のためにヨガをやっている。ブロンドの髪とブルーの瞳はサラを飛び越えてテッサに遺伝した。気性が似ているのを別にすれば、キャシーとサラが母娘だと難なく言い切ることのできる人はいないはずだ。

「それで?」キャシーが促した。

サラは口元がほころぶのを禁じえなかった。「わたしが入っていったときテスは少しばかり忙しそうだったから、そのまま立ち去った、と言っておくわ」

「忙しそうって、ひとりで?」

「いいえ」サラは頬が赤らむのを感じ、はじかれたように気まずい笑い声を上げた。「もう、ママったら」

ややあって、キャシーが声を低めてたずねた。「相手はデヴォン・ロックウッドだった?」

「デヴォン?」サラは彼の名前を聞いて驚いた。テッサがベッドでだれと淫声を発しながら絡み合っているのか、しかと見ることはできなかったが、エディ・リントンが二週間前に雇ったばかりの水道修理工見習いデヴォン・ロックウッドの名前が出てくるとは思いもしなかった。

キャシーがしっと言った。「お父さんに聞こえるわ」

「なにが聞こえるんだ？」エディが足を引きずるような歩きかたでキッチンに入ってきた。サラを見ると、目を輝かせた。「ベイビーじゃないか」エディは大きな音をさせてサラの頰にキスをした。「けさ家に入ってくる音を聞いたが、あれはおまえだったのか？」

「わたしよ」サラは白状した。

「ガレージにペンキの色見本がいくつかある」エディが提案した。「食事のあと見にいって、おまえの部屋に塗るきれいな色を選ぼうじゃないか」

サラはコーヒーを一口飲んだ。「ここに戻ってくるつもりはないのよ、パパ」

彼はカップに向かって咎めるように人さし指を突き出した。「それは成長を妨げるんだぞ」

「それならラッキーだったんだけど」サラはぼそぼそと言った。九学年のときにわずかに父親を抜いて以来、サラは直系家族の中でいちばん背が高い。

母親が立つと、サラは空いた腰かけに素早く座った。エディがキッチンを歩きまわってキャシーの動きの邪魔になるのでついに無理やり椅子に座らされるという、両親のあいだで毎朝繰り返されている行動をサラはじっと見ていた。エディは朝刊の上に身を乗り出し、髪をなで上げた。白髪混じりの黒髪は、眉と同じく、三方向に突き立っている。身につけているTシャツは着古したもので、肩甲骨のあたりにもすり切れて開いた穴がいくつかある。パジャマのズボンの図柄は色あせて五年前にはすっかり消えてしまい、ベッドルーム用のスリッパは踵がすり切れている。サラが絶対に両親を許せないと思っているのは、自分が母親のシニカルなものの見方と父親の服装のセンスを受け継いでしまった点だ。

エディが言った。「《オブザーヴァー》は今度の件で一ペニー残らず絞り取るつもりのようだな」

サラはグラントの地元紙の見出しにちらりと目をやった。〝大学教授、惨殺される〟とある。

「なんて書いてあるの?」サラは自分を抑えきれずにたずねた。

エディはその記事を指でたどりながら声を出して読んだ。「〝GITの教授シビル・アダムズが昨日、〈グラント給油所〉で無残に撲殺された。地元警察は犯人の割り出しに苦慮している。ジェフリー・トリヴァー署長は〟」――エディは読むのをやめて小声で

「あのくそったれ野郎め」とつぶやいた――「〝若い教授を殺害した犯人に法の裁きを受けさせるべく、目下、可能性のある手がかりを残らず当たっていると述べている〟」

「撲殺じゃないわ」サラは、シビル・アダムズの顔面に加えられた殴打が死因ではないと知っている。検死解剖の際に見つけた物的証拠を思い出し、思わず身震いした。

エディはサラの反応に気づいたようだ。「彼女はほかにもなにかされてたのか?」

サラは父親がそんな質問をしたことに驚いた。ふだんなら、家族はわざわざ彼女の生活

のそっちの面に関する質問をしたりはしない。自分の非常勤の仕事に対して家族が抱いているとまどいは少々という程度ではすまないと、サラは当初から感じていた。

サラは、父親の質問の意図を察する前に「たとえば、どんなこと？」とたずねていた。パンケーキの生地を混ぜていたキャシーが、うろたえたような表情で顔を上げた。

サラがひとりでいるものと思ったらしく、蝶番で留めてある自在戸を勢いよく開けてテッサがキッチンに飛び込んできた。彼女の口が完全なOの形に開いた。

レンジ台の前に立ってパンケーキを焼いていたキャシーが肩越しに「おはよう」と声をかけた。

テッサはうつむいたまま、コーヒーのところに直行した。

「よく眠れたか？」エディがたずねた。

「赤ん坊のようにね」テッサは答え、彼の頭のてっぺんにキスをした。

キャシーがフライ返しを振ってサラを指し示した。「姉さんを見習うのね」

テッサはその小言を無視する分別を持ち合わせていた。デッキへと続くフランス窓を開けると、外に向かって頭をさっと傾け、サラについてくるよう合図した。

サラは指示どおりに外へ出て、うしろで戸がしっかり閉まるまで息を殺していた。ささやき声でたずねた、「デヴォン・ロックウッド？」

「わたしは、姉さんがジェブとデートするって話、ふたりにはまだ言ってないのよ」テッサが反撃した。

サラは唇を真一文字に結び、無言で休戦協定に応じた。

テッサは片脚を尻の下に敷いてポーチ用のブランコに座った。「あんな遅くまで外でなにをしてたの？」

「モルグにいたのよ」サラは妹の横に腰かけた。朝の冷気を払おうと、腕をさすった。まだ手術衣のズボンと薄手の白いTシャツを着ていて、この気温にそれではとても間に合わなかった。「いくつか調べる必要があったの。レナが――」昨日の夜モルグでレナ・アダムズとのあいだになにがあったかをテッサに話していいものかどうか判断がつかず、口をつぐんだ。悲嘆のあまり口をついて出たにすぎないとわかってはいても、レナの非難の言葉がまだ胸にこたえていた。

サラは、「すませてしまいたかったのよ、わかるでしょ？」とだけ言った。

テッサの顔から表情が完全に消えた。「なにか見つかったの？」

「報告書をジェフリーにファクスで送ったわ。いくつか重要な手がかりを得る助けになると思うの」サラはそこで言葉を切り、テッサの注意を引いたのを見届けた。「よく聞いて、テッシー。用心を怠らないのよ、いいわね？　ドアにはちゃんと錠をすること。ひとりで出歩かないこと。そういったことよ」

「そうね」テッサは片手を握り締めた。「わかった。そうするわ」

「わたしが言いたいのは」テッサを怯えさせたくないので躊躇したが、危険な目に遭わせたくもなかった。「あなたたちは同じ年齢なの。あなたとシビルよ。わたしの言いたいこと、わかるでしょ?」

「そうね」返事はかえってきたが、テッサがその話をしたがっていないのは明らかだった。無理もないとサラは思った。シビル・アダムズの身に起きたことを逐一知ってしまったので、今日一日を乗り切るのは一苦労だとサラは感じ始めていた。

「あの絵葉書は――」テッサが言いかけたが、サラは最後まで言わせなかった。

「ブリーフケースに入ってたわ。ありがとう」

「うん」テッサの口調に落ち着きが戻った。

サラは、絵葉書のことなど考えず、シビル・アダムズのこともジェフリーのこともなにも考えずに湖を眺めた。湖の景色があまりに安らかなので、サラはここ数週間で自分が初めてリラックスしているのを感じた。目を細めて見れば、自宅の裏にあるデッキが見えるはずだ。サラの家は屋根つきのボートハウスで、湖にあるドックの多くと同じく、湖面に浮かぶ納屋のような小さな建物だ。

サラは、デッキ・チェアのひとつに座ってマルガリータを飲みながら低俗小説を読んでいる自分の姿を想像した。なぜそんなことをしている自分を想像するのかわからない。最近はゆっくり腰を下ろす時間もろくになく、アルコールは嫌いだし、患者のカルテや小児医療誌や法医学関係の解説書などの読みすぎで、一日が終わるころには目がしょぼしょぼしている状態なのだ。

サラの思考をテッサが断ち切った。「ゆうべはあまり眠れなかったんじゃないの?」

サラはそうだとうなずき、妹の肩に寄りかかった。

「昨日はジェフリーと一緒にいて、どんな気分だった?」

「なんかの薬を飲んで彼のことを忘れてしまえればいいと思うわ」

テッサは片腕を上げてサラの背中にまわした。「眠れなかったのはそのせい?」

サラはため息をつき、目を閉じた。「わからない。ただ、シビルのことを考えてたの。ジェフリーのことも」

「報われない思いを二年もだれかに抱き続けるなんて、長すぎるわよ」テッサが言った。「ほんとうに彼への思いを断ち切りたいのなら、別の人とデートし始めなくちゃ」彼女はサラの反論を押しとどめた。「本物のデートのことよ。相手が近づきすぎたら別れてしまうんじゃなくて」

サラはまっすぐに座り直し、両ひざを胸まで引き上げた。妹の言わんとすることはわかっていた。「わたしはあなたとはちがう。だれとでも寝るなんてできないわ」テッサは気を悪くしたふうではなかった。気を悪くするとは、サラも思っていなかった。テッサ・リントンが多忙な性生活を愉しんでいるのは町のだれもがよく知ることであり、知らないのは父親だけだった。

「スティーヴとセックスをしたのは、まだ十六歳のときだった」サラは、初めて真剣につき合ったボーイフレンドの名前を出して話を始めた。「そのあと、アトランタで起きたことは、あなたも知ってるでしょ」テッサがうなずいた。「ジェフリーのおかげでセックスを好きになれたの。そうね、生まれて初めて、自分がなにもかもそろった人間だと思えたのよ」その気持ちをつかんでいられるとでもいうように、サラはこぶしを握り締めた。「それがわたしにとってどんなに意味があったか、あなたにはわからないわ。長年、ひたすら学業そして仕事に専念して、どんな男性ともつき合わず、どんな人生も持っていなかったわたしが、突然に目覚めたのよ」

テッサは黙ってサラに話をさせた。

「初めてのデートを覚えてるわ」サラは続けた。「雨の中、わたしを車で送ってくれるとき、彼が急に車を停めたの。ジョークだと思ったわ。ほんの数分前、ふたりとも雨の中を歩くのが好きだって話したばかりだったから。でも、彼はライトをつけたまま車を降りた」サラは目を閉じ、寒さにコートの襟を立てて雨の中に立っているジェフリーの姿を思い浮かべた。「道路にネコがいたの。車に轢かれて死んでたようだった」

テッサは無言で続きを待った。「それで？」と促した。

「それで、彼は死体を拾い上げて、それ以上轢かれないよう道端に置いたわ」

テッサはショックを隠しきれなかった。「彼が死体を拾い上げたの？」

「そうよ」サラは、その思い出に優しい笑みを浮かべた。「ほかの車にそれ以上轢かせたくなかったのよ」

「彼はネコの死体に手を触れたのね？」

テッサの反応に、サラは声を上げて笑った。「この話、いままでしたことなかった？」

「聞いてれば覚えてるわ」

サラはブランコが動かないよう片足を下ろして支え、ブランコの背にもたれかかった。「問題は、夕食のとき、彼はネコが大嫌いだと話してたことなのよ。それが、雨の中、まっ暗な道路のまん中に車を停めて、それ以上轢かれないようにネコを道端に置いてやったの」

テッサの顔には不快感がありありと浮かんでいた。「そのあと、彼はネコの死体を触った手で車に戻ったのね？」

「彼はなににも手を触れたくなかったから、わたしが運転したわ」

テッサは鼻にしわを寄せた。「この話、ここからロマンティックな展開になるのかしら。なんだか少し吐き気がしてきたんだけど」

サラは横目で妹を見た。「わたしが運転してうちに帰り、もちろん、彼は手を洗うためにうちに入らなくちゃならなかったわ」サラは笑い声を上げた。「彼ったら、雨で髪はずぶ濡れだし、手術衣を汚したくない外科医のように、ずっと両手を上げてたわ」サラは手のひらをうしろに向けて両手を宙に掲げ、そのときの様子をみずから示した。

「それで？」

「それで、抗菌用のハンド・ソープがキッチンにあったから、手を洗うよう彼をキッチンに連れていって、汚い手でノズルの頭を押せないので、わたしが押したの」サラは深々とため息をついた。「それから彼はシンクにかがむようにして手を洗い、わたしが彼の両手にソープの泡をつけてあげたんだけど、力強くて温かい手だった。いつだって自信満々の彼は、ふと顔を上げてわたしの唇にキスしたわ。彼の両手に触れてるあいだ、その手で触れられたらどんな感じだろうってことしか考えられなかったのを見透かしてたように、まったくためらうことなくね」

サラの話が終わるのを待ってテッサが言った。「ネコの死体のくだりは別にして、こんなロマンティックな話、初めて聞いたわ」

「そうね」サラは立ち上がり、デッキの手すりに歩いていった。「彼はきっと、どのガールフレンドも自分は特別だって気にさせるのよ。それが彼の特技なんだと思うわ」

「姉さんは、ある種の人にとってセックスは目的が異なるってことを絶対に理解できないわね。ときには単なるファックだわ」テッサは間を置いた。「ときには、だれかの注意を引くための手段なの」

「たしかに彼はわたしの注意を引いたわね」

「彼はいまでも姉さんを愛してるのよ」

サラは向き直り、手すりに腰をかけた。「わたしを失ったから取り戻したいだけよ」

「自分の人生から彼を追い出したいと本気で考えてるのなら」テッサが切り出した、「郡のほうの仕事を辞めるべきだわ」

サラは言い返そうと口を開きかけたが、郡の仕事をしていればこそ正気を保っていられる日があるのだということを、どう妹に説明すればいいのか考えつかなかった。扁桃腺炎や耳痛ばかり診察していると、頭が麻痺してくる。検死官の職を辞するのは、自分の人生の一部、それも、死を扱っているにもかかわらず心から楽しんでいるほうの一部を放棄することを意味する。

テッサには絶対に理解できないとわかっていたので、サラは「なにをすればいいかわからないのよ」と言った。

答えはなかった。テッサは振り返って家を見ていた。サラは彼女の視線をたどり、キッチンの窓の奥を見た。ジェフリー・トリヴァーがレンジ台の前に立ってキャシーと話していた。

リントン夫妻の家は、四十年というもの絶えず手が加えられてきたために階層がそろっていない。キャシーが絵を描くことに興味を持ち始めると、裏手にトイレつきのアトリエが増築された。サラが勉強に夢中になると、屋根裏にトイレつきの勉強部屋が造られた。テッサが男の子に興味を持ち始めると、エディが家のどこにいても三秒ちょうどで飛び込んでいけるよう地下室に手が加えられた。階段は部屋の両側にあり、いちばん近いトイレは一階上だ。

テッサが大学に進んで家を出たときから、地下室はあまり変わっていない。カーペットはアボカドのような緑色、ユニット式ソファは濃い赤茶色だ。卓球台兼ビリヤード台が部屋の中央に陣取っている。サラは一度、卓球のボールを追っていき、結局打ち返せずに勢いよくコンソール型テレビにぶつかって手を骨折したことがある。

サラとジェフリーが階段を下りてきたとき、サラの二頭の飼い犬ビリーとボブがカウチの上にいた。サラは手を叩いて二頭をどかせようとした。二頭のグレイハウンドは、ジェフリーが低く口笛を吹くまで動こうとしなかった。なでてやろうと彼が歩み寄ると、二頭はしっぽを振った。

ボブの腹をなでながら、ジェフリーは言葉を加減しなかった。「ゆうべ一晩中、電話をかけてたんだぞ。どこにいたんだ？」

彼にはその種の情報を知る権利はないとサラは感じた。「シビルの件ではまだなにもわからないの？」

彼は首を振った。「レナの話だと、シビルはだれともつき合ってなかったらしい。だから、怒りに駆られた恋人が殺したという線は消えた」

「昔つき合ってた人は？」

「いない。今日、同居人にいくつか質問してみるつもりだ。シビルはナン・トーマスと一緒に住んでいた。ほら、司書だよ、知ってるだろ？」

「ええ」サラは頭の中で考えが正しい位置におさまり始めたのがわかった。「わたしの報告書、まだ受け取ってないの？」

彼は理解できないというように首を振った。「なんだって？」

「ゆうべ、わたしはあそこにいたのよ。検死解剖をしてたの」

「なんだって？」彼は同じ言葉を繰り返した。「立ち会い人なしで検死解剖するのは禁止されてるぞ」

「そんなことはわかってるわ、ジェフリー」サラはぴしゃりと言い返し、腕組みをした。無能な人間のように問いただされるのは、この十二時間にひとりからで充分だ。「だからブラッド・スティーヴンスに電話したの」

「ブラッド・スティーヴンス？」彼はサラに背を向け、ビリーのあごの下をなでながら、なにごとか小声でつぶやいた。

「なんて言ったの？」

「最近のきみは妙な振る舞いばかりしてると言ったんだ」彼は向き直ってサラに相対した。

「夜中に検死解剖をしただと？」

「あなたがそれを妙だと思うのは残念だけど、わたしはふたつの職をこなしていて、あなたのためだけに働いてるわけじゃないのよ」ジェフリーが制しようとしたが、サラは続けて言った。「万一お忘れなら言っておくけど、モルグでの仕事に加えて、診療所でも山のように患者を抱えてるの。患者といえば」──彼女は腕時計に目をやったが、ろくに時間を見なかった──「まもなく診察を始めなくちゃならないわ」両手をズボンの腰に差し入れた。「理由があってここに立ち寄ったの？」

「きみの様子を確認するためだ」彼は言った。「どうやら大丈夫のようだな。別段、驚くことでもないだろうね。きみはどんなときでも大丈夫なんだから」

「そのとおりよ」

「鋼鉄より強い女、サラ・リントン」

サラは、ジェフリーが見下されていると感じそうな表情を浮かべた。離婚間際に同じような言い争いを幾度となく繰り返してきたので、おたがいの言い分をそらで言えるほどだった。〝きみは自立心が強すぎるんだ〟〝あなたが求めすぎるのよ〟

サラは言った、「もう行かなくちゃ」

「ちょっと待てよ」彼が言った。「報告書は？」

「ファクスで送ったわ」

今度は彼が両手を腰に当てる番だった。「ああ、それは聞いたさ。きみは、なにか手がかりが見つかったと思ってるのか？」

「ええ」サラは答え、すぐに「いいえ」と言い直した。身を守るような感じで腕を組んだ。ジェフリーが口論から仕事絡みの話へとギアを入れ替えるのが、サラはたまらなくいやだった。下手な小細工なのに、いつも虚を突かれる。サラはいくぶん気を取り直して言った。「今朝、血液鑑定の結果を聞く必要があるのよ。ニック・シェルトンが九時に電話をくれることになってるから、そのあと結果を報告できると思うわ」つけ加えて言った。「そのことは報告書の表紙に書いておいたわよ」

「なぜ血液鑑定を急いだんだ？」彼はたずねた。

「勘よ」サラは答えた。いまのところ彼に話す気があるのはそこまでだ。情報を中途半端に伝えたくない。占い師ではなく医者なのだから。そのことはジェフリーも理解している。

「説明してくれ」彼が言った。

サラは、そんなことはごめんだとばかりに腕組みをした。ちらりと背後の階段に目をやり、だれも立ち聞きしていないのを確かめた。「報告書を読んでよ」

「頼む。きみの口から聞きたい」

サラは壁に寄りかかった。わかった事実を思い出すためではなく、知りえた事実から少しばかり距離を置くために、つかの間、目を閉じた。

サラは話し始めた。「彼女は便座に腰かけてるところを襲われた。目が不自由だったのと、不意を突かれたのとで、たぶん簡単に屈したはずよ。犯人は早い段階で彼女に切りつけ、シャツをめくり上げて、持っていた刃物で十字を刻んだと思う。腹部の切創が先よ。充分に挿入できるほど深くないわ。犯人がペニスを挿入したのは、汚すためにほかならないと思う。そのあとヴァギナに挿入してるから、ヴァギナから糞便が見つかったことの説明がつくわ。犯人がクライマックスに達したかどうかは不明。犯人にとってクライマックスに達することが重要だったとは思わない」

「きみは、彼女を汚すことのほうが犯人の目的だったと考えてるのか?」

サラは肩をすくめた。レイプ犯の多くはなんらかの性機能障害におかされている。今回の犯人にかぎってちがうという理由はない。腹腔をレイプしているのだから、そう告げているに等しい。

彼女は言った。「人の目に触れやすい場所でレイプするというスリルのためかもしれないわ。ランチタイムのピークは過ぎてたといっても、だれかが入ってきて見つかったかもしれないでしょ」

彼はあごを掻きながら、その説明を理解しようとしていた。

「まだなにか?」

「時間を作って署に顔を出せるか?」彼はたずねた。「なんなら、捜査会議を九時半に設定するよ」

「正規の捜査会議?」

彼は首を振った。「この件はだれかれなく知らせるわけにいかない」彼がきっぱり言い、長年のあいだで初めてサラは完全に彼と同意見だった。

「それがいいわ」

「九時半ごろに来られるか?」彼が再度たずねた。

サラは午前中の予定をざっと考えてみた。ジミー・パウエルの両親が八時にオフィスに来ることになっている。残酷な告知をすませ、次の会議に顔を出して残酷な発表をすることにすれば、今日一日を少しは心穏やかに過ごすことができるにちがいない。それに、シビル・アダムズの解剖結果を少しでも早く刑事たちに伝えれば、それだけ早く刑事たちが捜査にかかり、彼女を殺した犯人を逮捕できる。

「ええ」サラは言い、階段に向かった。「行くわ」

「ちょっと待ってくれ」ジェフリーが言った。「会議にはレナも出席することになっている」

サラは向き直り、首を振った。「だめよ。レナの前でシビルの検死結果を詳しく話すつもりはないわ」

「彼女は出席しなくちゃならないんだ、サラ。その点については、おれを信用して任せてくれ」彼は、サラが見せた表情から彼女の考えを推測したにちがいない。「レナは詳細を知りたがってる。そうすることで、この状況に対処する。彼女は刑事なんだ」

「彼女にとって愉快な話じゃないわ」

「彼女はすでに考えを決めてる」彼は繰り返した。「どのみち彼女は事実を知ることになるんだ、サラ。なんであれ新聞に書かれたうそを読まされるより、われわれの口から事実を聞かされるほうがましだ」彼は間を置き、まだサラの気持ちを変えることができないと気づいたらしい。「殺されたのがテッサなら、きみだってなにがあったか知りたいと思うはずだ」

「ジェフリー」サラは、自分の判断のほうが正しいとわかっているのに、つい態度を軟化させていた。「レナは妹さんのことをこんな形で記憶に残す必要はないのよ」

彼は肩をすくめた。「あるのかもしれない」

午前八時十五分前、グラント郡は眠りから覚めつつあった。前夜のにわか雨が通りの花粉を洗い流していたので、大気はまだ冷え込んでいるものの、サラはＢＭＷ‐Ｚ３の屋根を開けて駆っていた。離婚後の精神的危機を迎えた時期、少しでも明るい気分になるようにと買った車だ。当初の二週間は効果があったが、その後は、派手な車に向けられる批判の目や言葉を受けて、いささか愚かしい気分になった。BMW－Z3は小さな町で乗りまわす車ではない上、サラは医者、それも小児科医だ。サラがグラントで生まれ育ったのでなければ、車を売り払うか診療所の患者の半数を失うかの選択を迫られていたのではないだろうか、という気がした。実際は、着るもののコーディネートすらろくにできない人が派手なスポーツ・カーを乗りまわすだなんて実に滑稽ね、と母親からしょっちゅう小言をちょうだいするのを我慢するだけですんだ。

サラは、診療所へと車を走らせながら、金物屋の主人スティーヴ・マンに軽く手を振った。彼は驚いたような笑みを浮かべて手を振り返した。スティーヴはいまでは結婚して三人の子持ちだが、初恋の人をいつまでも忘れることができないという意味で、いまだに自分に恋心を抱いているのをサラは知っていた。初めて本気でつき合ったボーイフレンドなので、サラも彼に好意を持っているが、それ以上の気持ちはない。十代のころ、スティーヴの車の後部座席でたがいの体をまさぐりあいながら、幾度も気詰まりな瞬間を迎えたことを覚えている。初めてセックスをした翌日は、恥ずかしさのあまり彼の目をまっすぐ見ることができなかった。

スティーヴはグラントに根を下ろすことに満足できるタイプの男で、ロバート・E・リー・ハイスクールの花形クォーターバックから、家業の金物屋で父親の手伝いへと喜んで変貌を遂げた。あの年齢のとき、サラはグラントを出ていくことばかり望み、アトランタに行って、故郷の町で得られるよりはるかに刺激的で生きがいのある生活を送りたいと思っていた。なぜこの町に戻ってくることになったのかは、ほかのだれにも劣らずサラ自身にとっても謎だった。

簡易レストランの前を通るときは、昨日の午後の出来事を思い出したくなくて、目をまっすぐ前に向けたままでいた。ひたすら通りのそちら側を見ないようにしていたので、薬局の前に出てきたジェブ・マグワイアに危うく車をぶつけるところだった。

サラは車を彼の脇に寄せて停め、「ごめんなさい」と詫びた。

ジェブはいかにも人のよさそうな笑い声を上げて、サラの車に駆け寄った。「明日のデートから逃れようとしたのか？」

「もちろん、ちがうわ」サラはなんとか応え、無理に笑みを浮かべた。昨日あんなことがあったので、彼とデートの約束をしたのを完全に忘れていた。十一年前にジェブがグラントに引っ越してきて薬局を買い取った当初、ふたりはときどきデートをしていた。その後は真剣な交際に発展しないまま、おたがいの気持ちが冷めたころ、ジェフリーが現われた。これだけ年月が経ったいまになって、なぜまたジェブとデートの約束をしたのか、サラにはわからなかった。

ジェブは額の髪をかき上げた。彼はひょろりと背が高く、競走選手のような体格をしている。テッサが一度、彼の体をサラの飼っているグレイハウンドにたとえたことがある。

しかし、彼はハンサムなので、目の色を変えてデート相手を探す必要はないはずだ。

彼はサラの車に寄りかかり、「夕食になにを食べたいか、もう考えた？」とたずねた。

サラは肩をすくめた。「どうも物事を決められなくて」うそをついた。「びっくりさせてよ」

ジェブが片眉を上げた。キャシー・リントンの言ったとおりだ。サラはとんでもなくうそがへただ。

「きみが昨日の件に巻き込まれたのは知ってる」彼は簡易レストランのほうに手を振りながら言った。「約束を取り消したいとしても、気持ちは充分にわかるよ」

そう言われて、サラは胸をつかれる気がした。ジェブ・マグワイアは思いやりのある男だ。この町の薬剤師として、客から深い信頼と敬意を寄せられている。その上、とてもハンサムだ。ただひとつ問題なのは、思いやりがありすぎてすぐに相手の言いなりになる点だ。彼が苦もなく引き下がるので、ふたりは一度も言い争いをしたことがない。どちらかというと、そのためにサラは、不本意ながら彼のことを恋人候補ではなく兄のように考えてしまう。

「取り消したくないわ」サラはそう言ったが、奇妙なことに、ほんとうに取り消したくなかった。もっとデートしたほうがいいのかもしれない。テッサの言ったとおりかもしれない。いいかげん、潮時なのかも。

ジェブが顔を輝かせた。「あまり寒くなければ、ボートを持ってきて湖に出てもいい」

サラはからかうような目で彼を見た。「来年までボートは買わないつもりじゃなかったの？」

「忍耐は決して得意じゃないんでね」彼はそう答えたが、サラに向かって言っているのだから、実際は逆だとわかる。親指で薬局を指し、もう戻らなければならないと示した。

「六時ごろに行くよ、いいね？」

「六時ね」サラは確認し、彼の興奮ぶりが少し伝染した気がした。彼が足早に薬局へ戻ると、サラは車のギアを入れた。薬局のレジ係をしているマーティ・リンゴが入口に立っており、ジェブはドアの錠を開けながら彼女の肩に腕をかけた。

サラは診療所の駐車場に車を入れた。ハーツデイル児童診療所は長方形の建物で、表側にガラス・ブロックで造った八角形の部屋が張り出している。そこが患者の待合室だ。幸いにもというべきか、診療所を設計したドクター・バーニーは、建築設計士としてより医師としてのほうが優秀だった。表側にある待合室は南向きで、ガラス・ブロックを使っているため、夏にはオーヴンの中にいるようだし、冬には冷蔵庫の中にいるようだった。この待合室で医者の診察を待っているあいだに患者の熱が上がるのは周知のことだ。

サラがドアを開けたとき、待合室にはだれもおらず、ひんやりしていた。暗い部屋を見まわしながら、ここを改装すべきだとサラが考えるのも、これが初めてではなかった。患者とその親たちに用意されている椅子は、実用本位というしかない代物だ。サラとテッサも、キャシーと並んでここの椅子に座り、名前を呼ばれるのを待ったことが何度もある。隅にはテーブルが三つ置いてある遊戯コーナーがあって、診察を待つあいだに遊びたくなった子どもたちがお絵描きしたり本を読んだりできるようにしてある。《ピープル》や《ハウス・アンド・ガーデン》と一緒に《ハイライツ》が何冊か置いてある。浅い箱にクレヨンがきちんと積み重ねて入れてあり、その横には紙が用意してあった。

いまにして思えば、医者になろうと決心したのはこの部屋だったのかしら、とサラは考えた。めったに病気をしない子どもだったからだろうが、テッサとちがって、サラはドクター・バーニーのところに行くのを怖がったことは一度もない。奥に呼ばれて医者しか入れない部屋に入るのが、サラは大好きだった。七学年になって科学に興味を持ち始めたとき、自宅の送水主管を取り替える必要のある大学の生物学の教授をエディが見つけてきた。その教授が工事の見返りとしてサラに個人指導をしてくれた。二年後、化学の教授の自宅で配管すべてをやり直す必要が生じると、サラは大学生に交じって実験をするようになった。

明かりがついたので、目をならそうと、サラはまばたきした。ネリーが、診察室と待合室を隔てているドアを開けた。

「おはよう、ドクター・リントン」ネリーは言い、サラにピンクの伝言メモの山を渡してブリーフケースを受け取った。「警察署で捜査会議があるという、けさ入れてくれた伝言は聞いたわ。診察予約はすでに調整しておいた。少し残業することになってもかまわないでしょ？」

サラはうなずき、伝言メモに目を通した。

「あと五分ほどでジミーの両親がみえるし、デスクにファクスを一通置いてあるわ」

サラは礼を言おうと顔を上げたが、ネリーはすでに立ち去るところだった。おそらく、エリオット・フェルトーの予定を調べるつもりだろう。サラはオーガスタ病院のレジデントを終えたばかりのエリオットを採用していた。彼は、サラから学べるかぎり学んで、いずれ業務上のパートナーになりたいと望んでいる。サラは、パートナーを得ることを自分がどう感じているのか定かではなかったが、エリオットがそう申し入れてくるのは少なくともあと十年は先だと思ってもいた。

サラについている看護師のモリー・ストダードが廊下でサラを待っていた。「パウエル男児の芽球は骨髄中九十五パーセント」検査結果を読み上げるような感じで言った。

サラはうなずいた。「まもなく両親がみえるはずよ」

モリーは、いまからサラがこなさなければならない役まわりを羨ましいとは思わないと言いたげな笑みをサラに向けた。ジミー・パウエルの両親は善良な人たちだ。二年前に離婚したが、子どもたちのこととなると、驚くべき連帯意識を見せる。

サラは言った。「電話番号を調べてくれる？　彼らをエモリー大学の知り合いの医者に紹介したいの。彼は急性骨髄性白血病の初期段階における治療で興味深い試みをいくつか行なってるのよ」

サラはその医者の名前を告げながら、オフィスのドアを開けた。ネリーが、サラのブリーフケースを椅子の脇に、一杯のコーヒーをデスクに置いてくれていた。コーヒーの横に、ネリーの言っていたファクスが一枚、置いてある。シビル・アダムズの血液鑑定に関するジョージア州捜査局の報告書だ。いちばん上にニックが、今日はほとんど会議に出ずっぱりだしサラはできるだけ早く結果を知りたいだろうから、と走り書きで詫びを書いていた。サラは報告書を二度読み、内容を飲み込むと同時に、胃が冷えてきりきりと痛んだ。

椅子の背にもたれ、オフィスを見まわした。ここで仕事をするようになって最初の一カ月はてんてこ舞いだったが、グレイディ病院での忙しさには及ばなかった。サラがこの診療所のゆっくりしたペースに慣れたのは、おそらく三カ月が過ぎてからだ。耳痛や扁桃腺炎の患者は山のようにやって来たが、深刻な病状の子どもがこの診療所に来ることはそう多くなかった。そういった子どもたちははるばるオーガスタの病院に行く。

子どもの写真をサラにくれたのはダリル・ハープの母親が最初だった。多くの親たちがそれに倣うようになり、まもなくサラは、もらった写真をオフィスの四方の壁にテープで貼るようになった。最初に写真をもらってから十二年が経ったいま、子どもたちの写真が壁紙のようにオフィスの壁を埋め尽くし、洗面所にまではみ出している。どの写真も、一目見ただけで、写っている子どもの名前と、たいていはその子の病歴も思い出すことができる。十代の後半に入った子どもたちが診察を受けにきて再会したこともあるが、十九歳になったら一般開業医に行くことを考えなさい、と指示している。中には実際に泣き出す子もいた。サラも二、三度、感動のあまり言葉に詰まったことがある。自分が子どもを産めない体なので、患者に対して強い愛情を持ち始めていると気づくことがままあった。

サラはあるカルテを探そうとブリーフケースを開け、郵送で届いた例の絵葉書を見て手を止めた。エモリー大学の表門の写真を見つめる。エモリー大学から入学許可の手紙が届いた日のことを思い出した。もっと名の知れた北部の大学から奨学金の申し出もあったが、サラにとってはエモリー大学に入るのが長年の夢だった。エモリー大学では本物の医学が実践されていたし、南部以外の土地で暮らすなどサラには想像もできなかった。

絵葉書を裏返し、きちんとタイプで打たれた住所の文字を指でたどった。サラがアトランタを離れて以来、毎年四月半ばに同じような絵葉書が届く。去年は〈ワールド・オブ・コカコーラ（コカコーラ社のパビリオン）〉の絵葉書で、メッセージは〝神は全世界を手中におさめた〟だった。

スピーカーフォンからネリーの声がして、サラははっとした。

「ドクター・リントン？　ジミーの両親がみえたわ」

サラは赤い応答ボタンに指を置いた。絵葉書をブリーフケースに放り込んでから言った。

「すぐ受付まで出迎えに行くわ」

8

シビルとレナが七学年のとき、ボイド・リトルという名前のひとつ年上の少年が、シビルに忍び寄って耳元で指を鳴らし、それをおもしろがっていた。ある日レナはスクール・バスを降りてから彼のあとをつけ、背後から飛びかかった。レナが小柄ですばしっこいとはいっても、ボイドは一学年上で体重が二十キロ以上も重かった。バスの運転手が引き離す前に、彼はレナをとことんまで殴りつけた。

その出来事を考慮に入れても、レナ・アダムズは、妹の死んだ翌朝ほど自分の肉体が破壊されたと感じたことはない、と正直に認めることができた。体全体が骨からぶら下がっている《ハング・オーバー》ような気分で、なぜ二日酔いが〝ハング・オーバー〟と言われるのかついに理解できたし、熱いシャワーをたっぷり三十分も浴びてようやくまっすぐに立てるというありさまだった。脳に圧迫された頭蓋骨がいまにも割れて開きそうな気がした。どれだけ歯磨きを使っても口の中に広がる不快な味を消すことはできないし、胃は、だれかに固くボール状に丸められて二本のデンタル・フロスでぐるぐる巻きにされたようだった。

彼女は警察署の会議室の後方に座り、もう吐かないようにと念じていた。吐くものが残っているわけではない。腹が空っぽで、胃が急激にしぼんだような感じだった。

ジェフリーが歩み寄り、コーヒーの入ったカップを差し出した。「少し飲むんだ」彼は命じた。

レナは逆らわなかった。けさ、家でもハンクが同じことを言った。伯父に対してはあまりにきまりが悪くて、助言はもとよりなにかを受け入れることなどできず、レナはコーヒーをそこらにおいてと応えたのだ。

レナがカップを下ろすなり、ジェフリーが言った。「いまからでも遅くないぞ、レナ」

「ここにいたいの」彼女は言い返した。「なんとしても知りたいのよ」

永遠とも思えるほどのあいだ、ジェフリーは彼女の視線を受け止めていた。小さな火種が彼女の目の奥で無数の針のように光っているとはいえ、先に目をそらしたのは彼女ではなかった。レナは、彼が会議室を出ていくのを待って椅子の背にもたれかかった。カップをひざにのせ、目を閉じた。

ゆうべはどうやって家に帰ったのか覚えていない。リースから三十分の帰路がいまだにおぼろだった。彼女の車をハンクが運転したのはわかっている。けさ出勤しようと車に乗り込んだとき、運転席がずいぶんうしろまで押し下げてあり、バックミラーも妙な角度に合わせてあったからだ。最後に覚えているのは、〈ストップ・アンド・セイヴ〉の板ガラスに映る自分の姿を見ていたことだ。次に思い出せるのは、ジェフリーが捜査会議のことを伝えるため、いや実際には会議に出ないよう懇願するためにかけてきた電話のけたたましい呼び出し音だ。それ以外のことは記憶からきれいさっぱり消えていた。

いちばんきつかったのは、けさ服を着るときだ。長々とシャワーを浴びたあとは、ひたすら、ベッドに這い戻ってボールのように丸まってふとんにくるまっていたかった。今日一日ふとんにくるまっているのがなにより幸せだったにちがいないが、そんな弱さに屈するわけにいかなかった。ゆうべの行動はあやまちだったが、必要なあやまちだ。明らかに、羽目をはずす必要が、泣き崩れることのない範囲内で悲嘆に暮れる必要があったのだ。

だが、一夜明けると話は別だ。レナは自分にむち打って、スラックスに上等の上着という、職場に毎日着ていくたぐいの服装で身支度を整えた。拳銃のホルスターを装着して銃を確認すると、自分がふたたび被害者の姉ではなく警察官に戻った気がした。それでも、頭はずきずきし、思考は脳の奥に糊づけでもされたようだった。なぜアルコール中毒に陥るのかがわかり、初めてその気持ちを理解した。心のどこか奥底で、強い酒を一杯やれば大いに効き目があるはずだと考えずにはいられなかった。

会議室のドアが開いてきしみ、顔を上げると、ちょうどサラ・リントンがレナに背を向ける格好で廊下に立っているのが見えた。サラはジェフリーになにか言っているが、丁寧な態度には見えなかった。サラに対するゆうべの自分の振る舞いに、急に気が咎めてきた。

ひどいことを言いはしたが、彼女が優秀な医者だということはレナも重々承知している。聞いた話では、サラ・リントンはアトランタでの洋々たる将来を捨ててグラントに戻ってきたそうだ。いまの段階では考えたくもないことだが、いずれ謝罪する必要がある。その点に関して記録が残っているとしたら、レナの感情爆発と謝罪の比率は感情爆発のほうがうんと重いにちがいない。

「レナ」サラが声をかけた。「一緒にうしろに来て」

サラが会議室を横切ってうしろに行ってしまうと、レナはわけがわからずまばたきをした。サラは備品庫のドアの前に立っている。

レナは椅子の上でさっと背筋を伸ばすと、コーヒーのことを忘れて立ち上がった。コーヒーが少しスラックスにこぼれたが、気にしなかった。カップを床に置き、サラの指示に従った。備品庫は部屋と呼んでもいいほど広いのだが、長年ドアの表示が〝備品庫〟となっているので、これまでだれもわざわざ訂正しようとしなかった。中には、数々の備品とともに、証拠品、署が秋に行なう心肺機能蘇生講習で使う人形が数体、そして救急資材一式が収められている。

「さあ」サラが言い、一脚の椅子を引き寄せた。「座って」

またしてもレナは言われたとおりにした。見ていると、サラが酸素ボンベを転がしながら出してきた。

サラはボンベにマスクを取りつけて言った。「頭痛がするのはアルコールが血中の酸素を減少させるからよ」マスクについているゴムひもを調節してレナに差し出した。「ゆっくり吸い込んで深呼吸すれば、だんだん気分がよくなるわ」

レナはマスクを受け取った。サラの言葉を信じたわけではないが、いまなら、頭痛が治まると言われればスカンクの尻でもしゃぶったにちがいない。

しばらく待ってサラがたずねた、「ましになった？」

ほんとうにましになったので、レナはうなずいた。ふだんの状態にはまだ戻りきっていないが、少なくともずっと目を開けていられるようになった。

「レナ」サラはマスクを引き取った。「わたしの見つけたことについて、あなたに質問があるの」

「あら、そうなの？」レナは自分が身構えるのがわかった。てっきり、捜査会議のあいだここから出ていくよう言われるものと思っていたので、サラが次のように切り出したとき、レナは驚いた。

「シビルの検案をしたときよ」サラは酸素ボンベを壁際に戻しながら話しだした。「まったく予期してなかった物的証拠を見つけたの」

「どんな？」レナの頭がふたたび働き始めた。

「今回の事件とは無関係だと思うけど、見つけたことをジェフリーに話さざるをえないわ。

そういう決定を下すのはわたしじゃないから」

頭痛を治す手助けをしてくれたといっても、サラの話の進めかたにレナは我慢できなくなった。「いったい、なんの話なの？」

「わたしが言ってるのは、レイプされるまで妹さんの処女膜が損なわれてなかったってことよ」

レナは胃が急降下するような気がした。その点に思いいたるべきだったが、この二十四時間にいろんなことがありすぎて、論理的結論を導き出すことができなかった。これで、妹がゲイだったことが世間に知れ渡る。

「わたしは気にしないわ、レナ」サラが言った。「ほんとうよ。彼女がどんな生きかたをしたかったとしても、わたしには問題ないの」

「いったい、どういう意味？」

「言葉どおりの意味よ」サラはその言葉で充分だと思っているらしかった。レナが応えずにいると、サラが言い足した。「ナン・トーマスのことは知ってるの。あとは考え合わせたのよ」

レナは頭をのけぞらせて壁に当て、目を閉じた。「警告してるつもりなの、ねえ？　わたしの妹がゲイだったとみんなに話すって」

サラは黙り込んだが、ややあって言った。「状況説明でそれに触れるつもりはなかったわ」

「彼にはわたしから話すわ」レナは結論を下し、目を開けた。「少し時間をくれる？」

「もちろん」

サラが備品庫を出ていくのを待って、レナは両手に顔をうずめた。泣きたい気持ちなのに涙が出てこない。それほど体中の水分が涸れてしまっているのに、口中のつばが涸れないのが不思議だった。深呼吸をして心の準備を整え、立ち上がった。

備品庫から出ていくと、会議室にフランク・ウォレスとマット・ホーガンがいた。フランクはレナにうなずいてみせたが、マットはコーヒーにクリームを入れるのにかまけていた。ふたりとも五十代の刑事で、レナが育ったのとはまったく異なる時代の人間だ。刑事課のほかの刑事たちと同じく、ふたりは、警察という仲間意識に育まれたルール、なんとしても正義は正しいという昔ながらのルールに基づいて動いている。警察は家族であり、そこで働く者の身になにかが起きれば兄弟のように反応する。グラントが緊密に結びついた社会だとすれば、刑事同士の結びつきはもっと強い。現に、同僚刑事の全員がフリーメイソンの地元支部の一員であることをレナは知っている。ペニスがないという単純な事実がなければ、敬意からではないにせよ義務感から、仲間に入れととうの昔に誘われていたにちがいない、とレナは考えていた。

レズビアンをレイプした犯人の割り出しに当たることになると知ったら、このふたりの老刑事はどう思うだろう、と考えた。一度、はるか以前に、マットが「昔クランが正しいことをしていたときは……」という前置きで話を始めるのを実際に聞いたことがある。シビルのことを知っても、彼らは同じように慎重に職務を果たすだろうか、それとも犯人に対する怒りなど吹き飛んでしまうだろうか？ 身をもって知りたくはないと、レナは思った。

開いたままの署長室のドアをノックしたとき、ジェフリーは報告書を読んでいた。

「サラのおかげでしゃんとなったか?」彼がたずねた。

彼の質問のしかたは気に入らなかったが、とにかくレナは、はいと答えながらドアを閉めた。

彼女がドアを閉めるのを見てジェフリーは驚いたようだった。報告書を脇に置き、彼女が腰を下ろすのを待って、「どうした?」とたずねた。

レナは、前置きなしに切り出すのがいちばんいいと感じた。「妹はレズビアンだったの」

その言葉は漫画の吹き出しのようにふたりの頭上に浮いていた。レナは、緊張のあまり笑いが漏れそうになるのを懸命に抑えた。その言葉を口に出して言ったことはこれまで一度もない。シビルの性的嗜好は、相手がシビル当人であっても、話題にするのはレナにとって気持ちのいいものではなかった。シビルがグラントに移ってきて一年足らずのうちにナン・トーマスの家に引っ越したとき、レナは詳しく聞きただそうとしなかった。正直、知りたくなかった。

「なるほど」ジェフリーは言ったが、口調には驚きがにじんでいた。「話してくれて、ありがとう」

「そのことが捜査に影響すると思う？」話してもなんの役にも立たなかったのではないかと思いつつ、レナはたずねた。

「わからない」彼は正直に答えているとレナは感じた。「彼女に脅迫状を送りつけた人間はいるか？　誹謗するような内容で？」

その点はレナも考えた。この数週間、目新しいことはなにもなかったとナンは言ったが、彼女がシビルと寝ていた事実に触れかねない問題について話し合う気がレナにはないのを、ナンも知っている。「ナンと話してみるのがいいと思うわ」

「ナン・トーマスか？」

「そう」レナは言った。「ふたりは一緒に住んでたの。住所はクーパーよ。会議のあとで行ってみる？」

「今日の午後だ」彼は言った。「四時ごろはどうだ？」

レナはうなずいて同意を示した。「みんなに話す？」とたずねずにいられなかった。

彼はその質問に驚いたようだった。しばらくレナを見てから言った。「現時点では話す必要はないと思う。夕方ナンと話し、あとのことはそれからだ」

レナは大いに安堵を覚えた。

ジェフリーが腕時計に目をやった。「そろそろ会議に行ったほうがいいな」

9

ジェフリーは会議室の最前部に立ち、レナが洗面所から出てくるのを待っていた。ふたりで話したあと、レナは数分くれと言った。その数分で彼女が自制を取り戻してくれるようジェフリーは願った。癇癪持ちではあるが、レナ・アダムズは聡明な女性だし、優秀な刑事だ。今度の件に彼女がひとりで耐えるのを見たくない。ただ、彼女がそれ以外のやりかたを受け入れないことも、ジェフリーは承知していた。

サラは最前列に座って脚を組んでいた。足首まであるリンネル製のオリーブ色のドレスを着ている。左右にひざの下までスリットが入っている。赤毛は、日曜日に教会で見かけたときと同じく、まとめてうなじのあたりでポニーテールにしていた。ジェフリーは、うしろの信者席に座っている彼に気づいたときにサラが浮かべた表情を思い出し、この先一生、サラがおれを見て実際にうれしそうな顔をすることがあるのだろうか、と思った。彼は礼拝のあいだじゅう自分の両手を見つめ、あまり大きな物音を立てることなく教会を抜け出せるまで待ったのだった。

サラ・リントンは、ジェフリーの父親が〝のっぽの痩せっぽち〟と呼びたがるタイプの女性だ。ジェフリーがサラに惹きつけられたのは、強い意思と鼻持ちならないほどの自立心ゆえだ。超然としたところも、彼のフットボール仲間に対する見下したような口のききかたも好きだった。ものの考えかたも、仕事の内容を洗いざらい話し理解してもらえるという点も。料理ができないことも、ハリケーンのまっただ中でも眠り続けていられるところも。家の掃除がとんでもなく下手なところも、彼の靴を履けるほど足が大きいことも。ほんとうに好きなのは、彼女がそんな自分のすべてを知っていて、それに誇りを持っているところだ。

むろん、彼女の自立心にはマイナス面もあった。結婚して六年経っても、ジェフリーは彼女のことをなにひとつ知っている自信が持てなかった。強い女という見せかけを彼女があまりに巧みに演じるので、しばらくするとジェフリーは、彼女には自分が必要なのだろうかと思うようになった。家族やら診療所やらモルグやらで、彼女にはジェフリーのために割く時間があまりないように思えた。

サラを裏切ることが事態を打開する最善の方法ではないとジェフリーにもわかっていたが、あの時点では、ふたりの結婚生活になんらかの変化が必要だと察していた。彼女が傷つくのを見たかった。サラが彼のため、ふたりの関係を守るために戦うのを見たかった。たしかに彼女は傷ついたが、戦おうとしなかったのでジェフリーの頭の中はいまだに混乱している。ときどき、愛のないたった一度の浮気という無意味で愚かな理由で結婚生活が破綻したことで、サラに対して怒りすら覚えることがあった。

ジェフリーは、両手を前で組んで演台に寄りかかった。頭の中からサラを追い出し、目の前の職務に集中した。脇の折りたたみ式の小型テーブルには十六ページに及ぶ住所氏名の一覧表が置いてある。ジョージア州に在住もしくは転入してきた、過去に有罪判決を受けたことのある性犯罪者は、ジョージア州捜査局の犯罪情報センターに住所氏名を登録することを義務づけられている。その法律が一九九六年に議会で可決されて以来、登録されたグラント在住の六十七人の性犯罪前科者に関する情報をまとめるため、ジェフリーはゆうべとけさの大半を費やした。連中の犯歴に目を通すのはただでさえ気の遠くなるような作業なのに、ジェフリーは性犯罪者などゴキブリのようなものだと考えているのでなおさらだった。一匹見つければ、壁の裏にはさらに二十匹隠れている。

会議を始めるのを待つあいだ、ジェフリーはそのことを考えまいとした。会議室は満員にはほど遠い。フランク・ウォレス、マット・ホーガン、およびあと五人の刑事は刑事課の一員だ。ジェフリーとレナを入れて総勢九人。その九人の中で、グラントよりも大きな自治体での勤務経験を持つのはジェフリーとフランクだけだ。まちがいなく、シビル・アダムズを殺した犯人の方が分《ぶ》が良さそうだ。

会議室に入ろうとする者がいる場合にそなえて、まだ若く階級が低いにもかかわらず口をつぐむということをわきまえている下級巡査のブラッド・スティーヴンスがドアの脇に立っていた。ブラッドは刑事課のマスコットのような存在で、乳児期についた脂肪がほとんどそのまま残っているため丸々と太った漫画の登場人物のような風貌をしている。薄いブロンドの髪は、いつ見ても、だれかに風船をこすりつけられたように突っ立っている。よく母親が署まで昼食を届けにくる。しかし、ブラッドは優秀な巡査だ。警察に入りたいとジェフリーに連絡してきたとき、ブラッドはまだハイスクールの生徒だった。署の若手巡査の大半と同じく、ブラッドもグラントの出身だ。家族がグラントに住んでいる。彼は、町の治安維持に関して既得権を持っている。

ブラッドがドアを開けてレナを入れてやると、ジェフリーは注意を促すべく咳払いをした。彼女が会議の席に現われたのに驚く者がいたとしても、声はあがらなかった。後部の椅子に腰かけて腕組みをしたレナは、ゆうべの深酒のせいか、泣いたためか、あるいは両方が原因なのか、まだ目が赤かった。

「まぎわに召集をかけたにもかかわらず集まってくれて礼を言う」ジェフリーが話し始めた。ブラッドにうなずいてみせ、あらかじめ自分でまとめておいた五部の資料を配り始めるよう指示した。

「最初に断わっておくが、今日ここで話される内容は極秘情報として扱うように。これから聞いてもらう情報は公表しないので、一言でも漏れたら捜査を大いに妨げかねない」彼はブラッドが資料を配り終えるのを待った。

「昨日〈グラント給油所〉でシビル・アダムズが殺害されたのは、すでにみんなも知っていることと思う」まだコピー資料を読み終えていない刑事たちはうなずいた。ジェフリーが次に放った言葉に、全員が顔を上げた。「彼女は殺害前にレイプされていた」

その言葉がみんなの頭に浸透するのを待つあいだに室内の温度が跳ね上がったような感じだった。刑事たちはみんな一昔前の世代だ。彼らにとって女性は、地球の起源と同じく、神秘に満ちている。シビルがレイプされていたという事実が、なににもまして彼らを犯人逮捕へと駆り立てるにちがいない。

ブラッドはジェフリーが表紙に書いておいた名前にしたがって資料を配っていたので、ジェフリーは自分の分の資料を持ち上げた。「この前科者リストは、けさコンピュータから取り出したものだ。ふだんのチームごとに分担して当たってもらう。ただし、フランクとレナは別だ」レナが文句を言おうと口を開くのが見えたが、ジェフリーは続けた。「ブラッドをきみと組ませる、レナ。フランクはおれと組む」

レナは挑戦的な態度で椅子の背にもたれかかった。ブラッドは彼女のレベルにほど遠いので、レナはジェフリーの魂胆などお見通しだという表情を浮かべている。リストの三番目か四番目の男を当たるころには、ジェフリーが彼女を厳しく拘束するつもりであることにも気づくにちがいない。レイプ犯には、自分と同じ人種で同年代の女性を襲う傾向がある。レナとブラッドが事情をきくのは、婦女暴行の前科を持つ五十歳以上の少数民族ばかりだ。

「詳細についてはドクター・リントンから説明してもらう」彼はしばし間を置いてから言った。「おれが最初に思ったのは、犯人はなんらかの信仰上の偏執がある、ことによると狂信者かもしれない、ということだった。尋問の際は、その点にばかり注目してほしくないが、念頭には置いておいてくれ」彼は資料を演台の上に積み重ねた。「取り調べるべき男が浮かんだら、おれに無線で連絡すること。いかなる容疑者であれ、身柄拘束の際に転落死したり、あやまって銃で頭を吹き飛ばされるといったことはごめんだ」

最後のせりふを言うとき、ジェフリーはサラと目が合うのをわざとらしく避けた。ジェフリーは警察官なので、現場でどう状況が動くか知っている。シビル・アダムズの事件に関して、この会議室にいるだれもがなにかしら自分の能力を実証したがっているのを知っている。ひとたび現場に出て、目の不自由な女性をレイプして腹部に十字を刻むことのできるけだものに立ち向かうとなれば、法的正義と感情的正義の境をいかに簡単に踏み越えることができるかも知っている。

「わかったな?」返事を期待せずにたずねたが、やはり返事はなかった。「では、この場をドクター・リントンに譲ろう」

彼は部屋のうしろに歩いていってレナの右手後方に立ち、サラが演台を前にして立った。

サラは黒板に歩み寄り、手を伸ばして白い映写用スクリーンを引き下ろした。会議室内にいる男性の大半が、おむつをしているころからサラを知っているのだから、全員が手帳を取り出したということは、検死官としてのサラの有能さを大いに物語っている。

彼女がブラッド・スティーヴンスにうなずいてみせると、部屋の明かりが消えた。

緑色の投影機がうなり始め、スクリーンにさっと明るい光を放った。サラは資料台に一枚の写真を置き、映写レンズの下に入れた。

「シビル・アダムズは、昨日の午後二時三十分ごろ、〈グラント給油所〉の女性トイレでわたしが発見しました」サラは言い、投影機のレンズの焦点を合わせた。

トイレの床に半裸で横たわっているシビル・アダムズのポラロイド写真が見え始めると、室内に動きが起きた。ジェフリーも、気がつくとシビルの胸部に開いた穴を見つめており、気の毒な若い女性にこんなまねができるのはどんな男だろうと考えた。自分勝手な異常な理由で犯人が腹部を切り開くあいだ便座に腰かけていた、目の見えないシビル・アダムズのことを考えたくなかった。腹部を犯されているときに彼女の脳裏にどんな思いがよぎったのか、考えたくなかった。

サラが説明を続けた。「ドアを開けたとき、彼女は便座に腰かけていました。両腕両脚を大きく広げた状態で、ここに見える切創からは」――彼女はスクリーン上で指し示した――「かなり出血していました」

ジェフリーはわずかに身をかがめ、いまの言葉に対するレナの反応を探ろうとした。彼女は背筋を床に対して直角に保ったまま、身じろぎしなかった。ジェフリーは彼女がなぜ話を聞く必要があるのかは理解していたが、どうして聞いていられるのかはわからなかった。自分の家族がこんな目に遭ったら、サラがこんなふうに陵辱されたら、おれは知りたくないだろう、とジェフリーは心の底でわかっていた。知るのは耐えられない。

サラは部屋の前部に立ったまま腕組みをした。「まだ脈があるのを確認した直後、彼女は痙攣発作を起こしました。わたしたちは床に倒れました。痙攣をおさめようとしたのですが、彼女は数秒後に息を引き取りました」

サラは投影機の資料台を引き出して写真を入れ替えた。投影機はハイスクールから借りてきた旧式の大型だ。サラは、この犯罪の写真をジフィ写真店に届けて引き伸ばしてもらうわけにはいかなかった。

次にスクリーンに映し出された写真は、シビル・アダムズの頭部と首のクローズ・アップだった。「目の下の打撲傷はななめ上から加えられており、おそらく抵抗する気をくじくために当該犯行の早い段階で殴られたのでしょう。刃物を、刃渡り約十五センチの鋭利なものを、喉に突きつけられていました。おそらく、どこの家庭にもある骨取り用の小型ナイフです。ここにかすかな切創が見えるでしょう」彼女はスクリーン上の、シビルの首の中ほどを指でたどった。「出血はありませんが、充分な圧迫が加えられたので皮膚に浅い切創が残っています」彼女が顔を上げてジェフリーの目をとらえた。「このナイフは、レイプしているあいだ彼女が助けを呼ばないように使われたものと考えます」

サラは話を続けた。「左肩に小さな咬創があります」咬創の写真が映し出された。「レイプ事件において咬創はよく見られます。この咬創は上歯だけです。この歯型にこれといった特徴は発見できませんでしたが、一応……」室内にレナがいるのを思い出したのか、サラは躊躇した。「照合のためにFBIの科捜研に送りました。この歯型がコンピュータ・ファイルにある前科者の歯型と一致すれば、その男が今回の事件の犯人だと推測できます。しかし」彼女は警告を与えた。「例によってFBIはこの事件を優先扱いしないでしょうから、この証拠によって捜査完了ということはできないと思います。むしろ、この歯型を事後有効証拠として使うほうがいいと考えます。つまり、有力な容疑者を見つけ、この歯型で犯人と断定するということです」

続いて、スクリーンにシビルの両脚の内側の写真が映し出された。「犯行のあいだ、彼女が両脚を便器に押しつけていたあたり、ひざのこのあたりに擦過傷がみられます」次の写真はシビルの臀部を写したものだった。「臀部に不均整な打撲傷と擦過傷があります。やはり便座に擦れてできた傷です」

「両手首には」言いながら、サラは別の写真を映写ガラスの下に入れた。「個室の身体障害者用の手すりにぶつけてできた打撲傷があります。おそらく体を持ち上げて犯人から逃れようとしたのでしょうが、手すりをつかもうとした際に二本の指の爪が折れています」

次の写真を投影機に挿入した。「これは、腹部に加えられた切創のクローズ・アップです」サラは解説を加えた。「第一撃の切創は鎖骨の下からはるか恥骨に達しています。続いて右から左に切っています」彼女は間を置いた。「第二創の深さがまちまちなことから、左利きの人間がバックハンドで切りつけたものと推測できます。右腹部に向かうにつれ、創洞が深くなっています」

次のポラロイド写真はシビルの胸部のクローズ・アップだった。おそらくジェフリーと同じことを考えているのだろうが、サラはしばし黙り込んだ。クローズ・アップで見ると、刺創が押し広げられた箇所がはっきり見える。この気の毒な女性に行なわれたことを考えると、またしてもジェフリーは胃がひっくり返るような気がした。自分の体にこのようなことが行なわれているあいだ、彼女に意識がなかったことを神に祈った。

サラが言った。「これが最後に加えられた刃創です。胸骨を突き破る刺創です。まっすぐ椎骨まで達しています。出血のほとんどがこの刺創からだったと考えます」サラはブラッドのほうを向いた。「明かりをつけてくれる?」

彼女はブリーフケースのところに歩み寄りながら言った。「彼女の胸部に刻まれた模様は十字に見えます。犯人はレイプのあいだコンドームを装着していますが、DNA型鑑定法の出現によってコンドームがずいぶん普及したのはだれもが知るところです。ブラックライト照射器で見ても精液や体液は浮かび上がってきませんでした。現場に残された血痕は被害者のものだけのようです」彼女はブリーフケースから一枚の紙を取り出した。「ジョージア州捜査局の友人たちが、ありがたいことに昨夜、少しばかり影響力を行使してくれました。わたしの依頼した血液鑑定をしてくれたのです」サラは赤褐色の縁の眼鏡をかけ、書類を読み上げた。「被害者の腹部の血液および尿から、微量のスコポラミンとともに高濃度のヒヨスチアミン、アトロピン、ベラドニンが検出された」彼女は顔を上げた。「つまり、シビル・アダムズが、オオカミナスビ属に属するベラドンナを致死量相当、摂取したということです」

ジェフリーはちらりとレナを見た。彼女は黙ったままサラを見つめていた。

「過量のベラドンナを摂取すると、副交感神経系の完全な遮断が起こります。シビル・アダムズは視覚不自由者でしたが、この毒物の影響で瞳孔が散大していました。肺の気管支梢に拡張が見られました。深部体温はまだ高く、そもそも、そのために彼女の血液を調べてみる気になったのです」サラはジェフリーのほうを向き、けさ彼が投げかけた質問に答えた。「検死解剖のあいだ、彼女の皮膚に触れるとまだ温かでした。そんな現象が起きる外的要因はなにひとつありませんでした。血液中に原因があるにちがいないとわかっていました」

サラは説明を続けた。「ベラドンナは薄めて治療に使うこともありますが、気晴らし用の麻薬としても用いられています」

「犯人が彼女に投与したと思うか？」ジェフリーがたずねた。「あるいは、彼女が自分で摂取するたぐいのものなのか？」

サラはそれについて考えているようだった。「シビル・アダムズは化学者でした。そんな危険を伴う薬物を摂取したあとすぐに昼食をとりに出かけるとは、まず考えられません。ベラドンナはとても強い幻覚剤です。心臓、呼吸器、血液循環に影響を与えるんです」

「オオカミナスビなど、町中に生えてるぞ」フランクが指摘した。

「よくある植物です」サラは認め、メモに目を戻した。「オオカミナスビは加工が容易ではありません。本件では摂取方法が重要な手がかりになります。ニックによれば、ベラドンナを摂取するもっとも簡単で一般的な方法は、種子をお湯に浸すことだそうです。わたしも、けさインターネットで、ベラドンナを紅茶に調合するレシピを三つ見つけました」

レナがみずから発言した、「妹は熱い紅茶を飲むのが好きだったわ」

「やっぱり」サラは言った。「種子は可溶性が高いのです。紅茶を飲んだ数分後には、血圧の上昇、動悸、喉の渇き、極度の神経不調を感じ始めたはずです。それで彼女はトイレに行き、レイプ犯はそこで彼女を待ちかまえていた」

フランクが振り返ってジェフリーを見た。「ピート・ウェインから事情をきく必要があるな。彼女に食事を出したのはピートだ。やつが紅茶を出した」

「それは絶対にない」マットが反論した。「ピートは生まれたときからこの町で暮らしてきた。あいつが、あんなことをやるはずがない」すぐに、ピートに有利となるもっとも肝心な点だとでもいうように言い足した。「彼はフリーメイソンの一員だ」

ほかの刑事たちがざわめいた。だれかが「フランクの黒人はどうだ？」と言ったが、ジェフリーには声の主がわからなかった。

冷や汗が一筋、背中を流れ落ちるのを感じた。話がその先どこに向かうか、ジェフリーはすでに見えていた。彼は両手を上げて静かにするよう求めた。「フランクとおれでピートの事情聴取に当たる。きみたちはそれぞれの割り当てをやってくれ。今日中に報告書を提出してほしい」

マットがなにか言いたそうな様子だったが、ジェフリーが制した。「この部屋で座ってけつの穴からあれこれと仮説を引っぱり出したところで、シビル・アダムズの役には立たないぞ」少し間を置いたのち、ブラッドに配らせた資料を示した。「必要とあれば町中の家のドアを一軒ずつノックすればいいが、おれは、このリストに載ってる全員の詳しい報告書がほしい」

フランクとともに歩いて簡易レストランへと向かうジェフリーの頭の奥に、〝フランクの黒人〟という言葉が熱く燃える石炭のように居座っていた。南部特有の言いまわしには子どものころから慣れているが、少なくともこの三十年は実際に使われるのを聞いたことがなかった。そのようにあからさまな人種差別がいまだ存在するのを目の当たりにして、ジェフリーはびっくりした。それに、自分の署の集合室で聞いたのが怖くもあった。グラントでつとめるようになって十年になるが、いまだに彼は〝よそ者〟だ。南部の出ではあるが、南部男クラブに入れてもらえない。アラバマ出身であることも不利な条件だった。南部諸州で祈りの言葉としてよく使われる「アラバマに神に感謝」という言いまわしは、〝アラバマの連中ほど貧乏じゃないことを神に感謝する〟という意味だ。それもあって、彼はフランク・ウォレスを手元に置いている。フランクは連中の仲間だ。南部男クラブの一員だ。

フランクは歩きながらコートを脱ぎ、片腕にかけた。彼はアシのように背が高くて細く、長年刑事をしているので、なにを考えているのか表情から読み取ることができない。

フランクが切り出した。「例の黒人、ウィル・ハリスのことだ。数年前、夫婦喧嘩の通報が入ったんだ。やつは女房を殴った」

ジェフリーは足を止めた。「そうなのか？」

フランクも彼の横で足を止めた。「ああ。こっぴどく殴ったんだ。唇が破れた。おれが駆けつけたとき、女房は床に倒れてた。よくある、袋のような木綿のドレスを着てた」彼は肩をすくめた。「とにかく、そのドレスはぼろぼろに破れてた」

「彼が女房をレイプしたと思ってるのか？」

フランクは肩をすくめた。「女房は告訴しないと言い張ったんだ」

ジェフリーはふたたび歩き出した。「ほかに、そのことを知ってるのは？」

「マットだ」フランクが言った。「彼は当時おれのパートナーだった」

簡易レストランのドアを開けるとき、ジェフリーは不安を覚えた。

「店は休みだ」奥からピートが声をかけた。

「ジェフリーだよ、ピート」

ピートは両手をエプロンで拭きながら食品貯蔵室から出てきた。「やあ、ジェフリー」彼は言い、会釈した。続いて言った。「フランク」

「ここは今日の午後にはすませるよ、ピート」ジェフリーは言った。「明日には店を開けられるはずだ」

「今週いっぱいは休むよ」ピートがエプロンのひもを結び直しながら言った。「シビルのことやなんかで、店を開けるのはよくない気がしてな」バー・カウンターの向かいに並ぶ腰かけを指し示した。「ふたりとも、コーヒーはどうだ？」

「ありがたいな」ジェフリーは言い、端の腰かけに座った。フランクも彼に倣い、隣の腰かけに座った。

ジェフリーは、ピートがカウンターの中にまわって分厚い陶器のマグ・カップを三個取り出すのを見ていた。彼がコーヒーを注ぐとカップから湯気が立ち上った。

ピートがたずねた。「まだなにもつかめないのか？」

ジェフリーはマグのひとつを手に取った。「昨日の出来事をざっと話してくれないか？」

「そうだな、シビル・アダムズがこのレストランに入ってきたところから？」

ピートはグリルに寄りかかった。「たしか、彼女が来たのは一時半ごろだったな。いつも、混みあうランチタイムが過ぎてから来るんだ。町の人たちの前で杖をついて歩きまわりたくなかったんだと思うよ。そりゃ、彼女の目が見えないのはみんな知ってるけど、彼女はそのことに注意を引きたくなかったんだ。それはわかるだろ。彼女は人込みではいささか落ち着かないんだよ」

ジェフリーは手帳を取り出したものの、特に書き留める必要はなかった。彼にわかったのは、ピートがシビル・アダムズのことをよく知っているということだ。「ここにはよく来てたのか？」

「判で押したように毎週月曜日にね」彼は目を細めて考えた。「もう五年ほどになるかな。ときどき、夜遅くに大学の教授仲間や図書館に勤めてるナン・トーマスと来ることもあった。ふたりはクーパーに家を借りてると思うよ」

ジェフリーはうなずいた。

「でも、そんなのはほんのときどきだ。おもに毎週月曜日、いつもひとりで来てた。歩いてやってきて、ランチを注文し、いつもは二時ごろに出ていくんだ」彼はあごをさすり、満面に悲しげな表情を浮かべた。「毎回、チップをはずんでくれた。彼女の席が空いてるのを見たとき、深く考えなかった。おれの見てないあいだに出ていったと思ったんだ」

ジェフリーはたずねた。「彼女はなにを注文したんだ?」

「いつもと同じものさ」ピートが答えた。「三番だよ」

グリッツをつけあわせにした卵とベーコンとワッフルの盛り合わせ料理のことだ。

「ただし」ピートが詳しく説明した。「彼女は肉類を食べないから、いつもベーコンは抜いてやってたんだ。それに、コーヒーを飲まないから熱々の紅茶を出してやってたよ」

ジェフリーはそれを書き留めた。「どんな紅茶だ?」

ピートはカウンターの裏を探してノーブランド商品のティー・バッグの箱を引っぱり出した。「彼女のために食料品店で買ったんだ。彼女はカフェインを飲まなかったからな」短い笑いを漏らした。「居心地よくしてやりたかったんだよ、わかるだろ? 彼女はめったに外出しなかった。ここに来るのが好きだ、居心地いいってよく言ってたよ」彼はティー・バッグの箱をいじくりまわした。

「彼女が使ったカップは?」ジェフリーはたずねた。

「よくわからないな。どれも同じに見える」カウンターの端に行き、大きな金属製のひきだしを開けた。ジェフリーは身を乗り出して中を見た。ひきだしと思ったものは、実はカップや皿がいっぱい入った食器洗い機だった。

ジェフリーはたずねた。「全部、昨日のものか？」

ピートはうなずいた。「どれが彼女の使ったものか、まったく見当もつかないな。すでに食器洗い機をスタートしてたんだ、彼女が――」彼は言葉を切って両手を見た。「父さんがよく、客を大事にしろ、そうすれば客もおまえを大事にしてくれる、と言ってたよ」顔を上げた彼の目に涙が浮かんでいた。「彼女は思いやりのある人だった、そうだろ？どうして彼女を傷つけたいなんて思う人間がいるんだ？」

「わからないよ、ピート」ジェフリーは言った。「これを借りていってもいいか？」ティー・バッグの箱を指さした。

ピートは肩をすくめた。「もちろん。ほかに紅茶を飲む客はいないからな」また、くすっと笑った。「一度、飲んでみたことがあるんだ。茶色いお湯って感じの味だったな」

フランクが箱からティー・バッグをひとつ取り出した。ティー・バッグはひとつずつ紙の袋に入れられ封をされている。彼がたずねた。「ウィルは昨日、ここで働いてたか？」

ピートはその質問に驚いた様子だった。「もちろん。この五十年というもの、彼は毎日ランチタイムにここで働いてる。十一時ごろに来て、二時かそこらに帰っていくよ」彼はまじまじとジェフリーを見た。「ここから帰ったあとは、町じゅうの人の半端仕事をするんだ。おもに庭仕事だが、簡単な大工仕事をすることもある」

「ここではテーブルのかたづけをしてるのか？」幾度もこの店でランチを食べているのでウィル・ハリスの仕事内容を知っているのに、ジェフリーはたずねた。

「そうだ」ピートが言った。「テーブルをかたづけ、床にモップをかけ、客に食べ物を運ぶんだ」彼は好奇心満々の顔でジェフリーを見た。「なぜ、そんなことをきくんだ？」

「別に理由はない」ジェフリーは答えた。身を乗り出してピートと握手し、「ありがとう、ピート。ほかにききたいことが出てきたら、連絡するよ」と言った。

10

レナはひざの上に置いた道路地図を指でたどった。「ここを左に曲がって」彼女はブラッドに命じた。

彼は言われたとおり左折し、パトロールカーはベイカー通りに入った。ブラッドは、気だてはいいが他人の言葉を額面どおりに受け取りがちで、だから署を出る前、お手洗いに行きたいと言ったレナが女子トイレと正反対のほうに向かってもなにも言わなかった。署では、ブラッドの制帽を隠すという悪ふざけがしょっちゅう行なわれている。クリスマスには、市役所の正面に並べて飾られたトナカイの頭にかぶせてあった。一カ月前には彼の制帽がハイスクールの正面に建つロバート・E・リーの銅像の頭に載っているのを、レナは目に留めていた。

自分をブラッド・スティーヴンスと組ませたのは捜査の周辺に置いておくためのジェフリーなりの方策だということはレナにもわかっていた。あえて憶測をたくましくするなら、ふたりにあてがわれたリストの男はみんな、すでに死亡しているか、人の手を借りなければ立つこともできない年寄りにちがいない、と思った。

「次を右ね」レナは言い、地図をたたんだ。トイレに行ったことになっているあいだに、マーラのオフィスに忍び込んで電話帳でウィル・ハリスの住所を調べた。ジェフリーはまずピートの聴取に向かうはずだ。レナは、署長が接触する前にウィル・ハリスに当たってみたかった。

「ここよ」レナは言い、ブラッドが車を端に寄せられるように指さした。「ここで待ってて」

ブラッドは速度をゆるめ、指を口元に運んだ。「住所は？」

「四三一番地」レナは言い、郵便受けで確認した。シート・ベルトをはずし、車が完全に停まらないうちにドアを開けた。ブラッドが追いついたときには、私道を進んでいた。

「どうするつもりだ？」ブラッドは、子犬のように小走りで彼女の横に並びながらたずねた。「レナ？」

彼女は足を止め、片手をポケットに突っ込んだ。「さあ、ブラッド、車に戻りなさい」彼女はブラッドより階級がふたつ上だ。理屈としては、ブラッドは彼女の命令に従う義務がある。それがふと頭をよぎったが、ブラッドはだめだと首を振った。

彼がたずねた。「ここはウィル・ハリスの家だろ？」

レナは彼に背を向けて、私道を進んだ。

ウィル・ハリスの家は小さく、せいぜい部屋がふたつとバスルームがひとつあるだけだろう。下見板はまっ白にペンキが塗られ、芝生はきちんと手入れされている。家の手入れが行き届いているのを見て、レナは苛立った。こんな家に住む男が、妹にあんなまねをできるとは考えられなかった。

レナはスクリーン・ドアをノックした。中からテレビの音が聞こえ、奥で人の動く気配がした。網目を通して、苦労して椅子から立ち上がろうとしている男の姿が見えた。白い下着のシャツに白いパジャマのズボンをはいている。不思議そうな顔をしていた。

この町で働いている多くの人とちがい、レナはあの簡易レストランの常連客ではない。心のどこか奥底で、あの簡易レストランはシビルの領分だから侵入したくないと思っていた。ウィル・ハリスと顔を合わせるのはまったく初めてだった。もっと若い男だと思っていた。もっと危険そうな男を予想していたのだ。ウィル・ハリスは年寄りだった。

ようやくドアまで出て来てレナの顔を見ると、驚いたウィル・ハリスの口がわずかに開いた。ふたりともしばらく無言だったが、そのうちにウィルが言った。「彼女の姉さんだな」

レナは老人をまじまじと見た。妹を殺したのはウィル・ハリスではないと直感でわかったが、それでも、彼が犯人を知っている可能性が残っていた。

彼女は言った。「そうよ。入ってもかまわない？」

スクリーン・ドアを開けると蝶番がきしんだ。彼は脇にどき、レナのためにドアを押さえていた。

「こんな格好で勘弁してくれ」彼はパジャマを指して言った。「客が来るとは思ってもいなかったんでな」

「かまわないわ」レナは言い、狭い部屋を見まわした。リビング・ルームとキッチンが渾然一体をなし、ひとつのカウチがその線引きをしている。左手の先に狭い廊下があって、その奥にバスルームが見えた。壁の向こうはベッドルームなのだろう。外観と同じく、どこもかしこも整理整頓され、古いわりに手入れが行き届いている。リビング・ルームには大型テレビが置いてあった。テレビ・セットを取り囲むように、ビデオのぎっしり詰まった書棚が壁一面に並んでいた。

「山ほど映画を観るのが好きでな」ウィルが言った。

レナは笑みを浮かべた。「そのようね」

「おもに昔の白黒映画が好きなんだ」老人は話し始めたが、すぐに、部屋の表側に当たる大きなピクチャー・ウィンドウに顔を向けた。「驚いたな」彼はつぶやいた。「今日のわしはすごい人気者らしい」

ジェフリー・トリヴァーが私道を歩いて来る。レナはうめき声を押し殺した。ブラッドが告げ口したか、ピート・ウェインがウィルを犯人だと密告したのだ。

「おはよう、署長」ウィルが言い、ジェフリーのためにスクリーン・ドアを開けてやった。ジェフリーは彼にうなずいてみせ、次の瞬間には、レナが思わず手のひらに汗をかくほど厳しい視線をレナに放った。

ウィルは室内の緊張を感じたようだ。「なんなら裏に行ってようか」

ジェフリーは老人に向き直り、首を振った。「その必要はないよ、ウィル。あんたにいくつか質問をしたいだけだ」

ウィルは片手をさっと振ってカウチを指した。「コーヒーをもう一杯取ってきてもかまわないか？」

「かまわないよ」ジェフリーは答え、レナの横を通ってカウチに腰を下ろした。ついさっきと同じ厳しい目でレナを睨みつけたが、とにかくレナは彼の隣りに腰を下ろした。

ウィルが足を引きずるようにして自分の椅子に戻ってきて、うめき声を上げながら腰を下ろした。ひざが音を立てると、詫びるような笑みを浮かべて、「毎日、おおかたの時間を庭でひざをついて過ごしてたもんで」と説明した。

ジェフリーが手帳を取り出した。レナは、彼の発している怒りを感じ取れる気がした。

「ウィル、あんたにいくつか質問をしなければならない」

「なんだ？」

「昨日、あの簡易レストランでなにがあったか知ってるだろ？」

ウィルは小さなサイド・テーブルにコーヒー・カップを置いた。「あの娘さんは決してだれも傷つけなかった」彼は言った。「彼女があんな目に遭って——」彼はそこで言葉を切り、レナを見た。「あんたとご家族に心から同情する。ほんとうだ」

レナは咳払いをした。「ありがとう」

ジェフリーはレナがちがった反応を示すものと思っていたらしい。彼の表情が変わったが、なにを考えているのかレナにはわからなかった。彼は気持ちをウィルに戻した。「昨日、あの簡易レストランには何時までいた？」

「ええと、一時半過ぎか、二時少し前だと思う。あんたの妹さんを見かけたよ」レナに向かって言った。「わしが店を出る間際に」

ジェフリーはしばし待ってから言った。「それは確かか？」

「ああ、確かだ」ウィルは答えた。「わしは教会におばを迎えに行かなきゃならなかったんだ。二時十五分ちょうどに聖歌隊の練習が終わるんだよ。おばは待たされるのが嫌いなもんで」

レナがたずねた。「おばさんはどこで歌うの？」

「マディスンのアフリカン・メソジスト聖公会だ」ウィルは答えた。「行ったことがあるかね？」

レナは首を振り、頭の中で計算した。ウィル・ハリスが有力な容疑者だとしても、シビルを殺し、そのあとで間に合うようにおばさんを迎えにマディスンまで行くのは不可能だ。短い電話一本で、ウィル・ハリスには完璧なアリバイがあると確認できる。

「ウィル」ジェフリーが切り出した。「こんなことをききたくないんだが、うちのフランクの話では、昔ちょっとした問題があったそうだな」

ウィルはがっくりとうなだれた。このときまではずっとレナの顔を見ていたのだが、いまはカーペットを見つめている。「ああ、そのとおりだ」言いながら、ジェフリーの肩の向こうを見た。「女房のアイリーンだ。あいつにはよくひどい暴力をふるったもんだ。あんたがこの町に来る前だと思うけど、取っ組み合いの喧嘩をした。たしか、十八年か十九年前だ」彼は肩をすくめた。「そのあと女房は出ていった。わしが道をまちがえたのは酒のせいだと思うけど、いまでは善きキリスト者なんだ。いまはあんな飲みかたはしない。息子とはろくに会わないけど、娘にはできるだけ頻繁に会ってる。いまサバンナに住んでるんだ」彼の顔に笑みがもどった。「孫がふたりいる」

ジェフリーはペンでこつこつと手帳を打った。肩越しにのぞき込んだレナは、彼がなにも書き留めていないのに気づいた。ジェフリーがたずねた。「シビルに食事を運んだことはあるか？　あの簡易レストランでってことだが」

その質問に驚いたとしても、ウィルは顔に出さなかった。「あると思う。たいがいの日は、そんなことでもピートを手伝ってるんで。ピートのパパがあの店をやってたときは給仕する女を雇ってたけど、ピートは」彼はくすくす笑いながら続けた。「彼は一ドル札にでもしがみつくような男でね」ウィルは片手を振って、その問題をかたづけた。「わしにしても、ケチャップを取ってやったり、ちゃんとコーヒーが届いたか確認するくらいはどうってことないもんでね」

ジェフリーがたずねた。「シビルに紅茶を給仕したか？」

「ときどきは。なにか問題でも？」

ジェフリーは手帳を閉じた。「まったくない。昨日、あの店の周辺をうろついてる不審な人物を見かけなかったか？」

「驚いたな」ウィルがささやくように言った。「それならとっくに話してるよ。あそこにいたのはわしとピート、あとは昼食をとりに来る常連客だけだった」

「時間を割いてくれてありがとう」ジェフリーが立ち上がるとレナも倣って立ち上がった。ウィルはまずジェフリーと握手をし、次いでレナに手を差し出した。

レナの手を心持ち長めに握って言った。「神のお恵みがあるよう祈ってるよ、お嬢さん。気をつけてな」

「なんてことだ、レナ」ジェフリーは罵声を浴びせると、投げつけるようにして手帳を車のダッシュボードに放り込んだ。あまりの勢いに手帳がめくれて飛び出したので、レナは頭を殴られないよう顔の前に両手を上げた。「いったい、なにを考えてたんだ?」レナは床から手帳を拾い上げた。「なにも考えてなかったわ」レナは答えた。

「くだらない冗談はよせ」彼はぴしゃりと言い、手帳をつかんだ。

ウィル・ハリスの私道からバックで車を出すジェフリーのあごの線がぴんと張っている。レナがジェフリーの車に文字どおり投げ込まれているあいだに、フランクはブラッドを連れて署に戻ってしまった。ハンドル・コラムについているギアをジェフリーが無理やり入れ替えると、車はがくんと動いて前進し始めた。

「なぜきみを信用させてくれない?」彼は厳しく問いただした。「どうして、おれが命じたとおり動くと信用させてくれないんだ?」彼はレナの返事を待たなかった。「おれは、ブラッドと聴取に当たるよう命じたんだぞ、レナ。きみをこの事件の捜査に加えたのは、きみが捜査する立場にあると思ったからではなく、きみに頼まれたからだ。そのお返しがこれってわけか? こっそり家を抜け出す十代の子どもかなんかのように、おれに隠れて動いてる現場をフランクとブラッドに見られたんだぞ。きみは警察官なのか、それとも子どもか?」彼が乱暴に急ブレーキを踏んだので、レナの胸にシート・ベルトが食い込んだ。車は道路のまん中で停まっていたが、ジェフリーは気づいていないようだった。

「おれの目を見ろ」彼はレナに顔を向けた。レナは言われたとおりにし、恐怖が目に表われないよう努めた。ジェフリーを怒らせたことはこれまでにも何回となくあるが、これほどの怒りを買ったのは初めてだ。ウィル・ハリスに対する読みが当たっていれば、レナにも正当な言い分があったろう。しかし、現実にレナは失敗していた。

「まともにものを考えなければだめだ。聞こえたか？」

レナはさっとうなずいた。

「おれの裏で動くようなまねを許すわけにいかない。あの男がきみに危害を加えていたらどうするんだ？」彼はレナがその言葉を理解するのを待った。「ウィル・ハリスがきみの妹を殺した犯人だったらどうするんだ？　ドアを開け、きみを見てパニックを起こしていたら？」ハンドルにこぶしを叩きつけ、また罵声を浴びせた。「おれの命じたとおり行動しろ、レナ。わかったな？　今後はかならず守ってもらうぞ」レナの顔に人さし指を突きつけた。「運動場のアリに一匹残らず事情をきいてこいとおれが命じれば、一匹一匹の署名入り供述書を持ち帰れ。わかったな？」

レナはまたしてもなんとかうなずいた。「わかったわ」

ジェフリーはまだ納得していないようだった。「わかったな、刑事？」

「わかりました」レナは改めて言った。

ジェフリーは車のギアを入れ直した。アクセルを踏み込むとタイヤがこすれて路面にかなりのゴム痕を残した。あまりに強くハンドルを握っているので、両手の関節がまっ白だ。レナは押し黙ったまま、彼の怒りが過ぎ去るよう祈った。彼が腹を立てるのももっともだが、レナはなにを言えばいいのかわからなかった。詫びを言ったところで、歯痛にハチミツを処方するようなもので、役に立たない。

ジェフリーが窓を開け、ネクタイをゆるめた。突然、彼が言った。「おれはウィルが犯人だとは思わない」

レナは口を開くのが怖くて首を縦に振った。

「過去にああいう出来事があったにしてもだ」言い始めたジェフリーの口調に、また怒りが戻ってきた。「フランクのやつ、女房の一件が二十年も前のことだと言わなかった」

レナは黙っていた。

「とにかく」――ジェフリーはその件を振り払った――「そんな過去があるにしても、ウィルは少なくとも六十代、ことによると七十代だ。椅子に腰を下ろすことさえできないのに、健康な三十三歳の女性を力で圧倒するなど、とうてい無理だ」

ジェフリーは話を続けた。「となると、残るは簡易レストランのピートだ、そうだろ？」

彼はレナの返事を待たなかった。どうやら自分の考えを口に出しているだけらしい。「ただ、ここに来る途中でテッサに電話をかけたんだ。彼女が店に着いたのは二時少し前だった。ウィルは帰ったあとで、店にはピートしかいなかった。テッサの話だと、彼女の注文を受けてハンバーガーを焼きだすまで、ピートはずっとレジの前にいたそうだ」ジェフリーは首を振った。「ピートはこっそり店の裏手に行ったかもしれない、しかしいつ？　いつ、そんな時間があった？　どのくらいかかる？　十分か十五分？　それに、事前に計画を立てている。それがうまくいくと、どうして彼にわかる？」またしても、質問はどれも答えを期待するものではないようだ。「それに、みんながピートを知っている。つまり、絶対に犯罪初心者の犯行ではない」

黙り込んだジェフリーがまだ考えている様子なので、レナは邪魔をしなかった。窓の外を見つめ、ピート・ウェインそしてウィル・ハリスについてジェフリーの言ったことを整理してみた。一時間前には、ふたりが有力な容疑者に思えた。いまは容疑者がいなくなってしまった。ジェフリーが彼女に腹を立てるのももっともだ。ブラッドと署を出て、リストの男たちを順に当たっていれば、シビルを殺した犯人を見つけることができたかもしれない。

レナの目は、通り過ぎる家々に注がれた。交差点で道路標識を確認し、車がクーパー通りに入っているのに気づいた。

ジェフリーがたずねた。「ナンは家にいると思うか？」

レナは肩をすくめた。

自分に向けられた笑みを見れば、ジェフリーが努力しているのがわかる。「もう口をきいてかまわないんだぞ」

口の端が上がったものの、笑みを返すことはできなかった。「ありがとう」すぐに言った。「悪かったわ、さっきは――」

彼は片手を上げてレナを制した。「きみは優秀な刑事だ、レナ。実に優秀な刑事だよ」ナンとシビルの家の前で、彼は道路脇に車を寄せて停めた。「ただ、他人の言葉を聞く耳が必要だ」

「わかってる」

「いや、わかってない」彼は言ったが、もう怒ってはいないようだった。「人生が完全にひっくり返ってしまったのに、まだわかってないんだ」

レナはなにか言いかけたが、すぐに思いとどまった。

ジェフリーが言った。「この事件の捜査に加わりたい気持ちはわかるし、頭をいっぱいにしておきたい気持ちもわかるが、なんとしてもおれの考えを信頼しろ、レナ。今度、指示に反したらいちばん下に降格させる。きみはブラッド・スティーヴンスにコーヒーを運んでやることになる。わかったな?」

レナはなんとかうなずいた。

「よろしい」彼は言い、車のドアを開けた。「さっ、行こう」

レナはのろのろとシート・ベルトをはずした。車を降り、銃とホルスターを整えながら家へと向かった。玄関ドアについたとき、すでにナンはジェフリーを招じ入れていた。

「こんにちは」レナは言ってみた。

持っている。目は腫れ、鼻はまっ赤だ。

「こんにちは」ナンが応じた。昨夜と同じく、片手にボールのように丸めたティッシュを持っている。目は腫れ、鼻はまっ赤だ。

「よう」ハンクが言った。

レナは足を止めた。「ここでなにをしてるの？」

ハンクは肩をすくめ、両手をもみ合わせた。袖のないTシャツを着ているので、両腕に残る注射針の跡が丸見えだ。レナは恥ずかしさがこみ上げてきた。これまでハンクとはリースでしか会っていないが、あそこではみんなが彼の過去を知っている。これまで何度となく見てきたレナは、注射の跡を頭から締め出していたに等しい。いま初めてジェフリーの目を通して見て、この部屋から逃げ出したい気分になった。

ハンクはレナがなにか言うのを待っているらしい。レナは口ごもりながらなんとか紹介した。「こっちは伯父のハンク・ノートンよ。こちらは警察のジェフリー・トリヴァー署長」

ハンクがジェフリーに片手を差し出すと、前腕に浮き出したいくつもの跡が見えて、レナは身が縮んだ。静脈を探して注射針で皮膚を突き刺した跡が、一センチあまりの傷になっている箇所もある。

ハンクが「はじめまして、署長さん」と言った。

ジェフリーは差し出された手を取り、しっかりと握手した。「このような状況で会うのを残念に思います」

ハンクは体の前で手を組んだ。「そう言ってもらって、ありがとう」

一同が黙り込み、そのうちにジェフリーが言った。「うかがった理由はおわかりだろう」

「シビルのことね」応えるナンの声は、おそらく一晩中泣いていたせいだろうが、ふだんより数オクターブも低かった。

「そうだ」ジェフリーは言い、ソファを指さした。ナンが腰を下ろすのを待ち、隣に座った。彼がナンの手を取って「大事な人を失って、気の毒に思ってるよ、ナン」と言うのを聞いて、レナは驚いた。

ナンの目に涙があふれた。それでもナンは笑みを見せた。「ありがとう」

「われわれは、こんなことをした人間を見つけ出すために全力をあげている」彼は続けた。「必要があれば、われわれがいることを忘れないでもらいたい」

ナンはまた小声で礼を述べ、うつむいて、スウェット・パンツのひもをいじっていた。

ジェフリーがたずねた。「だれか、きみかシビルに対して腹を立てていた人物がいるかね?」

「いないわ」ナンが答えた。「ゆうべレナにも話したの。このところ、なにもかもふだんどおりだったわ」

「シビルときみが、いわばひそかに暮らそうとしていたのは知ってる」ジェフリーが言った。言わんとする意味はレナにもわかった。彼はゆうべのレナよりはるかに微妙な言いかたをしている。

「そうよ」ナンは認めた。「わたしたち、ここが気に入ってたの。ふたりとも、小さな町向きの人間なのよ」

ジェフリーがたずねた。「なにかを探り出した可能性のある人間に心当たりは?」

ナンは首を振った。うつむき、唇が震えている。彼女が話せることはほかにはなにもなかった。

「オーケイ」彼は言い、立ち上がった。片手をナンの肩に置き、座ったままでいるよう示した。「送ってもらわなくていい」ポケットに手を入れ、名刺を一枚取り出した。片手に載せて持ち、裏になにか書くのをレナは見ていた。「自宅の電話番号だ。なにか思い出したら電話してもらいたい」

「ありがとう」ナンが言い、名刺を受け取った。

ジェフリーがハンクに向き直った。「レナを家まで送ってもらってかまわないかな?」

レナは唖然とした。ここに残るなんてごめんだ。

どうやらハンクも驚いたらしい。「ああ」彼はつぶやくように言った。「かまわんよ」

「では結構」彼はナンの肩を軽く叩いてやり、レナに向かって言った。「きみとナンは今夜、シビルと仕事をしてた人たちのリストを作るんだ」ジェフリーは心得ているという笑みをレナに送った。「明日の朝七時に署に来てくれ。授業が始まる前に大学に行こう」

レナは理解できなかった。「またブラッドと組まされるの？」

ジェフリーは首を振った。「おれと組んでもらう」

水曜日

11

　ジェフリーの前任の警察署長ベン・ウォーカーは、署長室を署の裏手、会議室のそばに置いていた。部屋の中央には業務用の冷蔵庫を横倒しにしたような大きなデスクがあり、その前に座り心地の悪そうな椅子が一列に並べてあった。毎朝、刑事課の面々を署長室に呼んでその日の任務を言い渡し、みんなが出ていくと、ベンはドアを閉める。そのあと、夕食をとるために通りを小走りで簡易レストランへと向かう姿を目撃される午後五時までベンがなにをしているかは謎だった。

　ベンのあとを引き継いだジェフリーが最初に手がけた仕事は、署長室を集合室の前に移すことだった。小型の電動のこぎりを使って自分の手で石膏ボードの壁に穴を開けると、デスクについたまま刑事たちの姿が見えるよう、もっと肝心なことに刑事たちから彼の姿が見えるよう、一枚ガラスを入れてはめ殺し窓にした。その窓にはブラインドを取りつけてあるが、ジェフリーは一度もそれを閉じたことがないし、たいていの場合、署長室のドアは開け放してあった。

シビル・アダムズが襲われ死亡した二日後、ジェフリーは署長室に座って、マーラから手渡されたばかりの一通の報告書を読んでいた。ジョージア州捜査局のニック・シェルトンが、親切にも箱入りティー・バッグの分析を急いでくれたのだ。分析結果：ただの紅茶。

ジェフリーはあごを掻きながら署長室を見まわした。狭い部屋だが、書類を整理しておくため、一方の壁に本棚を一式、作りつけにしてある。現場実務手引や統計報告書を積んだ隣には、バーミンガム署の射撃大会で優勝したときのトロフィーの数々やオーバン・タイガーズでプレイしていたときのチームメイトのサイン入りフットボールが飾ってある。実のところ、彼は試合に出ていたわけではない。ほかの選手たちが着々と実績を積み上げるのを見ながら、ほとんどの時間をベンチで過ごしたのだ。

棚の奥の目立たない一角に母親の写真が置いてある。母はピンクのブラウスを着て、小さな手持ち用のコサージュを両手で持っている。ジェフリーのハイスクール卒業の際に撮った写真だ。母がめったに見せない笑みをカメラの前で浮かべた瞬間を、ジェフリーが写真におさめたのだ。おそらく息子の前途に広がる可能性を見ていたのだろうが、目を輝かせている。卒業の一年前にオーバン大学をやめてバーミンガム警察に入ったことで、母はいまだにひとりっ子である息子を許していない。

マーラが、片手にコーヒーの入った紙コップ、もう片方の手にドーナツをひとつ持って、署長室のドアをノックした。ジェフリーが赴任してきた初日にマーラは、ベン・ウォーカーにコーヒーを運んだことは一度もないし、あなたにもコーヒーを運ぶ気はない、と言明した。ジェフリーは笑った。コーヒーを運んでもらうことなど考えてもいなかったのだ。以来、マーラは彼にコーヒーを運び続けている。

「ドーナツはわたしのよ」彼女は言い、ジェフリーに紙コップを渡した。「三番にニック・シェルトンから電話が入ってるわ」

「ありがとう」彼はマーラが出ていくのを待った。椅子に深々と座り直し、受話器を取った。「ニック？」

南部人特有の母音を引き伸ばした話しかたをするニック・シェルトンの声が受話器の向こうから聞こえてきた。「調子はどうだい？」

「あまりよくないな」ジェフリーは答えた。

「そのようだな」ニックが応じた。続けて「報告書は届いたか？」とたずねた。

「紅茶の件のか？」ジェフリーは例の報告書を手に取って分析結果に目を通した。実に簡単な飲み物なのに、紅茶の加工には多くの化学薬品が使われている。「店で買った安物の紅茶ってことだな？」

「そのとおり」ニックが言った。「なあ、けさサラに電話で連絡を取ろうとしたんだが、つかまらないんだ」

「そうか？」

ニックが低い声で笑った。「あのとき彼女をデートに誘ったのを絶対に許さない気だな、おい？」

ジェフリーは笑みを浮かべた。「そうだ」

「うちの科捜研の麻薬分析班のひとりが、ベラドンナの件にすごく関心を寄せてるんだ。めったに見られない事例だし、きみたちとじかに会って説明したいと言ってる」

「そうしてくれると大いに助かるよ」ジェフリーは言った。ガラス窓の向こうにレナの姿が見えたので、署長室に来るよう手を振って合図した。

「サラは今週、きみと口をきくかな？」ニックは返事を待たなかった。「その男が、被害者の示した病状について、サラから話を聞きたいと言ってるんだ」

ジェフリーはいまにも飛び出しそうな辛辣な言葉をぐっと飲み込み、なんとか朗らかさをにじませた口調で、「十時ごろでどうだ？」と言った。

カレンダーに会議の予定を書き込んでいるときに、レナが入ってきた。彼が顔を上げるや、レナが口を開いた。

「彼はもう麻薬をやってないわ」

「え？」

「少なくとも、わたしはそう思ってる」

ジェフリーは理解できないというように首を振った。「いったい、なんの話だ？」

彼女は声を低めて言った。「伯父のハンクよ」両の前腕を彼に突き出した。

「ああ、そうか」ようやく飲み込めた。ハンク・ノートンの両腕に残っていた傷跡があまりにひどいので、彼が元麻薬中毒者なのか火事で大やけどを負ったのか、ジェフリーには定かでなかったのだ。「たしかに、あの傷跡は昔のものだとわかったよ」

「伯父は覚醒剤中毒だったのよ、わかった？」

レナの口調には敵意がみなぎっていた。ナン・トーマスの家に置き去りにしたあと、彼女はそのことでずっと気をもんでいたのだと、ジェフリーは推測した。すると、これで、彼女が恥じているのは、妹が同性愛者だということと、伯父がかつて薬物の問題を抱えていたことのふたつになった。レナの人生に楽しみを与えてくれるものが仕事以外にあるのだろうか、とジェフリーは思った。

「なによ？」レナが食ってかかった。

「なんでもない」そう言うと、ジェフリーは立ち上がった。ドアのかげの掛け釘から上着をはずし、レナの先に立って署長室を出た。「リストはできたか？」

伯父の昔の麻薬常習に関してジェフリーが彼女を責め立てようとしないので、レナは苛立っているらしい。

彼女は手帳から破り取った一枚の紙をジェフリーに手渡した。「これが、ゆうべナンとわたしで考えたリストよ。シビルと一緒に仕事をしてた人、最後に話をしたかもしれない人のリストよ、シビルが……」レナは最後まで言わなかった。

ジェフリーは目を落としてちらりとリストを見た。六人の名前が記してある。名前のひとつは、頭に星印がついている。レナは彼が質問すると踏んでいたらしい。

「リチャード・カーターというのは、妹のGTAよ。大学院生の教育助手《GTA》。妹は大学で九時からの授業を持ってたの。ピートは別にして、彼がたぶん生きてる妹を見た最後の人間だわ」

「この名前には、なぜか聞き覚えがある」ジェフリーは言い、上着を着た。「このリストで学生は彼だけか？」

「そうよ」レナが答えた。「それに、彼はどこか薄気味悪いの」

「どういう意味だ？」

「わからない」彼女は肩をすくめた。「どうしても好きになれないのよ」

ジェフリーは、レナが好きになれない相手は大勢いると思ったが、口に出さなかった。その程度の理由で相手を殺人犯だと考える根拠にはならない。

ジェフリーは言った。「まずカーターに当たってみて、そのあとで学生部長に話を聞こう」署の玄関で、彼はレナのためにドアを開けて押さえてやった。「おれたちが教授たちに相応の礼を払わないと知れれば、市長は心臓麻痺を起こすにちがいない。学生たちなら話を聞きやすい」

グラント工業技術大学のキャンパスは、学生センターと四つの学部棟、管理棟、ある種子メーカーから感謝のしるしに贈られた寄付金で建てた農学部用の翼棟から成っている。大学の一方には青々とした草原が広がり、その向こうに湖がある。学生寮はどの棟からも徒歩圏内に位置し、キャンパス内の移動手段としては自転車がもっともよく使われている。

ジェフリーはレナのあとについて科学学部棟の三階に上がった。レナとは面識があるらしく、戸口に現われたレナに気づくとシビルの助手リチャード・カーターはしぶい顔になった。彼は背が低く、禿げ頭で、大きな黒い眼鏡をかけ、鮮やかな黄色のワイシャツの上からぶかぶかの白衣を着ていた。この大学の関係者の大半が持つ肛門性格の雰囲気を漂わせている。端的に言えば、グラント工業技術大学はいわゆる不快な変人の集まりだ。英語は必須科目になっているが、さして難しくない。この大学は、社会的に優れた人材を輩出することよりも特許権の獲得を優先するほうへと方針変換していた。それこそ、ジェフリーがこの大学とのあいだに抱えている最大の問題だった。教授の大半、全学生が、あまりに浮世離れしていて目の前の現実世界が見えていないのだ。

「シビルは優秀な科学者だった」言いながらリチャードは顕微鏡にかがみ込んだ。なにごとかつぶやいたあと、顔を上げて、レナに向かって言った。「驚くべき記憶力の持ち主だった」

「必要に迫られてのことよ」レナは言い、手帳を取り出した。彼女を一緒につれてまわるべきかどうか、ジェフリーはまたしても考えた。なにより、彼女を自分に従わせたかった。昨日の一件以来、彼女が自分の命じたとおりに動くと信用したものかどうか、ジェフリーにはわからなくなっていた。ひとりで行動させるより、目の届く安全なところに置いて監督するほうがましだ。

「彼女の仕事ぶりだけど」リチャードが切り出した。「いかに入念だったか、いかに正確を期していたか、説明できないほどだよ。科学の分野であれほど高レベルの注意力の持ち主は、昨今ではまれなんだ。まさにぼくの良き師だった」

「そうね」レナが言った。

リチャードは苦虫を嚙みつぶしたような、非難がましい顔でレナを見てたずねた。「葬式はいつ?」

その質問にレナは驚いた様子だった。「火葬にすることになるわ。それが本人の望みだったから」

リチャードは腹の前で手を組んだ。またしても非難がましい表情を浮かべている。見下していると言ってもいいが、少しちがう。ほんの一瞬、ジェフリーは、彼の表情の奥になにかを見た。しかし、リチャードが顔をそむけたので、深読みだったかとジェフリーは思った。

レナが言い出した。「通夜と言うらしいんだけど、それが今夜あるの」手帳になにか走り書きし、そのページを破り取った。「キング通りの〈ブロック葬儀場〉で五時からよ」

リチャードは目だけを下に向けてその紙を見ると、丁寧にふたつ折りにし、さらにもう一度折ってから白衣のポケットに突っ込んだ。鼻をすすり、手の甲で鼻をぬぐった。彼が風邪をひいているのか、泣くまいとしているのか、ジェフリーには判断がつかなかった。

レナがたずねた。「ところで、この研究室かシビルのオフィスを不審な人物がうろついてなかった？」

リチャードは首を振った。「いつもと同じ変人どもだけさ」彼は笑い声を上げたが、ぴたっと止めた。「笑うなんて、実に不謹慎だろうね」

「そうね」とレナが言った。「不謹慎だわ」

ジェフリーは咳払いをして青年の注意を引いた。「最後に彼女の姿を見たのはいつだ、リチャード？」

「午前の授業のあとだよ。彼女、気分がすぐれなかったんだ。ぼくは彼女に風邪をうつされたんだと思う」その話を裏づけるかのようにティッシュを一枚取り出した。「実に素晴らしい人だった。彼女の下につくことができて、ぼくがどんなにラッキーだったか、言葉では説明できないよ」

「彼女が大学を出たあと、きみはなにをしていた？」ジェフリーはたずねた。

彼は肩をすくめた。「たぶん、図書館に行ったよ」

「たぶん?」ジェフリーは彼の無頓着な口調が気に入らなかった。

リチャードはジェフリーの苛立ちに気づいたらしい。「ぼくは図書館にいた」と言い直した。「参考資料を探すよう、シビルに頼まれてたんだ」

レナが質問を引き継いだ。「彼女の周辺で、ふだんとちがう振る舞いをしてた人はいなかった? いつもより頻繁に顔を出したとか?」

これにも、リチャードは口を真一文字に結んで首を振った。「特にはいない。学期半ばを過ぎてるからね。シビルは上級クラスを受け持ってるから、彼女の学生の大半は、少なくとも二年はここに在学してるんだ」

「その学生グループに新顔がまぎれてたことは?」ジェフリーがたずねた。

またもリチャードは首を振った。ジェフリーは、たまに人々が車のダッシュボードに置いている首振りマスコットの犬を連想した。

リチャードが言った。「ここは狭い世界だ。ふだんとちがう振る舞いをする人がいれば目立つよ」

ジェフリーが新たな質問をしようとしたところに、この大学の学生部長ケヴィン・ブレイクが入って来た。苦虫を嚙みつぶしたような顔だ。

「トリヴァー署長」ブレイクが言った。「行方不明の女子学生の件で来たのだろうな」

ジュリア・マシューズは二十三歳で、自然科学を専攻している三年生だ。寮の同部屋の学生によると、二日前から行方がわからないらしい。

ジェフリーは寮の彼女の部屋を歩きまわった。壁には成功と勝利を奨励する言葉を書いたポスターが何枚か貼ってある。ベッド脇のテーブルに置かれた写真には、両親と思しき男女と並んで立っている行方不明の女子学生が写っている。ジュリア・マシューズは、飾り気がなく健康的という意味で魅力的な娘だ。写真では、黒みがかった髪を頭の両側で結んでいる。前歯が出ているが、それ以外は、隣に住む完璧な女の子という感じだ。実のところ、シビル・アダムズによく似ている。

「彼らは町を離れてるの」行方不明の学生と同部屋の女子学生ジェニー・プライスが教えてくれた。戸口に立って両手をもみ合わせながら、ジェフリーとレナが室内を捜索するのを見ていた。

彼女が続けた。「結婚二十周年の記念なのよ。バハマまで船旅をしてるの」

「彼女、とても可愛い娘ね」彼女を落ち着かせるつもりらしく、レナが言った。ジュリア・マシューズとシビルが似ていることにレナは気づいているのだろうか、とジェフリーは思った。ふたりともオリーブ色の肌に黒褐色の髪だ。実際にはシビルが十歳も年上だが、ふたりはほぼ同年齢に見える。ジェフリーは、ふたりがレナにも似ていると気づいて、落ち着かない気持ちで写真を戻した。

レナはジェニーに注意を向けてたずねた。「彼女がいないことに最初に気がついたのはいつ？」

「昨日、授業から戻ったときだと思う」ジェニーが答えた。頬にかすかに赤みがさした。「彼女、前にも朝帰りしたことがあったのよ、わかるでしょ？」

「わかるわ」レナが安心させるように言った。

「ライアンと出かけたのかもしれないと思ったの。前のボーイフレンドよ」彼女は少し間を置いた。「ふたりは一カ月くらい前に別れたの。二日前、夜の九時過ぎに、ふたりが図書館で一緒にいるのを見たわ。それが彼女を見た最後よ」

レナはそのボーイフレンドの線に注目してたずねた。「授業はあるし勉強はしなくちゃいけないという状況で、ボーイフレンドとつき合うのはとてもストレスがたまるわよね」

ジェニーはレナに淡い笑みを向けた。「そうなの。ライアンは農学部なのよ。彼の課題の量はジュリアにははるかに及ばないわ」目をぐるぐるっとまわした。「栽培してる苗が枯れないかぎり、Aをもらえるんだもの。それにひきかえ、わたしたちは、実験時間を作るために徹夜で勉強するんだから」

「どんなに大変だったか思い出すわ」大学になど行ったこともないくせに、レナは言った。

彼女がいとも簡単にうそをつけるのを目の当たりにして、ジェフリーは警戒心を抱くとともに感心もした。彼がこれまで出会った中でも、レナは事情聴取の名手のひとりだ。

ジェニーが笑顔になり、肩の力が抜けた。レナのうそがもたらした成果だ。「じゃあ、実状はわかるでしょ。ボーイフレンドを作る時間どころか、一息入れる時間さえなかなか取れないのよ」

レナがたずねた。「ふたりが別れたのは、彼女がボーイフレンドに割ける時間が充分に取れなかったからなの?」

ジェニーがうなずいた。「ジュリアにとって、彼は生まれて初めてできたボーイフレンドなの。すごくショックを受けてたわ」ジェフリーにちらっと不安げな目を向けた。「ほんとうに彼に夢中だったのよ、わかるでしょ? 別れたあと、悲しみのあまり病気みたいになっちゃったの。ベッドから出ようとさえしなかったわ」

レナは、ジェフリーを仲間はずれにするかのように声を低めた。「あなたが図書館で見かけたとき、ふたりは勉強してたわけじゃないわよね」

ジェニーはジェフリーをちらっと見た。「もちろん」不安げに笑った。

レナが彼女に歩み寄り、ジェフリーから彼女の姿を隠す位置に立った。ジェフリーはその意を汲んだ。ふたりに背中を向け、ジュリアのデスクの中身に興味を引かれたふりをした。

レナの声が、うち明け話をするように小さくなった。「あなた、ライアンのことはどう思ってるの？」

「それは、彼に好感を持ってるかってこと？」

「ええ」レナが答えた。「つまり、好き嫌いということじゃなくて。たとえば、彼はいい人そうなの？」

ジェニーはしばし黙り込んだ。ジェフリーは科学の本を手に取り、ページを繰った。ようやくジェニーが口を開いた。「実は、彼には少し自分勝手なところがあったの。わかるでしょ？　それで、彼女が会えないときなんか、おもしろくないって感じだった」

「どこか支配的な感じ？」

「うん、そうだと思う」ジェニーが答えた。「ほら、彼女は片田舎の出身でしょ？　ライアンはそこにつけ込んでる感じなの。ジュリアは世間知らずなんだもの。彼は広い世界を知ってると思ってるのよ」

「彼は世間を知ってるの？」

「とんでもない」ジェニーはげらげらと笑った。「そりゃ、彼だって人は悪くないけど――」

「もちろんだわ」

「ただ……」ジェニーは少し躊躇した。「彼女がほかの人と口をきくのをいやがるのよ、わかる？　世の中にはもっといい男がいるって彼女が気づくのを怖れてる感じ。少なくとも、わたしはそう思うわ。ジュリアはずっと箱入り娘だったでしょ。あの手の男の子には用心しなくちゃいけないってことを知らないのよ」また少し躊躇した。「彼は、人は悪くないんだけど、気持ちに余裕がないのよ、わかる？　彼女がどこに行くのか、だれと一緒なのか、いつ戻るのか、把握してないと気がすまないの。彼女が自分以外の人と楽しむのがまったく気に入らないのよ」

レナの声はまだ低かった。「彼はジュリアを殴ったことはないんでしょ？」

「ないわ、殴ることはなかったの」またしてもジェニーは黙り込んだ。ややあって言った。「ただ、しょっちゅう怒鳴りつけてた。研究グループを終えて部屋に戻ったときは、よく戸口で耳を澄ましたものよ。わかるでしょ？」

「ええ」レナが言った。「確認のためね」

「そうなの」ジェニーが認め、ふと不安げな笑いを漏らした。「実は一度、この部屋から彼の声が聞こえたことがあるんだけど、すごく身勝手な態度だったわ。意地悪なことばっかり言って」

「意地悪なことって、たとえば？」

「彼女が悪い子だって。悪い子だから地獄に落ちるって」

レナは間を置いて次の質問をした。「彼は信仰心が篤いの？」

ジェニーは小馬鹿にするように鼻を鳴らした。「都合のいいときだけはね。ジュリアが信仰心の篤い娘だって知ってるから。彼女はほんとうに教会に行くのが好きなのよ。実家に帰ったときはね。ここではあまり行かないけど、聖歌隊の一員だとか、善きキリスト者だとか、そんなことをしょっちゅう話してるわ」

「でも、ライアンは信仰が篤くないのね？」

「それで彼女を思いどおりにできると考えたときだけね。本人は信仰が篤いって言ってるけど、体中にピアスをつけてるし、いつも黒い服を着てるし――」彼女はぴたっと話をやめた。

レナは声を低くした。「何？」とたずね、さらに声を低くした。「だれにも言わないわ」

ジェニーがささやくような声でなにごとか口にしたが、なんと言ったのか、ジェフリーには聞き取れなかった。

「まあ」レナは、一言漏らさず聞き取ったかのように言った。「男って、ほんとうに愚かね」

ジェニーが笑った。「彼女はライアンを信じてたわ」

レナも彼女と一緒に笑い、そのうちにたずねた。「そんな悪いことって、ジュリアはなにをしたんだと思う？　つまり、それほどライアンを怒らせるようなことなの？」

「なにも」ジェニーが憤懣やるかたないといった調子で答えた。「わたしも、あとで彼女にきいてみたの。話そうとしなかったわ。一日中ベッドに寝ころんで、一言も口をきかなかったの」

「それは、ふたりが別れたころのこと？」

「そう」ジェニーがきっぱり言った。「さっきも言ったけど、先月のことよ」次に質問をしたときには、口調に心配そうな気持ちがにじんでいた。「彼女の行方がわからないことにライアンが関係してると思ってるわけじゃないでしょ？」

「思わない」レナが言った。「その心配には及ばないわ」

ジェフリーは向き直ってたずねた。「ライアンの姓は？」

「ゴードン」ジェニーが答えた。「ジュリアはなにかトラブルに巻き込まれたと思う？」

ジェフリーはその質問を考えてみた。心配いらないと答えることもできたが、それではジェニーに誤った安心感を与えることになるかもしれない。考えた末に答えた。「わからないんだ、ジェニー。彼女を捜し出すために全力を尽くすよ」

教務課のオフィスに立ち寄って、ライアン・ゴードンはこの時間なら自習室の監督をしているとわかった。農学部の翼棟はキャンパスのはずれにあり、構内を横切って歩を進めるごとに不安が募っていくのをジェフリーは感じていた。レナからも緊張が伝わってきた。確たる手がかりもないまま二日が経っている。ふたりは、いままさに、シビル・アダムズを殺害した男と対面しようとしているのかもしれなかった。

当然、ジェフリーにはライアン・ゴードンと親友になるつもりなどなかったが、会った瞬間に反感を抱かせるなにかがゴードンにはあった。片眉と両耳にピアスをしているばかりか、鼻中隔に輪をぶら下げている。鼻輪は黒く、表面が固そうで、人間の鼻ではなく雄牛の鼻にぶら下げるたぐいのものだ。ジェニーによる人物描写は情け容赦のないものだったが、いま思えば、汚らしいと表現する意味においては寛大だった。ライアン・ゴードンは見るからに不潔そうだ。顔は脂ぎっていて、にきびと治りかけのかさぶたが混ざりあっている。髪は何日も洗っていないように見える。黒のジーンズと黒いシャツはともにしわだらけ。異臭まで放っている。

話を聞いたかぎりでは、ジュリア・マシューズはとても魅力的な娘だ。なぜライアン・ゴードンのような男が彼女をひっかけることができたのか、ジェフリーには謎だった。明らかに自分よりはるかに立派な人間とつき合ってしかるべき者をうまく支配できるのだとしたら、そこから、ゴードンがどのような若者であるかについて、いろいろと知ることができる。

さっきジェニー・プライスに対して効果を発揮したレナの優しい一面が、自習室に着いたときにはとうに消え失せていることにジェフリーは気づいた。レナはすたすたと自習室に入っていくと、ほかの学生、おもに男子学生の好奇の目を無視して、学生たちのほうを向いたデスクに座っている若者のところにまっすぐ歩いていった。

「ライアン・ゴードンね？」レナがデスクに身を乗り出してたずねた。上着がうしろに引っぱられ、ゴードンがレナの銃に鋭い視線を走らせたのにジェフリーは気づいた。しかしゴードンは敵意もあらわに口を真一文字に引き結んだままで、ようやく彼が返事をしたとき、ジェフリーは平手打ちを食らわせたい衝動に駆られた。

ゴードンが答えた。「おまえにゃ関係ないだろ、くそ女」

ジェフリーは彼の襟をつかんで立たせ、自習室から前かがみのまま引きずり出した。そうしながらも、署長室に戻るまでに市長から怒りのメッセージが届くにちがいないと確信していた。

自習室を出ると、ゴードンを壁に押しつけた。ハンカチを取り出し、手についた脂をぬぐった。「寮にシャワーはないのか？」ジェフリーは問いただした。

ジェフリーの予想どおり、ゴードンの口調が泣きごとがましくなった。「警察による不当暴力だ」

ジェフリーが驚いたことに、レナが平手でゴードンをひっぱたいた。

頬をなでるゴードンの口の端が下がった。レナを品定めしているらしい。彼がレナに向ける目つきはどこか滑稽だとジェフリーは思った。ライアン・ゴードンは痩せっぽちで、体重はともかく身長はレナと変わらない。レナのほうは、あからさまに喧嘩腰の態度を示している。ゴードンが押しのけようとすれば歯をむき出して彼の喉を嚙み裂くにちがいない、とジェフリーは思った。

ゴードンもそれを理解したらしい。おとなしく服従するといった態度になった。鼻輪をしているためだろうが、鼻にかかったような哀れっぽい声で、話すと鼻輪が揺れた。「あんた、おれになにを聞きたいんだ？」

レナが片手を胸に伸ばすと、彼は身を守るように両手を上げた。

レナが言った。「両手を下ろしなさい、弱虫」レナは彼のシャツの中に手を差し入れ、首から下げた鎖についている十字架を引っぱり出した。

「素敵なペンダントね」

ジェフリーはたずねた。「月曜日の午後、おまえはどこにいた？」

ゴードンはレナを、次いでジェフリーを見た。「なんだって？」

「月曜日の午後、おまえはどこにいた？」ジェフリーは質問を繰り返した。

「わかんない」ゴードンが哀れっぽい声で言った。「寝てたよ、たぶん」鼻をすすり、ぬぐった。鼻輪が揺れたので、ジェフリーは身が縮まる思いを抑えた。

「壁に両手をついて」レナが命じ、ゴードンをうしろ向きにさせようとした。抵抗しかけたゴードンは、彼女に睨まれて思いとどまった。両手両脚を広げ、言われた姿勢を取った。

レナが彼のボディチェックをしながらたずねた。「まさか注射針は見つからないわよね？わたしを傷つけるものなんか？」

レナがズボンの前ポケットに手を入れると、ゴードンはうめいた。「やめろ」

レナは笑みを浮かべ、白い粉の入った袋をひとつ引っぱり出した。「砂糖じゃないわよね？」ジェフリーに問いかけた。

ジェフリーは袋を受け取り、レナがそれを見つけたことに驚いた。これでゴードンの風体の説明がつく。麻薬中毒者はこの世でもっとも身だしなみに気を配る人種というわけではない。レナを連れてきてよかったと、この朝初めてジェフリーは思った。自分はこの若者のボディチェックをするなど思いつかなかったにちがいない。

ゴードンは肩越しに袋を見た。「おれのズボンじゃないんだ」

「そうね」レナがぴしゃりと言った。ゴードンの向きを変えさせてたずねた。「最後にジュリア・マシューズに会ったのはいつ？」

ゴードンの考えていることは顔に出た。どうやら、この話の向かう先がわかっているらしい。白い粉など、いちばん軽い問題だった。「一カ月前に別れたんだ」

「それじゃあ質問の答えになってないわ」レナが言った。質問を繰り返した。「最後にジュリア・マシューズに会ったのはいつ？」

ゴードンは胸の前で腕を組んだ。その瞬間、ジェフリーは、ことの処しかたを完全に誤ってしまったことに気づいた。神経と興奮で判断を誤ったのだ。ジェフリーの頭に浮かんだ言葉を、ゴードンはそっくり口に出した。

「弁護士と話をさせてくれ」

ジェフリーは椅子に座り、向かいのテーブルに足をのせていた。ふたりは、ライアン・ゴードンの起訴手続がすむのを取調室で待っていた。あいにく、レナがミランダ権利を読み聞かせた瞬間から、ゴードンはとらばさみ《スティール・トラップ》よりも固く口を閉ざしてしまった。幸い、寮でゴードンと同部屋の学生は喜んで捜索に協力した。捜索では、何枚ものローリング・ペーパーと、かみそりの刃ののっている鏡一個のほか、不審なものはなにも出てこなかった。ジェフリーにも確信はなかったが、同部屋の学生の様子を見ていると、麻薬吸引用の道具はふたりのうちどちらのものとも考えられゴードンが属している研究室の捜索でも、マリファナ以外に追加証拠は出なかった。た。ジュリア・マシューズはボーイフレンドが最低最低のクズだと気づいて別れた、というのがもっとも考えうる筋書きだった。

「おれたちはしくじったな」ジェフリーは言い、《グラント・カウンティ・オブザーヴァー》紙に片手を置いた。

レナはうなずいた。「そうね」

ジェフリーは深々と息を吸い込み、吐き出した。「いずれにしろ、あの手の若者は弁護士を呼んだはずだ」

「それはどうかしら」レナが応えた。「テレビの観すぎかもしれないわ」

それを考えるべきだった。テレビを観ていれば、戸口に警察官が現われたら弁護士を呼んでくれと言うことぐらい、どんな愚か者でも知っている。

「わたしがもう少し柔らかく出ればよかったのよ」彼女が別の角度から論じた。「彼が犯人なら、女に偉そうにされるのを喜ぶはずがないもの」おもしろくもなさそうに笑った。「特に、彼女によく似てるわたしが相手じゃあね」

「それが、少しはこっちに有利に働くかもしれない」ジェフリーが言った。「バディ・コンフォードを待つあいだ、きみとやつをふたりきりにしてみるってのはどうだ？」

「彼にはバディがつくの？」レナの口調には不快感が表われていた。グラントには、官選弁護人を割安で引き受ける弁護士が一握りほどいる。その中でも、バディ・コンフォードはもっとも粘り強い弁護士なのだ。

「今月は彼の当番なんだ」ジェフリーは言った。「なにかしゃべるほどゴードンは愚かだと思うか？」

「彼に逮捕歴はないわ。ことさら事情通だとは思えない」

ジェフリーは無言で、彼女が先を続けるのを待った。

「平手打ちを食らわしたから、たぶん、わたしにかなり腹を立ててるわ」レナが頭の中でやりかたを考えているのだとわかった。「おぜん立てに手を貸してくれない？　彼と口をきいてはいけないって言ってよ」

ジェフリーはうなずいた。「うまくいくかもしれないな」

「まずいことになりようがないわ」

ジェフリーは黙り込んでテーブルを見つめた。ややあって、新聞の第一面を指でこつこつと打った。上半分ほどを、シビル・アダムズの写真が占めている。「これは見たんだろ?」

レナは写真を見ずにうなずいた。

ジェフリーは新聞を裏返した。「記事には、彼女がレイプされたと書いてないが、におわせてはいる。マスコミには撲殺だと発表したが、実際はちがう」

「わかってる」彼女がつぶやくように言った。「読んだわ」

「フランクと刑事たちも」ジェフリーが切り出した。「前科者リストを当たったが、なにひとつ確たる手がかりをつかんでいない。フランクが本腰を入れて調べたがった男がふたりいたが、結局、なにも浮かんでこなかった。ふたりともアリバイがあった」

レナは自分の手を見つめていた。

ジェフリーは言った。「ここがすんだら帰っていい。おそらく今夜の準備をする必要があるだろうからな」

驚いたことに、レナはおとなしく従った。「ありがとう」

ドアにノックの音がして、ブラッド・スティーヴンスが顔をのぞかせた。「彼を連れてきたよ」

ジェフリーは立ち上がって言った。「中に入れてくれ」

留置場用のオレンジ色のジャンプスーツを着たライアン・ゴードンは、自前の黒いジーンズとシャツのときよりちっぽけに見えた。おそろいのオレンジ色の上履きをはいた足を引きずるように歩き、ジェフリーの命令で頭から水で洗われたため髪がまだ濡れている。両手をうしろにまわして手錠をかけられており、手錠の鍵はブラッドが退室する前にジェフリーに渡した。

「弁護士はどこだ？」ゴードンが問いただした。

「あと十五分ほどで来る」ジェフリーは答え、若者を押して椅子に座らせた。いったん手錠を解いたが、ゴードンに腕を動かす間も与えず、手錠を椅子の桟にくぐらせてふたたび閉じた。

「きついよ」ゴードンが哀れっぽい声を上げ、不快さを誇張して見せようと胸を突き出した。椅子を引っぱったが、両手はきつく背中にまわされたままだった。

「我慢するんだな」ジェフリーはぼそぼそ言い、次いでレナに申し渡した。「きみはこの男とこころにいろ。オフレコで一言も話をさせるんじゃないぞ、わかったな？」

レナが目を伏せた。「わかりました」

「本気で言ってるんだ、刑事」自分ではいかめしく見えると思う顔をレナに向けると、ジエフリーは取調室を出た。隣のドアを開け、観察室に入った。立ったまま腕組みをして、マジックミラーの向こうのゴードンとレナを観察した。

取調室は、セメント・ブロックの壁にペンキを塗った、比較的狭い部屋だ。床の中央に一台のテーブルがボルトで固定してあり、そのまわりに椅子を三脚置いてある。テーブルの片側に二脚と、その反対側に一脚だ。ジェフリーが見ていると、レナが新聞を手に取った。両足をテーブルにのせ、椅子を少しうしろに傾けて、《グラント・カウンティ・オブザーヴァー》を開いた。すぐ横のスピーカーから、彼女が折り目のところで新聞をたたむ音がジェフリーにも聞こえた。

ゴードンが言った。「水をくれ」

「ものを言うな」レナが命じたが、声が低いので、ジェフリーは彼女の声を聞き取れるよう、壁に取りつけたスピーカーの音量を上げた。

「なぜ？　おまえが困ったことになるのか？」

レナは新聞を見続けていた。

「困ったことになりゃいいんだ」ゴードンは言い、椅子に座ったまま、できるかぎり身を乗り出した。「おまえが平手打ちを食らわせたって、弁護士に言ってやる」

レナは鼻を鳴らして笑った。「あんた、体重は六十八キロ？　身長は百六十八センチ？」

レナは新聞を置き、穏やかで屈託のない表情を浮かべてゴードンを見た。甲高い、子どものような口調だ。「わたしは勾留中の容疑者を絶対に殴ったりしません、裁判長。彼は大柄で力も強いので、死ぬほど怖いんですもの」

ゴードンの目が線のように細くなった。「笑える冗談だとでも思ってるのか」

「そうよ」レナは言い、また新聞を見始めた。「そう思ってるわ」

ゴードンは一、二分の間を置いて、どう切り込んだものか考え直していた。新聞を指さした。「おまえ、そのレズビアンの姉ちゃんだな」

レナの口調はあいかわらず軽いが、テーブルを乗り越えてゴードンを殺したいと思っているにちがいないと、ジェフリーにはわかった。レナは言った。「そうよ」

「殺されたんだろ」ゴードンが言った。「あの女がレズビアンだって、大学のだれもが知ってたぜ」

「たしかに同性愛者だったわ」

ゴードンが唇を舐めた。「くそったれレズビアン」

「そうよ」レナは退屈そうな様子で新聞をめくった。

「レズビアン」ゴードンが繰り返した。「くそったれのおまんこ舐め女」彼は間を置いて反応が返ってくるのを待ったが、なんの反応もないので苛立っているようだった。

「おまんこ擦り」

レナが退屈そうなため息をついた。「繁み探検家、プッシーしゃぶり、同類と睦み合う女」言葉を切って紙面越しにゴードンを見てたずねた。「まだなにか残ってる?」

ジェフリーは、レナのやりかたに感心する一方で、彼女が犯罪者の道を選ばなかったことに感謝の祈りを唱えていた。

ゴードンが言った。「おれを引っぱったのは、その件なんだろ? おれがあの女をレイプしたと思ってるのか?」

レナは新聞を持ち上げたままにしているが、おそらく彼女の鼓動も自分と同じく速くなっているとジェフリーは考えた。ゴードンが当て推量で言っている可能性も、自白する道を探している可能性もあった。

レナがたずねた。「彼女をレイプしたの?」

「したかもな」ゴードンが言った。注意を引きたくてしかたがない幼い子どものように椅子を前後に揺すり始めた。「おれがファックしたかもな。知りたいか?」

「知りたいわ」レナが言った。新聞を置き、腕組みをした。「なにもかも話してくれない?」

ゴードンが彼女のほうに身を乗り出した。「あの女はトイレにいたんだろ?」

「話すのはあんたよ」

「あの女が手を洗ってるところに、おれが入っていって本物のファックをしてやったのさ。すごく悦んで、その場で死んだ」

レナが深々とため息をついた。「話せるのはそれだけ？」

ゴードンは侮辱されたような表情を浮かべた。「いいや」

「ジュリア・マシューズになにをしたか、話してくれない？」

ゴードンは椅子の背にもたれ、両手に寄りかかった。「あいつにはなにもしてない」

「じゃあ、彼女はどこにいるの？」

彼は肩をすくめた。「たぶん、死んでるな」

「どうしてそんなことを言うの？」

彼は身を乗り出し、胸をテーブルに押しつけた。「あいつ、前にも自殺しようとしたことがあるんだ」

レナはその話に驚かなかった。「ええ、知ってるわ。手首を切ったのよね」

「そうさ」うなずいたゴードンが驚いた顔をしているのに、ジェフリーは気づいた。ジェフリーも驚いたものの、充分理解できると思った。女性が自殺を図る場合、いくらでもある方法の中から手首を切る方法を選ぶ傾向がきわめて高い。レナは確率から推測したのだ。

レナが要点を述べた。「彼女は先月、手首を切った」

ゴードンが首をかしげ、妙な目で彼女を見た。「どうしてそれを知ってるんだ？」

レナはまたため息をつき、新聞を手に取った。がさがささせて開くと、読み始めた。

ゴードンがまた椅子を前後に揺すり始めた。

レナは紙面から顔を上げなかった。「彼女はどこにいるの、ライアン？」

「知らない」

「彼女をレイプしたの？」

「あいつをレイプする必要なんてなかったさ。おれの言いなりだったんだから」

「彼女にクンニリングスさせたの？」

「そうさ」

「そうしないと立たないのね、ライアン？」

「くそ」彼は椅子の脚を下ろした。「どっちにしろ、おまえはおれと口をきいちゃいけないはずだぜ」

「なぜ？」

「オフレコだからさ。おれは好きなことを言えるし、なにを言ってもかまわないんだ」

「なにを話したいわけ？」

ゴードンの唇が引きつった。さらに身を乗り出した。ジェフリーのいる位置からだと、両手をうしろにまわして手錠をかけられたゴードンは、四肢を縛られて身動きできないブタのようだった。

ゴードンがささやくような声で言った。「おまえの妹のことをもっと話したいかもな」

レナはその言葉を無視した。

「どんなふうに殴り殺したか、話したいかも」

「あんたは金づちの使いかたを知ってるようには見えないわ」

ゴードンはその言葉に驚いたようだった。「知ってるさ」彼は請け合った。「あの女の頭を殴って、そのあと、あそこに金づちを挿し込んでやった」

レナは新聞の別の面を開いて折った。「その金づちはどこに置いたの？」

ゴードンは不遜な表情を浮かべた。「知りたくないか？」

「ジュリアはなにをこそこそやってたの、ライアン？」レナがさりげない口調でたずねた。

「あんたに隠れて男と寝まくってたの？　本物の男を見つけたのかもしれないわね」

「うるせえ、くそ女」ゴードンが怒鳴った。「おれは本物の男だ」

「そうね」

「この手錠をはずせよ、おまえに見せてやる」

「むろん、そうするでしょうね」レナが言ったが、これっぽっちも脅威を感じていないという口調だった。「彼女はどうしてあんたに隠れて男とつき合ってたの？」

「あいつはそんなことしてないさ。あのくそったれのジェニー・プライスがそう言ったんだな？　あの女はなにも知っちゃいないんだぜ」

「ジュリアがどれほどあんたと別れたがってたかを？　あんたがずっとジュリアをつけまわし、放っておいてあげなかったことを？」

「それで、おれを引っぱったのか?」ゴードンがたずねた。「それで、おれに手錠をかけたのか?」

「あんたに手錠をかけたのは、ポケットにコカインを隠し持ってたからよ」

ゴードンが鼻を鳴らした。「あれはおれのじゃない」

「ズボンもあんたのじゃないのよね?」

彼は満面に怒りをたたえ、テーブルに胸をぶつけた。「いいか、くそ女――」

レナは彼の正面に立ち上がり、テーブルにかがむようにして顔を突き合わせた。「彼女はどこにいるの?」

ゴードンの口から飛び出したのは、つばだった。「くそくらえ」

瞬時に、レナは彼の鼻輪をつかんでいた。

「やめろ、くそ」ゴードンがわめきながら上体をかがめると、胸がテーブルにぶつかり、両手が背中で突き立った。「助けてくれ!」彼は悲鳴を上げた。その声に、ジェフリーの目の前のガラスが振動した。

レナがささやくような声でたずねた。「彼女はどこ?」

「二日前に見かけた」食いしばった歯のあいだからゴードンがなんとか言った。「頼む、放してくれ」

「彼女はどこ?」

「知らない」彼が叫んだ。「なあ、ほんとうに知らないんだ！　引き裂けちまうよ」

レナが鼻輪を放し、スラックスで手をぬぐった。「この、ばかな雑魚男」

ライアンは、おそらく鼻がまだついているか確かめるためだろうが、鼻を動かした。

「痛い思いをさせやがって」泣きごとを言った。「痛かったぜ」

「もっと痛い思いをさせてやろうか？」レナが言い、銃に手をかけた。

ゴードンは胸元に顔を隠し、つぶやくように言った。「あいつ、おれに捨てられて自殺しようとしたんだ。それくらいおれのことを愛してたんだよ」

「彼女には男を見る目がまったくなかったんだと思うわ」レナが言い返した。「男とつき合った経験が一度もなくて、あんたはそこにつけ込んだのよ」立ち上がって、テーブルの中ほどまで身を乗り出した。「それに、あんたには、生身の人間はおろかハエを殺す度胸もないと思うし、もしもこの先」――両手をテーブルに叩きつけ、手榴弾のように怒りを爆発させた――「これ以上、あんたが妹のことでなにか言うのを耳にしたら、たとえ一言だろうとなにか言ったら、あんたを殺すよ。その点は信じることね、わたしにはその度胸があるんだから。それを一瞬たりとも疑ったことはないわ」

言葉にはならないまま、ゴードンの口が動いた。

取り調べの様子に引き込まれていたジェフリーは、ノックの音に気づかなかった。

「ジェフリー？」マーラが声をかけ、観察室の戸口から顔をのぞかせた。「ウィル・ハリスの家で問題が起きたわ」

「ウィル・ハリス？」今日耳にするとは予想だにしていなかった名前だと思い、ジェフリーは聞き返した。「なにがあった？」

マーラが観察室に入ってきて、声を落とした。「何者かが、表側の窓から家の中に石を投げ込んだの」


ジェフリーが車を道端に寄せたとき、ウィル・ハリスの家の表側の芝生にフランク・ウォレスとマット・ホーガンが立っていた。ふたりはいつからそこにいるのだろう、とジェフリーは思った。それに、ふたりは投石の犯人を知っているのだろうか。マット・ホーガンは、黒人に対して偏見を持っているのを隠そうとする気配がいっさいなかった。それにひきかえ、フランクがどうなのか、ジェフリーには定かでなかった。わかっているのは、フランクが昨日、ピート・ウェインの聴取の現場にいたということだけだ。車を停めながら、緊張が募るのをジェフリーは感じていた。部下を信用できない状況が気に入らなかった。

「いったいなにがあった？」ジェフリーは車を降りながらたずねた。「犯人は？」

フランクが言った。「彼は三十分ほど前に帰宅したんだ。ミス・ベティの家で仕事をしてた、ばあさんの中庭に風を通してた、と本人は言ってる。帰宅して気づいたそうだ」

「石か？」

「いや、煉瓦だ」フランクが言った。「どこにでもあるやつだ。手紙が巻いてあった」

「なんと書いてあったんだ？」

フランクが地面に目を落とし、すぐに顔を上げた。「手紙はウィルが持ってる」

ピクチャー・ウィンドウに目をやると、大きな穴が開いていた。左右の窓は無傷だが、まん中の大きなガラスは、入れ替えるにも相当な金がかかるにちがいない。「ウィルはどこだ？」ジェフリーはたずねた。

マットが玄関ドアのほうにあごをしゃくった。ジェフリーが数分前にライアン・ゴードンの顔に見たのと同じ不遜な表情を浮かべている。

マットは言った。「うちの中だ」

ジェフリーは玄関ドアに向かいかけて、足を止めた。財布に手を入れ、二十ドル札を一枚取り出した。「ベニヤ板を買ってきてくれ。できるだけ早く持ち帰るんだ」

マットのあごがこわばったが、ジェフリーは真正面から厳しい目で彼を見据えた。「おれになにか言いたいことがあるのか、マット？」

フランクが口を挟んだ。「ついでに、ガラスを注文できるかきいてみるよ」

「そうだな」マットが不満げに言い、車に向かった。

フランクもあとを追い始めたが、ジェフリーが止めた。「こんなことをした可能性のある人物に心当たりはないのか？」

フランクはしばし足もとを見つめていた。「マットなら、けさはずっとおれと一緒だったよ。そのことを言ってるのなら」

「そうだ」

フランクが顔を上げた。「こうしよう、署長、おれが犯人を見つけたら、この件はおれが処理する」

それに対するジェフリーの意見を、待ってはいなかった。背を向けてマットの車に向かった。ふたりの乗った車が走り去るのを待って、ジェフリーは私道をウィル・ハリスの家へと歩きだした。

スクリーン・ドアを軽くノックしてから中に入った。ウィル・ハリスは、アイス・ティーの入ったグラスを傍らに置いて、いつもの椅子に腰かけていた。ジェフリーが入って行くと立ち上がった。

「あんたに出向いてもらうつもりじゃなかったんだ」ウィルが言った。「届け出ただけで。近所の人がわしを怖がらせるもんだから」

「どの人だ？」

「向かいのミセス・バーだ」彼は窓の外を指さした。「年寄りで、すぐに怖がるんだよ。彼女はなにも見てないって言うんだ。おたくの刑事たちがもう話を聞いてるよ」彼は椅子に戻り、一枚の白い紙を手に取って、ジェフリーに差し出した。「これを見たとき、わしも少しばかり怖くなったよ」

ジェフリーは紙を受け取り、喉の奥に生つばがこみ上げるのを感じながら、白い紙にタイプで打たれた脅迫文を読んだ。〝背中に気をつけろ、ニガー〟

ジェフリーは紙をたたんでポケットに突っ込んだ。両手を腰に当てて部屋を見まわした。

「いい部屋だな」

「ありがとう」ウィルが応じた。

ジェフリーは表側の窓に向かった。なんともいやな感じだ。昨日、ジェフリーが話をきいたというだけの理由で、ウィル・ハリスの命が危険にさらされている。「今夜おれがこのカウチで寝てもかまわないか？」

ウィルは驚いたようだった。「その必要があると思うかね？」

ジェフリーは肩をすくめた。「後悔するより用心だ。そう思わないか？」

12

レナは自宅のキッチン・テーブルにつき、塩入れと胡椒入れを見つめていた。頭の中で、今日の出来事を納得しようとしていた。ライアン・ゴードンに罪があるとすれば、どうしようもない愚か者という点だけだ、とレナは確信していた。ジュリア・マシューズが利口なら、おそらくボーイフレンドを避けるため、すでに実家に帰ってしまったか、しばらくは身を隠しているつもりだろう。おかげで、ジェフリーとレナが大学に乗り込んだ理由のほうはまったく解決しないままになってしまった。シビルを殺害した容疑者は依然、ひとりも浮かんでいない。

妹を殺した犯人を見つけ出すための確たる手がかりがひとつもないまま一分、一時間が過ぎるたび、レナはますます怒りが募っていくのを感じていた。怒りは危険な感情よ、別の感情を表に出すべきなのよ、とシビルからしょっちゅう注意されていた。いまのレナには、自分がこの先、幸せだとか悲しいだとか感じることができる日が来るとは想像もできなかった。シビルを亡くしたことで感情が麻痺してしまい、怒りを感じることによってのみ、自分がまだ生きていると感じられるのだ。泣き崩れて無力な子ども同然にならないよう、怒りを心のうちに抱き込み、癌細胞のように増殖させている。シビルの死を乗り越えるには怒りが必要だった。シビルを殺した犯人を逮捕したあと、ジュリア・マシューズを無事見つけたあと、悲しみにひたろう。

「シビー」レナはため息をつき、両手で目をおおった。ゴードンの取り調べのあいだでさえも、頭の中にシビルの面影が忍び入ってきた。それは、無理に払いのけようとするほど、ますます強くなった。

さまざまな思い出がフラッシュ映像のように現われた。ゴードンの向かいに座ってくだらないこけおどしに耳を貸していたかと思えば、次の瞬間には十二歳の少女に戻ってビーチにおり、水の中で一緒に遊べるようシビルを海へと連れていっていた。シビルが視力を失うことになった事故のあとすぐに、レナが彼女の目になった。レナを通して、シビルはふたたび視力を得たのだ。今日にいたるまで、そのおかげで自分は優秀な刑事になれたとレナは考えている。細かいことに注意を払う。直感に耳を傾ける。いま、彼女の直感は、これ以上ゴードンに焦点を当てるのは時間のむだだと告げていた。

「よう」ハンクが声をかけ、冷蔵庫からコカコーラを一本取り出した。レナにも一本掲げてみせたが、レナは首を振った。

「そんなもの、どこから出てきたの?」とたずねた。

「買い物に行ってきたんだ。今日はどうだった？」

その問いかけにレナは答えなかった。「どうして買い物なんかに行ったの？」

「食料がなにもなかっただろ。おまえの体がよくも衰弱しなかったと、驚いてるよ」

「わたしのために買い物に行ってもらう必要なんてないわ」レナは言い返した。「リースにはいつ戻るの？」

その質問に、ハンクは傷ついたようだった。「二、三日中かな。ここにいてほしくないなら、ナンのところに泊めてもらってもいいよ」

「ここにいればいいわ」

「まったく問題ないんだ、リー。ソファで寝たらってナンはすでに言ってくれたから」

「彼女のところに泊まる必要はないわ」レナはぴしゃりと言った。「わかった？　その話はもうおしまい。数日ってことなら問題ないわ」

「なんならホテルに泊まってもいい」

「ハンク」レナは、自分の声が必要以上に大きいことに気づいた。「その話はおしまいよ、いいわね？　今日はほんとうに大変な一日だったの」

ハンクはコカコーラの瓶をいじくりまわした。「話したいか？」

レナは、「あなたには話したくない」という口まで出かかった言葉を飲み込んで、「いいえ」と答えた。

　彼はコカコーラを一口飲み、レナの肩越しにあらぬかたを見つめた。

「手がかりはなにひとつないの」レナは言った。「例のリストのほかはね」ハンクがきょとんとした顔になったので、「ここ六年のあいだにグラントに転入してきた、性犯罪の前科者全員のリストがあるのよ」と説明した。

「警察にはそういうリストがあるのか？」

「ありがたいことに、あるの」レナは言い、彼が始めたがっている市民的自由に関するいかなる議論も阻止した。元麻薬中毒者のハンクは、とかく世の常識よりも個人のプライヴァシー優先を支持する。レナは、前科者はすでに借りを返しているという議論をする気分ではなかった。

「すると」ハンクが言った。「おまえはそのリストを持ってるのか？」

「わたしたちみんなが持ってるのよ」レナはことを明確にした。「訪ねていって、条件に合う人物かどうか確かめるの」

「どんな条件だ？」

　レナは彼を見つめ、説明を続けるかどうか判断しようとした。「激しい暴力を伴う強姦の前科がある男。白人で、年齢は二十八から三十五のあいだ。自分を信心深いと思ってる男。日ごろシビルを見ていた可能性のある男。襲ったのが何者であれ、シビルの習慣を知っているのだから、顔を見たことがあるか、偶然見かけたことのある男ってことになるわ」

「それだと範囲がかなり狭まる感じだな」

「リストには百人近い男が載ってるのよ」

彼は低い口笛を吹いた。「グラントで?」そんな話は信じられないというように大きく首を振った。

「それもここ六年でよ、ハンク。そのリストでだれも浮かばなかったら、もっと遡ることになると思うわ。たぶん十年か十五年前までね」

ハンクが額の髪をかき上げたので、レナに前腕がよく見えた。レナはむき出しの腕を指さした。「今夜は上着を着てね」

ハンクは古い注射跡を見下ろした。「おまえがそうしてほしいなら、いいよ」

「警察の連中も顔を出すわ。わたしの友人たち。同僚。その跡を見れば知られてしまう」

彼は自分の腕を見下ろした。「これがなにかなんて、警察官じゃなくともわかると思うけどな」

「わたしに恥ずかしい思いをさせないでよ、ハンク。あなたが元麻薬常習者だってボスに話すだけでも、いやでたまらなかったのよ」

「そりゃ申しわけない」

「まあ、いいわよ」ほかに言いようもないのでレナは言った。彼が怒りを爆発させるまで、その彼を言い負かすまで、じろじろと見て、ねちねちと文句を言いたい誘惑に駆られた。

だが、そうはせずに、座ったままで体の向きを変え、彼から顔をそむけた。「腹を割って話をする気分じゃないの」

「そう、それは残念だ」ハンクは言ったが、席を立たなかった。「おまえの妹の遺灰をどうするか話し合う必要がある」

レナは片手を上げて彼を制した。「いまはそんな話、できないわ」

「ナンと話し合ったんだが――」

レナは話の腰を折った。「そのことについて、ナンがなんて言おうと気にしないわ」

「彼女はあいつの恋人だったんだ、リー。ふたりは一緒に人生を歩んでた」

「わたしたちだって、そうよ」レナはぴしゃりと言った。「シビルはわたしの妹だったのよ、ハンク。どうあっても、ナン・トーマスにシビルを渡すつもりはないわ」

「ナンはほんとうに思いやりのある人間に思えるけどな」

「現にそうなんでしょ」

ハンクはコカコーラの瓶をいじくった。「おまえが不愉快だからって理由だけで彼女をのけ者にするわけにいかないよ、リー」少し間を置いてから続けた。「ふたりは愛し合ってたんだ。どうしてそれが受け入れがたいのか、わからないな」

「受け入れがたい？」レナは笑った。「受け入れないわけにいかなかったじゃない？　ふたりは一緒に住んでたのよ。一緒に休暇を取ってたわ」昼間ゴードンの言ったことを思い出した。「明らかに大学じゅうで知られてたようだしね。わたしに選択の余地があったとは思えないわ」

ハンクはため息をついて椅子の背にもたれた。「それはどうかな。おまえは彼女に嫉妬してたのか？」

レナは首をかしげた。「だれに？」

「ナンに」

レナは笑った。「これまで聞かされた中でも、これ以上ないほどばかげた話ね」さらに言い足した。「あなたがほんとうに愚かなたわ言を言うのを聞いたことがあるのは、おたがい知ってるのにね」

ハンクは肩をすくめた。「おまえは長らくシビーをひとりじめにしてきた。あいつがだれかと出会い、だれかと深い関係になれば、おまえと一緒にいづらくなる気持ちは理解できる」

ショックのあまりレナの口があんぐりと開いた。ついさっきは仕掛けたかった喧嘩が、いまは逆に自分に仕向けられている。「わたしがナン・トーマスに嫉妬してるっていうの、彼女が妹とファックしてたって理由で？」

ファックという言葉に彼はたじろいだ。「ふたりはただ寝てただけだと思うのか？」

「ふたりがなにをしてたかなんて、わたしは知らないわ、ハンク」レナは言った。「そっちの面の生活については話し合わなかったもの。わかった？」

「それはわかるさ」

「じゃあ、どうしてその話を持ち出したのよ？」

彼はそれには答えなかった。「シビルを失ったのはおまえだけじゃないんだぞ」

「そんなふうに思ってるなんて、いつ言った？」レナは嚙みつき、立ち上がった。

「そう思ってるように見えるぞ」ハンクが言った。「いいか、リー、今回の件ではおまえもだれかと話し合う必要があるかもしれん」

「いま、あなたと話してるじゃない」

「おれとじゃだめだ」ハンクは難しい顔で考え込んだ。「おまえがつき合ってた、例の男はどうだ？　彼はまだこのあたりにいるのか？」

レナは声を上げて笑った。「グレッグとは一年前に別れたし、まだ別れてなかったとしても、彼の肩に寄りかかって泣くなんて考えられないわ」

「おまえがそんなことをするとは言ってないだろ」

「じゃあ結構」

「おまえがどんな人間か、よく知ってる」

「わたしのことなんてこれっぽっちもわかってないわよ」レナは吐き捨てた。部屋を出ると、階段を一段飛ばしで上りながらこぶしを固め、ベッドルームに入って大きな音を立ててドアを閉めた。

クロゼットに入っているのはおもにスーツやスラックスばかりだが、奥にしまってある黒いドレスを探し出した。アイロン台を引っぱり出し、足を引いたものの一瞬の差で間に合わず、棚から滑り落ちたアイロンがつま先に当たった。

「くそ」レナは小声で吐き、足をつかんだ。ベッドに腰かけて、つま先をさすった。こんなふうにいきり立たせたハンクのせいだ。いつだって彼はこんなまねをして、決まって、折り合いをつけることに関してみずからがアルコール中毒者互助会で学んだ人生哲学を押しつけ分かち合おうとする。彼がそういう人生を歩みたいのであれば、麻薬を大量に打ったりアルコールのせいで命を落とさないような生きかたをする必要があるのであれば、それはそれで結構だが、それをわたしに押しつけようとする権利はない。

わたしがナンに嫉妬してるという知ったかぶった診断結果にいたっては、ばかげてるとしか言いようがない。これまでずっと、シビルが自立できるよう手を貸してきた。点訳を待たずにすむよう、いくつもの研究レポートをシビルに音読してやったのはわたしだ。口頭試験の練習をするシビルの口述を聞いてやったのも、実験を手伝ってやったのも、わたしだ。すべてシビルのため、彼女がひとりで外出し、仕事を得て、自分の人生を築く手助けをするためだった。

レナはアイロン台を開き、その上にドレスを置いた。ドレスを広げながら、前にそのドレスを着たときのことを思い出した。シビルから、大学教職員のパーティに連れていってと頼まれたのだ。驚いたものの、いいわと答えた。大学関係者と町の住民のあいだには明確な境界線がある。大学関係者の中に入り、大学の課程を修了しただけではなくもっと上の学位を取るべく研究を続けている連中に囲まれると、レナは落ち着かなかった。田舎者でこそなかったが、周囲から浮き上がっているように感じたのを覚えている。

それにひきかえ、シビルは水を得た魚のようだった。輪の中央に入り、心底から話に興味を引かれているらしい教授たちの一団に向かって話をしているシビルの姿を思い出すことができる。だれひとり、人々が成長期のふたりに向けたような目でシビルを見ている者はいなかった。目が見えないことでシビルをからかう人も、軽蔑するような意見を口にする人もいなかった。生まれて初めて、自分がシビルに必要ないとレナは気づいたのだった。

その意外な事実の発見にナン・トーマスはまったく無関係だ。その点、ハンクは勘ちがいしている。シビルは最初から自立していた。自分のことは自分でできた。他人とどうつき合えばいいか知っていた。目は見えないかもしれないが、いろんな意味で、彼女は見えていたのだ。相手の言うことに耳を傾けるがゆえに、いろんな意味で、目の見える人以上に相手の心を読むことができた。相手がうそをつくときの口調の変化や、うろたえたときの声の震えを聞き取った。レナはこれまで、シビル以上に理解してくれる相手に出会ったことはない。

ハンクがドアをノックした。「リー？」

レナは自分が泣いていたことに気づいて鼻をぬぐった。ドアは開けなかった。「なに？」

ハンクの声はくぐもっているが、大きくはっきり聞こえた。「あんなこと言ってすまなかった」

レナは大きく息を吸い込み、吐き出した。「気にしてないわ」

「おまえのことが心配なだけだ」

「わたしは大丈夫よ」レナは言い、アイロンのスイッチを入れた。「十分くれれば、出かける支度ができるわ」

ドアを見ていると、ドアノブがわずかにまわったが、すぐに手を放したように元に戻った。廊下を歩み去るハンクの足音が聞こえた。

〈ブロック葬儀場〉はシビルの友人や同僚で埋め尽くされていた。これまで面識のなかった人たちと握手をしたりお悔やみの言葉を受けたりして十分も経つと、レナは胃をぎゅっと締めつけられる気がした。その場にじっと立ち続けていると感情が噴き出すのではないかと思えてきた。こんな場所で、知らない連中と悲しみを分かち合いたくなかった。部屋に取り囲まれて押しつぶされそうな感じがして、エアコンが効いて室温が低く上着を着たままの人も何人かいるというのに、レナは汗をかいていた。

「やあ」フランクが声をかけ、片手でレナのひじをつかんだ。

その行為には驚いたものの、レナは彼の手を振りほどかなかった。よく知った人間と口をきく安心感がこみ上げた。

「なにがあったか聞いたか？」フランクがたずね、ちらりと横目でハンクを見た。その視線にレナは、フランクが伯父をよた者と見定めたとわかり、きまりが悪くて顔が赤らむのを感じた。警察官なら、一キロ以上離れたところからでもよた者を嗅ぎつけることができる。

「いいえ」レナは答え、フランクを部屋の片隅に連れていった。

「ウィル・ハリスだよ」彼が低い声で話し始めた。「やつの家の表側の窓から、何者かが石を一個投げ込んだ」

「なぜ？」たずねたものの、レナにはすでに答えの見当はついていた。

フランクが肩をすくめた。「わからん」彼は背後に目をやった。「つまり、マットのことだ」また肩をすくめた。「あいつは一日中おれと一緒だった。わからんよ」

ささやき声で会話しなくてすむよう、レナは彼を廊下に連れ出した。「マットがなにかしたと考えてるの？」

「マットか、ピート・ウェインだ。つまり、おれが考えつくのはあのふたりだけってことだ」

「フリーメイソンのだれかってことは？」

レナの思ったとおり、フランクは気色ばんだ。十歳の子どもにいたずらしたと法王を糾弾するようなものだ。

レナはたずねた。「ブラッドはどう？」

フランクが厳しい表情で彼女を見た。

「そうよね」レナは言った。「あなたの考えはわかるわ」ブラッド・スティーヴンスがウィル・ハリスに好意を持っていないかもしれない、と一片の疑いもなく断言することはできないが、ブラッドは法を破るくらいなら自分の片腕を切り落とす男だとレナは知っている。一度など、自分の車の窓からたまたま風に吹き飛ばされたごみを拾うためだけに、来た道を五キロ近くも引き返したことがあるのだ。

「このあとピートから話を聞こうと思ってるんだ」フランクが言った。

無意識にレナは時刻を確認していた。五時半を少しまわったところだ。ピートはおそらく自宅にいる。

「あなたの車を使える？」自分の車は家までハンクに乗って帰ってもらえるとレナは考えた。

フランクは背後の部屋のほうを見た。「妹さんの通夜を抜け出したいのか？」ショックを隠そうともせず、たずねた。

少なくとも恥じるべきだと察して、レナは床を見つめた。実際は、悲しみに襲われてなにも考えられなくなり、自分の部屋に閉じこもって泣くことしかできなくなる前に、知らない連中でいっぱいの通夜の席からなんとしても抜け出したかった。

フランクが言った。「十分後に横手のドアのあたりにいろ」

レナは室内に戻ってハンクを探した。彼はナン・トーマスと並んで立ち、片腕を彼女の肩にまわしている。ふたりがそんなふうに一緒にいるのを見て、レナはかっとした。まちがいなくハンクは、自分の肉親が三メートルも離れていないところにひとりきりでいるとしても、なんの苦もなくまったく赤の他人を慰めることができるようだ。

レナは廊下に出てコートを取った。コートに袖を通すとき、だれかが手を貸してくれているのに気づいた。背後にリチャード・カーターが立っているのを見て、レナは驚いた。

「伝えておきたかったんだ」抑えた口調だった、「妹さんのことは気の毒に思ってる」

「ありがとう」レナはなんとか口にした。「お気持ちに感謝するわ」

「もうひとりの女性のことではなにかわかった？」

「マシューズのこと？」抑える間もなくたずねた。レナ自身も小さな町で育ったのに、うわさの広がる速さにはいまだに驚嘆する。

「あのゴードンってやつだが」リチャードが言い、大げさに身震いをした。「たちの悪い男だ」

「そうね」レナはぼそぼそと言い、彼を追い払おうとした。「今夜は来てくれてありがとう」

彼は淡い笑みを浮かべた。レナが追い払いたがっているのはわかっているくせに、どうやら簡単に思いどおりにさせる気はないらしい。「妹さんと仕事ができて、ほんとうに楽しかった。すごくよくしてくれたんだ」

ゆっくり話をしたがっている印象を与えたくなくて、レナは片足からもう一方の足へと体重を移動させた。いつまでも待ってくれないとわかる程度にはフランクのことを知っている。

「妹もあなたと仕事をできて楽しんでたわ、リチャード」レナは言ってみた。

「そう言ってた？」彼はどうやら喜んでいるらしい。「つまり、彼女がぼくの仕事を評価してたのは知ってるけど、楽しいと言ってた？」

「言ってたわ」レナは言った。「しょっちゅうね」人込みの中にハンクの姿を認めた。まだナンの背に腕をまわしている。リチャードに向かってふたりを指さした。「伯父に聞くといいわ。このあいだ、その話をしてたから」

「ほんとうに？」リチャードは言い、両手を口に押し当てた。

「そうよ」レナは答え、コートのポケットから車のキーのついた鍵束を取り出した。

「ねえ、これを伯父に渡してくれる？」

彼は鍵束を見つめるだけで、受け取らなかった。シビルがあんなにリチャードとうまくいっていた理由のひとつがこれだ。彼の恩着せがましい顔つきがシビルには見えなかったのだ。それどころか、シビルは、リチャード・カーターに関しては非常な忍耐をしているようだった。一度ならず彼を助けて試験を通してやっていたのをレナは知っている。

「リチャード？」レナは声をかけ、鍵束をぶらぶらさせた。

「いいとも」彼がようやく言い、片手を差し出した。

レナは彼の手のひらに鍵束を落とした。彼が何歩か遠ざかるのを待って、横手のドアから飛び出した。フランクはヘッドライトを消した車の中で待っていた。

「遅くなってごめん」言いながら、レナは車に乗り込んだ。煙草のにおいがしたので鼻にしわを寄せた。建て前上、レナと勤務中にフランクは煙草を吸ってはいけないことになっているが、一緒に乗せていくという便宜を図ってくれるので、レナは口をつぐんだ。

「あの大学の連中ときたら」フランクが言った。もう一服吸って、すぐに煙草を窓から投げ捨てた。

「大丈夫よ」レナは応えた。ドレスを着てフランクの車に乗っているのが妙な気がした。

「すまない」彼が詫びた。

なぜか、男性と初めてデートしたときのことを思い出していた。断然ジーンズにTシャツ派なので、レナがドレスを着るのは大変なことなのだ。ハイヒールとストッキングをはいているのが窮屈な感じで、座りかたや手のやり場もまったくわからなかった。ホルスターを身につけていないのが残念だった。

「妹さんのことだが」フランクが言いかけた。

レナは彼を救ってやった。「ええ、ありがとう」

レナが葬儀場にいるあいだに夜のとばりが下り、町の中心部から離れるにつれて、街灯や人々から離れるにつれて、車内が闇に包まれていった。

「ウィルじいさんの家で起きたことだが」フランクが沈黙を破った。「おれにはよくわからんのだ、レナ」

「ピートが関係してると思ってるの？」

「わからん」フランクは繰り返した。「ウィルは、おそらくピートが生まれる二十年も前からピートの父親の下で働いてた。それを忘れるべきじゃない」煙草に伸ばしかけた手を止めた。「なんとしてもわからん」

レナは黙って待ったが、彼はそれ以上なにも言わなかった。両手をひざに置いて前方を見据えているうち、フランクの車は町から出た。市境を越え、マディスンの町なかに入ると、フランクは速度を落とし、窮屈な右折をして袋小路に入っていった。

ピート・ウェインの煉瓦造りのランチハウスは、ピート当人と同じく質素だった。ピートの車、もともと尾灯のあったところに赤いテープを貼った一九九六年型のダッジが、私道に斜めに停まっていた。

　フランクは車を歩道際に寄せて停め、ヘッドライトを消した。不安げな笑いを漏らした。

「そうしてドレス・アップしてると、ドアを開けてやらなきゃならんって気になる」

「そんなことしないでよね」レナは言い返し、彼が本気で言っているといけないので、ドアのハンドルをつかんだ。

「待て」フランクが言い、片手をレナの腕にかけた。冗談も度を越しているとレナは思ったが、彼の口調になにかを感じて目を上げた。ピートが野球のバットを手に家から出てくるところだった。

　フランクが言った。「ここにいろ」

「冗談じゃないわ」レナは言い、彼が止める前にドアを開けた。車の室内灯がついたので、ピート・ウェインが顔を上げた。

　フランクは「おみごとだ、キッド」と言った。

　レナはあだ名で呼ばれたことに対する怒りをこらえた。ハイヒールにロング・ドレスというでたちを愚かしく思いつつ、フランクに続いて私道を進んだ。

　ピートはバットを脇に下げたまま、ふたりが近づくのを見ていた。「フランク?」彼がたずねた。「どうかしたのか?」

「ちょっと家に入れてもらってかまわないか?」フランクがたずね、つけ加えて言った。

「〝兄弟〟」

ピートは不安をたたえた横目でレナを見た。フリーメイソンのメンバーたちには特別な用語があるのをレナは知っている。フランクがピートに〝兄弟〟と呼びかけたのが正確にどういう意味を持つのか、レナには見当もつかなかった。ことによると、フランクは、バットでレナを殴れとピートに命じたのかもしれない。

ピートが言った。「出かけるところなんだ」

「そのようだな」フランクは言い、バットをちらりと見た。「野球の練習には遅い時刻じゃないか？」

ピートはそわそわとバットを動かしていた。「バンに積み込んでおこうと思っただけだ。店であんなことがあって、少しばかり神経がぴりぴりしててね。バー・カウンターの裏に置いておこうと思ったんだ」

「家に入ろう」フランクが言い、ピートに返事するいとまを与えなかった。ポーチの階段を上り、玄関ドアの前に立ってピートが来るのを待ち、ピートがぎこちない手つきで鍵束を探して錠にキーを差すあいだ、そばについていた。

レナもふたりのあとに続いた。そろってキッチンに達するころには、ピートはそれとわかるほど警戒心を募らせていた。あまりにきつくバットを握り締めているので、こぶしがまっ白になっている。

「なにが問題なんだ?」ピートがフランクに向かって質問した。

「今日の午後、ウィル・ハリスに問題が起きた」フランクが言った。「何者かが彼の家の表の窓から石を投げ込んだんだ」

「そりゃ気の毒に」応えるピートの声は抑揚を欠いていた。

「いいか、ピート」フランクが言った。「おれはおまえがやったと考えてる」

ピートがわざとらしい笑い声を上げた。「わざわざ出向いてあの男の家の窓に煉瓦を放り込む時間がおれにあったと思うのか? おれは商売をやってるんだ。たいていの日は、出かけるどころか、くそをするひまさえないんだぞ」

レナは言った。「どうして煉瓦だったと思うの?」

ピートがごくりとつばを飲み込んだ。「ただの当て推量だ」

フランクが彼の手からバットを奪い取った。「ウィルはおまえたち一家の下で五十年近く働いてきたんだぞ」

「そんなことはわかってるさ」ピートは言い、一歩あとずさった。

「おまえの父親は、ほかの手だてがなくて、ウィルに現金の代わりに食料品で給料を支払わざるをえないときがあった」フランクは手の中でバットの重さを量った。「覚えてるか、ピート? 基地が閉鎖され、店が破産寸前だったときのことを?」

ピートの顔がまっ赤になった。「もちろん、覚えてるさ」

「ひとつ言っておこう、坊や」フランクが言い、バットの先端をピートの胸にまっすぐに押しつけた。「いまから言うことをよく聞いておけ。ウィル・ハリスはあの女性に指一本触れてない」

「それは、事実として知ってるのか？」ピートが言い返した。

レナはフランクが突きつけたバットに手をかけて下ろさせた。ピートの正面に立ち、目を見据えた。「わたしが知ってるわ」

先に目をそらしたのはピートだった。視線は床に向き、態度も不安げな様相を帯びた。首を振り、大きく息を吐いた。顔を上げたとき、フランクに向かって話しかけた。「話し合う必要がある」

13

エディ・リントンは、配管工事の仕事で稼げるようになった当初、湖畔に土地を買った。彼は大学の近くにも六軒の家を持っていて、それぞれ学生たちに貸しているし、マディスンにもアパートを一棟持っていて、それは売り払ってしまうとしょっちゅう話していた。アトランタからグラントに戻ったとき、サラは両親の家での同居を拒んだ。実家に戻ること、昔の部屋で暮らすことは、サラにとって敗北に近かったし、当時はすっかり打ちのめされた気分だったので、自分自身の住まいすらないと常に思い知らされるのはごめんだったのだ。

グラントに戻った最初の一年、サラは父親の所有する家の一軒を借り受け、その後、自分の家を買う頭金を貯めるために週末だけオーガスタの病院で働き始めた。いま住んでいる家を不動産屋に最初に見せてもらった瞬間から、サラは惚れ込んでしまった。玄関ドアから裏口までが一直線になったショットガン・スタイルで建てられている。長い廊下の両側には、右手にベッドルームがふたつとバスルームがひとつ、小さな書斎があり、左手にる。リビング・ルーム、ダイニング・ルーム、もうひとつのバスルーム、そしてキッチンがある。裏のデッキから見る湖の景色が目をみはるほど素晴らしいので、掘っ建て小屋にすぎなかったとしても、むろん、サラはこの家を買っていたはずだ。ベッドルームはその利点を充分に活かしており、左右をそれぞれ外開きの三つの窓に挟まれた大きなピクチャー・ウィンドウがひとつあった。今日のような日には、対岸が、大学のあたりまではっきり見える。サラは、天候のいい日にはボートで出かけて大学の船だまりに入れ、そこから職場まで歩くこともあった。

ジェブのボートが桟橋に着いたら聞こえるよう、サラはベッドルームの窓を開けた。昨夜またこぬか雨が降り、湖から涼風が吹いていた。サラはドアの裏に取りつけた鏡で身なりを確かめた。小花プリントの巻きスカートと、へそのすぐ下までの丈の、ぴったりしたライクラ地の黒いシャツを選んでいた。いったんはアップにした髪をまた下ろしていた。もう一度アップにしてピンで留め直しているとき、ボートが桟橋に着く音が聞こえた。サンダルを引っかけ、グラス二個とワインの瓶一本をつかんで裏口から出た。

「おーい」ジェブが言い、サラにもやい綱を投げてよこした。オレンジ色の救命胴衣に両手を突っ込んだが、本人は小粋な水兵スタイルと思い込んでいるポーズなのだろうとサラは思った。

「そっちにも、おーい」サラも返し、もやい杭の脇にひざをついた。ワインとグラスを桟橋に置いて、もやい綱を縛った。「まだ水泳を身につけてないのね？」

「両親とも水を怖がってたんだ」彼が説明した。「ふたりとも、習う機会を一度も与えてくれなかった。それに、水のそばで育ったわけじゃない」

「なるほどね」湖畔で育ったサラにとって、水泳は第二の天性だ。泳ぎかたがわからないということが想像できない。「習うべきよ。特に、ボート遊びを始めてるんだから」

「泳ぎかたを知ってる必要はないさ」ジェブは愛犬でもなでるようにボートをなでた。

「こいつがあれば湖面を歩けるんだから」

サラは立ち上がって、ボートに称賛の目を向けた。「いいボートだわ」

「男心を惹きつけるやつさ」彼が冗談を飛ばし、救命ベストの留め金をはずした。ふざけているのはわかったが、メタリック・カラーの深い黒に塗られたボートはつややかでセクシー、危険な雰囲気を漂わせている。オレンジ色の分厚い救命胴衣を身につけたジェブ・マグワイアとは正反対だ。

ジェブが言った。「いいかい、サラ、いまこのボートを見てるような目でぼくのことを見たりしたら、きみと結婚しなくちゃいけなくなる」

サラは小さな笑い声を発した。「すてきなボートだわ」

彼はピクニック・バスケットを引っぱり出しながら言った。「乗せてあげたいところだけど、湖上の風が少し冷たくてね」

「ここに座ればいいわ」サラは言い、桟橋の先の椅子とテーブルを指した。「ナイフかフォークかなにか、必要なものはある？」

ジェブが笑みを浮かべた。「きみのことは先刻承知だ、サラ・リントン」彼はピクニック・バスケットを開け、ナイフやフォークとともにナプキンまで取り出した。用意周到に皿やグラスも持ってきていた。フライド・チキン、マッシュ・ポテト、エンドウ、トウモロコシ、それに堅焼きのパンが取り出されると、サラは舌なめずりしないよう努めた。

「わたしを口説こうって魂胆なの？」

ジェブはグレイヴィの容器をつかんだ手を止めた。「効果ありかな？」

犬たちが吠えたので、サラは天の助けと感謝した。家に向き直って言った。「二頭とも絶対に吠えないのに。ちょっと見てくるわ」

「一緒に行こうか？」

サラはいいえと言いかけたが、気が変わった。二頭が吠えないと言ったのはでまかせではなかった。エブロのグレイハウンド競走の競技場から救い出してやって以来、ビリーとボブが吠えたのは正確には二回だ。一回はサラがうっかりボブのしっぽを踏んでしまったとき、もう一回は一羽の鳥が煙突を通ってリビング・ルームに入ってきたときだ。

腰に添えられたジェブの手を感じながら、裏庭を抜けて家に向かった。太陽が屋根の向こうに沈みかけているので、サラは片手をかざして、私道の先に立っているブラッド・スティーヴンスの姿に気づいた。

「やあ、ブラッド」ジェブが声をかけた。

巡査はジェブに向かってぞんざいにうなずいたものの、目はサラに注いだままだった。

「ブラッド？」サラは問いかけた。

「こんにちは」ブラッドは制帽を取った。「署長が撃たれました」

これまでサラは、ほんとうにZ3ロードスターを飛ばしたことはなかった。アトランタからZ3を駆って戻るときでさえ、スピードメーターは道中ずっと百二十キロを指したままだった。いまサラは、ハーツデイル医療センターへの裏道を時速百四十五キロで飛ばしていた。わずか十分の道のりが何時間にも思え、医療センターへと曲がるころにはハンドルを握る手のひらにじっとり汗をかいていた。

救急車のドアを開ける邪魔にならないよう、車は建物の脇にある身体障害者用の駐車スペースに停めた。救急処置室に着くころには走っていた。

「なにがあったの？」面会者受付デスクの前に立っているレナ・アダムズにたずねた。レナが口を開けて答えかけたが、サラはもう横を走りすぎて廊下に達していた。通りがかる部屋をひとつずつ確認し、三つ目の処置室でようやくジェフリーの姿を見つけた。

サラが室内にいるのを見てもエレン・ブレイ看護師は驚かなかった。サラが入っていったとき、彼女はジェフリーの腕に血圧測定用の駆血帯《カフ》をつけていた。

サラはジェフリーの額に手を当てた。彼の目がかすかに開いたが、サラがいるのに気づいた様子はなかった。

「なにがあったの?」サラはたずねた。

エレンがカルテを手渡しながら言った。「脚に鹿弾(大粒の散弾)を被弾したの。命に別状ないわ。でなきゃオーガスタに搬送してるはずよ」

サラは目を落としてカルテを見た。焦点が合わなかった。欄の枠さえはっきり見定められない。

「サラ?」呼びかけるエレンの口調には思いやりが満ちていた。彼女は看護師としての大半をオーガスタの救急病棟で勤めた。いまは非常勤看護師としてハーツデイル医療センターで夜勤をし、年金収入の足しにしている。サラは何年か前に彼女と仕事をしていたことがあり、ふたりのあいだには、おたがいに対する敬意に基づく固い職業上の関係ができていた。

エレンが言った。「彼は大丈夫よ、ほんとうに。デメロールが効いて、まもなく眠るわ。痛みはおもに、ヘアが脚のあちこちをほじくったことによるものよ」

「ヘア?」聞き返しながら、サラはこの二十分で初めて、わずかな安堵を覚えた。彼女のいとこのヘアトン・アーンショーは一般開業医で、ときどきこの医療センターで代診に当たっている。「ヘアが来てるの？」

エレンがうなずき、カフの空気袋を膨らませた。人さし指を上げ、黙るよう合図した。

ジェフリーが意識を取り戻し、ゆっくりと目を開けた。サラに気づくと、唇にかすかな笑みを浮かべた。

エレンがカフをはずしながら言った。「上が一四五、下が九二」

サラは眉根を寄せて、改めてジェフリーのカルテに目をやった。いまの言葉がようやく飲み込めてきた。

「ドクター・アーンショーを呼んでくるわ」エレンが言った。

「ありがとう」サラは言い、カルテをさっと開いた。「いつからカルベジロールを飲んでるの？　高血圧の症状はいつから？」

ジェフリーが茶目っ気たっぷりにほほえんだ。「きみがこの部屋に入ってきた瞬間からだ」

サラはカルテをざっと読んだ。「一日に五十ミリグラム。カプトプリルから替えたばかりね？　なぜカプトプリルをやめたの？」答えはカルテに書いてあった。「〝乾性咳嗽《がいそう》を発症したため変更〟」声に出して読んだ。

ヘアが入ってきて言った。「ACE抑制薬の使用においてよく見られる症状だ」

サラが無視していると、ヘアはサラの背中に腕をまわした。

サラはジェフリーにたずねた。「だれに診てもらってるの？」

「リンドリーだ」ジェフリーが答えた。

「お父さんのことは話したの？」サラはカルテをぴしゃりと閉じた。「あなたに吸入器を持たせないなんて、信じられないわ。コレステロール値は？」

「サラ」ヘアが彼女の手からカルテを取り上げた。「黙りたまえ」

ジェフリーが声を上げて笑った。「ありがとう」

怒りがわき上がってきて、サラは腕組みをした。ここに来る道中、最悪の事態を考えて心配しどおしだったのに、いざ来てみるとジェフリーは大丈夫だった。彼が大丈夫なのには大いに安堵したが、なぜか自分の感情にだまされた気がしていた。

「見てくれ」ヘアが言い、壁に取りつけてあるライトボックスにレントゲン写真を挟んだ。音を立てて息を呑み、「驚いたな、こんなひどい症例は初めて見た」と言った。

サラはいとこに切り裂くような視線を放ち、レントゲン写真を逆さにして正しい向きに戻した。

「ああ、良かった」ヘアが大げさに安堵の息を吐いた。そんな猿芝居をサラがおもしろがっていないと見て取ると、ヘアは難しい顔になった。サラがいとこを愛すると同時に憎々しく思っているのは、めったに物事をまじめに考えないからだ。

ヘアが、「動脈をはずれてるし、骨をはずれてる。内側のこの部分を貫通してるんだ」

と言って、安心させるような笑みをサラに向けた。「なんの問題もない」

サラは彼の診断結果を無視し、身を乗り出すようにしてレントゲン写真に目を近づけ、ヘアの所見を再確認した。いとことの関係が激しい競争心のために常に損なわれてきた点は別として、見落としがないことを自分の目で確かめたかったのだ。

「左側を下にして横を向いてみようか」ヘアがジェフリーに言い、サラが手を貸すのを待った。サラは、負傷した右脚が動かないように支え、ふたりでジェフリーの体の向きを変えながら言った。「このけがのおかげで血圧が少し下がるはずよ。今夜は薬を飲むことになってるの？」

ジェフリーが応えた。「何回か服用を飛ばしてる」

「飛ばしてる？」サラは自分の血圧が上がるのを感じた。「あなたって、ばかなの？」

「切らしたんだ」ジェフリーが口ごもった。

「切らした？　薬局は歩いていける距離じゃない」真正面から怖い顔でジェフリーを睨みつけた。「なにを考えてるのよ？」

「サラ？」ジェフリーが小言をさえぎった。「はるばる来てくれたのは、おれを怒鳴りつけるためなのか？」

サラは返答に窮した。

ヘアが助け船を出した。「彼女は、今夜あんたを帰宅させるかどうかについて第二の診断をしてくれるかも」

「なるほど」ジェフリーの目が笑みをたたえて細くなった。「実は、第二の診断をしてくれるつもりなら、股間がうずくんだ、ドクター・リントン。診てくれないか?」

サラは硬い笑みを浮かべた。「なんなら直腸検査をするけど」

「そろそろそっちの番じゃないか」

「勘弁してくれ」ヘアがうめいた。「あつ、あつ、あつのきみたちを、ふたりきりにしてやるよ」

「ありがとう、ヘア」ジェフリーが声をかけた。ヘアは肩越しに手を振って退室した。

「それで」サラは言い、腕を組んだ。

ジェフリーは片眉を上げた。「それでって?」

「なにがあったの? 相手のご亭主が帰ってきたの?」

ジェフリーは笑ったが、目には緊張の色が浮かんでいた。「ドアを閉めてくれ」

サラは言われたとおりにした。「なにがあったの?」質問を繰り返した。

ジェフリーは片手で目を覆った。「わからない。あっという間のことだった」

サラは一歩近づき、やめておいたほうがいいと判断しているにもかかわらず彼の手を取った。

「今日ウィル・ハリスの家が壊された」

「あの簡易レストランで働いてるウィルのこと?」サラはたずねた。「いったいどうして？」

彼は肩をすくめた。「シビル・アダムズの身に起きたことに彼が関与してると考えた連中がいるんだと思う」

「ことが起きたとき、彼はその場にいもしなかったのよ」サラは理解できずに応じた。

「どうして、そんなことを考える人がいるの？」

「わからないんだ、サラ」彼はため息をつき、手をベッドに落とした。「悪いことが起きる気がしてた。多くの人間が勝手に結論を出してる。今回の事件をさっさとかたづけようとしてる人間があまりにも大勢いる」

「たとえば、だれが？」

「わからない」彼はごまかした。「おれは、ウィルの身の安全を期すべく、彼の家に泊まっていた。ふたりで映画を観てると、外で物音がした」ジェフリーは、起きたことをいまだに信じることができないというように首を振った。「様子を見ようとカウチから立ち上がったとたん、側面の窓の一枚がいきなり爆発した」指をぱちんと鳴らした。「気がついたときには、おれは床に倒れてて、脚に激痛が走った。ウィルがいつもの椅子に腰かけててよかったよ。でなきゃ彼も撃たれてたはずだ」

「撃ったのはだれなの？」

「わからない」彼は答えたが、きっと結ばれた口元を見て、見当がついているのだとサラにはわかった。

さらに質問をしようとしたとき、ジェフリーが片手を出して彼女の腰に置いた。「きれいだよ」

彼の親指がシャツの下に入って脇腹をなで始めると、サラは体に電流が走るのを感じた。ほかの指もシャツの中に差し入れられて背中にまわった。素肌に温かく感じられた。

「デート中だったのよ」言いながら、ジェブを家に置き去りにしたことに罪悪感がこみ上げた。ジェブは例によってものわかりのいいところを見せたが、それでも、彼を放ってきたのは気が咎めた。

ジェフリーは半開きの目で彼女を見ていた。デートの話を信じていないか、真剣な交際の可能性を受け入れまいとしているのだ。「髪を下ろしてるきみのほうが好きなんだ。知ってたか？」

「知ってたわ」サラは自分の手を重ねて彼の手の動きを制し、呪縛を解いた。「どうして高血圧だって話してくれなかったの？」

ジェフリーは腕をすとんと下ろした。「おれの欠点リストにまたひとつ項目を書き加えてほしくなかったからね」彼の浮かべた笑みは、少しばかり無理をしているようで、とろんとした目に不似合だった。サラと同じく、彼もアスピリンより強い薬はめったに飲まないので、デメロールが速く効くらしい。

「手を握らせてくれ」ジェフリーが言った。サラは首を振ったが、彼は執拗で、片手を差し出した。「おれの手を握ってくれ」

「どうして?」

「今夜、病院ではなくモルグでおれと対面することになってたかもしれないからだ」

サラは唇を嚙んで、あふれそうになる涙をこらえた。「もう大丈夫よ」彼の頰に手を当てた。「眠ってちょうだい」

ジェフリーが目を閉じた。自分のために起きていようとしてくれていたのだと、サラはわかった。

「眠りたくないな」彼は言ったが、すぐに眠りに落ちた。

サラは彼の寝顔を見つめ、呼吸のたびに上下する胸を見ていた。手を伸ばして額の髪をかき上げてやり、そのまま何秒か額に手を置いたのち、手のひらで頰に触れた。ひげがぽつぽつと伸び始め、顔や喉元がまだらに黒ずんでいる。無精ひげを指で軽くなでながら、頭に浮かんでくる思い出に頰がゆるんだ。寝顔を見ていると、恋したころのジェフリーを思い出す。その日の仕事について話すのを聞いてくれたジェフリー。ドアを開けてくれ、クモを殺し、煙探知器の電池を交換してくれたジェフリー。やがてサラは彼の手を取ってキスをし、部屋を出た。

言いようのない疲労感を覚え、廊下をゆっくり歩いてナース・ステーションへと向かった。壁の掛け時計を見て、ここに来て一時間になるとわかり、八時間が八秒のごとく過ぎ去る、いわゆる〝病院時間〟に戻っていると気づいてぎょっとした。

「彼は眠ってるの？」エレンがたずねた。

サラは面会者受付デスクのカウンターに両ひじをついて寄りかかった。「そう。彼は回復するわ」

エレンはほほえんだ。「もちろん回復するわよ」

「いたな」ヘアが言い、サラの肩をさすった。「大先生が何人もいる本物の病院に来た気分は？」

サラはエレンに目配せした。「いとこを許してやってね、エレン。髪と身長の不足を補うために、ばか者になることにしてるの」

「ひどいな」ヘアが顔をしかめ、サラの背中に両手の親指を突き立てた。「ちょっと食事に出てるあいだ、代わってくれるか？」

「いまいる患者は？」サラは、いますぐ家に帰るのは最善ではないと考えた。

エレンがわずかに笑みを浮かべた。「ひんぱんに飛行機で飛んでる人が二号室で蛍光灯セラピーを受けてるわ」

サラは大きな声で笑った。病院内の隠語のぼかした表現で、エレンは、二号室の患者が心気症で、気分が落ち着くまで天井の室内灯を見つめさせていると教えたのだ。

「極小サイズの翼なんだ」ヘアが結論づけた。その患者は正気ではない。

「ほかには？」

「眠って酔いをさましてる大学生がひとりよ」エレンが言った。

サラはヘアに向き直った。「そんな複雑な症例ばかり、わたしに扱えるかしら」

彼がサラのあごの下をなでた。「いい子だ」

「行って車を移動させなくちゃいけないわね」サラは、さきほど身体障害者用の駐車スペースに車を停めたことを思い出した。この町の警察官全員が彼女の車を知っているので違反切符を切られることはまずないだろう。それでも、病室に戻ってジェフリーの経過観察をする前に、外に出て新鮮な空気を吸い、考えを整理する時間がほしかった。

「彼の容態は？」サラが待合室に入っていくなり、レナがたずねた。サラは室内を見まわし、レナ以外だれもいないのに驚いた。

「無線連絡を止めてあるの」問われる前にレナが言った。「この手の事件は……」次第に声を落とし、最後まで言わなかった。

「この手の事件ってなんなの？」サラは促した。「わたしの気づいてないことがなにかあるの、レナ？」

レナが気まずそうに目をそらした。

「あなた、だれが撃ったか知ってるのね？」サラはたずねた。

レナが首を振った。「確信はないわ」

「フランクはそこに行ってるの？　事態を収拾するために？」

レナが肩をすくめた。「わからない。彼がわたしをここで降ろしたの」

「たずねる気がなければ、なにが起きてるか知らずにいるのはとても簡単ね」サラは吐き捨てるように言った。「わかってないようだけど、へたすれば今夜ジェフリーは命を落としてたかもしれないのよ」

「そんなことはわかってるわ」

「そう？」サラは執拗だった。「だれが彼の掩護についてたの、レナ？」

レナは答えかけたが、一言も発せずに背を向けた。

怒りがわき上がり、サラは救急処置室の出入口のドアを両手で乱暴に開けた。なにが起きているのか、はっきりとわかった。フランクは、ジェフリーを撃った相手を知っているくせに、おそらくはマット・ホーガンに対する不可解な忠誠心のため口をつぐんでいる。レナがなにを考えているのかについては、サラにはまだ見当もつかなかった。ジェフリーがあれだけ引き立ててやったのに、こんなふうに彼に背を向けるなんて許されるものではない。

建物の横手へと向かいながら、心を落ち着かせようと深呼吸をした。ジェフリーが命を落としていたかもしれない。ガラスが大腿動脈を切っていたかもしれず、その場合、彼は出血多量で死んでいたかもしれない。それを言うなら、放たれた銃弾が窓ガラスではなく彼の胸を貫いていたかもしれない。もしジェフリーが死んでいたら、フランクとレナはいまごろどうしているだろう。おそらく、だれが署長の椅子を引き継ぐか、くじでも引いていることだろう。

「たいへん」自分の車を見るなり、サラは足を止めた。ボンネットに全裸の若い女性が両腕を広げて横たわっていた。あお向けで、足首のところでいかにもさりげない恰好に足を重ねている。とっさに、建物を見上げて女性がどこかの窓から飛び降りたのかどうか見極めようとした。しかし、二階建ての建物のこっちの側には窓がひとつもないし、ボンネットに衝撃を受けた痕跡がまったく見られない。

サラは三歩で足早に車に歩み寄り、女性の脈を取った。速いが力強い脈動が指先に伝わってきたので、小声で祈りを唱えてから、病院内へと駆け戻った。

「レナ！」

レナははじかれたように立ち上がり、サラがつかみかかるとでも思ったのか、こぶしを固めた。

「ストレッチャーを取ってきて」サラは命じた。レナが動こうとしないので、サラは怒鳴りつけた。「早く！」

女性の姿が消えているのをいくぶん期待するような気持ちで、サラは車に駆け戻った。

すべてが、風にそよぐ髪さえもが、ゆっくり動いている気がした。

「もしもし？」サラは町中に聞こえるほど大きな声で呼びかけた。女性はまったく反応を示さなかった。「もしもし？」サラはもう一度呼びかけた。やはり反応はない。

女性の体をざっと見渡し、これといった外傷は見当たらないと判断した。皮膚は血色のよい薄紅色で、夜の冷気にさらされているのに触れると熱い。こうして両腕を広げ足を交差していると、まるで眠っているようだ。まぶしい明かりを受けて、女性の両手のひらに乾いてかさかさになった血が付着しているのがわかった。よく見ようと片方の手を持ち上げると、腕が不自然に横にずれた。明らかに肩関節を脱臼している。

振り向いて女性の顔に目をやり、口に銀色の粘着テープが貼られているのに気づいてぎょっとした。そのテープが、病院内に駆け戻る前から貼ってあったかどうか思い出せなかった。貼ってあれば気づいていたはずだ。口にテープが貼ってあれば、とりわけ幅五センチ長さ十センチの濃い銀色のテープとなれば、容易に見逃すはずがない。ほんの一瞬、茫然自失となったが、レナ・アダムズの声で現実に引き戻された。

「ジュリア・マシューズだわ」レナの声が、サラには遠くに聞こえた。

「サラ？」ヘアが呼びかけ、足早に車のところまでやって来た。全裸の女性を見ると、あごががくんと落ちた。

「大丈夫、大丈夫」サラはつぶやきながら気を鎮めようとした。完全にパニックに襲われた目をさっとヘアに向けると、ヘアも同じような目で見返した。彼はときおり担ぎ込まれる麻薬の過剰服用や心臓発作を起こした患者には慣れているが、こんな事態は初めてだった。

置かれた状況をふたりに思い出させるかのように、女性が全身痙攣を起こした。

「吐くわ」サラは言い、テープの端をつまんで一気にはがした。手早く体を横向きにして頭を低くしてやると、女性は発作的に嘔吐した。いたんだサイダーかビールのような甘酸っぱいにおいがしたので、サラは顔をそむけて深呼吸した。

「大丈夫よ」サラはささやくように言った。女性のこげ茶色の髪を耳のうしろにかき上げてやりながら、ほんの二日前シビルに同じことをしたのを思い出した。急に嘔吐が止まったので、サラは、頭を動かさないようにしてそっとあお向けに戻してやった。

ヘアが切迫した口調で告げた。「呼吸が停止してるぞ」

サラは指を突っ込んで女性の口内の吐物を取りながら、指先になにか引っかかるものを感じて驚いた。しばし喉の奥をさぐり、折りたたんだ運転免許証を引っぱり出すと、びっくりしているレナ・アダムズに手渡した。

「呼吸が戻った」ヘアの口調に安堵の色があふれた。

女性の口に指を突っ込む前に手袋をはめればよかったと思いながら、サラは自分のスカートで手をぬぐった。

エレンが駆け足で車のところにやって来て、口をきっと結んだまま、長いストレッチャーを体の前にななめに置いた。無言で女性の足もとに歩み寄り、サラの合図を待った。サラが三つ数え、ふたりで女性をストレッチャーに移した。その最中にサラはこみ上げる吐き気を覚え、つかの間、その女性ではなく自分がストレッチャーに乗せられている光景が頭に浮かんだ。口がからからになり、虚脱感に襲われた。

「準備完了」女性の体をストレッチャーに固定しながらヘアが言った。

サラはストレッチャーの横について若い女性の手を握り、小走りで進んだ。病院に戻るまでの時間が果てしなく長く感じられた。第一処置室に入るときには、ストレッチャーは糊の上を転がしているようだった。ストレッチャーががくんと揺れるたび、女性は小さな声でうめいた。ほんのつかの間、サラは女性の不安を理解できた。

救急医療に携わっていたときから十二年が経っているので、目の前の仕事に専念する必要があった。頭の中で、救急病棟で第一日目に学んだことを復習した。サラの背中を押すかのように、女性が喘鳴し始め、すぐに空気を求めてあえいだ。気道の確保が最優先だ。「ひどい」女性の口を開けるや、サラはうめいた。処置室の煌々とした明かりの下で見ると、どうやらここ数日のうちに上の前歯が無理やり抜き取られているとわかった。またしてもサラは、全身が凍りつくような気がした。恐怖を振り払おうとした。この女性をただの患者と考えなければならない。そうしないと、おたがいに困ったことになる。

　サラはたちまち気管内挿管をし、口の周囲の皮膚をいま以上損なわないよう慎重にテープを貼った。人工呼吸装置が作動すると、身が縮まりそうになるのを抑えた。呼吸装置の音を聞くと吐き気を催しそうになった。

「心音はしっかりしてる」ヘアが報告し、聴診器をサラに渡した。

「サラ?」エレンが呼びかけた。「末梢静脈が確保できないわ」

「脱水症状を起こしてるんだわ」サラは言い、女性のもう一方の腕で末梢静脈を探した。

「いずれにしても中心静脈から輸液しなくちゃいけないわね」サラは穿刺針を受け取ろうと片手を出したが、その手にすぐには穿刺針が置かれなかった。

「二号室から取ってくるわ」エレンが言い、出ていった。

　サラは処置台の上の若い女性に視線を戻した。両手両足の傷跡のほか、体に打撲痕や切創は見当たらない。皮膚は触れると温かく、それはいろいろな可能性を示している。結論を急ぎたくはないが、シビル・アダムズと、いま目の前にいる女性とのあいだのいくつかの類似点がすでに頭に浮かんでいた。ともに小柄。ともに茶色の髪。

　サラは女性の瞳孔を調べた。「瞳孔散大」以前こうした救急処置に当たったとき、どんな所見も声に出して言うのが決まりだったので、つい言葉に出していた。ゆっくりと息を吐き出し、ヘアとレナが室内にいるのに初めて気づいた。

「この人の名前は?」サラはたずねた。

「ジュリア・マシューズ」レナが告げた。「大学で彼女を探してたの。この二、三日、行方がわからなかったのよ」

ヘアがモニターに目をやった。「動脈血の酸素飽和度が下がってる」

サラは人工呼吸装置を確認した。「吸入酸素濃度は三十パーセントね。少し上げて」

「このにおいは?」レナが口をはさんだ。

サラは女性の体をかいだ。「クロロックス?」

レナももう一度においをかいだ。「ふつうの漂白剤よ」きっぱり言った。

ヘアもうなずいて同意を示した。

サラは女性の皮膚を入念に調べた。体中の表皮に擦過傷がある。陰毛がきれいに剃り落とされているのに初めて気づいた。まだ生えかけてもいないので、昨日今日のうちに剃られたと推測した。

サラは言った。「体中をきれいにこすり洗いされてるわ」

口のにおいをかいでみたが、通常、漂白剤を飲んだらするはずの強烈なにおいはしなかった。挿管の際、喉の奥に荒れた箇所があるのに気づいたが、なんら異常はなかった。ベラドンナそのものではないとしても、どうやら類似の薬物を飲まされたようだ。手袋の上からでも感じるほど、触れると皮膚が熱い。

エレンが戻ってきた。彼女がトレイのひとつに中心静脈留置カテーテル・セットを広げるのを、サラはじっと見ていた。エレンの両手が、いつもとちがって定まっていない。それが、ほかのなににもましてサラを怯えさせた。

サラは息を詰めて女性の内頸静脈に長さ七・五センチの穿刺針を刺した。この〝挿入管〟と呼ばれる留置針は、三方活栓からの異なる静脈内点滴輸液の漏斗としての役割を果たす。この女性に投与されていた薬物がなになのかわかれば、空いている活栓のひとつを使って、その薬物の拮抗剤を投与する。

エレンが患者の脇から一歩下がり、サラの指示を待った。

活栓に血が凝固しないようヘパリン溶液で洗浄しながら、サラは検査項目を次々と告げた。「動脈血ガス分析、薬物スクリーニング検査、肝機能検査、血算、27項目血液化学検査。すぐに取りかかって。ついでに血液凝固検査もね」サラは一呼吸置いた。「至急、尿試験紙検査を。これ以上の処置を施す前に、なにが起きているのか知っておきたいの。なんらかの理由で彼女は意識不明に陥ってる。原因はわかってるつもりだけど、処置を施す前に確認する必要があるのよ」

「わかったわ」エレンが答えた。

サラは血液陽性反応を確認し、またカテーテルを洗浄した。「生理食塩水を全開に」

エレンは指示どおりに点滴チューブを調節した。

「移動X線撮影機はある？　ちゃんと挿入できてるか確認する必要があるの」サラは言い、

内頸静脈を指し示した。「それに、胸部X線、腹部単純X線もほしいし、肩も診る必要があるわ」

エレンが言った。「採血をすませたら廊下の奥から取ってくるわ」

「それから、GHBやロヒプノールが投与されてないかも確認して」サラは針の周囲のガーゼを固定しながら話していた。「レイプ・キットも要るわね」

「レイプ?」レナが聞き返し、一歩進み出た。

「そうよ」答えるサラの語気は鋭かった。「それ以外、彼女をこんな目に遭わせる理由がある?」

レナの口が動いたが、言葉は出てこなかった。いまのいままで、この事件を妹の一件と分けて考えていたらしい。目が若い女性に釘づけになり、処置台の足元に直立不動の状態で立っている。サラは、シビル・アダムズの遺体に対面するためレナがモルグに来た夜のことを思い出した。あの夜と同じく、若い女性刑事の口元は怒りをたたえて引き結ばれていた。

「容態が安定したようね」エレンの言葉は、ほかのだれかにというより自分自身に言い聞かせるようだった。

サラは、エレンが小ぶりの注射器を使って女性の橈骨動脈から採血するのを見つめた。それがどれだけ痛いか知っているので、思わず自分の手首をさすった。処置台に身をかがめ、ジュリア・マシューズの片腕に両手をかけて、もう安全なのだとなんとかして伝えようとした。

ヘアが、サラを現実に引き戻すべく穏やかな声で「サラ?」と呼びかけた。

「なに?」サラははっとした。みんなの目が自分に注がれている。レナに向き直った。

「エレンに手を貸して移動X線撮影機を取ってきてくれる?」努めてしっかりした声を出した。

「いいわよ」レナが応え、妙な目つきでサラを見た。

エレンが最後の注射器をいっぱいにした。「廊下の奥なの」レナに向かって言った。

ふたりが出ていく足音が聞こえたが、サラはジュリア・マシューズに目を注いだままだった。視野狭窄に陥って、一瞬、自分がストレッチャーに乗せられ、医者がかがみ込んで脈を取り、生命徴候《ヴァイタル・サイン》を確認している光景が浮かんだ。

「サラ?」ヘアが女性の両手を見ているので、駐車場で最初に目に留めた傷跡のことを思い出した。

両手の中央に貫通創がある。女性の足に目をやり、同様の貫通創があるのに気づいた。かがみ込んで、急速に血が凝固しつつある傷跡を調べた。乾いて黒ずんだ血に、さびの微小片の色が混じっている。

「手のひらに貫通創」サラは言葉にした。指先を見ると、爪のあいだに木片が入り込んでいる。「木片」口にしながら、物的痕跡を消し去るために被害者の体を漂白剤でこすり洗いした犯人が、なぜ爪のあいだの木片をそのままにしておいたのか不思議に思った。筋が通らない。そのあと、あんなふうに車の上に放置したことも。

すべてを考えあわせ、そこから導き出される明白な結論に、胃がわずかに動いて反応した。目を閉じて、最初に発見した際の女性の姿を思い出そうとした。足首のところで脚を交差し、両腕は体に対して直角に広げていた。

この女性は磔《はりつけ》にされていたのだ。

「これは刺創だ、そうだろ？」ヘアが言った。

サラは女性から視線をはずさずにうなずいた。体には栄養が足りているし、皮膚はきちんと手入れされている。薬物を長期にわたって使用していたことを示す針の跡はひとつもない。自分がこの女性を病院ではなくモルグにいるような目で観察していると気づき、サラはただちに考えるのをやめた。それを感じ取ったかのように心電図モニターが測定不能値になって甲高い音を発したので、サラは緊急体制に入った。

「だめ」サラはささやいて女性にかがみ込み、心臓マッサージを始めた。「ヘア、バッグで人工呼吸を」

ヘアはひきだしを探してバッグを取り出した。数秒後には、バッグを絞って女性の肺に空気を送り込んでいた。「心室性頻拍を起こしてるぞ」彼が注意を促した。

「ゆっくりやってみて」サラは言い、手の下で女性の肋骨の一本が折れたのを感じて顔を歪めた。目をヘアに据え、力を貸してと訴えた。「一、二、絞って。手早く力強く。落ち着いてやって」

「わかった、わかった」ヘアがぼそぼそ言い、バッグを絞るのに神経を集中した。

　重要視されているにもかかわらず、心肺機能蘇生法《CPR》は緊急処置にすぎない。CPRは、心臓に物理的に力を加えることで血液を脳に循環させる行為であり、人の手で、正常に動いている心臓が自力で行なうほど効率よく血液を循環させることができるなど、まれにしかない。サラが手を止めれば、心臓も止まる。CPRは、ほかの処置を施すまでの時間かせぎにすぎない。

　機械の甲高い音に異変を感じ取ったらしく、レナが駆け戻ってきた。「どうしたの？」

「心停止したのよ」サラは言い、廊下にエレンの姿を見ていささか安堵を覚えた。「エピのアンプルを」サラは指示を出した。

　エレンがエピネフリンの箱を開けて注射器を組み立てるのをサラは辛抱強く見守った。

「まあ」レナは、サラが薬剤を女性の心臓にじかに注射するのを見てたじろいだ。

　ヘアの声が数オクターブ上がった。「心室細動を起こしてる」

　エレンが背後のカートから片手でふたつの電極《パドル》を取り、もう一方の手で除細動器を充電した。

「二百ジュールね」サラが指示した。電気ショックを与えると女性の体が飛び跳ねた。サラは心電図モニターに目をやり、起こるべき反応がないので難しい顔になった。さらに二回、電気ショックを与えたが、結果は同じだった。「リドカインを」サラが指示した瞬間、エレンはもう箱を開けていた。

サラはモニターに目を据えたまま薬剤を注射した。

「フラット・ラインだ」ヘアが告げた。

「もう一度」サラはパドルに手を伸ばした。「三百にして」と指示した。

改めて女性に電気ショックを与えた。やはり反応はない。サラの全身から冷や汗が噴き出した。「エピを」

箱を開ける音がサラの耳に針のように突き刺さった。注射器を受け取り、もう一度エピネフリンを女性の心臓にじかに注入した。全員がかたずをのんで見守った。

「フラット・ライン」ヘアが告げた。

「三百六十にしましょう」

女性の体に五度目の電気ショックが与えられたが、反応はなかった。

「くそ、くそ」サラはつぶやきながら、心臓マッサージを再開した。「経過時間は?」叫んでいた。

ヘアが時計に目をやった。「十二分」

サラは二秒程度に感じていた。

ヘアの口調から、それがなにを意味するのかレナは察したにちがいない。小声でつぶやいた。「死なせないで。お願い、その娘《こ》を死なせないで」

「不全収縮時間が長すぎるよ、サラ」ヘアが言った。手遅れだと告げているのだ。もうやめろ、死なせてやる頃合いだ、と。

サラは目を細めて彼を見た。エレンに向き直った。「開胸するわ」

ヘアが首を振りながら、「サラ、ここにはその設備がないよ」と言った。

サラは彼を無視した。女性の肋骨を上から順に触って、さっき折ってしまった骨に触れると思わずたじろいだ。横隔膜の下側に達すると、メスを一本取って上腹部を十五センチほど切開した。片手を切開部から差し込んで胸郭の下を通し、胸部まで伸ばした。

目を閉じて、触心マッサージをするあいだ病院を意識から排除した。サラが心臓をつかんで手動で血液を循環すると、モニターがむなしい希望を示した。指先に微動を感じ、かすかな甲高い音が耳に入った。無心に、女性の心臓が反応するのを待った。生温かい水の詰まった小さな風船を握るのに似ていた。ただ、この風船が人間の命というだけだ。

サラは手を止めた。五秒数え、そのまま八秒、そして十二秒まで数えたところで、マッサージのかいあって心電図モニターから自発的に音が響いた。

ヘアがたずねた。「本人の心臓、それともきみのマッサージ？」

「本人の心臓よ」サラは言い、手を引き抜いた。「リドカインの点滴を開始して」

「よかった」レナがつぶやき、自分の心臓に手を当てた。「あなたがあんなことをしたなんて信じられない」

サラはそれには答えず、さっと手袋を脱いだ。

心電図モニターの音と人工呼吸装置の作動音以外、室内は静まり返っていた。

「さて」サラは言った。「限外顕微鏡で梅毒検査、グラム染色法で淋病検査をね」自分でも赤面するのがわかった。「コンドームが使われたとは思うけど、向こう数日は妊娠の追跡検査も忘れないで」自分の声が震えているのに気づき、エレンやレナが聞き取らないようにと願った。ヘアは別だ。彼の考えていることなら、顔を見るまでもなく声を聞いただけでわかる。

彼はサラの神経が立っているのに気づいたらしく、気持ちを軽くしてやろうとした。

「すごいな、サラ。あんな雑な切開、見たことないよ」

サラは唇を舐め、自分の心臓に鎮まるよう念じた。「あなたをさし置いて主役に立たないよう努めたつもりなんだけど」

「きみはプリマドンナさ」彼は滅菌ガーゼで額の汗をぬぐいながら言った。「驚いたよ」わざとらしい笑い声を上げた。

「このセンターではあまり見られないわ」エレンが、縫合するまで出血を押さえるべく切開部に滅菌タオルを何枚か詰めながら言った。「なんならオーガスタ病院のラリー・ヘッドリーに来てもらいましょうか。ここから十五分のところに住んでるの」

「そうしてくれるとありがたいわ」サラは言い、壁の収納箱から新しい手袋を一組取った。

「大丈夫か？」ヘアがさりげない口調でたずねた。目には気づかいが表われている。

「大丈夫よ」サラは答え、点滴を確認した。レナに向かって言った。「フランクを見つけられるんでしょ？」

レナは気をつかって、ばつの悪そうな顔をした。「やってみるわ」うつむいて部屋を出ていった。

彼女の姿が見えなくなるのを待って、サラはヘアに言った。「この娘の両手を診てくれる？」

彼は無言で骨構造を触りながら女性の手のひらを調べた。数分すると言った。「興味深いな」

サラはたずねた。「なにが？」

「どの骨からもはずれてるんだ」ヘアが答え、手首をまわした。肩に達すると手を止めた。

「脱臼してる」

サラは不意に寒けを覚え、両腕で自分の体を抱いた。「逃げ出そうとしてはずれたのかしら？」

ヘアが眉根を寄せた。「自分の肩甲骨をはずすのにどれだけの力が必要かわかってるのか?」首を振り、納得できないと示した。「痛さのあまり気絶してしまって、逃げ出すなんてとても――」

「レイプされるのがどんなに恐ろしいか、あなたにわかる?」サラは射ぬかんばかりの視線を彼に向けた。

ヘアが沈痛な面持ちになった。「すまなかった。大丈夫か?」

涙がこみ上げて目の奥が熱くなったので、サラは努めて冷静な口調を保った。「腰まわりを調べてちょうだい。気づいたことは残らず話してほしいの」

彼は言われたとおりにし、見終わるとサラにぐっとうなずいた。「股関節になんらかの索状痕が見られるようだ。処置は、本人の意識が戻ってからにすべきだな。自覚症状があるだろうからね」

サラはたずねた。「ほかにわかったことは?」

「両手両足とも、穴はどの骨からもはずれてる。両足とも、第二楔状骨と第三楔状骨、舟状骨のあいだを突き刺してる。実に正確だ。犯人が何者であれ、自分のやらんとすることを熟知してる」彼は間を置き、床に目を伏せて落ち着きを取り戻した。「犯人がなぜこんなことをしたのか、ぼくにはわからない」

「これを見て」サラは、女性の両足首のまわりの皮膚を指さした。足首のまわりが腫れて黒っぽいあざになっている。「どうやら、両足を下ろさせておくために第二の拘束をしてたようね」女性の片手を持ち上げ、手首にまだ新しい傷跡を見つけた。もう片方の手にも同じ傷跡がある。ジュリア・マシューズはこの一カ月のあいだに自殺を図ったのだ。白い線状の傷跡は、彼女の細い手首を垂直に走っている。黒ずんだあざで古い傷跡がくっきりと浮き上がっている。

サラはその自傷にはヘアの注意を向けさせなかった。代わりに意見を述べた。「ベルトが使われたんだと思うわ、たぶん革製の」

「なんの話かわからないけど」

「突き刺すのは象徴なのよ」

「なんの？」

「磔でしょうね」サラは女性の手を脇に戻してやった。

自分の腕をさすり、室内の冷気を払おうとした。ひきだしに歩み寄って開け、若い女性にかけてやるシーツを探した。「推測を述べさせてもらうなら、両手両足は体よりうしろで打ちつけられてたはずよ」

「磔だって？」ヘアは一蹴した。「キリストの磔刑とは形がちがうよ。それなら足はそろってなければならない」

サラは噛みついた。「キリストをレイプしたがった者はいないわ、ヘア。むろん、この娘の脚は広げられてたのよ」

ヘアの喉仏が上下して、その考えを飲み込んだ。「きみはモルグでこういう仕事をしてるのか？」

サラは肩をすくめ、シーツを探し続けた。

「やれやれ、きみはぼくなんかより度胸があるな」ヘアが言い、深々と息を吐き出した。

心地いいように、サラは女性の体のまわりにシーツをたくしこんでやった。「それはどうかしら」

ヘアがたずねた。「口については？」

「前歯が無理やり抜き取られてるの。たぶんフェラチオをさせやすいようにだと思う」

ヘアの声がショックでうわずった。「なんだって？」

「あなたが思ってる以上によくあることよ」サラは説明した。「クロロックスで痕跡が消せるの。この娘の陰毛を剃ったのは、自分の陰毛を梳き取られないためだと思う。陰毛は正常なセックスでも抜け落ちるのよ。だけど、この犯人は性的スリルを味わいたくて剃ったのかもしれない。レイプ犯の多くが、被害者を幼い子どもと考えたがるわ。陰毛を剃ることで、そういう空想が高まるのよ」

レイプ犯罪の卑劣さに圧倒されて、ヘアが首を振った。「こんなまねができるなんて、どんなけだものなんだ？」

サラは女性の髪をかき上げてやった。「周到なけだものよ」

「この娘の知ってる人間だったと思うか？」

「いいえ」サラは、生まれてこのかた、これほど確信していることはないとばかりに答えた。さきほどレナが証拠品袋を置いたカウンターに歩み寄った。「犯人はなぜ運転免許証をわれわれに残したのか？　この娘の身元を知られても一向に平気だからよ」

ヘアが信じられないというような口調になった。「なぜそう言い切れるんだ？」

「犯人は――」サラは一息入れた。「犯人は、置き去るところをだれかに目撃されかねない病院の前にこの娘を放置したわ」隠れてしまいたいというように、一瞬、手で目を覆った。この部屋を出ていく必要がある。それだけは確かだ。

ヘアは彼女の表情を読み取ろうとしているようだ。ふだんはおおらかで穏やかな彼の顔に、厳しい表情が浮かんだ。「この娘は病院内でレイプされたんだな」

「病院の外よ」

「口がテープでふさいであった」

「わかってる」

「犯人は明らかになんらかの信仰上の執着を持っている」

「そのとおりよ」

「サラ――」

レナが戻ってきたので、サラは片手を上げて黙るよう合図した。
レナが言った。「フランクがこっちに向かってるわ」

木曜日

14

ジェフリーは何度かまばたきをして、眠りに引き戻されないよう努めた。しばし自分がどこにいるのかわからなかったが、室内をさっと見まわすや、ゆうべの出来事を思い出した。窓のほうに目を向けると、しだいに焦点が合ってきた。サラの姿が目に入った。

ふたたび頭を枕に沈め、長々と息を吐き出した。「よく髪を梳かしてやったのを覚えてるか？」

「署長？」

ジェフリーは目を開けた。「レナか？」

彼女が気まずそうな様子でベッドに歩み寄った。「ええ」

「おれはてっきり……」その考えを退けた。「いや、いい」

右脚に刺すような痛みが走ったが、ジェフリーは無理をしてベッドに起き上がった。体がこわばり鎮静剤の影響が残っている感じだが、体を起こしていなければ今日一日が無駄になるとわかっていた。

「おれのズボンを取ってくれ」彼は言った。

「あれは捨てるしかなかったの」レナが思い出させた。「なにがあったか覚えてる?」

返事代わりにうめいて、ジェフリーは両足を床に下ろした。立ち上がると、右脚に熱したナイフが刺さっているようだったが、そんな痛みは我慢できた。「はくものをなにか見つけてくれるか?」

レナが病室を出ていくと、ジェフリーは、ふたたび座り込まないよう、壁に寄りかかった。昨夜の出来事を思い出そうとした。どこかに、この件を問題にしたくない気持ちがあった。シビル・アダムズを殺した犯人を突き止めるのに手いっぱいなのだ。

「これはどう?」レナがたずね、手術衣のズボンを放ってよこした。

「結構」ジェフリーは言い、彼女が背を向けるのを待った。脚を上げると漏れそうになるうめきを抑えてズボンをはいた。「今日も長い一日になるぞ。ニック・シェルトンが麻薬班のひとりを連れて十時に署に来ることになっている。ベラドンナについて説明してもらえる。例のよた者もいるしな。名前は、ええっと、ゴードンだったか?」彼はズボンのひもを縛った。「もう一度やつをとっちめて、ジュリア・マシューズと最後に会ったときのことでなにか思い出せるかどうか確認したい」片手をテーブルについた。「彼女の居所を知ってるとは思わないが、なにか見たかもしれん」

もういいぞと言われるのを待たずに、レナが向き直った。「ジュリア・マシューズなら見つけたわ」

「なに?」彼は聞き返した。「どこで?」

「ゆうべ、この病院に忽然と現われたの」レナが答えた。彼女の口調になにかを感じ取り、不安がジェフリーの血管を駆けめぐった。

彼は無意識のうちにふたたびベッドに座り込んでいた。

レナがドアを閉め、昨夜の出来事を話して聞かせた。話が終わるころには、ジェフリーはぎこちない足取りで室内を歩きまわっていた。

「サラの車の上に忽然と現われたのか?」彼はたずねた。

レナがうなずいた。

「いまはどこに?」彼はたずねた。「車のことだが?」

「フランクが押収したの」レナの口調が弁解がましくなった。

「フランクはどこだ?」ジェフリーはたずね、ベッドの手すりに片手をついた。

レナはしばし黙っていたが、ややあって答えた。「わからない」

ほんとうはフランクの居所を知っているくせに教える気がないのだと考え、ジェフリーは厳しい顔をレナに向けた。

レナが言った。「彼は上階の警護にブラッドをつけたわ」

「ゴードンはまだ留置場にいるんだな?」

「ええ、わたしもいちばんにそれを確認したわ。彼はゆうべはずっと留置場にいた。あいつがサラの車の上に彼女を放置できたはずはないわ」

ジェフリーはこぶしでベッドを叩いた。昨夜デメロールを飲むべきではなかった。いまは休日ではなく、事件捜査のまっただ中なのだ。

「上着を取ってくれ」片手を差し出し、レナの手から上着を受け取った。右足を引きずりながら病室を出ると、レナがあとに続いた。エレベーターはなかなか来なかったが、待っているあいだはどちらも口をきかなかった。

「彼女はゆうべは眠りどおしだったわ」レナが告げた。

「当然だな」ジェフリーは指先で階数ボタンを押した。数秒後にベルが鳴り、あいかわらず黙ったままのふたりを乗せたエレベーターが上がり始めた。

レナが切り出した。「ゆうべの件だけど。狙撃のこと」

ジェフリーは腕を振って彼女を制し、エレベーターを下りた。「その話はあとにしよう、レナ」

「あれはただの――」

彼は片手を上げた。「そんなことは、いまのおれには少しも重要でないことがわかってないな」彼は廊下の奥まで伸びている手すりをつたってブラッドのほうへと進んだ。

「署長」ブラッドが声をかけ、椅子から立ち上がった。

「だれも入ってないな？」ジェフリーはたずね、座るよう身振りで指示した。

「午前二時ごろにドクター・リントンが入っただけです」ブラッドが答えた。

ジェフリーは「よろしい」と言うと、片手をブラッドの肩に置いて体を支え、ドアを開けた。

ジュリア・マシューズは目を覚ましていた。ふたりが入っていっても身じろぎせず、ひたすら窓の外を見つめている。

「ミス・マシューズ？」ジェフリーは呼びかけ、彼女のベッドの手すりを片手でつかんで寄りかかった。

彼女は窓の外を見据えたまま返事をしなかった。

レナが言った。「サラが口のチューブを抜いたあとも、一言も話さないのよ」

なにが彼女の注意を引きつけているのかと思って、ジェフリーは窓の外に目をやった。三十分ほど前に夜が明けたとはいえ、窓の外には、空に浮かぶ雲以外、これといって目を引くものはない。

ジェフリーはふたたび呼びかけた。「ミス・マシューズ？」

頬に涙がつたい落ちたものの、依然、彼女は返事をしなかった。ジェフリーはレナの腕につかまって病室を出た。

部屋を出るなりレナが告げた。「ゆうべからなにも言わないのよ」

「一言も?」

レナがうなずいた。「大学で緊急連絡先を聞いて、おばさんをつかまえたわ。おばさんがご両親に連絡を取ってくれてるの。ご両親は、つかまえられるいちばん早い飛行機でアトランタに戻ることになってるわ」

「到着はいつだ?」ジェフリーはたずね、腕時計を見た。

「今日の三時ごろよ」

「フランクとおれで迎えに行こう」そう言うと、ブラッド・スティーヴンスのほうを向いた。「ブラッド、一晩中ついてたのか?」

「はい」

「あと二時間ほどしたらレナが交代してくれるよ」文句があるなら言ってみろとばかりにレナを見た。文句が出ないので、そのままレナに向かって言った。「車でいったんうちに寄ってから署に送ってくれ。そのあと、きみは署から病院まで歩いてくればいい」

レナの運転でうちに戻るあいだ、ジェフリーはまっすぐ前を見据えて、昨夜の出来事を頭の中で整理しようとした。片手いっぱいのアスピリンを飲んだところで和らぎそうにない緊張を首筋に感じた。ゆうべ飲んだ鎮静剤による眠気をいまだ払いきれず、ことは自分が赤ん坊のように眠り込んでいた部屋からドアを三つ隔てたところで起きたのだと受け入れ始めてもなお、思考は本筋をはずれて右に左に揺れていた。サラが居合わせてくれてよかった。さもなければ、当面する事件の犠牲者がひとりではなくふたりになっていたにちがいない。

ジュリア・マシューズの一件は、犯人の手口がエスカレートしつつあることを証明している。トイレで手早く襲って殺すというやりかたから、女性を数日のあいだ生かしておいて犯行に時間をかけるというやりかたに変わっているのだ。こういった行動の変化はこれまで幾度となく目にした。連続レイプ犯は自分の犯したミスから学習する。獲物を手に入れる最上の方法を考え出すことに心血を注ぐのだ。そして、今回のレイプ犯、今回の殺人犯は、どうやって逮捕しようかとジェフリーとレナが話し合っているあいだにさえ腕に磨きをかけている。

ジュリア・マシューズに関するいきさつをレナに繰り返させて、少しでもさっきとちがう点がないか、新たな手がかりを引き出せないか、探ろうとした。どちらもまったくなかった。レナは物事を見たとおりに報告することに長けており、二回目の話の中に新たな事実はなにひとつ出てこなかった。

ジェフリーはたずねた。「そのあとどうなったんだ？」

「サラが帰ったあと？」

彼はうなずいた。

「オーガスタ病院のドクター・ヘッドリーが来たわ。彼が彼女を縫合したの」

昨夜の出来事を語る中でレナが被害者の名前を使わずに〝彼女〟と言い続けていることに、ジェフリーは気づき始めていた。法の執行に携わる者が被害者ではなく犯罪者に視線を集中するのは一般に行なわれていることだが、そんなことをするから、そもそも犯人が殺人を犯した理由を簡単に見失ってしまうのだとジェフリーは常々感じていた。レナには、特に双子の妹の身に起きたことを考えると、そんなことになってもらいたくなかった。

今日のレナはふだんとどこかちがう。高まる緊張のせいなのか募る怒りのせいなのか、ジェフリーには判断がつかなかった。体が震えているように見えるので、座って緊張をゆるめることのできる病院に彼女を戻すのが当面の目的だった。ジュリア・マシューズのベッド脇につけばレナが警戒心をゆるめるはずがないのは承知している。だが、安心して彼女を置いておけるのは病院しかない。むろん、とうとう神経が参ってしまったというなんらかの症状をレナが示した場合に好都合な場所にいるとわかっているのは、おまけのようなものだ。さしあたっては、彼女を利用する必要がある。昨夜の出来事に関して、自分の目となり耳となってもらう必要があるのだ。

彼は言った。「発見時のジュリアの様子を話してくれ」

レナはクラクションを軽く鳴らして路上のリスを追い払った。「そうね、正常に見えたわ」レナは間を置いた。「つまり、あの様子を見たかぎりでは、単なる麻薬の過剰服用かなんかだと思ったの。絶対にレイプ被害者だなんて見抜けなかったわ」

「それが、なぜレイプだと確信した？」

レナのあごがまた震えた。「ドクター・リントンに言われたからだと思う。彼女が両手両足の穴を指摘したのよ。わたしはきっとなにも見えてなかったんだわ。漂白剤のにおいやほかのいろいろで、目に入らなかったの」

「ほかのいろいろとは？」

「どこかおかしいっていう、体に表われたいろんな徴候よ」レナはまた間を置いた。口調が弁解がましい響きを帯びた。「口にテープを貼られ、喉の奥に運転免許証を突っ込まれてたわ。レイプされたように見えたんでしょうけど、わたしの目には入ってなかったんだと思う。理由はわからない。気づいたはずなのよ、わたしだってばかじゃないんだから。あまりに正常に見えたのよ、わかる？　レイプ被害者には見えなかったわ」

最後の一言にジェフリーは驚いた。「レイプ被害者って、どう見えるものなんだ？」

レナは肩をすくめた。「妹のように、だと思うわ」つぶやくように言った。「自分の面倒も見られない女性って感じ」

ジェフリーが予期していたのは、肉体的な描写、ジュリア・マシューズの体に表われた徴候に関する説明だった。「言ってることがわからないな」

「いいの、忘れて」

「だめだ」ジェフリーは言った。「説明してくれ」

レナは、どう表現すればいいか考えているようだったが、そのうちに口を開いた。「シビルなら納得できるってことだと思うわ、目が見えなかったから」いったん言葉を切った。「みずから災いを招く女性がいるとかなんとか、いろいろ言われてるでしょ。シビルがそうだったとは思わないけど、わたしはレイプ犯がどういう人間か知ってるわ。これまで、話もしたし逮捕もしたもの。連中の考えることはわかるの。抵抗しそうな相手は選ばないものよ」

「そう思うか?」

レナは肩をすくめた。「女はやりたいことをなんでもできるべきだし、男はそれに慣れるべきだっていう、女権拡張論者《フェミニスト》連中のたわ言を論じてもいいけど……」レナはまた間を置いた。「こう言えばいいかしら。仮にわたしが全部の窓を全開にしてイグニションにキーを挿したままアトランタのどまん中に車を停めたとして、その車を盗まれたらだれの責任?」

ジェフリーには彼女の論理が理解できなかった。

「世の中には危険な性犯罪者がいるわ」レナは説明を続けた。「異常な人間がいること、それが普通は男で、女を餌食にしてるなんてことは、だれでも知ってる。それに、そういう連中は、自分の面倒を見ることのできそうな女は狙わないものよ。抵抗しそうにない女、抵抗できそうにない女を狙うの。ジュリア・マシューズのようなおとなしい女を狙うのよ。あるいは、体の不自由な女をね」つけ加えて言った。「わたしの妹のような」

そんな理屈に納得したものかどうかわからず、ジェフリーは彼女を見つめた。レナにはときどき驚かされるが、たったいま彼女が口にしたことには度肝を抜かれた。そういう説がマット・ホーガンのような連中の口から出てくるならわかるが、女性の口から聞かされるとは予想だにしていなかった。たとえ相手がレナであっても。

彼はヘッドレストに頭をもたせ、しばし黙り込んだ。ややあってたずねた。「おれに状況をざっと説明してくれ。ジュリア・マシューズについて。彼女の体に見られた徴候を」

レナはかなり間を置いて答えた。「前歯が抜き取られてた。足首が縛られてた。陰毛が剃り落とされてた」レナはいったん言葉を切った。「それに、犯人は彼女の体中をきれいに洗ってるわ」

「漂白剤で？」

レナがうなずいた。「口の中もね」

ジェフリーは慎重に彼女を見ていた。「ほかには？」

「打撲傷はなかった」レナは自分のひざを指した。「手のひらの穴と革ひもによる圧迫痕以外、両手とも抵抗してできた打撲や傷跡はなかった」

ジェフリーはその点を考えてみた。おそらくジュリア・マシューズは薬漬けにされていたのだろうが、それも腑に落ちない。レイプは暴力犯罪であり、レイプ犯の多くは、女性に痛みを与え支配することで実際にセックスをする以上に性的快感を覚えるものだ。

ジェフリーは言った。「ほかのことも教えてくれ。発見時、きみの目から見てジュリアはどう見えた？」

「正常な人間に見えたわ」レナが答えた。「さっき言ったとおりよ」

「裸だったのか？」

「ええ、裸よ。全裸で、両手を一直線に伸ばすような感じで広げてた。脚は足首のところで交差してた。車のボンネットの上に横たわってたの」

「そんなふうに放置されたのにはなにか理由があると思うか？」

レナが答えた。「わからない。ドクター・リントンは有名人だわ。彼女の乗ってる車だって、みんなが知ってる。この町に一台しかない車だもの」

ジェフリーは胃がひっくり返る気がした。求めていない答えだった。あの女性が磔のような姿勢を取らされていたという、自分と同じ結論を引き出すべく、体の位置関係を詳しく説明させるつもりだった。サラの車が選ばれたのは、病院にいちばん近い、人目につきやすい場所に停めてあったからだと考えていた。この犯行がサラに向けられている可能性を考えると背筋が凍る気がした。

ジェフリーはしばしその考えを退け、レナにしつこく質問を続けた。「このレイプ犯に関してわかってることは？」

レナは考えながら答えた。「そうね、レイプ犯は往々にして自分と同じ人種を狙う傾向があることから、白人。漂白剤で被害者の体中をこすり洗いしてることから、異常なほど執拗な性格。漂白剤を使ってること、それが物的証拠を取り除くのにもっとも有効な方法だってことから、科学捜査に精通してると思われる。おそらく成人。彼女を床か壁かどこかに釘で打ちつけたと思われることから、自分の家を持っている。さらに、アパートのような建物では犯行が不可能だと思われることから、長年この町に住んでる人間にちがいない。奥さんが帰宅して釘で打ちつけられてる女性を地下室で見つけたらいろいろと説明しなくちゃいけないことを考えると、おそらく独身」

「なぜ地下室だなどと？」

レナはまたしても肩をすくめた。「彼女を人目につくところに置いておけるとは思えないもの」

「ひとり暮らしだとしても？」

「だれも立ち寄らないことがわかってないかぎりはね」

「すると、孤独な人間か？」

「まあ、そうかもしれない。でも、それなら、どうやって彼女と出会ったの？」

「いい指摘だ」ジェフリーは言った。「サラは血液を薬物スクリーニング検査にまわしたのか?」

「ええ。自分の車でオーガスタに届けたわ。少なくとも、本人はオーガスタに行くって言ってた。なにを探してるかはわかってるんだって」

ジェフリーは脇道を指さした。「そこだ」

レナが急カーヴを切った。「ゴードンは今日、釈放することになるの?」彼女がたずねた。

「そうは思わない。麻薬所持容疑を利用して協力を取りつけ、このところジュリアのつき合ってた相手を話させる。ジェニー・プライスの話だと、やつはジュリアを監視してた。ジュリアの新しい男に気づくとすれば、やつをおいていない」

「そうね」レナが同意した。

「その先の右手だ」彼は指示し、体を起こした。「入るか?」

レナは運転席から動かなかった。「せっかくだけど、ここで待つわ」

ジェフリーは助手席のシートにもたれた。「おれに話してないことがほかにもあるんじゃないのか?」

レナは深呼吸をした。「あなたを裏切ったような気分なの」

「ゆうべの件で?」ジェフリーはたずね、すぐに気づいた。「おれが撃たれた件か?」

レナが言った。「あなたの知らないことがいろいろとあるのよ」

ジェフリーはドアの取っ手に片手をかけた。「フランクが処理に当たってるのか?」

彼女がうなずいた。

「きみに、ことが起きるのを止めることができたか?」

彼女のすくめた肩が耳に達するほどだった。「もう、わたしになにかを止めることができるかどうか、わからない」

「じゃあ、きみの担当じゃなくてよかったよ」ジェフリーは言った。もっと言葉をかけて少しは肩の荷を下ろさせてやりたかったが、それはレナが自分で対処すべき問題だと、経験からわかっていた。三十三年間、彼女は自分のまわりに砦を築いて生きてきた。たった三日でそれを打ち破りたくなかった。

そこで、彼は言った。「レナ、目下おれがもっとも関心あるのは、きみの妹を殺し、ジュリア・マシューズをレイプした犯人を割り出すことだ。この件は」──自分の右脚を指した──「事件が解決してから処理すればいい。どこから当たればいいか、おれたちふたりとも知ってる。全員がこの町を出ていくことはまずないだろう」

彼はドアを押し開け、文字どおり、怪我をした右脚を片手で持ち上げて外に下ろした。「くそ」ひざに激しい抵抗を覚えてうめいた。長く車の中で座っていたために脚がこわばっていたのだ。車から降り立ったときには、玉のような汗が口の上に筋をなしていた。

家へと歩くあいだ右脚を痛みが貫いた。家の鍵も車の鍵と同じキー・リングにつけてあるので、裏にまわってキッチンから中に入った。この二年、ジェフリーは自分の手で家を改築していた。いちばん新しく手がけているのはキッチンで、ある週末の三連休、出勤日までに造り直すつもりで家の裏手の壁を打ち破ってしまった。発砲事件が起きたために改築計画は中断され、結局、バーミンガムの冷凍庫供給会社からプラスティック板を何枚か買ってきてむき出しのツー・バイ・フォーの枠に釘で打ちつける結果になった。プラスティックで雨風の侵入は防げるが、当面は家の裏手に大きな穴が開いたままになっている。

リビング・ルームに入ると、ジェフリーは電話を手に取り、職場に向かう前につかまえられるよう願ってサラの自宅番号にかけた。留守番電話になっていたのでリントン家にかけ直した。

三回目の呼び出し音でエディ・リントンが出た。「〈リントン・アンド・ドーターズ〉です」

ジェフリーは努めて愛想のいい口調を保った。「やあ、エディ、ジェフリーだよ」

受話器が床に放り落とされた大きな音がした。電話の向こうでは皿や鍋の音がしていて、続いてくぐもった会話が聞こえた。数秒後、サラが受話器を取った。

「ジェフ?」

「そうだ」彼は答えた。サラがデッキに続くドアを開ける音が聞こえた。リントン一家は、彼の知る中で唯一、自宅にコードレス電話を持っていない家族だ。付属電話はベッドルームとキッチンに一台ずつある。ハイスクール時代に娘たちがキッチンの電話に三メートルもの長いコードを取りつけていなければ、プライヴァシーなど望めないところだ。

ドアが閉まる音に続き、サラの声が聞こえた。「お待たせ」

「調子はどうだ？」

彼女はそれには答えずに言った。「ゆうべ撃たれたのはわたしじゃないわ」

ジェフリーは、サラのとげとげしい口調を不思議に思って間を置いた。「ジュリア・マシューズがどんな目に遭ったか聞いたよ」

「そう。血液は車でオーガスタに届けたわ。ベラドンナには特有の遺伝標識がふたつあるの」

彼は化学の講義を中断させた。「そのふたつとも検出したのか？」

「そうよ」彼女が答えた。

「じゃあ、ふたつの事件で同一犯を追うことになるな」

彼女は早口でよそよそしい口調になった。「そのようね」

数秒してからジェフリーは切り出した。「ニックのところに、ベラドンナ中毒に関して専門家らしき男がいる。十時までにニックが署に同行することになってるんだ。顔を出せるか？」

「診察の合間をぬって顔を出せるけど、長居はできないわ」サラが述べた。口調が変わり、いくぶん穏やかな声で言った。「もう切らなくちゃいけないの。かまわない?」

「ゆうべの出来事をおさらいしたい」

「それはあとでね。いい?」サラは答えるいとまを与えなかった。ジェフリーの耳に電話の切れる音が響いた。

ジェフリーはため息をつくと、右足を引きずりながらバスルームに向かった。途中で、窓の外に目をやってレナの様子を確認した。彼女は車の中で座ったまま、両手でハンドルを握り締めている。ジェフリーには、今日は知り合いの女性みんなが自分になにか隠し事をしているように思えた。

熱いシャワーを浴びてひげを剃ると、ずいぶん気分が良くなった。右脚はまだこわばった感じだが、動かすうちに痛みが和らいだ。〝動き続けろ〟という言葉には真理がある。署までの道中は緊張と静寂に支配され、車中で聞こえるのはレナが歯ぎしりする音だけだった。彼女が病院に向かって歩み去るうしろ姿を見て、ジェフリーはほっとした。

署の玄関では、マーラが胸の前で両手を握り締めて彼を出迎えた。「ご無事でうれしいわ」そう言うと、彼の腕を取って署長室まで連れて行こうとした。表のドアを開けてもらったところで、ジェフリーは彼女の世話焼きを終わりにした。

「もういいよ。フランクはどこだ?」

マーラが悲しそうな顔をした。グラントが狭い社会だとすれば、警察署はさらに閉鎖された社会だ。うわさは、スティール製の避雷針に稲妻が走るより速く部下たちのあいだを駆けめぐる。

マーラが言った。「裏にいると思うわ」

「呼んできてくれないか？」ジェフリーは頼んでから、署長室へと向かった。

うめきを漏らしながら椅子に腰を下ろした。しばらく脚を動かさずにいるのは無茶だとわかっていたが、しかたがない。署長が職場復帰し、いますぐ仕事に取りかかることができると、部下たちに知らしめる必要があった。

フランクがこぶしで署長室のドアを叩いたので、ジェフリーはうなずいて入るよう示した。

フランクがたずねた。「調子は？」

ジェフリーは確実に彼の注意をとらえた。「おれはもう撃たれることはないだろうな、どうだ？」

フランクにも自分の足元に目を伏せる程度のたしなみはあった。「ないよ、署長」

「ウィル・ハリスについては？」

フランクがあごをなでた。「彼はサバンナに行くつもりだそうだ」

「ほんとうか？」

「ほんとうだ」フランクが答えた。「ピートがボーナスをやったんだ。ウィルは自分でバスの切符を買った」フランクが肩をすくめた。「二週間ほど娘のところに滞在するつもりだと言ってたよ」

「彼の家は？」

「フリーメイソンの何人かが無償で窓の修理を買って出た」

「結構だ」ジェフリーは言った。「サラが車を返してもらいたがるはずだ。なにか見つかったか？」

フランクがポケットからビニール製の証拠品袋を取り出してデスクに置いた。

「これはなんだ？」ジェフリーはたずねたが、愚問だった。証拠品袋に入っているのは、ルガーの・三五七口径マグナムだ。

「運転席の下から見つけた」フランクが言った。

「サラの車の運転席か？」ジェフリーはまだ飲み込めなかった。このマグナムは強力だし、この口径なら、相手の胸に風穴を開けることができる。「彼女の車から？　この銃は彼女のものなのか？」

フランクは肩をすくめた。「彼女は所持許可を受けていない」

その銃が口をきけるとでもいうように、ジェフリーは銃を見つめた。サラはもちろん市民の銃器所持に反対ではないが、銃器類、特に納屋の戸につけた錠を吹き飛ばすことのできるたぐいの銃が身近にあるとサラが落ち着かないことを、ジェフリーは知っている。袋から銃を取り出して調べた。

「製造番号は削り取られてる」フランクが言った。

「そうだな」ジェフリーは答えた。それは見てわかった。「装塡されてたのか？」

「ああ」フランクはその銃にすっかり感心しているらしい。「ルガーのセキュリティ・シックス、ステンレス製。おまけに握把はあつらえだ」

ジェフリーは銃をデスクのひきだしにしまい、顔を上げてフランクを見た。「性犯罪前科者のリストからはなにか浮かんだか？」

フランクは、サラの銃についての解説を打ち切られてがっかりしたようだった。「特にはなにも。大半がなんらかのアリバイがある。アリバイのない連中は、われわれが探してるタイプじゃない」

「十時にニック・シェルトンと会議だ。彼がベラドンナの専門家を連れてくる。会議が終われば、探すあてをもっと署員に提供できるかもしれない」

フランクが椅子に腰を下ろした。「その花なら、おれの家の裏庭にも生えている」

「うちもだ」ジェフリーは言い、すぐに続けた。「会議のあと病院に行って、ジュリア・マシューズが話をする気になったかどうか確認したい」ジェフリーはしばし、あの若い娘のことを考えた。「両親が三時ごろ到着するそうだ。空港で出迎えたい。今日はおれの用心棒になってもらうぞ」

ジェフリーの言葉の選択をおもしろいと思ったとしても、フランクはそれを口には出さなかった。

15

ジェフリーに会う前に薬局に立ち寄ることができるよう、サラは十時十五分前に児童診療所を出た。外には冷気が漂い、雲が出てまた雨になると告げていた。両手をコートのポケットに突っ込み、目を歩道に落としたまま通りを歩きながら、その恰好にその歩きかたでは近寄りがたく見えることを願った。しかし、気をもむ必要はなかった。シビルが殺されて以来、ダウンタウンは不気味なほどひっそりしていた。町全体が彼女とともに死んだかのようだった。サラには町の人たちの気持ちが理解できた。

ゆうべは一晩中、ジュリア・マシューズに施した処置をひとつひとつ思い返して、ベッドに横たわったまま、まんじりともしなかった。なにをしても、自分の車の上に横たわっていた娘の姿、突き破られた両手両足、夜空を見上げてはいても見えていないうつろな目が頭に浮かんできた。あんな経験は二度とごめんだ。

薬局に入っていくと、入口のドアの上方に取りつけられたベルが揺れて鳴り、サラは物思いからはっと我に返った。

「こんにちは、ドクター・リントン」レジ・カウンターの奥からマーティ・リンゴが声をかけてきた。うつむいて雑誌を読んでいる。マーティはふっくらした女性で、不運にも右眉の上にほくろがある。そのほくろには、ブラシの硬い毛そっくりの黒い毛が何本も生えていた。薬局で働く彼女は、町のだれかれなく全員の最新ゴシップを知っている。次に店に立ち寄るだれかに、今日はサラ・リントンがジェブに会うためにわざわざ薬局に来たと話すにちがいない。

マーティがわけしり顔でほほえんだ。「ジェブを探してるの?」

「そうなの」サラは答えた。

「ゆうべのことは聞いたわ」マーティが情報を引き出そうとしているのは見え見えだった。「大学の女子学生なんでしょ?」

そこまでは新聞を読めばわかることなのでサラはうなずいた。

マーティが声をひそめた。「いたずらされてたんですってね」

「まあね」サラは答え、店内を見まわした。「ジェブはいるの?」

「それに、ふたりは似てたでしょ?」

「なんの話?」サラは急に注意を引かれた。

「被害に遭ったふたりよ」マーティが言った。「なにか関連があると思う?」

サラは話を切り上げた。「ねえ、ほんとうにジェブに用があるのよ」

「彼なら奥にいるわ」マーティは傷ついた表情を浮かべて調剤室を指さした。

サラは無理に笑みを浮かべてマーティに礼を言うと、店の奥へと向かった。サラは昔からこの薬局の店内が好きだった。初めてマスカラを買ったのもこの店だ。週末になると、父が車でふたりの娘を連れてきてキャンディを買ってくれたものだ。ジェブが買い取ったあとも店内はほとんど変わっていない。実際に飲み物を供するより飾りのようになっているソーダ・ファウンテンは、いまもぴかぴかに磨き込まれている。避妊具はいまだにカウンターの奥に置いてある。店内を端から端まで行き来できる狭い通路には、いまでもボール紙にマーカー・ペンで書いた札で商品の表示をしている。

調剤室のカウンターから奥をのぞいたが、ジェブの姿は見えなかった。裏口のドアが開いているのに気づくと、サラは肩越しにうしろを確認してからカウンターの中に入った。

「ジェブ?」サラは呼びかけた。返事がないので、開いたままのドアに歩いていった。ジェブはサラに背を向けた恰好でドアの脇に立っていた。軽く肩を叩くと飛び上がった。

「びっくりするだろ」彼は怒鳴り、さっと向き直った。サラを見ると、恐怖の表情が喜びに変わった。

彼が声を上げて笑った。「おかげでびっくりしたよ」

「悪かったわ」サラは詫びたが、実のところ、彼でもなにかで平静を失うことがあるとわかってほっとしていた。「なにをしてたの?」

ジェブは店の裏手にある細長い駐車場のまわりを取り囲む灌木の茂みを指さした。「あの茂みだけど、わかるか？」

ただの茂みにしか見えず、サラは首を振った。すぐに小鳥の巣が見えた。「まあ」

「フィンチのつがいだよ」ジェブが言った。「去年あそこに餌場を作ったんだけど、大学の学生に持ち去られたんだ」

サラは彼に向き直った。「ゆうべのことだけど」切り出した。

彼は手を振って退けた。「やめてくれよ、サラ、ほんとに、気持ちはわかるから。きみは長年ジェフリーと暮らしてたんだからな」

「ありがとう」サラは心から礼を述べていた。

ジェブは背後の薬局に目をやり、声を低めた。「昨日のことは、ぼくも気の毒に思ってる。ほら、女子学生のことだよ」ゆっくりと大きく首を振った。「自分の住む町であんなことが起きるなんて、考えがたいよ」

「わかるわ」サラは答えたものの、その話に踏み込みたくなかった。

「人の命を救うためにデートをほっぽりだしたんだから、きみを許せると思うよ」彼は自分の右胸に手を当てた。「ほんとにその手で彼女の心臓をつかんだのか？」

サラは彼の手を左胸に移動させた。「そうよ」

「すごいな」ジェブはため息をついた。「どんな気分だった？」

サラは事実を話した。「怖かったわ。ほんとうに怖かった」

彼は感に堪えない口調で言った。「きみはすばらしい女性だよ、サラ。それをわかってるか？」

褒められて、サラは愚かしい気がした。「よかったら雨天順延切符をあげるわ」ジュリア・マシューズの話題から離れたくて言ってみた。「わたしたちのデートのことよ」

彼は心底うれしそうにほほえんだ。「それはうれしいな」

そよ風が吹き、サラは腕をさすった。「また寒くなってきたわね」

「さあ」彼はサラを中に連れて入り、ドアを閉めた。「今週末は予定がある？」

「わからないわ」サラは答えた。ややあって言った。「そうだ、わたし、ジェフリーが薬を取りにきたか確認しに来たんだったわ」

「なるほど」ジェブは両手を組んだ。「今週末は忙しいという意味だね」

「いいえ、ちがうわ」サラは躊躇したのち言った。「ただ状況が複雑なだけよ」

「そうだね」彼は無理に笑みを浮かべた。「気にしなくていいよ。彼の処方箋を確認してみよう」

失望の色を浮かべた彼の顔を見るのは耐えられなかった。気を紛らそうと、サラは〈メディック・アラート〉のホームページが表示されているコンピュータ画面を見た。糖尿病患者用ブレスレットのサイトとともに、宗教上の格言のサイトがブックマークされている。

ジェブはカウンター下の大きめのひきだしを開けて錠剤の入った赤茶色の瓶を取り出した。ラベルを確認してから言った。「電話で予約してたのに取りにきてないんだよ」

「ありがとう」サラはなんとか礼を言い、瓶を受け取った。片手で瓶を持ったままジェブを見つめた。抑える前に言葉が口から飛び出していた。「電話してくれない？　今週末の件だけど」

「いいよ、電話する」

サラは空いたほうの手を伸ばして彼の白衣の襟を直した。「ほんとうよ、ジェブ。電話してね」

彼はしばし黙り込んでいたが、突然、身を乗り出してサラの唇に軽くキスをした。「明日、電話するよ」

「うれしいわ」サラは言った。あまりに強く錠剤の瓶を握り締めているので栓が開いて飛んでいきそうだと気づいた。ジェブとは前にもキスしたことがある。大したことではない。しかし、心の奥底では、マーティに見られただろうかと怖れていた。心のどこかで、いまのキスのうわさがまわりまわってジェフリーの耳に入るのではないかと怖れていた。

「よかったら、それを入れる袋をあげようか」ジェブが瓶を指さした。

「いいわ」サラはぼそぼそと答え、上着のポケットに瓶を突っ込んだ。

小声で礼を言い、マーティが雑誌から目を上げないうちにドアから出た。

サラが警察署に着いたとき、ジェフリーとニック・シェルトンが玄関ホールにいた。ニックはジーンズの左右のうしろポケットにそれぞれ手を突っ込んで立っていて、ジョージア州捜査局で着用を義務づけられている濃紺のワイシャツが胸にぴったり張りついていた。服務規定違反のあごひげと口ひげは丹念に薄く刈り込まれ、首には同じく禁止されている金の太いネックレスを下げている。彼の背丈は百七十センチ足らずなので、サラは彼の頭のてっぺんにあごを載せることができる。だからといって気後れすることもないらしく、彼は何度もサラをデートに誘っていた。

「やあ」ニックが言い、サラの腰に手をまわした。

ジェフリーは、競争相手という点ではニック・シェルトンに対してトナカイに対するのと同じ程度の不安を抱いているにすぎなかったが、彼がサラに示すなれなれしい態度には腹が立つらしかった。だからこそニックは余計になれなれしくするのだとサラは思っている。

「会議を始めないか?」ジェフリーが不満たらしい口調で言った。「サラは仕事に戻らなければならないんだ」

廊下を奥へと向かうとき、サラはジェフリーの横に並んだ。彼の背広のポケットに錠剤の入った瓶を突っ込んだ。

「なんだ?」彼がたずねて取り出した。すぐに「あ、これか」と言った。

「それよ」サラは言い返し、会議室のドアを開けた。

三人が入っていくと、フランク・ウォレスと、カーキ色のスラックスにシャツというニックと似たいでたちのひょろひょろした青年が座っていた。フランクが立ち上がり、ニックと握手した。彼はサラには堅苦しく会釈したが、サラのほうは会釈を返さなかった。フランクが昨夜の出来事に関与しているという気がして、それが気に入らなかったのだ。

「こちらはマーク・ウェブスターだ」ニックがもうひとりの男を紹介した。実際には若者で、せいぜい二十一歳といったところだ。まだ学校を出たばかりのような顔で、数本の髪が逆毛の典型のようにうしろで突っ立っている。

「はじめまして」サラは言い、握手した。魚をつかむような感触だったが、ニックがはるばるメイコンから連れてきたのだから、マーク・ウェブスターは見た目ほど間抜けなはずがない。

フランクが言った。「いま話してくれたことをみんなにも聞かせてやったらどうだ?」

青年は咳払いをし、文字どおり襟を正した。サラに向かって述べた。「犯人が選んだ薬物をベラドンナだと見抜いたあなたの着想が興味深いと話してたんです。めったに使われない薬物だから。ぼくもこれまでに三件しか見ていませんが、服用例の大半は楽しめると考えた愚かな若者ばかりで、除外できます」

〝除外〟というのが殺人犯罪から除外できるという意味だとわかっているので、サラはうなずいた。小児科医であると同時に検死官でもあるサラは、未成年者が不審な死因でモルグに運ばれた場合は、ことさら注意深く調べる。

マークはテーブルに寄りかかり、サラ以外の三人に向かって述べた。「ベラドンナはオオカミナスビ属の植物です。中世の女性たちは瞳を大きくするために少量の種子を嚙みました。当時は瞳孔の開いた女性のほうが魅力的だと考えられていて、そこから〝ベラドンナ〟と名づけられたんです。〝美しい貴婦人〟という意味です」

サラが補足した。「被害者はふたりとも極度の瞳孔散大が見られたわ」

「そうした効果は少量の服用でも現われます」マークが応えた。白い封筒を手に取り、数枚の写真を引っぱり出して、みんなでまわし見るようジェフリーに差し出した。

マークが言った。「ベラドンナの花は釣り鐘型で、普通は紫色、そして妙なにおいがする。子どもがいる人や小動物を飼ってる人が庭に植えておく植物ではありません。栽培しようとする人は、まわりの人たちが中毒しないよう、少なくとも一メートルほどの高さの柵を作るべきですよ」

「特別な土壌や肥料が必要なのか？」ジェフリーが写真をフランクにまわしながらたずねた。

「ベラドンナは雑草です。まずどんなところでも育つ。だからこれほど繁殖してるんです。

問題なのは、これが有害な薬物だということです」マークはそこで間を取った。「作用は長く続き、服用量によっては三、四時間にわたって持続します。使用した者は真に迫った幻覚を報告しています。その内容を思い出すことができた場合、たいていは実際に起きたことだと本気で信じているんです」

サラはたずねた。「記憶喪失を引き起こすの？」

「ええ、そうです。選択的記憶喪失といって、局部的にしか記憶していない。たとえば、被害女性は自分を連れ去ったのが男だと覚えてるかもしれないけど、まともに顔を見てたとしてもどんな顔の男だったか思い出せない。あるいは、緑色の目をした紫色の肌の男だったと言い出すかもしれない」彼は間を空けた。「幻覚剤にちがいないけど、ベラドンナは、よく知られるフェンシクリジン《ＰＣＰ》やＬＳＤとはちがう。服用結果報告によると、幻覚と現実の区別がつかないらしい。たとえば、エンジェル・ダストと呼ばれているＰＣＰやエクスタシーなど、なにを服用しようと、本人にも自分が幻覚を生じているとわかる。でも、ナス科有毒植物の場合、すべてが現実に思えるんです。チョウセンアサガオをカップに一杯飲ませると、その人が正気に戻ったとき、コート掛けと話をしたと言って譲らないかもしれない。うそ発見器にかけても、ほんとうのことを言っているという結果が出るはずです。現実に存在する事物を取り入れてねじ曲げるんですよ」

「茶と飲むのか？」ジェフリーがたずね、サラに目配せした。

「ええ。連中は茶で煮出して飲んでいます」彼は両手をうしろで組んだ。「でも、断わっておきますが、ベラドンナは危険な薬物です。簡単に過剰服用してしまう」

サラはたずねた。「ほかの摂取方法は？」

「忍耐のある人なら」マークが答えた。「二、三日のあいだ葉をアルコールに浸けておき、蒸発乾燥させます。でも、一か八かには変わりありませんよ、医療目的で栽培している人にとっても濃度が保証されてないいんだから」

「医療目的というと？」ジェフリーがたずねた。

「たとえば、眼科医に行くと、瞳孔を散大するために点眼されるのはご存知ですね？　あれにはベラドンナの成分が含まれているんです。ごく希薄だけどベラドンナです。たとえば、数本分の目薬を飲ませたところで相手を殺すことはできない。そんな低濃度では、せいぜいひどい頭痛と激しい便秘を起こす程度です。注意が必要なのは純粋濃度の場合ですよ」

フランクがサラの腕に写真をぶつけるようにして渡した。サラは目を落としてベラドンナの写真を見た。これまで見たどんな植物とも区別がつかない。サラは医者であって園芸家ではない。チア・ペット（観葉植物メーカーの出している、動物の形に栽培する観葉植物）ひとつ栽培できないのだ。

いきなり、いろんな考えが頭の中を駆けめぐり、ジュリア・マシューズを最初に車の上に見つけたときのことを思い返した。粘着テープが貼ってあったかどうか思い出そうとした。突然、記憶が鮮明によみがえり、テープが貼ってあったのを思い出した。彼女の口に貼ってあった粘着テープが見える気がした。車のボンネットの上で磔にされたジュリア・マシューズの姿が見える気がした。

「サラ?」ジェフリーが呼びかけた。

「え?」サラは顔を上げた。なにかに対する返事を待つように、全員の目が注がれていた。

「ごめんなさい」サラは詫びた。「なにを訊いてたの?」

マークが答えた。「ふたりの被害者に関してなにか変わったことに気づかなかったか、たずねたんです。ふたりは口がきけなかったんですか? うつろな目をみはっていましたか?」

サラは写真を返した。「シビル・アダムズは視覚障害者だったの」と教えた。「だから当然、彼女はうつろな目をみはってたわ。ジュリア・マシューズのほうは……」間を置いて、いましがた脳裏に浮かんだジュリアの姿を頭から追い出そうとした。「あの娘の目はうつろだった。ベラドンナを大量に投与されたからにほかならないと思うわ」

ジェフリーが妙な顔を向けた。「ベラドンナが視覚障害を引き起こす、というような説明をマークがしてくれたよ」

「一種の視覚認識障害《ブラインドサイト》を引き起こすんです」同じ説明を繰り返しているとほのめかすような口調だった。「服用結果報告によると、視覚は働いているが見ているものを頭で識別できないということです。リンゴかオレンジを見せると、なにか丸いもの、場合によってはきめの粗いものを見ているとはわかるけれども、脳はそれがなにか認識できない」

「ブラインドサイトがどんなものかは知ってるわ」サラは言い返し、遅まきながら横柄な口調だったのに気づいた。いまの失点を取り返そうとして言った。「シビル・アダムズがそういう体験をしたと思う？　だから悲鳴を上げなかったのかもしれないと思う？」

マークはほかの三人を見た。どうやら、サラの意識が飛んでいるあいだに、その説明もすんでいたらしい。「この薬物の影響で声が出なくなるという報告はあります。でも、喉頭に物理的影響はまったく見られません。この薬物による肉体的な抑制や損傷はなにもないんです。ぼくはむしろ、ベラドンナは脳の言語中枢に作用すると考えています。視覚認識障害を引き起こすのとよく似た原因にちがいないと」

「筋が通るわね」サラは同意を示した。

マークが説明を続けた。「投与された場合の徴候は、口の渇き、瞳孔散大、高体温、心拍上昇、それと呼吸困難です」

「被害者はふたりとも、そのすべての症状を示していたわ」サラは述べた。「どの程度の服用量でそうした症状が現われるの？」

「ベラドンナは効力の強い薬物です。ティー・バッグ一個分で意識を朦朧とさせることができます、特に薬物の常用に無縁な人の場合は。果実は危険度が比較的低いのですが、根や葉は、自分のやっていることを充分に理解して扱わないかぎり危険です。それに、とにかく作用の保証がありません」

「最初の被害者は採食主義者だったの」サラは言った。

「それに化学者でしたね？」マークがたずねた。「遊びで試してみるつもりなら、ベラドンナ以外に何十万もの薬物を考えつきます。ベラドンナの研究に時間を割いたことのある人間がそんな危険を冒すとは思えない。ロシアン・ルーレットのようなものです、特に根を使う場合は。根がもっとも危険な部分なんです。ほんの少し多目に服用しただけで命を落とす。解毒剤はまだ発見されていません」

「ジュリア・マシューズには、ふだん薬物を常用していたといういかなる徴候も見られなかったわ」サラはジェフリーに向かって言った。「このあと彼女に事情聴取をするつもりなんでしょ？」

彼がうなずき、続いてマークにたずねた。「ほかには？」

マークは髪に手ぐしを通した。「効力が切れたあとも、重度の便秘、口の渇き、ときには幻覚症状も現われます。セックス犯罪でベラドンナが使われたというのは興味深いし、皮肉ですらありますね」

「どういう意味だ？」ジェフリーがたずねた。

「ベラドンナは、中世に、女性がすぐに絶頂に達するようヴァギナへの塗布用具を使って用いられることがありました。箒に乗って空を飛ぶ魔女の伝説は、木製の塗布用具でこの薬物を挿入する女性のイメージから出たものだという人までいます」彼は微笑した。「とは言っても、ヨーロッパ文化における神の崇拝とキリスト教の興隆に関する長い議論をすることになるでしょうが」

聞いている人たちが興味を失ったとマークは察したらしい。「麻薬を使う連中の中でベラドンナに詳しい者は、ベラドンナに手を出さない」彼はサラを見据えた。「ひどい言葉を使いますが、お許しください」

サラは肩をすくめた。診療所と父親のおかげで、ひどい言葉など聞きなれている。

それでもマークは「ベラドンナは思考が完全に麻痺してしまう、くそいまいましい麻薬です」と言うときに顔を赤らめた。サラに詫びるような笑みを向けた。「記憶喪失を起こした人でさえ、いのいちばんに思い出すのは空を飛んだことです。自分がほんとうに空を飛んだと信じ込んでいて、ベラドンナの効力が切れたあとも、実際に飛んでいないことが理解できない」

ジェフリーは腕組みをした。「それで彼女がずっと窓の外を見つめてる説明がつくかもしれないいな」

「彼女はもうなにかしゃべったの？」サラはたずねた。

ジェフリーが首を振った。「一言も」続けて言った。「会いたければ、このあと病院に行くよ」

サラは腕時計に目をやって考えるふりをした。もう一度ジュリア・マシューズに会う気など毛頭なかった。会うと考えるだけでもうんざりなのだ。「患者が待ってるから」

ジェフリーが署長室を指し示した。「サラ、少し話したいんだが、かまわないか？」

サラは逃げ出したい衝動を覚えたものの、なんとか抑えた。「車の件なの？」

「ちがう」ジェフリーは彼女が署長室に入るのを待ってドアを閉めた。サラはさりげない態度を装い、彼のデスクの端に腰をかけた。「けさは、職場に行くのにボートを出さなきゃならなかったわ。湖上がどんなに寒いか知ってる？」

彼はその言葉を無視し、単刀直入に本題に入った。「きみの銃を見つけた」

「あら、そう」サラは応じ、なんと説明するか考えようとした。彼の持ち出しそうな話の中で、銃の件はもっとも予想外だった。あのルガーは長年車に置きっぱなしになっていたので、すっかり忘れていた。「逮捕されるの？」

「どこで手に入れた？」

「プレゼントなの」

ジェフリーは厳しい顔を向けた。「おい、製造番号を削り取った・三五七口径の銃をだれかがきみの誕生日にプレゼントしてくれたというのか？」

サラは肩をすくめてやり過ごした。「あれは何年も前から持ってるのよ、ジェフリー」

「あの車を買ったのはいつだ、サラ？　二、三年前か？」

「銃は、あの車を買ったとき前の車から移したの」

ジェフリーは無言で彼女を睨みつけた。彼が猛烈に腹を立てているのはサラにもわかったが、なにを言えばいいのかわからなかった。ためしに言ってみた。「使ったことはないわ」

「それを聞いて気分が良くなったよ、サラ」彼が吐き捨てた。「相手の頭を文字どおり吹き飛ばすことのできる銃を車に隠し持ってて、使いかたを知らないだと？」どうやら理解しようとしているらしく、少しの間を空けた。「だれかに襲われたらどうするつもりだ？」

その答えはわかっていたがサラは口にしなかった。

ジェフリーがたずねた。「そもそも、どうして銃など持ってるんだ？」

サラは元夫をまじまじと見て、また喧嘩にならないうちにこの署長室を出ていく最良の方法を考えようとした。疲れていたし、うろたえてもいた。いまジェフリーと何ラウンドかやり合うのはタイミングが悪い。とにかく、いまは喧嘩をする気力がなかった。「持ってただけよ」サラは答えた。

「あの手の銃は、たんに持ってただけでは通らない」

「診療所に戻らないと」立ち上がったが、ジェフリーが行く手に立ちふさがっている。

「サラ、いったいなにが起きてるんだ？」

「どういう意味？」

彼は目を細めたものの、答えなかった。脇にどき、サラにドアを開けてやった。

一瞬、罠だとサラは思った。「話は終わり？」

彼はさらに一歩脇に寄った。「殴って聞き出すなんて、できそうにないからな」

サラは気が咎めて彼の胸に片手を置いた。「ジェフリー」

彼はドアの外の集合室に目をやった。「病院に行かなければならない」明らかに、もう用はないという感じだった。

16

レナは片手に頭を伏せ、目を閉じてしばし休息を取ろうとした。ジュリア・マシューズの病室の前で椅子に座ったまま一時間以上が経ち、ようやく、ここ数日の出来事を頭で受け入れ始めていた。疲れていたし、まもなく生理が始まる。にもかかわらず、食事をとっていないためにスラックスの腰がゆるくなっていた。けさベルトに拳銃ホルスターを留めるとき、ベルトがゆるいのでホルスターが腰に当たった。時間が経つにつれてホルスターが脇腹にすれて、ひりひりし始めていた。

食事をする必要があること、借り物の時間を送るかのように毎日をだらだら過ごすのではなく本来の自分に戻って自分自身の人生を生きる必要があることは、レナにもわかっている。ただ、いまは、そうする自分が想像できない。この十五年間、毎日やってきたように朝起きて走りに行くのが、いやになっていた。〈クリスピー・クリーム〉に行って、フランクやほかの刑事たちと一緒にコーヒーを飲みたくなかった。昼食を詰め込みに行ったり、夕食をとりに出かけたりしたくなかった。食べ物を見るたびに吐き気がした。シビルには二度と食事ができないんだということばかり考えた。シビルが死んだのにわたしは歩きまわっている。シビルが息をしていないのにわたしは息をしている。なにもかも理屈に合わない。なにもかも、二度と元には戻らない。

レナは大きく深呼吸をし、廊下の左右に目をやった。今日の入院患者はジュリア・マシューズだけなので仕事は楽だ。オーガスタの病院から出向いている看護師を別にすれば、この階にいるのはレナとジュリアだけだ。

レナは立ち上がり、歩いて少しは分別を取り戻そうとした。パンチを受けてふらふらになったボクサーのような気分で、動き続ける以外にその気持ちを克服するすべを思いつかなかった。眠れぬ夜を過ごしたために体の節々が痛むし、モルグで見たシビルの姿をまだ頭から追い出すことができない。しかし、また被害者が出たことを、心のどこかで喜んでいた。心のどこかで、ジュリア・マシューズの病室に入っていって彼女を揺すり起こし、話してちょうだい、こんな目に遭わせたのがだれか、シビルを殺したのがだれか、教えてちょうだいと言いたかったが、そんなことをしてもどうにもならないとわかっていた。

ほんの数回、様子を確認するために病室に入った際もジュリアは無言で、なんでもない質問にすら答えなかった。枕をもうひとつ当てる？　呼んでほしい人がいる？

喉が渇くらしく、ジュリアは、水をちょうだいと口で言う代わりに病室のテーブルに置かれた水差しを指さしたのだった。体内にまだ薬物の影響が残っているため、目にも依然としてなにかに取り憑かれたような表情が浮かんだままだった。瞳孔が大きく開いた、視覚不自由者のような目――視覚不自由者だったシビルと同じ目だ。ただ、ジュリア・マシューズはそんな目から脱する。ジュリア・マシューズはふたたび目が見えるようになる。彼女は回復する。大学に戻り、友だちを作り、いつか夫となる男性と出会って子どもをもうけるだろう。この事件の記憶を心の奥に持ち続けるにちがいないが、少なくとも彼女には人生がある。少なくとも未来がある。心のどこかでマシューズに憤りを覚えているのはそれが理由だとレナにはわかっていた。ジュリア・マシューズの命とシビルの命を交換できるとなれば、自分がそれを躊躇しないであろうことも。

ベルが鳴ってエレベーターのドアが開き、レナは反射的に手を銃にかけていた。ジェフリーとニック・シェルトンが廊下に出てきて、そのあとにフランクと、ハイスクールの卒業式を終えたばかりに見えるがりがりの若者が続いた。レナはするりと手を下ろし、一同のほうに向かいながら、レイプされて間もない女性が収容されている狭い病室にこの男性全員が入るつもりなら断固阻止してやると思った。特に迷子犬オーピーそっくりの若者は。

「彼女の様子は？」ジェフリーがたずねた。

レナはその質問には答えなかった。「全員が入るつもりじゃないでしょうね？」

ジェフリーの顔を見ると、そのつもりだったことがわかった。

「あいかわらず、なにも話そうとしないの」レナは、彼の面目を保ってやろうとして言った。「まだ一言も話してないわ」

「おれときみだけが入るべきかもしれないな」ジェフリーがようやく断を下した。「悪いな、マーク」

青年は気を悪くしたふうではなかった。「いいよ、おかげで今日一日オフィスを抜け出せたんだからありがたい」

地獄から生還したとも言える女性の目と鼻の先でそんなことを言うなんて実に不愉快な男だとレナは思ったが、一言も発しないうちにジェフリーが腕をつかんだ。連れ立って廊下を進みながら、彼が話した。

「安定してるのか？　彼女の容態だが？」

「ええ」

ジェフリーは病室の戸口で足を止め、手をドアの取っ手にかけたまま、開けようとしなかった。「きみはどうなんだ？　大丈夫なのか？」

「もちろん」

「両親は彼女をオーガスタに移したがるという気がする。きみも一緒に行ってはどうだ？」

とっさに反論したい気持ちを覚えたものの、レナはめずらしく素直にうなずいた。この町を離れれば少しは好転するかもしれない。ハンクは一両日中にリースに戻ることになっている。自分の家を取り戻したら気持ちが変わるかもしれない。

「きみが質問をしてくれ」ジェフリーが言った。「彼女がきみとふたりきりのほうが落ち着くようなら、おれは病室を出る」

「わかった」レナにはそれがいつもどおりの手順だとわかっていた。一般的に、レイプ被害者は、事件について男性に話すのをなによりいやがる。刑事課で唯一の女性刑事なので、レナはこれまでにも二、三度、レイプ被害者の聴取を任されたことがあった。隣家の男性に殴られレイプされた少女の事情聴取に協力するため、はるばるメイコンに足を運んだこともある。それでも、病院で一日中ジュリアと一緒にいたにもかかわらず、実際に彼女と話をしてレイプ事件の事情を聴くと考えると、胃がむかむかした。つらすぎる役まわりだ。

「心の準備はできたか?」ジェフリーがドアに手をかけたままたずねた。

「ええ」

ジェフリーがドアを開け、レナを先に通した。ジュリア・マシューズは眠っていたが、ドアの開く音で目を開けた。この先ずっと、この娘には、仮に眠れたところで熟睡できる夜は来ないにちがいないとレナは思った。

「水を飲む?」レナはたずね、ベッドの奥にまわって水差しを手に取った。コップに水を注ぎ、飲みやすいようストローをジュリアに向けてやった。

ジュリアに空間的な距離を与えたいらしく、ジェフリーは背中をドアに近づけて立っていた。「私は警察署長のトリヴァーだ、ジュリア。けさ会ったのを覚えてるかな?」

ジュリアがゆっくりとうなずいた。

「きみはベラドンナと呼ばれる薬物を投与された。どういう薬物か知ってるか?」

ジュリアが首を左右に振った。

「ときとして声を奪うんだよ。話せそうかな?」

ジュリアが口を開くと乾いた音が出た。唇を動かし、なんとか言葉にしようとしている。

ジェフリーが励ますような笑みを向けた。「名前を言ってみてくれないか?」

彼女がふたたび口を開くと、かすれた小さな声が出た。「ジュリア」

「結構」ジェフリーが言った。「こっちはレナ・アダムズだ。彼女を知ってるだろ?」

ジュリアがうなずき、目でレナをとらえた。

「彼女がきみにいくつか質問をする、いいね?」

レナは驚きの表情を隠そうとしなかった。ジュリア・マシューズに事情聴取をすることはおろか、現在の時刻を教える自信すらなかった。警察学校で受けた訓練を思い出し、知っていることから始めた。

「ジュリア?」レナは彼女のベッド脇に椅子を引き寄せた。「あなたが自分の身に起きたことについてなにか話せるかどうか、なんとしても知りたいの」

ジュリアが目を閉じた。唇が震えたものの、答えはなかった。

「知ってる男だった?」

ジュリアは首を振った。

「同じ授業をとってるだれかだった？　その男を大学で見かけたことがある？」

ジュリアがまた目を閉じた。数秒後、涙が出てきた。ようやく言った。「いいえ」

レナは片手をジュリアの腕にかけた。細くて、いまにも折れそうで、モルグで見たシビルの腕に似ていた。レナは妹のことを考えないようにしてたずねた。「男の髪について話しましょう。どんな色だったか言える？」

またしてもジュリアは首を振った。

「身元を突き止める役に立ちそうなタトゥーやほくろはあった？」

「ないわ」

レナは言った。「つらいのはわかるけど、なにが起きたかを知る必要があるの。犯人がほかのだれも傷つけないように、なんとしても逮捕したいのよ」

ジュリアは目を閉じたままだった。病室内が耐えがたいほど静かなので、レナは大きな音を立てたい衝動に駆られた。なぜか静寂にいらいらした。

やがて、急にジュリアが話しだした。かすれた声だった。「あいつ、わたしをだましたの」

レナは唇を固く結び、ジュリアに時間を与えた。

「あいつ、わたしをだましたの」ジュリアは繰り返し、さらにきつく目を閉じた。「わたし、図書館にいたわ」

レナはライアン・ゴードンのことを考えた。心臓が激しく打った。あの男を見あやまったのだろうか？　あの男にこんなまねができるのだろうか？　ジュリアはあの男が留置場にいるあいだに逃げ出したのかもしれない。

「試験があったの」ジュリアが話を続けた。「だから遅くまで残って勉強してた」思い出すと、呼吸が苦しそうになった。

「何度か深呼吸しましょう」レナは言い、ジュリアと一緒に二度、深呼吸をした。「それでいいわ。落ち着いて」

ジュリアは声を上げて泣きだした。「ライアンがいたわ」

レナは思わずジェフリーを見た。彼は眉根を寄せてジュリアを見据えていた。彼の考えていることがわかりそうな気がした。

「図書館に？」レナはごり押ししていると聞こえないよう努めた。

ジュリアがうなずき、水の入ったコップに手を伸ばした。

「さあ」レナは彼女が水を飲めるよう、手を貸して上体を起こしてやった。

ジュリアは何口か水を飲むと、すぐに頭を枕に戻した。考えを整理するのに時間がかかるらしく、また窓の外を見つめた。レナは急《せ》かすまいとした。ベッドに手を伸ばし、話してくれと彼女に迫りたかった。ジュリア・マシューズが事情聴取にこうも消極的でいられるのが、レナには理解できなかった。このベッドに寝ているのが自分なら、知っている些細な情報を残らず吐き出しているにちがいない。こんなまねをした男を見つけ出すために、耳を貸してくれるならだれにでも話して聞かせるにちがいない。自分の手で犯人の胸を切り裂き心臓をもぎ取りたくてうずうずしているにちがいない。なぜジュリア・マシューズがこのベッドにじっと横たわっていられるのか、レナには理解できなかった。

ジュリアに時間を与えようと、レナは二十まで数えた。ライアン・ゴードンの聴取のときも数を数えた。それはレナが昔から使う手で、少なくとも外目には忍耐強く見せることができる唯一の方法だった。五十まで数えたところで、レナはたずねた。「ライアンがいたのね？」

ジュリアがうなずいた。

「図書館に？」

ジュリアがまたうなずいた。

レナはまた手を伸ばして、その手をジュリアの腕にかけた。ジュリアの手に包帯がきつく巻かれていなければ、手を握ってやるところだ。穏やかな口調を保ちつつ、かすかに圧力をにじませてたずねた。「あなたは図書館でライアンを見た。そのあと、なにがあったの？」

ジュリアはその圧力に応えた。「彼と少し話をして、そのあと、わたしは寮に戻らなければならなかったの」

「あなたは彼に腹を立ててたの？」

ジュリアの目がレナの目をとらえた。ふたりの目のあいだでなにかが交わされ、口に出さない言葉が伝わった。ライアンはなんらかの形でジュリアを支配しているが、ジュリアはそれを壊したがっていると、そのときレナはわかった。同時に、ろくでなしではあってもライアン・ゴードンが自分のガールフレンドにこんなまねのできる男ではないということもわかった。

レナはたずねた。「言い争いをしたの？」

「でも、一応は仲直りしたわ」

「一応であって、実際には仲直りしてなかったのね？」はっきりさせると、レナはあの夜に図書館でなにがあったのか察した。ライアン・ゴードンがジュリアになんらかの約束をさせようとしている光景が目に浮かんだ。ジュリアのほうはついに目が覚めて元ボーイフレンドがどういう人間か知った。ようやく、ありのままのゴードンを見たのだ。しかし、ライアン・ゴードンがなりたいと望みうる以上に邪悪な男が彼女を待ち伏せしていた。

レナはたずねた。「それで、あなたは図書館を出た。そのあとは？」

「男がいたの」ジュリアが言った。「寮に帰る途中に」

「あなたはどの道を通ったの？」

「裏道よ、農学部棟をまわったの」

「湖沿いの道？」

ジュリアが首を振った。「反対側」

レナはジュリアが先を続けるのを待った。

「ぶつかって、男は本を落とし、わたしも持ってた本を落とした」声はしだいに小さくなったが、呼吸の音は狭い病室内に大きく響いた。あえいでいると言ってもいいほどだ。

「そのとき、男の顔は見た？」

「覚えてない。注射されたの」

レナは自分の眉間にしわが寄るのがわかった。「注射器を使ってってこと？」

「針が刺さるのを感じたの。注射器は見えなかった」

「どこに感じたの？」

ジュリアが手を左の尻に当てた。

「針が刺さるのを感じたとき、男はあなたの背後にいたの？」それなら、シビルを襲った犯人と同じく左利きということになると思った。

「そう」

「そのあと男はあなたを拉致したの？」レナはたずねた。「ぶつかって、あなたは注射されたと感じ、そのあと男はあなたをどこかに連れていったの？」

「ええ」

「車で？」

「覚えてない。気がついたときは地下室にいたの」ジュリアは両手で顔を覆って泣きじゃくった。悲しみのあまり身を震わせ始めた。

「気にしなくていいのよ」レナは言い、彼女の手に自分の手を重ねた。「もうやめたい？あなたが決めて」

ふたたび病室内が静まり返り、聞こえるのはジュリアの息遣いだけだった。口を開いたとき、彼女の声はかすれ、かろうじて聞き取れるほどのささやき声だった。「あの男はわたしをレイプしたわ」

レナは喉が詰まる思いがした。むろん、彼女がレイプされたのはすでに知っていたが、彼女の言いかたが、レナのまとっていた防御の鎧を残らずはぎ取ってしまった。裸にされ人目にさらされている気がした。ジェフリーにこの場にいてほしくなかった。なぜか、彼はその気持ちを感じ取ったらしい。レナが目を上げて見ると、ジェフリーはあごでドアのほうを示した。レナがイエスと口を動かすと、音も立てずに出ていった。

「そのあとなにが起きたかわかる？」レナはたずねた。

ジュリアが首を巡らせ、ジェフリーを探そうとした。

「彼なら出ていったわ」レナは安心させるような口調で言ったが、内心は不安でいっぱいだった。「わたしたちだけよ。ジュリア。ふたりきりだし、必要なら今日一日かけていいのよ。一週間でも、一年でも」聴取をやめていいと勧めていると取られないよう、間を空けた。「ただ、詳しいことが早くわかれば、それだけ早く犯人を止めることができるってことは頭に置いてちょうだい。ほかの女性にこんな目に遭ってほしくないでしょ？」レナの予想どおり、ジュリアはその質問を厳しく受け止めた。少しばかり強く出なければ、ジュリアが口を閉ざして詳しい状況を自分の胸にしまってしまうと、レナにはわかっていた。

ジュリアがすすり泣き、その泣き声が病室内に満ちてレナの耳にこだました。

ジュリアが言った。「ほかのだれもこんな目に遭ってほしくない」

「わたしもよ」レナは応えた。「犯人があなたにどんなことをしたか、話してもらわなくちゃならないわ」間を置いてから続けた。「なんかの拍子に顔を見た？」

「見てない」ジュリアが答えた。「そうじゃなくて、見たんだけど、どんな顔かわからなかった。記憶がつながらないの。ずっと暗かった。まったく光がなかった」

「地下室だったのはまちがいない？」

「においがしたわ。かび臭かったし、水のしたたる音が聞こえたの」

「水？」レナは聞き返した。「水道からしたたるような音、それとも湖の波音？」

「水道よ」ジュリアが言った。「水道の音のほうが似てる。あの音は……」目を閉じ、しばしその場所に戻ろうとしているように見えた。「金属のぶつかる音に似てた」音をまねた。「カン、カン、カンって、何度も何度も。決してやまなかった」その音を止めるかのように両手で耳をふさいだ。

「話を大学に戻しましょう」レナは言った。「お尻に注射されるのを感じて、そのあとは？男の運転してたのがどんな車かわかる？」

またもジュリアは、左右に大きく弧を描くように首を振った。「覚えてない。自分の本を拾い集めてて、気がついたときには、わたし……」声が小さくなって途切れた。

「地下室にいたのね？」レナが代わって言った。「あなたのいた場所について、なにか覚えてない？」

「暗かったわ」

「なにも目につかなかったの？」

「目を開けられなかった。どうしても開かなかったの」あまりに小さな声なので、レナは耳をすまして聞き取ろうとした。「わたし、空を飛んでた」

「飛んでた？」

「水に浮かんでるような感じで、ずっと宙に浮いてたの。海の波音が聞こえたわ」

レナは深々と息を吸い込み、ゆっくりと吐き出した。「男はあなたをあお向けにさせた？」

その質問にジュリアの顔がくしゃくしゃになり、すすり泣きながら体を震わせていた。

「さあ」レナは促した。「男は白人だった？　黒人だった？　わかる？」

またしてもジュリアは首を振った。「目を開けられなかったの。彼はわたしに話しかけたわ。声を聞いたの」唇が震え、心配になるほど顔が赤く染まった。いまや涙がとめどなくあふれ、頰をつたっている。「わたしを愛してるって言ったの」パニックに襲われ、空気を求めてあえいだ。「何度もキスをしたわ。彼の舌が――」ぴたっと話をやめ、すすり泣いた。

レナは深呼吸をして気持ちを鎮めようとした。ごり押ししすぎているようだ。ゆっくりと百まで数えてから言った。「両手の穴の話をしましょう。男があなたの両手両足になにかを突き刺したのはわかってるの」

ジュリアは初めて気づいたかのように包帯を見た。「そうよ。目が覚めたとき、両手を釘で留められてたの。釘が刺さってるのは見えたけど、痛みは感じなかった」

「床の上だった？」

「そうだと思う。ただ、感覚的には」――言葉を探しているようだった――「宙に浮いてる感じだった。空を飛んでたわ。彼はどうやってわたしに空を飛ばせたの？　わたしはほんとに飛んでたの？」

レナは咳払いをした。「ちがうわ」レナは答えた。続いて切り出した。「ジュリア、だれか新たに出会った人、大学か町の人間で、あなたを落ち着かない気持ちにさせる人を思いつかない？　だれかに見られてると感じたことは？」

「いまだって見られてるわ」彼女が言い、窓の外を見た。

「わたしが見てるのよ」そう言って、レナはジュリアの顔を自分のほうに戻させた。

「わたしがあなたを見てるわ、ジュリア。もう二度とだれもあなたを傷つけたりしない。わかった？　だれもよ」

「安全だって感じがしないわ」ジュリアは顔をくしゃくしゃにして、また泣きだした。

「彼にはわたしが見えるのよ。彼には見えるってわかるの」

「ここにいるのは、あなたとわたしだけよ」レナは安心させるように言った。次の言葉を口にするとき、シビルに向かって、ちゃんと面倒をみてあげると安心させているような気がした。「あなたがオーガスタに移るときは一緒に行くわ。あなたを、わたしの目の届かないところにはやらない。わかった？」

レナの言葉を聞いたにもかかわらず、ジュリアはますます怯えているように見えた。乾いた声でたずねた。「どうして、わたしがオーガスタに移るの？」

「移ると決まったわけじゃないのよ」レナは答え、水差しに手を伸ばした。「そのことはいま心配しなくていいわ」

「だれがわたしをオーガスタに移そうとしてるの？」たずねるジュリアの唇がわなわなと

震えた。

「水をもう少し飲みなさいな」レナは彼女の口元にコップを運んだ。「ご両親がじきにここに見えるわ。なにも心配せずに、自分のことだけ考えて回復に努めるのよ」

ジュリアがむせて、水が首筋をつたってベッドにこぼれた。ジュリアはパニックに襲われて目を見開いた。「どうしてわたしを移すの？　これからどうなるの？」

「あなたがいやなら移したりしないわ」レナは言った。「ご両親にそう言ってあげる」

「両親？」

「じきに見えるはずよ」レナは安心させるように言った。「心配いらないわ」

「両親は知ってるの？」ジュリアの声が大きくなった。「わたしになにがあったか、ふたりに話したの？」

「わからない」レナは答えた。「ご両親が詳しいことをご存知かどうか、わたしはよく知らないわ」

「パパに言っちゃだめ」ジュリアがすすり泣いた。「だれもパパには言わないで。わかった？　なにがあったか、パパには言っちゃだめ」

「あなたはなにも悪いことをしてないのよ」レナは言った。「ジュリア、今度のことでお父さんはあなたを責めたりしないわ」

ジュリアは無言だった。しばらくして、また窓の外に目をやったとき、涙が頰をつたっていた。

「大丈夫よ」となだめて、レナはテーブルの上の箱からティッシュを一枚取り出した。ジュリアの体越しに手を伸ばし、枕にこぼれた涙を拭き取ってやった。この娘はいま、自分の身に起きたことに父親がどんな反応を示すかなど考える必要はない。レナは前にも何度かレイプ被害者の聴取を担当したことがあり、被害者の責任意識がどう働くか承知している。レイプ被害者が自分以外のほかのだれかを責めるのはきわめてまれなのだ。

かすかに聞き覚えのある、妙な音がした。それが銃だと気づいたときには遅かった。

「離れて」ジュリアがささやくような声で言った。包帯を巻かれた両手でぎこちなく銃を握っている。しっかり持ち直そうとしたときに、銃口が揺れてレナに向き、すぐにジュリア自身に戻った。レナはジェフリーを呼ぼうと考えてドアに目をやったが、ジュリアが警告を発した。「やめて」

レナは両手を横に広げただけで後退はしなかった。安全装置がかかっているのはわかっていたが、ほんの一瞬でジュリアが安全装置をはずすことができるのもわかっていた。

レナは言った、「銃をよこしなさい」

「あなたにはわからないわ」ジュリアの目に涙があふれた。「彼がわたしになにをしたか、あなたにはわからない。彼がどんなふうに——」泣いているせいで喉が詰まり、言葉が止まった。銃をしっかりつかめていないとはいえ、銃身がレナに向き、ジュリアの指が引き金にかかっている。レナは体中から冷や汗が吹き出し、正直なところ、安全装置がかかっているのかはずれているのか思い出すことができなかった。わかっているのは、薬室に一発の弾が装塡されているということだけだ。安全装置がかかっていなければ、引き金を軽く絞るだけで弾が発射される。

レナは落ち着いた声を保とうと努めた。「なんの話？　わたしにはなにがわからないの？」

ジュリアがまた銃口を上げて自分の頭部に向けた。ちゃんとつかめず、銃を落としそうになったが、すぐに銃口をあごに載せた。

「そんなことはやめて」レナは懇願した。「お願い、銃を渡して。薬室には弾が一発入ってるのよ」

「銃の使いかたなら知ってるの」

「ジュリア、やめて」彼女に話をさせておく必要があるとレナにはわかっていた。「言うことをきいて」

ジュリアの口元に淡い笑みが浮かんだ。「パパがよく狩りに連れていってくれたの。よくライフルの手入れをさせてくれたわ」

「ジュリア――」

「あそこにいたとき」彼女は嗚咽をこらえた。「彼と一緒のときよ」

「例の男のこと？　あなたを拉致した男のこと？」

「彼がなにをしたか、あなたにはわからない」喉に引っかかって声がうわずっている。

「彼がわたしにした、いろんなこと。あなたには話せない」

「ほんとに気の毒だわ」レナは言った。ベッドに近づきたいが、ジュリア・マシューズの目に浮かんだ表情に圧倒され、床に根を下ろしたように足が動かなかった。彼女に飛びかかるという手段は取れない。

レナは言った。「二度とあなたを傷つけさせないわ、ジュリア。約束する」

「あなたにはわからない」嗚咽を漏らすと、ジュリアは銃口をあごのくぼみまで押し上げた。銃をまともに握っていないのだが、こんな至近距離では握りが甘いことなど問題ではない。

「お願い、やめて」レナは目をドアに向けた。シェフリーはドアのすぐ外にいるので、どうにかしてジュリアに気づかれることなく彼に合図を送ることができるかもしれない。

「やめて」レナの考えを読んだかのようにジュリアが言った。

「絶対にそんなことをしちゃだめ」レナは言った。もっと落ち着いた声を出すつもりだったが、実のところ、このような状況の対処法については警察官教本で読んだだけだ。自殺を思いとどまるよう説得した経験は一度もなかった。

ジュリアが言った。「あの触れかた。キスのしかた」声が乱れた。「あなたにはわからないのよ」

「なにが？」言いながらレナは片手をゆっくりと銃のほうに動かした。「わたしになにがわからないの？」

「彼は――」ジュリアが言葉を切り、喉の奥に引っかかったような声を出した。「彼はわたしを愛撫したの」

「彼が――」

「彼はわたしを愛撫したの」ジュリアが繰り返すと、そのささやき声が病室内にこだました。「意味がわかる？　わたしを傷つけたくないって、彼は言い続けてた。セックスしたいんだって。現にセックスしたのよ」

自分の口が開くのがわかったが、レナには言えることがなにもなかった。いま耳にしたと思う言葉を聞いたはずがない。「なにを言ってるの？」語気が鋭くなっているのに気づいた。「どういう意味なの？」

「彼はわたしを愛撫したの」ジュリアが繰り返した。「あの触れかたで」

その言葉を頭から振り払うかのようにレナは首を振った。「あなたは愉しんだとでも言うの？」とたずねる口調に、信じられないという気持ちがにじんでしまった。

ジュリアが安全装置をはずすカチッという音がした。レナは気が動転したあまり動けなかったが、なんとか、ジュリアが引き金を絞るより一瞬早く彼女の体に手をかけることができた。レナが見下ろした瞬間、ジュリア・マシューズの頭が吹き飛んだ。

シャワーから降り注ぐ湯が、レナには肌に突き刺さる無数の針のように感じられた。火傷するほどの熱さだとわかっていたが不快ではなかった。すべての感覚が麻痺し、体の内外の神経がなにも感じなかった。ひざの力が抜け、レナは体を滑らせるようにして浴槽に身を横たえた。両ひざを胸元に引き寄せ、目を閉じて、湯が胸や顔を打つにまかせた。首を前に傾けると、ぬいぐるみ人形になった気がした。シャワーの湯が頭のてっぺんを叩き、うなじに打ちつけるのも気にならなかった。自分の体がもはや自分のものに思えなかった。レナは抜け殻だった。自分の人生で意味のあるものをなにひとつ考えつくことができなかった。仕事も、ジェフリーも、ハンク・ノートンも、まして自分自身でさえも。シビルと同じく、ジュリア・マシューズは死んだ。レナはふたりとも助けることができなかった。

湯が水に変わり始め、しぶきが肌を刺すように痛くなった。レナはシャワーを止めてタオルで体を拭きながら、芝居をしているような気がした。この五時間で二回目のシャワーだったにもかかわらず、まだ体が汚れている気がした。口の中に奇妙な味まで感じた。想像の産物なのか、ジュリアが引き金を絞ったときに口の中になにかが入ったのか、レナには定かでなかった。

そのことについて考えると身震いした。

「リー？」バスルームの外からハンクが声をかけた。

「すぐに下りていくわ」レナは答え、歯ブラシに歯磨粉を絞り出した。その妙な味を口から洗い落とそうと歯を磨きながら、鏡で自分の顔を見た。今日は、シビルと似た表情が消え失せている。妹の面影はどこにもなかった。

レナはバスローブとベッドルーム用のスリッパでキッチンに下りていった。キッチンのドアの前で、めまいと胃のむかつきを感じ、壁に片手をついた。レナは無理に体を動かしていた。そうしなければ眠りに落ちたきり二度と目覚めないにちがいない。体は睡魔に屈したがり、思考を遮断したがっているが、頭のほうは、枕につけるなり完全に覚醒し、自殺する直前のジュリア・マシューズの姿を繰り返し映し出すにちがいないとわかっていた。引き金を絞るとき、あの娘はレナを見据えていた。視線が絡み合うや、銃を見るまでもなく、レナにはあの娘の頭に死が浮かんだのがわかった。

ハンクは食卓についてコカコーラを飲んでいた。レナが入っていくと、ハンクは立ち上がった。恥ずかしさがこみ上げて、レナは彼の目を見ることができなかった。家までフランクに送ってもらう車の中では強がっていた。パートナーのフランクとは一言も口をきかず、病院で体についた汚れをきれいにぬぐい去ろうとしたにもかかわらず脳みそや血が熱した蠟のように体中にまとわりついていることも話さなかった。胸ポケットに骨片がいくつか入っていて、顔や首についた血を病院ですっかりぬぐい取ったにもかかわらず、顔や首に血がしたたり落ちている気がした。家の中に入って玄関ドアを閉めて、ようやくレナは心のたがをはずした。そのときハンクが家にいたこと、泣いているあいだ彼の腕に抱き締めてもらったことで、いまだにレナはばつが悪かった。もはや自分がわからなかった。この弱い人間が何者か、レナにはわからなかった。

レナは窓の外に目をやって気づいた。「暗くなってたのね」

「おまえはしばらく眠ってたんだよ」ハンクが言い、レンジ台に向かった。「紅茶を飲むだろ？」

「そうね」一睡もしていないのにレナは言った。目を閉じれば病院での出来事を思い出すだけだ。二度と眠らなければ大丈夫だ。

「ボスが電話でおまえの様子をきいてきたよ」ハンクが言った。

「そう」レナは片脚を尻の下に敷いてテーブルについた。ジェフリーの脳裏にはどんな思いがよぎっているのだろうと思った。廊下に出てレナが呼び入れるのを待っていたら銃声がしたのだ。ドアから飛び込んできた彼の顔に浮かんだ極度のショックの表情が忘れられない。レナはジュリアにかがみ込むように立ちすくんだまま、胸や顔から肉片や骨片をしたたらせていた。ジェフリーがレナをその場から引き離し、両手でレナの体に触れて、発砲の際に弾が当たっていないか確かめた。

彼がそうしているあいだ、レナはジュリア・マシューズの頭部の残骸から目を離すことができずに無言で立ち尽くしていた。ジュリアはあごの下に銃口を押し当てて後頭部を吹き飛ばした。背後の壁とベッドの上一面に、彼女の脳みそが飛び散っていた。弾のめり込んだ穴は天井から一メートルほど下に開いていた。ジェフリーはレナをその病室に留めて、ジュリア・マシューズから聞き出した情報をどんな些細なことも報告させ、レナの話にこと細かく質問をした。レナは、抑えがたいほど唇が震えるので、自分の口から出てくる言葉を理解できずにその場に突っ立っていた。

レナは両手に顔をうずめた。ハンクがやかんに水を入れる音がして、ガス・レンジのカチッという音が聞こえた。

ハンクが向かいに腰を下ろし、両手を前で組んだ。「大丈夫なのか?」

「わからない」自分の声が遠くから聞こえた。銃が耳元で発射されたのだ。耳鳴りはしばらく前に止まっていたが、発射音はまだ鈍痛のように耳に残っていた。

「おれがなにを考えてたと思う?」ハンクがたずね、椅子の背にもたれた。「おまえが玄関ポーチから落ちたときのことを覚えてるか?」

彼がなにを言おうとしているのか理解できずに、レナは彼を見つめた。「覚えてるけど?」

「結構」彼は肩をすくめ、なぜか笑みを浮かべた。「シビルがおまえを押したんだ」

聞きまちがいではないかとレナは思った。「なんですって?」

ハンクがきっぱり言った。「あれがおまえを押したんだ。この目で見た」

「シビルがわたしをポーチから突き落としたですって?」レナは首を振った。「落ちないようにわたしをつかまえようとしたんでしょ」

「あれは目が見えなかったんだぞ、リー。なぜおまえが落ちかけてるのがわかるんだ?」

レナの口がもぐもぐと動いた。彼の言うとおりだ。「脚を十六針も縫わなくちゃならなかったわ」

「知ってる」

「シビルがわたしを押したの?」たずねるレナの声が数オクターブも上がった。「どうしてわたしを押したの?」

「わからない。ふざけただけかもしれんな」ハンクがくすくす笑った。「おまえときたら、近所の連中が飛んでくるんじゃないかって思うほど大声を上げたんだぞ」

「二十一発の祝砲が聞こえたところで近所の人たちが飛んできたとは思わないわ」レナは意見を述べた。ハンク・ノートンの近所の人たちは、彼の家からはさまざまな騒音が昼夜を問わずに聞こえてくるのを、早くから知っていた。

「ビーチに行ったときのことを覚えてるか?」ハンクが話題を変えた。

レナは彼を見つめ、なぜそんな話を持ち出したのか理解しようとした。「いつの?」

「おまえがビート板を見つけられなかったときだ」

「あの赤いやつ？」レナはたずねた。続けて言った。「まさか、シビルがバルコニーから投げ落としただなんて言わないでしょうね」

彼がくっくと笑った。「とんでもない。あれは、シビルがプールでなくしたんだよ」

「どうやってプールでビート板をなくせるのよ？」

彼は手を振ってその問いを退けた。「どこかの子どもが持っていったんだろうよ。要は、あのビート板がおまえのものだったってことさ。おまえはあいつにビート板を持っていかないよう言ったけど、あいつは持っていってなくした」

レナは思わず肩の荷が軽くなるのを感じた。「どうしてそんな話をするの？」

またも彼は小さく肩をすくめた。「わからん。けさ、あいつのことを考えてたんだ。あれがよく着てたシャツを覚えてるか？　緑の縞模様のやつをさ？」

レナはうなずいた。

「あいつ、まだあれを持ってたよ」

「まさか」レナは驚いた。ハイスクール時代にふたりはあのシャツを取り合って喧嘩になり、結局ハンクがコインを放って決着をつけたのだ。「なぜ取っておいたの？」

「あいつのものだからさ」ハンクが言った。

レナはなんと答えたものかわからず、伯父を見つめた。

彼は立ち上がり、キャビネットからマグカップをひとつ取った。「しばらくひとりきりでいたいか、それともおれにいてほしいか？」

レナはその質問を考えてみた。ひとりになって自分を取り戻す必要があったし、よりによってハンクにそばにいられたのではそれができない。「リースに戻るつもり？」

「今夜はナンのところに泊めてもらって、いろいろとかたづける手伝いをしようと思ったんだ」

レナはいささかうろたえた。「彼女、シビルのものを捨てる気じゃないでしょうね？」

「もちろん、そうじゃない。あれの持ち物に目を通して、衣類をまとめるつもりなんだ」

ハンクはカウンターに寄りかかって腕を組んだ。「彼女ひとりでやらせるわけにいかないだろ」

レナは自分の両手を見つめた。爪のあいだになにか入っている。ごみなのか血なのか判断がつかない。指をくわえ、下の歯を使ってそれを取り除いた。

ハンクはその様子を見ていた。「気が向いたら、あとから来ればいい」

レナは首を振り、爪を嚙んだ。血を残しておくより、深爪になるまで嚙みちぎるほうがいい。「明日は仕事で早起きしなくちゃならないの」うそだ。

「でも、気が変わったら来るだろ？」

「まあね」指をくわえたままつぶやいた。血の味がして、それが自分の血だとわかって驚いた。爪のつけ根の薄皮が取れていた。そこがまっ赤な点になっている。

ハンクが立ち上がり、レナを見つめたまま、椅子の背から上着をつかみ取った。これほど気まずいのは正直なところ初めてだが、似たような場面は以前にもあった。幾度となく繰り返された手慣れたダンスのようなもので、おたがいに動きは知り尽くしている。ハンクが一歩出るとレナが二歩後退する。いまさら、なにひとつ変更するわけにいかない。

ハンクが言った。「用があれば電話すればいい。それはわかってるだろ？」

「うん」レナは答え、唇を引き結んだ。また泣き出しそうで、もう一度ハンクの目の前で泣き崩れてしまったら自分の一部が死んでしまうと思った。

彼はそれを感じ取ったらしく、レナの肩に手を置き、頭のてっぺんにキスをした。

レナはうつむいたまま玄関ドアの閉まるカチッという音がするのを待った。ハンクの車がバックで私道を出ていく音がすると、レナは長々とため息を吐いた。

やかんの湯が沸いていたが、笛はまだ鳴り出さなかった。レナは特に紅茶が好きなわけではないが、とにかくキャビネットの中をかきまわしてティー・バッグを探した。タミー・ミントのティー・バッグを見つけたとき、裏口のドアにノックの音がした。

ハンクだと思っていたので、ドアを開けて驚いた。

「あら、こんばんは」甲高い音が聞こえたのでレナは耳をこすった。やかんの笛が鳴っていると気づいて言った。「ちょっと待って」

レンジの火を消した瞬間、背後に気配を感じ、続いて左の太ももに鋭い痛みが走った。

17

　サラはジュリア・マシューズの遺体を前に、腕組みをして立っていた。死体を見つめて、分析的な目で見よう、自分が命を救ってやった娘と死んで解剖台に載せられた女性を切り離して考えようとした。心臓をつかむために切開した箇所はまだ癒合しておらず、黒い縫糸には乾いた血が厚く残っている。下あごの基部に小さな穴。その射入口の周囲に残る火傷が、発射時に銃口があごに押し当てられていたことを示している。後頭部に開いた大きな穴は射出口だ。開いた頭骨から、血にまみれたクリスマス・ツリーの不気味な飾りつけさながらに骨がぶら下がっている。空中には硝煙のにおいが立ちこめていた。

　ジュリア・マシューズの遺体は、数日前のシビル・アダムズの遺体と同様、陶製の解剖台に横たえられていた。解剖台の頭部に、黒いゴムホースをさした蛇口がある。その上方には、食料雑貨商が果物や野菜を量るのに似た臓器秤が吊り下げてある。解剖台の横には解剖器具が並んでいる。円刃刀、四十センチもの長さの外科用に研いだパン切りナイフさながらの大きなメス、同じく研いだハサミ、〝つまみ〟と呼ばれる鉗子、骨を切るストライカーのこぎり、普通なら芝刈り機と並べて車庫の中に置いてありそうな柄の長い剪刀。キャシー・リントンが似たような剪定鋏を持っており、母親がその鋏を使ってアザレアを剪定するのを見るたび、サラは胸郭を切開するのにモルグで使っている剪刀を連想するのだった。

サラは上の空で、解剖前のさまざまな手順をジュリア・マシューズの遺体に施した。頭は別のところ、前夜ジュリア・マシューズを車の上で発見したときに戻っていた。この娘にまだ息があり、助かる見込みがあったときに。

サラはこれまで一度も解剖をいやだと感じたことはなかったし、決して人の死に気持ちを乱されることはなかった。死体を切り開くのは本を開くのと同じだった。組織や臓器から実にいろんなことがわかる。死んでしまうと、人間の体は徹底的に医学的評価を下すことができる。サラがグラント郡の検死官の職を引き受けた理由は、ひとつには、児童診療所での診察に飽き飽きしていたからだ。検死官の仕事はやりがいを、新たな技術を身につけて人の役に立つ機会を、与えてくれる。しかし、ジュリア・マシューズの遺体を切開するという考え、彼女の体をさらに損ねるという考えは、サラの心をナイフのように切り裂いた。

もう一度、ジュリア・マシューズの頭部の残骸に目をやった。銃で頭部を撃つ自殺方法は状況の予測が困難なことで知られている。たいていの場合、昏睡状態に陥り、現代科学の奇跡のおかげで植物人間となって、もともと望んでいなかった命をもの言わぬまま生き永らえることになる。あごに銃口を押し当てて引き金を絞ったとき、ジュリア・マシューズはたいていの人よりうまくやってのけた。銃弾はななめ上方へと弾道を取って頭骨内に入り、蝶形骨を砕き、大脳の側部組織をえぐってから後頭骨を貫き破壊した。後頭部は吹き飛び、頭蓋骨が丸見えとなった。手首の傷跡から推測できる、以前の自殺未遂とちがって、ジュリア・マシューズは本気で命を絶つ気だった。この娘が自分のやらんとしていることを承知していたのは疑いようがない。

胃がむかむかした。この娘を揺すって生き返らせたかった。生き続けなさいと命令したかった。この数日間のさまざまな出来事をなんとか切り抜けたのに、最後はみずから命を絶つなど、どうしてそんなまねができたのか問いただしたかった。ジュリア・マシューズが切り抜け生き延びた恐怖体験のすべてが、最後は彼女を殺す結果にもなったのだと思えた。

「大丈夫か?」たずねるジェフリーの顔には気づかわしげな表情が浮かんでいる。

「ええ」サラはなんとか答えたものの、ほんとうに大丈夫なのか自分でも疑問だった。かさぶたのできない傷のように患部がむき出しになっている気がした。いまジェフリーが誘いをかけてくれれば受け入れるにちがいないと思った。いま考えられるのは、彼の腕に抱き締められて唇にキスされ、口の中に舌を入れられたらどんなに心地よいかということだけだ。サラの体は、長年感じることのなかった形で彼を求めていた。別にセックスを求めているのではなく、彼の存在を肌で感じて安心したいのだ。守られていると感じたい。彼に帰属していると感じたい。ただ、そういったものを彼女に与える方法としてジェフリーが知っているのはセックスだけだと、サラはとうの昔に学んでいた。

解剖台の向こうから「サラ？」とジェフリーが呼びかけた。

サラは彼に誘いをかけようと口を開けたが、思いとどまった。この数年、いろんなことがありすぎた。多くのことが変わった。自分の求めるジェフリーはもう存在しない。もともと存在したのかどうかも定かではなかった。

サラは咳払いをした。「なに？」

「先延ばしにしたいか？」彼がたずねた。

「いいえ」サラはきっぱりと答え、内心では、ジェフリーを必要だと考えた自分を叱りつけていた。実際はジェフリーなど必要ではない。彼なしでここまでやってきた。この先も彼なしでやっていけるはずだ。

サラは片足で口述録音機《ディクタフォン》のリモコンスイッチを入れて言った。「防腐処理を施していない死体、細いながらがっしりしていて栄養状態良好な若い成人女性、白人、体重は」サラはジェフリーの肩越しに先ほど覚え書きを記した黒板を見た。「五十四キロ、身長は百六十三センチ」足で録音機のスイッチを切り、頭をすっきりさせるべく深呼吸をした。呼吸が苦しくなっていた。

「サラ?」

サラはふたたび録音機のスイッチを入れ、ジェフリーに首を振ってみせた。ほんの数分前にあれほど同情を求めたことがいまは苛立たしい。心のうちをさらけ出した気分だ。サラは口述を開始した。「故人の外見は二十三歳という明言された年齢に一致。死体は冷蔵後三時間足らずで、触れると冷たい」サラは口述をいったんやめて咳払いをした。「上肢および下肢に死後硬直が発現、胴および四肢の背面には被圧迫面をのぞいて死斑が出現」

こうして、陵辱を受けながらもほんの数時間前には生きていた女性、数週間前には幸せではないまでも人生に満足していた女性に対する、医学的見地からの描写が続いた。サラはジュリア・マシューズの外観所見を順に口述しながら、頭の中ではこの娘がどんなむごい目に遭ったのか想像した。顔を陵辱できるよう犯人が歯を抜いたとき、彼女はそれを知覚していたのだろうか?　直腸を切り裂かれたとき意識があったのだろうか?　床に釘で留められたとき、例の薬物の影響で感覚が麻痺していたのだろうか?　検死解剖でわかるのは肉体的損傷だけだ。この娘の心理や意識レベルは謎のままだ。暴行を受けているときにこの娘の脳裏に去来した思いはだれにも知ることができない。この娘の目にしたとおりの光景はだれにも見ることができない。サラにできるのは推測だけであり、そうした推測の連想させる光景が、サラは気に入らなかった。またも、病院のストレッチャーに乗せられている自分の姿が目に浮かんだ。またしても、検査をされている自分の姿が見える気がした。

気持ちが揺れて集中できていないと感じ、サラは無理に死体から目を上げた。ジェフリーが妙な顔で見つめていた。「なに？」サラはたずねた。

彼はサラを見据えたまま首を振った。

「お願いだから」サラは言いかけてやめ、咳払いをして喉のつかえを取り除いた。「頼むから、そんな目でわたしを見ないで。わかった？」返事を持ったが、彼はサラの要求を受けつけなかった。

彼がたずねた。「どんな目で見てたというんだ？」

「獲物を狙うような目」そう答えたが、実はちがう。彼は、サラが望んだとおりの目で見ていた。彼の表情には、ただ現状を引き受け状況を改善したいという責任感が表われていた。サラは、そんな表情を望んだ自分がいやになった。

「そんなつもりじゃないんだ」ジェフリーが言った。

サラは乱暴に手袋を脱いだ。「気にしないで」

「きみのことが心配なんだ、サラ。なにが起きてるのか、おれに話してほしい」

そんな会話をジュリア・マシューズの死体越しにしたくなくて、サラは備品キャビネットに歩いていった。「もうわたしの心配なんてしなくていいのよ。理由は覚えてる?」

サラが平手でひっぱたいたとしても、彼の表情は同じだっただろう。「きみを心配するのをやめられない」

サラは、そんな言葉にほだされないよう、ごくりとつばを飲み込んだ。「ありがとう」

「ときどき」彼が切り出した。「朝、目が覚めると、きみがいないことを忘れてる。きみを失ったことを忘れてるんだ」

「わたしと結婚してるのを忘れたときのように?」

彼が近づいてきたが、サラはキャビネットから数センチのところまで後退した。彼が正面に立ち、両手をサラの肩にかけた。「いまでもきみを愛している」

「それじゃ足りないわ」

彼はさらに一歩近づいた。「なにが?」

「ジェフリー。やめて」

ようやく引き下がった彼は、鋭い口調でたずねた。「どう思う?」死体のことを言っているのだ。「なにかわかったと思うか?」

自分の身を守る必要を覚えて、サラは腕組みをした。「この娘は秘密を抱いたまま死んだと思うわ」

おそらくサラがメロドラマに夢中になるタイプではないからだろうが、ジェフリーは妙な顔を向けた。サラはふだんの自分らしく振る舞おう、この状況に対して検死官らしく振る舞おうとしたが、そう考えることすら気持ちの負担になった。

手が震えないようにして死体の胸部を通常どおりY字切開した。胸部の肉を剝ぐ音が思考を断ち切った。「両親はしっかり受け止めてるの？」

ジェフリーが言った。「娘さんがレイプされたと伝えるのがどれほどつらいか、きみには想像もつかないよ。その上、これだ」彼は死体を指し示した。「想像を絶するよ」

サラの思考がまたさまよい始めた。病院のベッドの横に立ち尽くす父、背後から父を抱き締める母の姿が脳裏に浮かんだ。しばし目を閉じ、そんな光景を頭から追い出そうとした。自分をジュリア・マシューズと置き換えてばかりいたのでは検死などできない。

「サラ？」ジェフリーが呼びかけた。

サラは目を上げて、自分が検死の手を止めてしまっているのに気づいて驚いた。死体の前に立って腕組みをしていた。ジェフリーは当然の質問をせず、忍耐強く待った。

サラは円刃刀を手に取り、解剖作業と口述を再開した。「死体は通常どおりY字切開。胸部の各臓器および腹腔は解剖学上の正常な位置にある」

サラが手を止めるなり、ジェフリーがふたたび話し始めた。ありがたいことに、今回は別の話題を選んでくれた。「レナをどうしたものかわからないんだ」

「どういうこと？」彼の口調にほっとして、サラはたずねた。

「彼女はうまく受け止められずにいる。二、三日休むよう言ったよ」

「休むと思う?」

「案外、ほんとに休むんじゃないかと思う」

サラはハサミを手に取り、手早く心嚢を切り開いた。「それじゃ、なにが問題なの?」

「彼女はいまにも神経が参ってしまう。おれにはそれが感じ取れる。ただ、どうしてやればいいのかわからないんだ」彼はジュリア・マシューズを指し示した。「レナにはこんな終わりかたをしてほしくない」

サラは眼鏡の縁越しにジェフリーをまじまじと見た。彼が安っぽい心理学を駆使し、サラを心配しているのを隠すためにレナを心配するふりをしているのか、あるいはほんとうにレナをどう扱うべきかと助言を求めているのか、サラには判断がつかなかった。

そこで、どちらの筋書にも合う答えを与えた。「レナ・アダムズが?」その点だけは確かなので、首を振って否定を示した。「彼女は不屈の闘志の持ち主よ。レナのような人たちは自殺なんてしない。人は殺すけど、自殺はしないわ」

「それはわかってる」ジェフリーが応えた。それきり黙り込んだので、サラは鉗子を使って胃を取り出した。

「気持ちのいいものじゃないわよ」サラは警告し、取り出した胃をステンレス製の膿盆に入れた。ジェフリーはこれまで幾度も検死に立ち会ったが、消化管のにおいほど鼻をつくものはない。

「あら」見つけたものに驚き、サラは手を止めた。「これを見て」

「なんだ？」

彼に胃の内容物が見えるようサラは脇にどいた。消化液は黒くどろどろしているので、濾過器で内容物をすくい上げる。

「なんだ？」彼が繰り返したずねた。

「わからない。なにかの種かもしれない」サラは告げると、〝つまみ〟を使って、その中のひとつを取り出した。「マーク・ウェブスターに電話すべきだと思うわ」

「ほら」彼が言って、証拠品袋をひとつ差し出した。

サラはその袋に種を入れながらたずねた。「この犯人は捕まりたがってると思う？」

「犯罪者はみんな捕まりたいと思ってるんじゃないか？」彼が正した。「この犯人がふたりを遺棄した場所を考えてみろよ。どちらも、人目につきやすい場所に、これ見よがしに遺棄されてた。ほかのことと同様に、犯人はそうすることの危険に取り憑かれている」

「そうね」サラは同意し、それ以上は言わないことにした。この事件の不快な詳細に立ち入りたくない。自分の仕事をすませてモルグを出て、ジェフリーから離れたかった。

ジェフリーのほうはそんなサラの気持ちに応じる気はないようだった。「種は毒性が強い。そうだろ？」

サラはうなずいた。

「じゃあ、レイプするあいだ犯人は彼女に種を飲ませてなかったと思うか？」

「推測するのはまだ早いわ」サラは正直に答えた。

ジェフリーは、次に言いたいことをどう言葉にすればいいかわからないかのように間を空けた。

「なに？」サラは促した。

「レナだよ。つまり、ジュリアが、愉しんだとレナに話したんだ」

サラは自分の額にしわが寄るのを感じた。「なんですって？」

「正確には愉しんだと言ったわけじゃなくて、犯人が自分を愛撫した、と言ったんだ」

「犯人は彼女の歯を抜き、直腸を切り裂いたのよ。それをどうして、愛撫だなんて言えるの？」

その答えは見当もつかないとばかりに肩をすくめたものの、ジェフリーは言った。「彼女は薬漬けにされて痛みを感じなかったのかもしれない。なにが起きてるのか、あとになるまでわからなかったのかもしれない」

サラはその点を考えた。「その可能性はあるわね」そんな筋書は不愉快だった。

「とにかく、本人がそう言ったんだ」彼が応じた。

モルグの中は静まり返り、聞こえるのは、冷蔵室のエア・コンプレッサーが空気を循環する音だけだった。サラは検死作業に戻り、鉗子を使って小腸と大腸を分けた。両手を使って体内から取り出す際、腸はゆでたスパゲティのようにぐにゃぐにゃだった。ジュリア・マシューズは最後の数日、ろくに食事をとっていない。消化器系は空《から》に近かった。

「見てみましょう」サラは言い、重さを量るべく、腸を例の秤に載せた。アルミ製のカップに一ペニー硬貨を落としたような、金属同士の当たる音がした。

「なんの音だ？」ジェフリーがたずねた。

サラは答えなかった。もう一度、腸を持ち上げて置き直した。同じ音がして、秤がわずかに震えた。「なにか入ってる」サラはつぶやくように言い、壁に取りつけられたライトボックスに歩み寄った。ひじでスイッチを入れると、ジュリア・マシューズのX線写真が照らし出された。中央に並んでいるのが腰部のX線写真だ。

「なにかわかるか？」ジェフリーがたずねた。

「なににしろ、大腸の中ね」サラは答え、直腸の下半分にとげのように写っている影を見つめた。前に見たとき、そんな小さな影を見落としたか、フィルムの傷だろうと考えたのだ。モルグの移動X線撮影機は古く、信頼がおけないのは周知のことだった。

サラはなおもしばらくX線写真を見たあと、秤のところに戻った。回盲弁のところで回腸の端を切断し、大腸を検死台の足元に持っていった。水道水で血を洗い流したあと、S状結腸の基部から絞っていって、音を立てた物体を探した。直腸の側に十二、三センチ下がったあたりで固い塊を感じた。

「円刃刀を取って」サラは指示して片手を差し出した。ジェフリーが指示どおり円刃刀を渡し、サラの作業を見守った。

サラが少しだけ切開するとモルグ内に悪臭が広がった。ジェフリーはあとずさったが、サラにはそんなぜいたくは許されない。〝つまみ〟を使って、一センチあまりの長さの物体を取り出した。水道水ですすぐと、小さな鍵だとわかった。

「手錠の鍵か?」ジェフリーがたずね、もっとよく見ようと身を乗り出した。

「そうよ」サラはかすかにめまいを覚えた。「肛門から無理やり直腸まで突っ込んだのよ」

「なぜそんなことを?」

「われわれが見つけるようにだと思う」サラは答えた。「証拠品袋を取ってくれる?」

ジェフリーは言われたとおりにして、彼女が鍵を入れることができるよう袋を開けてやった。「この鍵からなにか見つかると思うか?」

「バクテリア」サラは答えた。「指紋のことを言ってるのなら、まじめな話、見つからないと思うわ」唇を引き結び、じっくり考えた。「しばらく明かりを消して」

「なにを考えてるんだ?」

サラはライトボックスに行き、ひじでスイッチを切った。「犯人はこの鍵をゲームの早い段階で突っ込んだ、と考えてるの。鍵の端は尖ってると思う。コンドームを破ったかもしれない」

ジェフリーが室内灯のスイッチに歩み寄り、サラは手袋を脱いだ。精液の痕跡があれば浮き上がらせることのできるブラックライト照射器を手に取った。

「用意はいいか？」彼がたずねた。

「いいわ」サラが言うと明かりが消えた。

サラは何度かまばたきをして、人工的な光に目をならした。直腸の切開部にゆっくりとブラックライトを走らせる。「持ってて」サラは言い、ジェフリーに照射器を渡した。新しい手袋をはめ、円刃刀で切開部をさらに切り開いた。開口部に紫色の小さな塊が見えた。

ジェフリーは、ずっと息を詰めていたかのように、ふっと息を漏らした。「それだけでDNA型比較に充分なのか？」

サラは紫色に光る物質を見つめた。「充分だと思うわ」


サラは足音を忍ばせて妹のアパートの中を進み、ベッドルームのドアからのぞいて、テッサがまだひとりか確認した。

「テッシー？」小声で呼びかけ、そっと揺すってみた。

「なに？」テッサがうなって寝返りをうった。「いま何時？」

サラはベッド脇のテーブルに置いてある時計に目をやった。「午前二時ごろ」

「なに？」テッサがまた言い、目をこすった。「どうしたの？」

サラは言った。「そっちに詰めて」

テッサが言われたとおり横に詰め、シーツをめくってサラを入れてやった。「どうしたの？」

サラは答えなかった。掛けぶとんをあごの下まで引き上げた。

「なにかあったの？」テッサが重ねてたずねた。

「なにも」

「例の大学生はほんとうに死んだの？」

サラは目を閉じた。「そうよ」

テッサがベッドに起き上がり、明かりをつけた。「ちゃんと話をする必要があるわ」

サラは寝返りをうって妹に背を向けた。「話したくない」

「そんなのどうだっていいわ」テッサが言い返し、掛けぶとんをめくった。「起きて」

「命令しないでよ」いらいらしてサラは言い返した。ここに来たのは、安全だと感じて眠ることができるためであって、妹の指図を受けるためではない。

「サラ」テッサが切り出した。「例のことをジェフリーに話すべきだわ」

またその話かと腹が立って、サラはさっと起き上がった。「いやよ」答えると、口を真一文字に結んだ。

「サラ」テッサが頑とした口調で言った。「例の大学生のことはヘアから聞いたわ。口に貼ってあったテープのことも、どんな恰好で姉さんの車に横たえられてたかも」

「ヘアったら、そんなことをあなたに話すべきじゃないのに」

「ヘアだって興味本位で話したわけじゃないわ」腹を立てているらしく、テッサはベッドを出た。

「わたしに対して、なにをそんなに怒ってるのよ?」厳しい口調で問いかけると、サラも立ち上がった。ふたりは、ベッドをはさんで部屋の両端で睨み合った。

サラは両手を腰に当てた。「わたしのせいじゃないわ。わかった? わたしはあの娘を助けるためにできるかぎりの手は打ったんだし、生きていくのが耐えられなかったとしたら、それはあの娘の選択だわ」

「立派な選択ってわけ? つらさを抱えて生きるより頭に銃弾を撃ち込むほうがましってことね」

「いったいどういう意味?」

「意味はわかってるでしょ」テッサが厳しい口調で言い返した。「ちゃんとジェフリーに話しなさいよ」

「いやよ」

テッサはサラを推し量っているらしい。腕組みをして、脅すように言った。「自分で話さないなら、わたしが話すわ」

「え？」サラは息をのんだ。テッサにこぶしで殴られたとしても、これほどショックを受けなかっただろう。驚きのあまり口がぽかんと開いた。「まさか、そんなことしないでしょ」

「するわ」答えるテッサは心を決めているらしかった。「わたしが話さなければママが話すわ」

「あなたとママがぐるになってこんなくだらない計画をたくらんだの？」サラは暗い笑いを漏らした。「パパもぐるなんでしょ？」両手を宙に上げた。「家族みんなでよってたかってわたしを攻撃するのね」

「だれも攻撃なんかしてないわ」テッサが言い返した。「助けようとしてるのよ」

「わたしの身に起きたことは」早口ながらもサラの言葉は明確だった。「シビル・アダムズやジュリア・マシューズに起きたこととは無関係よ」ベッドの向こうから体を乗り出してテッサに警告するような顔を見せた。こうした駆け引きはふたりともできる。

「それを判断するのは姉さんじゃないわ」テッサが言い返した。

その脅し文句に、サラは怒りを抑えきれなくなった。「どうちがうか説明してほしいの、テッシー？　ふたつの事件について、わたしの知ってることを知りたい？」サラは妹に答える時間を与えなかった。「第一に、だれもわたしの胸に十字を刻まなかったし、トイレに放置して失血死させようとしなかった」その言葉がどれほどの衝撃を与えるかわかっているので、いったん言葉を切った。テッサがサラにごり押しするつもりなら、サラのほうは押し返す方法を知っている。

　サラは話を続けた。「第二に、だれもわたしの顔を陵辱できるように歯を抜いたりしなかった」

　テッサの手が口元に運ばれた。「なんてこと」

「だれもわたしをファックできるよう両手両足を釘で床に打ちつけなかった」

「やめて」テッサが目に涙を浮かべて、蚊の鳴くような声で言った。

　自分の言葉がテッサの耳に意地悪く響いているとしても、サラは抑えがきかなくなっていた。「だれもわたしの口をクロロックスでゆすがなかった。だれも、物的証拠が残らないようにわたしの陰毛を剃ったりしなかった」息継ぎの間を取った。「だれもわたしの腹部に穴を開けて、そこに——」度が過ぎたと気づいて、サラは自分を抑えた。それでも、その先を想像したテッサの口から小さな嗚咽が漏れた。そのあいだずっとテッサはサラの目を見据えていた。テッサの顔に浮かんだ恐怖の表情を見て、罪悪感が波のうねりのようにサラを襲った。

　サラは消え入るような声で言った。「悪かったわ、テッシー。ほんとにごめん」

　テッサが手をゆっくりと口元から下ろした。「ジェフリーは警察官よ」

サラは片手を胸に当てた。「わかってる」

「姉さんはすごい美人だわ」テッサが言った。「それに、頭が良くて愉快な人だし、背も高い」

サラは泣き出してしまわないよう、笑い声を上げげた。

「それに、十二年前のいまごろレイプされた」テッサが言い終えた。

「わかってる」

「それに、あいつは毎年、絵葉書を送りつけてくるわ。姉さんがどこに住んでるか知ってるのよ」

「わかってる」

「サラ」懇願するような声音だった。「ジェフリーに話すべきだわ」

「そんなこと、できない」

テッサは頑として譲らなかった。「話すしかないのよ」

金曜日

18

ジェフリーはボクサーパンツをはき、右足を引きずってキッチンに行った。鹿弾を食らったせいで右ひざはまだこわばっているし、ジュリア・マシューズの病室に入って以来、胃のむかつきがおさまらない。レナが心配だった。サラが心配だった。この町のことが心配だった。

ＤＮＡ型鑑定用の資料を届けるべく、数時間前にブラッド・スティーヴンスがメイコンに向かった。なんらかの結果が出るまで少なくとも一週間はかかるはずだし、ＦＢＩのＤＮＡデータベースで前科者と照合するとなれば、おそらくさらに一週間はかかるだろう。警察の仕事の大半と同じく、今回も待ちの戦術になる。そのあいだにも犯人がなにをしでかすかはだれにもわからない。ひょっとすると、いまこの瞬間にも次の獲物をつけまわしているかもしれない。いまこの瞬間にも新たな獲物をレイプし、けだものにしか考えつかないような陵辱を加えているかもしれない。

ジェフリーは冷蔵庫を開けて牛乳を取り出した。グラスを取りにいくついでに天井灯のスイッチを押したが、明かりはつかなかった。自身に向かって悪態をつきながら、キャビネットからグラスをひとつ取った。二週間ほど前、注文しておいた新しい照明器具が郵便で届いたときにキッチンの明かりの電源を切ったのだ。電線の被膜を剝いでいる最中に署から電話が入ったため、シャンデリアは箱に逆さにしまわれたまま、ジェフリーがひまを見つけて吊り下げてくれるのを待っている。このぶんでは、向こう数年は冷蔵庫の光で食事をすることになりそうだ。

牛乳を飲み終え、グラスをゆすごうと足を引きずって流しに向かった。サラに電話をかけて様子を確認したかったが、そんなことをしても無駄だとわかっていた。サラはサラなりの理由で彼を締め出している。離婚以来、彼にはサラの心に立ち入る正当な根拠など実際にはないのだ。ことによると、彼女は今夜、ジェブと一緒かもしれない。マーティ・リンゴと話したマーラから、サラとジェブが最近またデートをしていると聞かされた。水曜日の夜、病室でデートがどうとかサラが言っていたのをぼんやりと覚えているが、その言葉は彼の頭にピンと来なかった。マーラがおせっかいにもゴシップを伝えてくれたあとで思い出したのだから、記憶は当てにならない。

キッチンの中央にある独立調理台《アイランド》の前に置いたバースツールにふたたび腰を下ろすとき、ジェフリーはうめいた。アイランドは数カ月前に造ったものだ。最初、でき上がりの見栄えに満足できなかったので、実際には二度造ったことになる。なににもましてジェフリーは完全主義者で、均整の取れていないものをきらう。となると、古い家に住んでいる以上、まっすぐな壁が一枚もないのだから、常に調整と再調整の必要があることを意味する。

　そよ風がキッチンの外壁代わりの分厚いプラスティック板を揺らした。その一面を窓にしてフランス窓をつけるか、キッチンを裏庭に十フィートばかり拡張するかで、ジェフリーの気持ちは揺れ動いていた。朝食用の小部屋のようなものにすれば素晴らしいにちがいないし、毎朝ゆっくり座って裏庭の鳥たちを眺める場所ができる。ほんとうの望みは広いデッキを造ることで、温水浴槽を置くか、なんなら、よくある手の込んだ野外バーベキュー用のコーナーにしてもいい。どうするにせよ、開放感は残しておきたかった。日中に半透明のプラスティック板から注ぐ日差しが気に入っていた。裏庭が見えるのが気に入っていた。特にいまのように何者かが歩きまわっているのが見える場合は。

　ジェフリーは立ち上がり、洗濯室に置いてあるバットをつかんだ。

　プラスティック板のすき間からそっと出て、忍び足で芝生を横切った。夜気の薄もやで芝生が濡れているので、ジェフリーは寒けを覚えて震えながら、二度と撃たれませんようこうに、特にいまは下着しか身に着けていないのだから、と神に祈った。裏庭に潜んでいるのが何者であれ、彼が緑色のボクサーパンツだけの半裸でバットを頭上に構えているのを見れば、怖れるよりも笑い崩れるかもしれないという思いが頭をよぎった。

　聞き覚えのある音が耳に入った。ぺろぺろと舐める音、犬が毛繕いするときに出す音だ。

月明かりに目を細めると、家の横手に三つの影が見えた。うちふたつは背丈が低く、犬だとわかった。もうひとつは、あの背の高さからいってサラ以外に考えられない。ジェフリーのベッドルームをのぞいている。

ジェフリーはバットを下ろし、足音を忍ばせて彼女の背後に近づいた。これまで見たことがないほどぐうたらな二頭のグレイハウンド、ビリーとボブのことは心配していなかった。予想どおり、彼がサラの背後に忍び寄っても、二頭とも身動きひとつしなかった。

「サラ?」

「わっ、びっくりした」飛び上がったサラが近いほうの犬につまずいた。ジェフリーは手を伸ばし、彼女がうしろ向きに転ぶ前につかまえた。

「のぞき見趣味があるのか?」

「ばか」サラは吐き出すように言い、両手で彼の胸を打った。「ほんとうにびっくりしたわ」

「なんだって?」ジェフリーはしらばくれて聞き返した。「家のまわりをこそこそ歩きまわってたのはおれじゃないぞ」

「一度もそんなことをしてないって口ぶりね」

「それを言うのはおれだ」ジェフリーは指摘した。「きみじゃない」バットに寄りかかった。アドレナリンの放出が止まったので、右脚に鈍痛が戻っていた。「夜中におれの家の窓から中をのぞいてた理由を説明してもらおうか？」

「眠ってるようなら起こしたくなかったのよ」

「キッチンにいたんだ」

「闇の中で？」サラは腕組みをして真正面から睨みつけた。「ひとりで？」

「入れよ」ジェフリーは彼女の返事を待たなかった。ゆっくりした歩調でキッチンに戻りながら、サラの足音がついてくるのをうれしく思った。サラは色あせたブルー・ジーンズに、同じく古い白のボタンダウン・シャツを着ていた。

「こんなところまで犬の散歩か？」

「テッサの車を借りたの」彼女が言い、ボブの頭を掻いてやった。

「戦闘犬たちを連れてきたのは賢明だよ」

「あなたがわたしを殺そうとしなかったのでほっとしたわ」

「どうして殺そうとしないと思うんだ？」ジェフリーはたずね、彼女が入れるよう、バットを使ってプラスティック板を脇に押しのけてやった。

サラがプラスティック板に目をやり、続いて彼を見た。「素敵に手を加えたのね」

「この家には女性の手が必要だ」それとなく言ってみた。

「きっと志願者が山ほどいるわよ」

キッチンに戻りながら、ジェフリーはうめき声をこらえた。「電源が切れてるんだ」そう説明し、レンジ脇に置いた蠟燭に火をつけた。

「ご冗談でしょ」サラは手近な明かりのスイッチを押してみた。部屋を横切って別のスイッチを押すあいだにもジェフリーが別の蠟燭に火をつけた。「いったいどうしたの？」

「古い家だからね」彼は自分の怠慢を白状したくなくて肩をすくめた。「例の資料はブラッドがメイコンに届けたよ」

「二、三週間かかるんでしょ？」

「そうだ」彼はうなずいた。「やつは警察官だと思うか？」

「ブラッドを？」

「ちがう、犯人だ。警察官だと思うか？　もしかすると、それが手錠の鍵を残した理由かもしれない……あそこに」彼は間を置いた。「つまり、手がかりとして残したんだ」

「手錠を使って被害者を拘束してるのかもしれないわね」サラが言った。「ひょっとしてサド・マゾ・プレイにのめり込んでるとか。子どものころ母親に手錠でベッドに縛りつけられてたのかも」

ジェフリーは彼女の軽薄な口調が腑に落ちなかったが、それを口にしない分別は持ち合わせていた。

サラがだしぬけに言った。「スクリュードライバーがほしいの」

ジェフリーは眉をひそめたが、道具箱に行って中をかきまわして探した。「プラスのドライバー?」

「ちがう、飲み物のスクリュードライバーよ」サラが答えた。冷蔵庫を開けてウオッカを取り出した。

「オレンジ・ジュースはないと思うよ」彼が言うと、サラはもう片方のドアを開けた。

「これでいいわ」サラはクランベリー・ジュースを取り出した。キャビネットを探してグラスを出し、注いだ飲み物はアルコールが強そうに見えた。

ジェフリーは気づかわしげな様子で見守った。サラはめったに酒を飲まないし、飲むときも、グラス一杯のワインで酔ってしまう。結婚生活のあいだ、彼女がマルガリータより強い酒を飲むのを見たことがなかった。

サラは酒をぐいと飲んで身震いした。「どれくらい入れるものなの?」

「たぶん、きみの注いだ量の三分の一だな」彼は答え、サラの手からグラスを取った。一口飲んで、その味に吐きそうになった。「ひどい」咳込みながら言った。「自殺するつもりか?」

「わたしとジュリア・マシューズ」サラが酒をぐいとあおった。「なにか甘いものはない?」

ジェフリーは口を開けて、いまの言葉はいったいどういう意味だとたずねかけたが、サラはすでにキャビネットの中を探していた。

彼は、「冷蔵庫にプリンが入ってるよ。いちばん下の段の奥だ」と教えてやった。

「無脂肪？」サラがたずねた。

「ちがう」

「よかった」サラが中腰になってプリンを探した。

ジェフリーは腕組みをして彼女の様子を観察した。夜明け近くにうちのキッチンでなにをしてるんだ、と問いただしたかった。最近どうなってるんだ、どうしてそんな妙な振舞いばかりしてるんだ、とたずねたかった。

「ジェフ？」サラが冷蔵庫の中を探しながら呼びかけた。

「なんだ？」

「わたしのお尻を見てるの？」

ジェフリーは苦笑した。尻を見ていたわけではないが、「そうだ」と答えた。

サラが立ち上がり、プリンの容器をトロフィーのように掲げて見せた。「最後の一個」

「そうだ」

サラはひょいとカウンターに腰かけてプリンのふたを開けた。「状況はひどくなりつつあるわ」

「そう思うか？」

「まあね」サラが肩をすくめ、ふたについたプリンを舐めた。「大学の教授と女子学生が相次いでレイプされて死亡。ことはそれだけにとどまらないんじゃない？」

またしてもジェフリーは、彼女の無神経な態度に驚いた。まるでサラらしくないが、最近、ジェフリーは、彼女がどういう人間だったかわからなくなっていた。

「そうだろうな」彼は言った。

「あの娘の両親に話したの？」

ジェフリーは「フランクと空港で両親を出迎えた」と答えた。間を置いて言った。「父親だがね」彼はまた間を取った。目の当たりにしたジョン・マシューズの苦悩の表情は、すぐに忘れられるものではなかった。

「父親はひどく動揺したのね？」サラが言った。「世の父親は、自分の娘がひどい目に遭わされたのを知りたがらないものなのよ」

「そうだろうな」ジェフリーは、彼女の言葉の選びかたを不思議に思いつつ答えた。

「あなただって予測してたはずよ」

「まあね。父親はほんとうに動揺していた」

サラの目に一瞬なにかが浮かんだが、それがなにかをジェフリーが読み取る間もなくサラは目を伏せた。グラスを大きくあおり、シャツの前部にこぼした。そしてなんと、くすくす笑った。

訊かないほうがいいと思いつつジェフリーはたずねた。「どうしたんだ、サラ？」

サラは彼の腰を指さした。「そんなもの、いつからはいてるの?」

ジェフリーは目を落とした。はいているのは緑色のボクサーパンツだけなので、それを言っているのだと思った。彼女に視線を戻し、肩をすくめた。「少し前からだ」

「二年足らずね」彼女が指摘し、プリンを舐めた。

「そうだ」ジェフリーは両腕を広げ、下着を見せびらかすような感じでサラに歩み寄った。「気に入ったか?」

サラが拍手した。

「こんなところでなにをしてるんだ、サラ?」

サラはしばし彼を見つめていたが、そのうちにプリンを横に置いた。のけぞって、両の踵でカウンター下のキャビネットの戸を軽く蹴った。「前に、ドックにいたときのことを考えてたの。覚えてる?」

彼は首を振った。ふたりは毎年、夏になるとひまさえあればドックで過ごしたのだ。

「わたしはひと泳ぎしたあと、ドックに座って髪を梳かしてたわ。そこへ、あなたが来て、わたしの手からブラシを取って髪を梳かしてくれたの」

まさしく、けさ病院で目覚めたときに考えていたことだと思い出し、ジェフリーはうなずいた。「覚えてるよ」

「一時間は梳かしてくれたわ。それを覚えてる?」

彼はほほえんだ。

「あなたはただ髪を梳かしてくれて、そのあと、ふたりで夕食の用意をしたのよ。覚えてる？」

彼はまたうなずいた。

「わたしのなにがいけなかったの？」たずねる彼女の目に浮かんだ表情を見て、ジェフリーは息が止まりそうだった。「セックス？」

彼は首を振った。サラとのセックスは、おとなになってからもっとも満たされる経験だった。「むろん、ちがう」

「夕食を作ってほしかった？　それとも、帰ったときに家で迎えてほしかった？」

彼は声を上げて笑おうとした。「夕食は作ってくれたじゃないか、覚えてるか？　おれは三日も胃がむかむかしてたよ」

「わたしはまじめに話してるのよ、ジェフ。わたしのなにがいけなかったのか、知りたいの」

「きみのせいじゃない」最後まで言いながらも、陳腐な言い訳だと思った。「おれが悪かったんだ」

サラは深いため息を漏らした。グラスに手を伸ばし、一気に飲み干した。

「おれが愚かだった」口をつぐむべきだとわかっているのに、ジェフリーは続けた。「あまりにきみを愛してたから、怖くなったんだ」間を置いて、正確に伝えるにはどう言えばいいのか考えた。「おれがきみを必要としてるほどに、きみはおれを必要としてないと思ったんだよ」

サラは正面から彼を見つめた。「いまでもあなたを必要としてほしい？」

サラの手が胸に置かれ、指が胸毛を軽くなでるのを感じて、ジェフリーは驚いた。サラが指を這わせて唇に触れると、ジェフリーは目を閉じた。

サラが言った。「いま、ほんとうにあなたが必要なの」

彼は目を開けた。ほんの一瞬、サラが冗談を言っているのだと思った。「なんと言った？」

「手に入れたから、もういらないの？」サラが、まだ彼の唇に触れながらたずねた。

ジェフリーは舌の先で彼女の指先を舐めた。

サラはほほえみ、彼の心を読もうとするかのように目を細めた。「返事をしてくれる？」

「ああ」彼は、なにをたずねられたのかも思い出せないまま返事をした。すぐに言い足した、「もちろん。そう、いまだにきみが必要だ」

サラが彼の首筋にキスをして、彼の肌に舌先をそっと這わせ始めた。ジェフリーは両手を彼女の腰にまわし、カウンターの端まで彼女を引き寄せた。彼女はジェフリーの腰に両脚を絡ませた。

「サラ」彼は吐息を漏らしてサラの唇にキスをしようとしたが、サラは身を引いて、唇を彼の胸まで這わせた。「サラ」彼はまた言った。「セックスしよう」

サラがいたずらっぽい笑みを浮かべて彼を見返した。「セックスしたくないの」

ジェフリーは口を開けたものの、どう応じればいいのかわからなかった。そのうち、なんとか口にした。「どういう意味だ？」

「つまり……」サラは言いかけたが、すぐに彼の手を取って自分の口元に運んだ。サラが舌先で彼の人さし指の先をたどるのを、彼は見つめていた。サラはゆっくりと、その指を口に入れてしゃぶった。充分とは思えない時間が経ったあと、サラは彼の指を口から出し、おどけた笑みを浮かべた。「どう？」

ジェフリーは身をかがめてキスしようとしたが、その前に彼女はカウンターから下りていた。サラが彼の胸にキスをして、そのままゆっくり下へと唇を這わせボクサーパンツのゴムの部分を噛むと、ジェフリーはうめいた。苦労してサラの正面で床にひざをつき、もう一度、唇にキスをしようとした。またしても、彼女は身を引いた。

「キスしたいんだ」懇願するような口調に、自分でも驚いた。

彼女は首を振り、シャツのボタンをはずした。「あなたが口を使ってできる、ほかのことを思いついたわ」

「サラ――」

彼女は首を振った。「話をしちゃだめ、ジェフリー」

そんなことを言うのは妙だとジェフリーは思った。サラとのセックスでもっとも愉しいのは話をすることなのだ。ジェフリーは両手で彼女の顔をはさんだ。「ここへおいで」

「え?」

「どうしたんだ?」

「どうもしないわ」

「そんなこと、信じない」答えを待ったが、彼女はジェフリーを見つめるだけだった。

彼はたずねた。「なぜキスさせてくれないんだ?」

「キスする気分じゃないの」彼女の笑みはさっきほどいたずらっぽくなかった。「口にはね」

「どうしたんだ?」彼はまたたずねた。

彼女は警告するように目を細めて彼を見た。

「答えてくれ」彼は繰り返し迫った。

サラは彼に目を注いだまま、片手をボクサーパンツ中へとしのばせた。意味をわからせるかのように、彼の一物を握り締めた。「答えたくない」

ジェフリーは自分の手で彼女の手を制した。「おれの目を見ろよ」

彼女は首を振り、ジェフリーが顔を持ち上げると目を閉じた。

ジェフリーはささやくような声でたずねた。「どうしたんだ？」

サラは答えなかった。彼の唇にキスをし、歯のあいだから舌を差し入れた。昔サラと交わしていたのとはかけ離れた乱暴なキスだったが、もしも立っていればひざの力が抜けていたにちがいないほどの情熱がこもっていた。

不意にサラが唇を離し、顔を伏せて彼の胸にもたせた。もう一度、顔を持ち上げて目を合わせようとしたが、サラはどうしても顔を上げなかった。

彼は呼びかけた。「サラ？」

彼女の両腕が腰に巻きつくのを感じたが、以前とは様子がまったくちがっている。ぎゅっと抱きつき、溺れかけている人間のように必死でしがみついている感じだった。「抱いていて」彼女が懇願していた。「お願い、ただ抱いていて」

ジェフリーははっとして目が覚めた。隣にサラがいないのはわかっていながら手を伸ばしてみた。彼女がしばらく前にそっと出ていったのをぼんやりと覚えているが、ジェフリーはあまりに疲れていて、彼女を止めることはおろか、動くことさえできなかったのだ。寝返りをうって、彼女が使った枕に顔を押しつけた。シャンプーのラヴェンダーのにおいと、かすかな香水のにおいがした。ジェフリーは枕を抱き締め、あお向けになった。天井を睨んで昨夜の出来事を思い出そうとした。まだ理解できない。サラをベッドに運んだ。

サラは彼の肩に寄りかかって静かに泣いていた。その涙の裏にある真実を知るのが怖くて、それ以上サラに質問しなかった。

ジェフリーは起き上がって胸を掻いた。一日中ベッドにいるわけにいかない。まだ性犯罪の前科者リストを全部当たっていないのだ。まだ、ライアン・ゴードンに事情聴取をし、誘拐される前、最後に目撃された夜にジュリア・マシューズが図書館で一緒にいた人間に事情をきかなければならない。サラに会って、大丈夫だと確かめる必要もある。

背伸びをして、ドア枠のてっぺんに触れながらバスルームに入った。洗面台の前で足を止めた。洗面ボウルに分厚い書類が置いてある。いちばん上のページには、全二百ページはありそうな書類を留めている銀色の自在クリップが見える。だれかが何度も読み返したかのように、書類は角が折れ、黄ばんでいる。公判記録だ。

これを置いていった公判記録の妖精がまだそのあたりにいるとでもいわんばかりに、ジェフリーはバスルーム内を見まわした。この家にいた唯一の人間はサラだし、彼女がこんなものを置いていくとは思えない。表紙を読んで、日付が十二年も前のものだと気づいた。訴訟案件は〝ジョージア州対ジャック・アレン・ライト〟だ。

黄色のポストイットが飛び出しているページがある。公判記録を開き、目にした記述に手が止まった。ページのいちばん上にサラの名前が挙げてあった。もうひとつ、おそらく当該訴訟で検察官を務めた地方検事と思われるルース・ジョーンズという名前が、質問者として記されていた。

ジェフリーは便器に腰かけ、サラ・リントンに対するルース・ジョーンズの直接尋問の記録を読み始めた。

Q：ドクター・リントン、ちょうど一年ほど前の四月二十三日に起きた出来事を、あなた自身の口からお話しいただけますか？

A：わたしは小児科のレジデントとしてグレイディ病院で勤務していました。ハードな一日だったので、勤務シフトの合間をぬって自分の車でドライヴに出かけることにしました。

Q：そのとき、なにかふだんとちがうことに気づきましたか？

A：車に行くと、助手席側のドアに〝CUNT（カント）〟の文字がなにかで引っかいて記してありました。たぶん心ない破壊者の仕業だろうと思い、トランクにいつも入れている粘着テープを貼って文字を隠しました。

Q：そのあとどうしましたか？

A：病院に戻り、勤務につきました。

Q：水を一口いかがですか？

A：結構です。女性トイレに行き、洗面所で手を洗っていると、ジャック・ライトが入ってきました。

Q：被告ですね？

A：そうです。彼が入ってきました。グレイの作業衣を着て、モップを持っていました。わたしは彼が清掃員なのは知っていました。彼はノックをしなかったことを詫び、掃除にはあとでまた来ると言って出ていきました。

Q：そのあとなにがありましたか？

A：わたしは用を足すため個室に入りました。被告のジャック・ライトが天井から飛び降りてきました。吊り天井なんです。彼はわたしの両手を手錠で身体障害者用の手すりに留め、銀色の粘着テープで口をふさぎました。

Q：それは被告にまちがいありませんか？

A：まちがいありません。赤い目出し帽をかぶっていましたが、あの目は覚えています。ひときわ青い目ですから、事件が起きるまでは、ブロンドの長い髪、ひげ、青い目の彼を、聖書の挿し絵のキリストに似ていると思っていたのを覚えています。わたしを襲ったのはジャック・ライトにまちがいありません。

Q：あなたをレイプしたのが被告だと確信するにいたった特別な目印がほかにありますか？

A：男の腕に、磔にされたキリストの絵と、その上に〝ジーザス〟、その下に〝救済〟という文字の入ったタトゥーがあるのを見ました。それを見て、病院の清掃員ジャック・ライトのタトゥーだとわかりました。それまで廊下で何度か見かけたことはありますが、言葉を交わしたことは一度もありませんでした。
Q：それからなにがありましたか、ドクター・リントン？
A：ジャック・ライトはわたしを便座から引きずり下ろしました。両足首がスラックスに絡まって動かせませんでした。床に落ちていました。わたしのスラックスです。足首のまわりに。
Q：どうぞ、先を急がなくて結構です、ドクター・リントン。
A：体は前に引っぱられましたが、両腕はこんなふうにうしろになっていました。彼はわたしの腰に片手をまわして体を前に引っぱり続けました。刃渡り十五センチほどの長いナイフを取り出して、わたしの顔に押し当てました。警告のためにわたしの唇を切ったと思います。
Q：そのあと被告はどうしましたか？
A：自分のペニスを挿入して、わたしをレイプしました。
Q：ドクター・リントン、レイプしているあいだ、被告がなにか言ったのであれば、それを話していただけますか？
A：わたしのことを〝カント〟と呼び続けていました。

Q：そのあとなにがあったか話してくれますか？

A：彼は何度か射精しようとしましたが、だめでした。ペニスを抜き、自分の手でクライマックスに達して［語句不明瞭］

Q：もう一度言っていただけますか？

A：自分の手でクライマックスに達して、わたしの顔や胸に射精しました。

Q：そのあとなにがありましたか？

A：彼はまたわたしを罵倒し、持っていたナイフでわたしを刺しました。左脇のこの箇所を。

Q：それから？

A：口の中になにかの味がしました。むせました。酢でした。

Q：彼はあなたの口に酢を流し込んだのですか？

A：はい、彼は香水の試供品が入っていそうな小さなガラス瓶を持っていました。それを傾けて中身をわたしの口に流し込み、「すべてが終わった」と言いました。

Q：その言葉はあなたにとってなにか意味があるのですか、ドクター・リントン？

A：欽定訳聖書のヨハネによる福音書の言葉です。「すべてが終わった」ヨハネによると、磔刑に処されたキリストの最後の言葉だそうです。キリストがなにか飲むものを求め、酸っぱくなったワインが与えられたのです。キリストはそのワインを飲み、そのあと、いまの言葉を言って、息を引き取りました。死んだのです。
Q：磔にされて？
A：はい。
Q：キリストは「すべてが終わった」と言った。
A：そうです。
Q：キリストの両腕はこのようにうしろで釘づけされていましたね？
A：はい。
Q：剣で脇腹を刺されていた？
A：そうです。
Q：被告はほかになにか言いましたか？
A：いいえ。それだけ言うと、ジャック・ライトは女性トイレを出ていきました。
Q：ドクター・リントン、あなたはどのくらいの時間、女性トイレに放置されていたかわかりますか？
A：わかりません。
Q：手錠はかけられたままでしたか？
A：はい。手錠はかけられたままで、ひざをついて床を見ていました。起き上がり、便座に座り直すことはできませんでした。

Q：そのあと、どうなりましたか？

A：看護師のひとりが女性トイレに入ってきました。床に流れた血を見て、悲鳴を上げ始めたのです。すぐに、わたしの指導医であるドクター・ラングが駆けつけました。わたしは相当量の出血をしていましたし、手錠をかけられたままでした。ふたりはわたしを助けようとしたのですが、手錠をかけられたままではどうにもなりませんでした。ジャック・ライトは、錠が開かないよう手錠に細工をしていました。錠になにか、つまようじかなにかを突き刺していたのです。錠を切断するために錠前屋が呼ばれました。わたしはその作業のあいだに意識を失いました。無理な体勢だったので、刺創からの出血が止まりませんでした。錠を切断しているあいだに刺創から大量出血していました。

Q：ドクター・リントン、急がなくて結構です。少し休憩しますか？

A：いいえ、このまま続けさせてください。

Q：レイプのあと、なにがあったか話していただけますか？

A：わたしはその性交渉で妊娠し、すぐに子宮外妊娠とわかりました。つまり、卵管に受精卵が着床したのです。腹部に出血するほどの卵管破裂を起こしました。

Q：その結果、あなたの体になにか影響がありましたか？

A：子宮の一部摘出手術が行われ、生殖器を失いました。わたしは二度と子どもを生めなくなりました。

Q：ドクター・リントン？

A：休廷をお願いします。

ジェフリーはバスルームで座り込んだまま、公判記録の綴りを見つめていた。初めから読み返し、さらにもう一度読んで、これまで知らなかったサラのために泣きだすと、彼の嗚咽がバスルーム内にこだました。

19

レナはゆっくりと頭を上げて、いまいる場所を少しなりともつかもうとした。目に入るのは闇だけだった。片手を顔の数センチ前まで近づけたが、手のひらと指の区別もつかない。最後に覚えているのは、自宅のキッチンで腰かけてハンクと話したことだ。そのあとのことはなにひとつ思い出せない。まばたきをした次の瞬間、この場所に転送された気分だ。この場所がどこであるにせよ。

起き上がることができるように横へ寄ると、うめき声が漏れた。急に、自分が裸なのにはっきりと気づいた。床面が肌にざらざらする。厚板の粗い木目を感じる。なぜか心臓がどきどきするが、理由はまったくわからなかった。前に手を伸ばすともっと粗い木目を感じたが、今度は垂直方向で、壁だった。

両手を壁に押しつけ、なんとか立ち上がった。頭のどこかでなんらかの音を聞き取っているのだが、まるで聞きなれない音だ。すべてが脈絡を欠き、しっくりこないように思えた。自分の肉体がその場にそぐわないように感じた。気がつくと頭を壁に押しつけ、額の皮膚に木目が食い込んでいた。物音は周辺から断続的に聞こえる。音、静寂、音、静寂。まるでスティール片を金づちで打っているようだ。馬蹄工が馬蹄を造っているような音だ。

カン、カン、カン。

前にどこで聞いた音だろう？

ようやく思考回路が結びつくと、心臓が止まりそうになった。闇の中で、ジュリア・マシューズの唇が動いてこの音をまねるのが見える気がした。

カン、カン、カン。

水のしたたる音だ。

20

ジェフリーはマジック・ミラーの裏に立ち、取調室の様子を観察していた。ライアン・ゴードンがくぼんだ胸の前で腕を組んでテーブルに向かって座っている。隣に腰かけたバディ・コンフォードは組んだ両手をテーブルに置いている。バディは不屈の精神の持ち主だ。十七歳のとき、彼は自動車事故で右脚のひざから下を失った。二十六歳のとき癌のために左眼を失った。三十九歳のとき、彼の弁護に不満な依頼人から弁護報酬代わりに二発の銃弾を食らった。彼は腎臓を失い肺虚脱に陥ったが、二週間後には法廷に復帰を果たした。今日、善悪に対するバディの感覚がことを運ぶ上で役立つようジェフリーは願った。

ジェフリーはけさ、ジョージア州のデータベースからジャック・アレン・ライトの写真データをダウンロードした。犯人だという確かな証言が得られれば、アトランタでずっと強い根拠を提示できるにちがいない。

ジェフリーはこれまで自分を感情に動かされやすい男だと思ったことは一度もなかったが、胸にはなんとしても消えない痛みがあった。無性にサラと話をしたいが、自分が見当ちがいなことを言いそうで怖かった。車で署へと向かいながら、サラにかける言葉を頭の中で繰り返し思い描き、声に出して言ってみてどう響くか確認までした。どの言葉もピンと来ないので、結局は署長室で腰を下ろして片手を受話器にかけたまま十分が経ったところで、ようやくなんとか勇気をふりしぼって診療所のサラの番号にかけた。

緊急の用ではないがとにかくサラと話をしたいとネリー・モーガンに告げると、そっけなく「いま診察中です」と言われ、続いて受話器を乱暴に置く音がした。ジェフリーは大いに安堵する一方、自分の臆病さに自己嫌悪を覚えた。

サラのために自分が強くなる必要があるのはわかっているが、彼女の身に起きたことを考えるたび、あまりにも突然のことに、ただ泣くことしかできない子どものような気になった。心のどこかで、アトランタでの出来事を打ち明けるほどサラが信頼してくれていなかったことに傷ついていた。別のどこかでは、彼女があらゆることでまっ赤なうそを言っていたのに腹が立っていた。脇腹の傷跡は盲腸炎の手術痕だと説明されたのだが、いまにして思えば、あの傷跡はずたずたで縦方向に走っていて、外科医の施すきれいな切開痕とはまるでちがっていたと思い出した。

子どもを生めない点に関しては、明らかに微妙な話題なので無理に問いただそうとしたことは一度もなかった。なんらかの医学的状況か、おそらく少数の女性と同じく子どもを身ごもる体ではないのだろうと推測して、のんきに放っておいた。警察官、それも刑事なのに、サラの言葉を額面どおり受け取ったのは、彼女が物事を正直に話すタイプの女性だからだ。少なくとも、そうだと思っていたのだ。

「署長？」マーラがドアをノックしながら声をかけた。「ある男性がアトランタから電話してきて、準備が整ったと伝えてくれとのことでした。名前を言おうとしませんでした。なんのことかわかりますか？」

「わかるよ」ジェフリーは言い、手に持っていたファイルを開けて、例のプリントアウトがまだ入っているのを確認した。不鮮明な写真をほぼ記憶したにもかかわらず、ふたたび写真を見つめていた。マーラの脇をかすめて廊下に出た。「これが終わればアトランタに行く。帰りはいつになるかわからない。代行はフランクにやってもらう」

ジェフリーは彼女に答えるいとまを与えなかった。取調室のドアを開け、中に入った。

バディの口調は義憤に駆られていた。「十分も待たされたよ」

「きみの依頼人が協力すると決断すれば、あとほんの十分ですむ」ジェフリーは言い、バディの向かいの椅子に腰を下ろした。

ジェフリーに少しなりともはっきりわかっているのは、ジャック・アレン・ライトを殺したいということだけだった。彼はこれまで、フットボール以外では絶対に暴力をふるわない人間だったたが、サラをレイプした男を殺したいと思うあまり歯が痛んだ。

「始めていいか？」バディがたずね、片手でテーブルをこつこつと打った。

ジェフリーはドアの小さな窓からちらりと外を見た。「フランクを待たなくちゃならん」言いながら、当のフランクはどこにいるのだろうと思った。彼がレナの様子を確認してくれているよう願った。

ドアが開き、フランクが取調室に入ってきた。昨夜は一睡もしていないような顔だ。脇からシャツの裾が出て、ネクタイにはコーヒーのしみがついている。ジェフリーは当てつけがましく腕時計に目をやった。

「申しわけない」フランクが言い、ジェフリーの隣の椅子に腰を下ろした。

「よし」ジェフリーは言った。「ゴードンにたずねる必要のある質問がいくつかある。協力と引き換えに、麻薬所持罪による告訴を取り下げる」

「くそくらえ」ゴードンが怒鳴った。「あれはおれのズボンじゃないって言ったろ」

ジェフリーはバディに目配せした。「そんなたわ言を聞いてる時間はない。あっさりアトランタの刑務所に送って、損失を最小限に抑えよう」

「どういった質問だ？」バディがたずねた。

ジェフリーは爆弾を落とした。そのときまでバディは、本件も大学の一学生に対する麻薬所持罪の申し立てにすぎないと考えていた。ジェフリーは穏やかな口調を保って言った。「シビル・アダムズ殺害およびジュリア・マシューズのレイプ事件に関する質問だ」

バディは少しばかりショックを示したようだ。顔面蒼白になり、黒いアイ・パッチが青ざめた顔にますます際立った。ゴードンに向かってたずねた。「その件で、きみはなにか知ってるのか？」

フランクが代わって答えた。「彼は、図書館でジュリア・マシューズと最後に会った人間なんだ。彼女のボーイフレンドだった」

ゴードンが声を張り上げた。「さっきも言ったろ、あれはおれのズボンじゃないって。おれをここから出せよ」

バディはゴードンに冷たい目を向けた。「なにがあったか話したほうがいい。でないと、きみは刑務所からママに手紙を書くことになる」

腹を立てたらしく、ゴードンは腕組みをした。「あんた、おれの弁護士のはずだぞ」

「きみは人間のはずだ」バディが言い返し、ブリーフケースを手に取った。「ふたりの女性は暴力を受けて殺されたんだ。そもそもすべきことをするだけで麻薬不法所持という重罪から放免になると受け入れることだ。それがいやなら、別の弁護士を頼むしかない」

バディは立ち上がったが、ゴードンが止めた。「あいつは図書館にいたんだ、わかるか？」

バディは座り直したものの、ブリーフケースはまだひざに置いている。

「大学で？」フランクがたずねた。

「そう、大学で」ゴードンががなり立てた。「ばったり出くわしただけだ、わかるか？」

「わかった」ジェフリーは答えた。

「それで、まあ、あいつと話を始めたってわけさ。あいつ、よりを戻したかったんだ。おれにはわかる」

ジェフリーは、図書館でゴードンと出会ってジュリア・マシューズはひどく動揺しただろうと想像しながらも、うなずいた。

「とにかく、おれたち、話をしたんだ。ちょっとした昼の活動もな、意味はわかるだろうけど」彼がひじでつつくと、バディは身を離した。「夜に会う段取りをつけたんだ」

「それから？」ジェフリーはたずねた。

「それから、ええっと、あいつは立ち去った。そういうことだ。あいつは立ち去ったのさ。本やなんかを持って、夜に会いましょうと言って出ていった」

フランクがたずねた。「彼女のあとをつける人間を見たか？　不審な人物を？」

「いいや」ゴードンが答えた。「あいつはひとりだった。だれかがあいつを見てたら、おれが気づいたはずだろ、どうだ？　あいつはおれの女だった。ずっと見張ってたんだ」

ジェフリーは言った。「ただの通りすがりの人間ではなく、彼女の知ってるだれかで、彼女を落ち着かない気分にさせてた人物を思いつかないか？　きみと別れたあと、だれかとつき合ってた可能性は？」

ゴードンは愚かな犬にでも向けるような目でジェフリーを見た。「あいつはだれともつき合ってないよ。おれに夢中だったんだ」

「大学構内で見慣れない車を見た記憶は？」ジェフリーはたずねた。「あるいはバンを見たことは？」

ゴードンは首を振った。「おれはなにも見てない、わかったか？」

フランクがたずねた。「彼女と会ったときのことに話を戻そう。夜に彼女と会うことになってたんだな？」

ゴードンが詳しく話した。「十時に農学部棟の裏で会うことになってた」

「彼女は現われなかったのか？」フランクが言った。

「そうだ」ゴードンが答えた。「おれはずっと待ったんだ。そのうち、なんか腹が立ってきて、あいつを探しに行った。どうしたのか見に、あいつの部屋に行ったけど、あいつはいなかった」

ジェフリーは咳払いをした。「ジェニー・プライスはいたのか？」

「あの尻軽女か？」ゴードンはあっさりかたづけた。「たぶん、科学研究班の半数とファックしに出かけてたんだろう」

ジェフリーはその言葉にかっとした。女性をみんな尻軽だと考える男を受け入れられないのだ。とりわけ、そういう態度は女性に対する暴力を伴うものだからだ。「じゃあ、ジェニーはいなかった、と」ジェフリーは話をまとめた。「それからどうした？」

「自分の寮に戻ったさ」彼が肩をすくめた。「ベッドに入ったんだ」

ジェフリーは椅子の背にもたれ、胸の前で腕を組んだ。「なにを隠してるんだ、ライアン？　おれの見たかぎり、例の取引条件の〝協力〟がまだ見られないようだ。おれの見るかぎり、おまえは、いま着てるオレンジ色のジャンプスーツを向こう十年間は着続けることになるな」

ゴードンがジェフリーを睨みつけた。この若造、凄みを利かせているつもりらしい、とジェフリーは思った。「洗いざらい話したさ」

「ちがうな」ジェフリーは言った。「話してない。おまえはまだとても重要なことを隠してるし、おまえが知ってることを話さないかぎり、おれたちは絶対にこの部屋を出ない」

ゴードンがずるそうな目つきに変わった。「おれはなんにも知らない」

バディが身を寄せ、なにごとか小声で言うと、ゴードンの目がふたつのクルミのようにまん丸になった。弁護人が依頼人になにを告げたにせよ、効果があった。

ゴードンが言った。「おれはあいつのあとをつけて図書館を出た」

「それで？」ジェフリーは促した。

「あいつ、あの男とばったり出会ったんだ、わかるだろ？」ゴードンは体の前で両手をもぞもぞさせた。ジェフリーは、腕を伸ばして、この若者を絞め殺したい気分だった。

「追いつこうとしたんだけど、足が速くて」

「足が速いとはどういう意味だ?」ジェフリーはたずねた。「彼女は男と並んで歩いてたのか?」

「いいや」ゴードンが答えた。「男があいつを担いでた」

ジェフリーはみぞおちのあたりを締めつけられる気がした。「なのに、おまえはそれを不審に思わなかったのか、彼女が男に担がれていくのを?」

ゴードンの両肩が耳に達するほど上がった。「おれは猛烈に腹が立ってたんだ、わかるだろ? あいつに腹を立ててたんだ」

「彼女が夜におまえと会う気はないとわかっていた」ジェフリーは切り出した。「だからあとをつけた」

ゴードンは、イエスともノーとも取れるような感じでかすかに肩をすくめた。

「で、男が彼女を担いで立ち去るのを見たんだな?」ジェフリーが続けた。

「ああ」

フランクがたずねた。「男の人相風体は?」

「背が高かったと思う」ゴードンが言った。「顔は見えなかったよ、あんたがそれをきいてるんなら」

「白人? 黒人?」ジェフリーは問うた。

「そう、白人だ」ゴードンが答えた。「白人で背が高い。服は黒っぽくて、全身黒ずくめだ。実際に見えたのは、あいつが白のTシャツを着ているってことだけだ、わかるか？光を受けてるかなんかで、あいつの姿は目立ったけど、男は見えなかった」

フランクが言った。「ふたりのあとをつけたか？」

ゴードンは首を振った。

黙り込んだフランクのあごが怒りにこわばった。「彼女がもう亡くなったことは知ってるんだろ？」

ゴードンが視線をテーブルに落とした。「ああ、それは知ってる」

ジェフリーはファイルを開け、例のプリントアウトをゴードンに見せた。黒のマーカー・ペンでライトの名前を消しておいたが、その他の情報は隠していないままだ。「これがそのときの男か？」

ゴードンがちらりと見た。「ちがう」

「写真をよく見ろ」命ずるジェフリーの声があまりに大きいので、隣のフランクがはっとした。

ゴードンは言われたとおりにして、鼻先が触れそうなほどプリントアウトに顔を近づけた。「わからない。暗かったんだ。男の顔は見えなかった」彼の目がライトの重要情報を追った。「あの男もこれくらい背が高かった。こんな体格だった。この男かもしれない」さりげなく肩をすくめた。「つまり、おれは男に注意を払ってなかった。あいつを見てたんだ」

アトランタへの道中は長く退屈で、森に欠かせない葛の絡まった木立がときどき見えて単調な景色を破る以外、なんの変化もなかった。二度、サラの自宅に電話してなにか伝言を残そうとしたが、呼び出し音が二十回鳴ったあとも留守番電話に切り替わらなかった。安堵がこみ上げ、次の瞬間には言いようがないほど自分を恥じた。アトランタ市街に近づくにつれ、正しいことをしているのだとますます強く自分に言い聞かせた。サラに電話するのは、なにかがわかった時点でいい。ジャック・アレン・ライトが、ジェフリーの拳銃とライトの胸が関与する不運な事故に遭って死んだというニュースを、電話でサラに伝えることができるかもしれない。

時速百三十キロで飛ばしても、州際高速道二〇号線を下りてダウンタウン方面への連絡道路に入るまでに四時間かかった。分岐点を過ぎて少し行ったところでグレイディ病院の前を通り過ぎたときには涙がこみ上げた。病院の建物は巨大で、州際高速道の脇、アトランタの交通情報会社が〝グレイディ・カーヴ〟と呼んでいるカーヴにそびえ立っている。グレイディ病院は世界でも有数の巨大病院だ。どの一年をとっても救急病棟で二万人以上の患者を診ていると、前にサラから聞いたことがある。四億ドルをつぎ込んだ最近の大改修工事で、グレイディ病院はバットマン映画のセットの一部のような外観になった。アトランタ市の政治の典型として、グレイディ病院の改修工事は、市役所の上層部に及ぶリベートや賄賂の爆発的調査の対象になっていた。

ジェフリーはダウンタウンの出口を下り、州議事堂を通り過ぎた。アトランタ市警に勤める友人が勤務中に被弾し、早期退職をせずに裁判所の守衛の任に就いているのだ。あらかじめグラントから電話をして午後一時に会う段取りをつけていた。ダウンタウンでも交通量の多い州議事堂周辺地区でジェフリーが駐車スペースを見つけたのは一時十五分前だった。

裁判所へ歩いていくと、キース・ロスが外で待っていた。片手に分厚いファイル、もう片方の手になんの変哲もない郵便用の白い封筒を持っている。

「ずいぶんごぶさただな」キースが言い、ジェフリーの手をがっちり握った。

「こちらこそ。会えてうれしいよ、キース」ジェフリーは努めて、感じてもいない陽気な口調で言った。アトランタまで車で飛ばしてきたら、いっそう緊張が募っただけだ。駐車場から裁判所の建物まで足早に歩いただけでは緊張はゆるまない。

「これはちょっとのあいだしか貸すことができない」ことを早く進めたがっているジェフリーの気持ちを感じ取ったらしく、キースが言った。「資料室の友人から借りたんだ」

ジェフリーはファイルを受け取っただけで開けなかった。この中になにが入っているかはわかっている。サラの写真、証人による証言、トイレで起きた事件の正確な詳細だ。

「入ろう」キースが言い、ジェフリーの先に立って裁判所の建物に入った。

ジェフリーは入口で警察官バッジを呈示し、セキュリティ・チェックを免れた。キースが入口脇の小部屋に案内した。部屋を占領しているデスクのまわりをテレビ・モニターが取り囲んでいる。ふたりが入っていくと、分厚い眼鏡をかけて警察の制服を着た若者が驚いて顔を上げた。

キースがポケットから二十ドル札を一枚取り出した。「キャンディでも買ってこいよ」

若者は紙幣を受け取り、黙って出ていった。

「仕事熱心なことだ」キースは皮肉たっぷりだ。「警察はどうなってるんだと思わずにいられないよ」

「そうだな」ジェフリーは、新入り警官の質に関して長々と話を始めたくないので、ぼそぼそと答えた。

「ひとりにしてやる」キースが言った。「十分だけだ、いいな?」

「わかった」ジェフリーは答え、ドアが閉まるのを待った。

ファイルには、コード番号や日付、資料室の人間にしかわからない不可解な記号が記してあった。ジェフリーは、実際に読まなくとも内容を吸い取ることができるという感じでファイルの表紙を上から下までなでた。それがうまくいかないと、深呼吸をしてファイルを開いた。

彼を迎えたのはレイプ直後のサラの写真だった。両手両足それぞれのクローズ・アップ、脇腹の刺創、陵辱を受けた女性器の写真がデスク一面に広がってさまざまな色彩を放った。それらの写真を見て、ジェフリーは実際にうめき声を漏らした。胸が締めつけられ、刺すような痛みが腕にまで走った。一瞬、心臓発作が起きたのかと思ったが、何度か深呼吸をすると頭がはっきりしてきた。無意識に目を閉じていたのに気づき、目を開けると、サラの写真は見ずに裏返した。

ネクタイをゆるめ、いまの写真を頭の中から追い出そうとした。ほかの写真を繰り、サラの車を写した一枚を見つけた。黒のバンパー、両側面に青い線が入った銀色のＢＭＷ320。ドアに、おそらく鍵を使って刻んであるのは、サラが証言の中で触れたとおりの〝ＣＵＮＴ〟の文字だ。銀色の粘着テープを貼る前と後のドアの写真もあった。サラがドアの前にひざをつき、今度グラントに帰った際におじのアルに修理してもらおうとでも考えながら傷にテープを貼っている姿が脳裏をよぎった。

腕時計を見て、五分が経っているのに気づいた。監視カメラのひとつに、両手を左右のポケットに突っ込んで入口の守衛たちとしゃべっているキースの姿を見つけた。

ファイルのうしろから繰って、ジャック・アレン・ライトの逮捕記録を見つけた。ライトにはサラの事件までに婦女暴行容疑で二度の逮捕歴があるが、いずれも不起訴になっている。最初の事件では、被害に遭った当時サラとほぼ同年齢だった若い女性が、起訴を取り下げてアトランタから出ていった。もう一件のほうでは、被害女性が自殺していた。ジェフリーはジュリア・マシューズのことを思い、目元をぬぐった。

ドアにノックの音がして、キースが入ってきた。「時間だ、ジェフリー」

「わかった」ジェフリーはファイルを閉じた。もはや手元に持っていたくなかった。キースを見ずにファイルを差し出した。

「少しは役に立ったか?」

ジェフリーはうなずき、ネクタイを直した。「いくらかはな。こいつの居場所は突き止めることができたのか?」

「通りの先だ」キースが答えた。「バンク・ビルディングで働いてる」

「すると、大学からだと十分? グレイディ病院からはさらに五分だな?」

「そのとおり」

「なんの仕事だ?」

「清掃員さ、グレイディ病院のときと同じく」キースが言った。どうやら、ジェフリーに渡す前にこのファイルを読んだらしい。「大学には女子学生が大勢いるってのに、ほんの十分のところに、この野郎がいる」

「大学警備本部は知ってるのか?」

「いまは知ってる」キースは、わかっているという顔をジェフリーに向けた。「こいつも、もう大して危険じゃないけどな」

「どういう意味だ？」ジェフリーはたずねた。

「仮出獄の条件さ」キースがファイルを示した。「そこまで読まなかったのか？　デポを注射してるんだ」

不安がぬるま湯のようにジェフリーの体を包み込んだ。デポプロベーダというのは、最近、性犯罪者の治療に使われるようになった薬剤だ。通常はホルモン置換療法の一環として女性が用いるのだが、大量投与すれば男性の性欲を抑制できる。性犯罪者に用いる際は化学的去勢と称される。効果は犯罪者が注射を続けるあいだしか続かない、とジェフリーは知っていた。治療薬というより抗不安剤だ。

ジェフリーはファイルを指し示した。この部屋の中でサラの名前を出すことはできなかった。「こいつは、この事件のあと、ほかにもだれかをレイプしたのか？」

「この事件のあと、ほかにもふたりレイプしてる」キースが答えた。「まずはリントンの娘だ。やつは彼女を刺した。そうだろ？　殺人未遂で六年の刑。態度良好により刑期前に仮出獄、デポの注射を続け、デポを絶ち、出かけてさらに三人の女性をレイプした。うち一件で逮捕、ほかの女性は証言を拒否、三年の実刑判決を受けて再収監、いまは保護観察を受け、デポを注射するという条件で仮出獄中だ」

「七人もの女性をレイプして十年足らず服役しただけか？」

「立件できたのは三件だけだし、彼女をのぞいて」――キースがサラのファイルを指した――「ほかの証言はずいぶんあいまいだった。顔を隠してたからな。証人席に立った被害女性がどんな反応を示すか、知ってるだろう。緊張のあまり、気がついたときには、被告側弁護人によって、犯人はおろかそもそも自分がレイプされたことすら自信を持てなくなるんだ」

ジェフリーは口をつぐんだが、キースはジェフリーの心のうちを読んだらしい。

「おい」彼は言った。「おれがこの事件を担当してたら、犯人は電気椅子送りになってたはずだ。意味はわかるだろ?」

「ああ」ジェフリーは、そんな空自慢《から》はなんの役にも立たないと思った。「次で三振だな?」多くの州と同じく、ジョージア州では、しばらく前に〝三振即アウト法〟が可決、成立していた。つまり、男女を問わず過去に有罪判決を受けた人間が三回目の重罪で起訴されると、実害はなくても、刑務所に再収監され、ことによると一生出られない。

「そうらしいな」キースが答えた。

「保護観察官はだれだ?」

「そいつはもう調べてある。ライトは監視ブレスレットつきなんだ。保護監察官の話じゃ、やつは二年前からきれいなもんだそうだ。それに、刑務所に再収監される前にたぶん自殺するだろうという話だ」

その言葉にジェフリーはうなずいた。ジャック・ライトは仮出獄の条件として監視用ブレスレットをつけられている。指定された行動圏内から出たり、決められた帰宅時間を破ると、監視本部で警報が鳴る。アトランタ市の場合、通報がありしだい違反者を逮捕できるよう、保護観察官の大半は市内全域の各警察分署に詰めている。有効なシステムだし、アトランタが大都市であるにもかかわらず、まんまと逃げおおせることのできる仮出獄者は多くない。

「それに、おれは歩いてバンク・ビルディングまで行ってみた」キースは越権行為に気づき、弁解するかのように肩をすくめた。これはジェフリーの担当事件だが、キースはたぶん、一日中かばんを調べて拳銃を探すのにうんざりして、頭がおかしくなったのだろう。

「気にするな」ジェフリーは言った。「かまわないさ。なにがわかった？」

「やつのタイムカードをこっそり見た。毎朝七時に出勤して、正午に昼食をとりに出かけ、十二時三十分に戻り、五時に退社してる」

「だれかがやつに代わってタイムカードを押した可能性もある」

キースは肩をすくめた。「女性の上司はやつを見てないが、やつが仕事をしてなければ各オフィスから苦痛があったはずだと言ってる。明らかに、あの手のプロ意識の強いタイプは朝早くトイレの掃除をしてもらうのを好むようだな」

ジェフリーは、キースの持っている郵便用の白い封筒を指さした。「それはなんだ？」

「登録証だ」キースが封筒を渡した。「やつはブルーのシボレー・ノヴァに乗ってる」

ジェフリーは親指で封筒を破り開けた。ジャック・アレン・ライトの車両登録証のコピーが入っていた。名前の下に住所が記してある。「現住所か？」ジェフリーはたずねた。

「そうだ。ただし、おれは教えてないからな」

ジェフリーにも意味はわかった。アトランタ市警の女性署長は完全に署を牛耳っている。ジェフリーは彼女の評判を知り、その仕事ぶりに感心しているが、グラント郡の田舎署長である自分が彼女の気分を害すれば、次の瞬間にはうなじに刃渡り八センチの短剣が突き刺さることになるのも知っていた。

「必要なことはライトから聞くんだな」キースが言った。「それからアトランタ市警に通報すればいい」アトランタ市の象徴である、飛び立とうとしている不死鳥が中央に描かれた名刺を一枚手渡した。裏返してみると、ある名前と電話番号が走り書きしてあった。

キースが言った。「やつの保護観察官だ。優秀な女性だが、おまえがたまたまライトの前に現われた理由となる確たる説明を求めるはずだ」

「彼女を知ってるのか？」

「うわさが耳に入るんだ。相当に怖い女らしいから気をつけろよ。彼女の保護観察下にある男を逮捕すると連絡して、自分をばかにしてると思われたら、おまえが絶対にやつに会えないようにされるぞ」

ジェフリーは言った。「紳士らしく振る舞うさ」

キースが言った。「アシュトン通りは州際高速道を下りたところだ。道順を教えてやるよ」

21

電話の向こうからニック・シェルトンの声が響いた。「こんにちは、お嬢さん」

「こんにちは、ニック」サラは応え、デスクの上のカルテを閉じた。朝八時に診療所に来て午後四時までずっと診察に当たっていた。一日中、流砂の上を走った気分だ。昨夜いささか飲み過ぎたせいで少し頭痛がするし胃もむかむかする上、展開された感情のドラマのせいで動揺しているのは言うまでもない。時間が経つにつれ、気力が萎えていく気がした。昼食時に、今日のサラは医者というより患者であってもおかしくないように見えるとモリーに言われた。

「例の種をマークに見せたよ」ニックが言った。「確かにベラドンナだが、種ではなく果実だそうだ」

「そうとわかって有益だと思うわ」サラはなんとか答えた。「彼は確信してるの?」

「百パーセント確信してる」ニックが応じた。「マークは、被害者が果実を食べたなんて少し妙だと言ってる。覚えてるだろう、果実は毒性がいちばん少ないんだ。この犯人は被害者の性欲を少しばかり高めておくために果実を食べさせ、そのあと致死量を与えてから解放してるのかもしれない」

「筋が通るわね」こんな問題を考えたくもなかった。今日は医者でいたくなかった。検死官でいたくなかった。ベッドに入って、紅茶を少し飲んでばかばかしいテレビを観ていたかった。実を言うと、今日の最後の患者のカルテに最新の診察結果を記入し終えしだい、そうするつもりだった。ありがたいことにネリーが明日を休みにしてくれていた。週末のあいだに緊張を解こう。月曜日にはいつもの自分に戻っているはずだ。

サラはたずねた。「精液の採取サンプルからはなにかわかった?」

「そっちのほうは、採取した場所を考えると少々難しい。しかし、なにかわかると思うよ」

「それはいいニュースだわ」

ニックが言った。「果実の件はきみからジェフリーに伝えてくれるか、それともぼくが電話しようか?」

サラはジェフリーの名前を聞いただけで胃が重くなった気がした。

「サラ?」ニックが呼んでいた。

「ええ。仕事が終わりしだい彼に伝えておくわ」

サラはそれらしい挨拶をして電話を切り、オフィスで座ったまま腰をさすった。次のカルテをざっと見て、投薬の変更とともに精密検査の結果を告げるための再来院の日時も記入した。最後のカルテへの記入が終わると、五時半になっていた。

週末、徐々に気が咎めて少しなりとも仕事をしたくなることがあるとわかっているので、ファイルを二冊、ブリーフケースに押し込んだ。口述なら小型テープ・レコーダーを使って自宅でもできる。口述記録をタイプして二、三日中に送り返してくれる書類作成代行会社がメイコンにある。

サラは上着のボタンを留めながら通りを横切り、ダウンタウンへと向かった。ジェブと出くわしたくなくて薬局と反対側の歩道を歩いた。声をかけられたくないので、うつむいたまま金物屋と洋服屋の前を通り過ぎた。足を止めたのが警察署の前だったのにはいささか驚いた。知らないうちに頭が働き、一歩進むごとに、ジェフリーが電話をしてこないことに対する怒りが募った。サラのほうは魂を彼のバスルームの洗面台に置いてきたと言ってもいいのに、彼には電話をかけてくる配慮すらない。

サラは警察署に入っていき、マーラになんとか笑顔を向けた。「ジェフリーはいる？」

マーラは難しい顔をした。「いないと思うわ。正午ごろ出かけたの。なんならフランクに聞いてみて」

「フランクは集合室にいるの？」サラはブリーフケースでドアを指した。

「たぶんね」マーラが答え、やりかけの作業に戻った。

マーラの前を通るときサラは彼女の手元を見た。マーラはクロスワード・パズルを解いていた。

集合室にはだれもおらず、ふだんは刑事たちが座っている十ほどのデスクもいまは空いている。全員、ジェフリーの出したリストを当たっているか夕食をとりに出ているのだろう。サラは頭を上げたまま、さりげない足取りで署長室に入った。むろん、ジェフリーはいなかった。

サラは狭い署長室に立ち、ジェフリーのデスクにブリーフケースを置いた。ここには何度も、数えきれないほど何度も入ったことがある。どんなときもここは安全に思えた。離婚後でさえ、この署長室の中にかぎってはジェフリーを信頼できると感じていた。警察官として、彼は常に正しいことをした。自分の仕える一般市民の安全を守るため全力を尽くした。

十二年前、グラントに戻った当初のサラは、父や家族がどんなに安心させてくれても安全だと納得できなかった。町の質屋に行けば、サラが銃を買ったといううわさがたちどころに広まるとわかっていた。それに、銃を登録するには警察署に行く必要があるのも知っていた。ジェフリーの前任の署長ベン・ウォーカーは、当時、エディ・リントンと毎週金曜日の夜にポーカーをしていた。サラには、知り合いのだれにも知られることなく銃を購入するすべはなかった。

そのころ、非行グループの少年が、腕を撃たれてもげそうな状態でオーガスタ病院に担ぎ込まれた。サラはその少年の腕を手術し救ってやった。少年はわずか十四歳で、駆けつけた母親は持っていたかばんで息子の頭を叩き始めた。サラは病室を出たが、しばらくすると母親のほうがサラを探しにきた。息子の持っていた銃をサラに渡し、処分してくれと頼んだ。サラがキリスト者だったら、その出来事を奇跡と呼んだにちがいない。

その銃がいまはジェフリーのデスクのひきだしに収まっている。サラは背後を確認してからそっとひきだしを開け、ルガーの入っている袋を取り出した。袋ごとブリーフケースに突っ込み、数分後には署長室を出た。

大学へと向かうあいだ、サラは顔を上げていた。ボート小屋の前にボートをもやってある。片手でブリーフケースをボートに放り込み、もう片方の手でもやい綱をほどいた。ボートは新居移転のお祝いに両親が贈ってくれたもので、古いが造りは頑丈だ。エンジンが強力なので、娘の腕を引きちぎってしまうのを怖れてスロットルを抑えている父に操縦してもらって、サラは何度も水上スキーを楽しんだ。

だれにも見られていないのを確認すると、サラはブリーフケースからそっと銃を取り出し、ビニール袋ごと助手席の前の防水小物入れに入れて錠をかけた。片脚をボートの外に踏み出して、ボートをドックから押し出した。キーをまわすとエンジンがブルブルと音を立てる。ボートは冬のあいだ使っていなかったので、厳密には、また使い始める前にモーターを点検する必要があるのだが、車の鑑識作業が終わるのが月曜日になるというのだから、実際しかたがない。父に送り迎えを頼むといろいろと話をしなければならなくなるし、ジェフリーに頼むのは問題外だ。

いやな感じの排気ガスがもうもうと出てエンジンがかかると、ボートはドックを離れ、サラは思わずにやりとした。ブリーフケースに銃を隠して逃亡する犯罪者の気分だが、これで安全だという思いも増した。銃がなくなったのに気づいたジェフリーがどう思おうと関係ない。

湖のまん中あたりに達するころには、ボートは湖面を跳ねていた。冷たい風が顔を切るようで、目を保護するために眼鏡をかけた。このあいだグラント全域に雨が降ったばかりなので、太陽が照りつけているのに水は冷たい。今夜も嵐になりそうだが、おそらく日没のはるかあとのことだろう。

寒さを防ごうと、ジャケットのジッパーを上げた。それでも、自宅の裏手が見えてきたときには鼻水が垂れ、冷水を満たしたバケツに顔を突っ込みでもしたように頰が凍りついていた。左に急カーブを切り、水面下の岩場をよけた。以前はその地点に標識が立っていたのだが、何年も前に腐って倒れてしまった。このあいだの雨で水深が増しているとはいえ、危険を冒したくなかった。

ボートを自宅につけ、電動ウィンチを使ってボートを水から上げていると、家の裏口から母が現われた。

「くそ」サラはつぶやくと、ウィンチを止める赤ボタンを押した。

「診療所に電話したのよ」キャシーが言った。「ネリーから聞いたけど、明日は休みを取ってるんだってね」

「そうよ」サラは鎖を引いてボートのうしろのドアを下ろした。

「ゆうべ言い争いをしたってテッサから聞いたわ」

サラが鎖を強く引いたので、鎖全体がガチャガチャいった。「わたしを脅しにきたのなら、もう悪い結果が出たわよ」

「どういう意味？」

サラは母の横をすり抜け、ドックから下りた。「彼は知ってるって意味よ」両手をスラックスの腰に差し入れ、母がついて来るのを待った。「公判記録を見せたの」

「彼はなんと言ったの？」

「その話はできないわ」サラは答え、家に向かった。芝生のところで母が追いついたが、ありがたいことになにも言わなかった。

サラは裏口の錠を開け、母がキッチンに入るまでドアを開けておいてやった。家の中が散らかり放題だと気づいたときには手遅れだった。

キャシーが言った、「まったく、サラったら、掃除する時間くらいあるでしょ」

「このところ仕事で忙しかったのよ」

「そんなことは言い訳にならないわ」キャシーが説教を始めた。「『一日おきに一回分の洗濯をする。ものはかならず取ったところに戻す』って自分に言い聞かせればいいのよ。すぐに整理整頓が行き届くようになるわ」

サラは聞き飽きた助言を無視してリビング・ルームに入った。ナンバー・ディスプレイ装置の着信記録表示ボタンを押したが、着信電話は一本もなかった。

「停電があったの」母が言い、レンジのボタンを押して時刻を合わせた。「例の嵐で電線が切れたままなの。ゆうべ、《ジェパディー！》を見ようとしてテレビをつけても砂嵐しか映らないから父さんったら心臓麻痺を起こしかけたのよ」

停電と聞いてサラは少しほっとした。ジェフリーは電話をくれたのかもしれない。思いがけない事故はめずらしくない。流しに行き、やかんに水を入れた。「紅茶でもどう？」

キャシーは首を振った。

「わたしもいらない」サラはつぶやくように言うと、やかんを流しに置いた。奥に向かい、シャツを脱ぎ、スカートを脱ぎながらベッドルームに入った。キャシーがついてきて、慣れた母親の目で娘を観察した。

「またジェフリーと喧嘩したの？」

サラはTシャツを頭からかぶった。「ジェフリーとはいつだって喧嘩してる。それがわたしたちの仕事なの」

「教会で座って彼の前でもじもじしてるときは別だけどね」

頬がまっ赤になるのがわかって、サラは唇を噛んだ。

キャシーがたずねた。「今回はなにがあったの？」

「やめてよ、ママ、ほんとうに話したくないのよ」

「じゃあ、ジェブ・マグワイアとのおつき合いのことを話して」

「〝おつき合い〟なんてしてないわ。ほんとうよ」サラはスウェットパンツをはいた。

キャシーがベッドに腰かけ、平手でシーツのしわを伸ばしていた。「よかった。あの人はあなたのタイプじゃないものね」

サラは笑った。「わたしのタイプってどんな人？」

「あなたに立ち向かってくる人よ」

「わたし、ジェブに好意を持ってるかもしれないわ」サラは言い返し、苛立った口調になっているのに気づいた。「わかりやすい性格で、思いやりがあって穏やかなところが好きなのかもしれない。彼とデートし始めるべきかもしれない」

キャシーが言った。「あなた、自分で思ってるほどジェフリーに腹を立ててないわね」

「あら、そう？」

「ただ傷ついてるだけ。だから腹が立つのよ。あなたが心のうちを人にさらすことなんてめったにしないから」キャシーが続けた。その口調が、なだめすかして凶暴な動物を巣穴から追い出そうとするかのごとく、機嫌を取るようでありながらもきっぱりしているのにサラは気づいた。「あなたの子どものころを思い出すわ。友だちを作るのに、いつも慎重だった」

ソックスをはきやすいようサラはベッドに腰を下ろした。「友だちならたくさんいたわよ」

「そりゃ、あなたは人気者だったけど、親しいのはほんの何人かだけだったわ」彼女はサラの耳のうしろの髪をなでた。「それに、アトランタでの事件のあとは――」

サラは片手で目を覆った。涙があふれ、つぶやくように言った。「ママ、ほんとうにいまはその話はできないの。わかった？　お願い、いまはだめなの」

「わかった」キャシーが態度を和らげ、サラの肩に腕をまわした。サラの頭を胸に引き寄せた。「しっ」キャシーはサラの髪をなでた。「気にしなくていいのよ」

「わたし、ただ……」先を続けることができず、サラは首を振った。母に慰めてもらうとどんなに心地よいか、とうに忘れていた。ここ数日、心の中からジェフリーを追い払うのに躍起になるあまり、愚かにも家族とも距離を置いていた。

キャシーがサラの頭のてっぺんに唇を押しつけて言った。「父さんとわたしにも愚かなあやまちがあったのよ」

サラはびっくりして泣きやんだ。「パパがママを裏切ったの?」

「もちろん、ちがうわ」キャシーが顔をしかめた。しばらく経ち、キャシーは自分から打ち明けた。「逆よ」

サラはやまびこになった気分だった。「ママがパパを裏切ったの?」

「一度も最後の一線は越えなかったけど、心の中では裏切ったも同然だと思ってるわ」

「どういう意味?」これではジェフリーの重ねる言い訳さながら、うそくさいと思い、サラは首を振った。「いいわ、気にしないで」手の甲で涙をぬぐい、ほんとうはそんな話を聞きたくないと思った。両親の結婚生活は、夫婦の関係や愛情についてサラが抱くさまざまな思いをのせる台座だった。

キャシーはどうしても話したいようだった。「パパに、あなたと別れて別の男性と一緒になりたいと打ち明けたわ」

愚かにも口があんぐりと開いたが、サラにはどうしようもなかった。やっとのことで、なんとかたずねた。「相手はだれ?」

「ある男性よ。信頼できる人で、ある工場で働いてた。とても穏やかな人。生まじめ。父さんとは正反対よ」

「どうなったの?」

「父さんに別れたいと言ったの」

「それで？」

「父さんは泣いて、わたしも泣いたわ。半年ほど別居したの。結局、また一緒に住むことにしたけどね」

「相手の男性はだれ？」

「いまとなってはどうでもいいことだわ」

「まだこの町にいる人？」

キャシーが首を振った。「どうでもいいことよ。もう、わたしの人生とは無関係な人だし、わたしは父さんと一緒なんだし」

サラはしばらく自分の息遣いに意識を集中した。ややあって、なんとかたずねた。「いつのこと？」

「あなたとテッシーが生まれる前よ」

サラは喉のつかえを飲み込んだ。「なにがあったの？」

「なんのこと？」

サラはソックスをはいた。母から話を聞き出すのは歯を抜くのに似ている。そこで、話のきっかけを与えた。「なにがあって考えが変わったの？　どうしてパパのもとに残りたいって気持ちになったの？」

「ああ、理由なら数えきれないほどあるわ」キャシーがいたずらっぽい笑みを浮かべて答えた。「ちょっと別の男性に気持ちが向いただけで、父さんがわたしにとってどんなに大切な人か気づかなかったんだと思うの」深いため息をついた。「ある朝、実家の昔の部屋で目が覚めたとき、エディが一緒にいるべきだということしか考えられなかったわ。すごく彼を求めてた」その言葉に対するサラの反応を見て、キャシーは怖い顔をした。「顔を赤らめたりしないで。人を求めるというのには別の意味もあるんだから」

叱られて一瞬びくっとして、サラはもう片方のソックスをはいた。「それでパパに電話したわけ?」

「家に戻って玄関ポーチに座り込んで、戻ってくるのを許してくださいって文字どおり懇願したの。考えてみると、本気で懇願してたわ。おたがい、ひとりで惨めになるより一緒に惨めになるほうがましよ、ほんとうに悪かったわ、この先一生あなたを当然のように思うことはしませんからって言ったの」

「当然のように思うって?」

キャシーはサラの腕に手をかけた。「あなたが傷ついてるのはそこなんじゃない? 自分が昔ほど彼にとって大事ではないように思えるからでしょ」

サラはうなずき、呼吸を忘れまいとした。母はずばりと核心をついた。サラはたずねた。「ママがそう言ったとき、パパはなんて言ったの?」

「ポーチから立ち上がって中に入って朝食を食べろ、って」キャシーは片手を胸に当てて軽く叩いた。「エディはプライドの高い人だから、どうしてわたしを許す気になったのかわからないけど、許してくれて感謝してるわ。あんな愚かなまねをしたわたしを許すことができる人だ、徹底的に傷つけたわたしを愛することのできる人だとわかって、前にもまして彼を愛するようになったの。そんな出発だったから夫婦の絆が強まったと思うわ」笑みが大きくなった。「もちろん、そのあと、わたしには秘密兵器ができたけどね」

「なに？」

「あなたよ」

「わたし？」

キャシーはサラの頬をなでた。「また父さんと寝るようになってたけど、すごく無理してる感じだった。まったく昔のようにいかなくてね。そんなとき、あなたを宿し、自然にうまくいったの。あなたができたことで父さんは大局を見るようになったんだと思うわ。続いてテッシーが生まれ、ふたりが学校に入って、やがてふたりとも成長し、大学に入って家を離れた」彼女は笑みを浮かべた。「時間がかかるものなのよ。愛情と時間。それに、追いかける赤毛のわんぱく娘がいるのもいい気晴らしになるわ」

「だけど、わたしが妊娠することはないわ」サラは言い返し、語気が鋭いことに気づいた。

キャシーは考えを声に出して答えているようだ。「ときには、もののほんとうの価値がわかるために、なにかを失ったと感じることが必要なのよ。テッシーには内緒よ」

サラはうなずいて同意を示した。立ち上がり、Tシャツをスウェットパンツの中にたくし込んだ。「彼に話したのよ、ママ。読んでもらおうと思って例の記録を置いてきたの」

キャシーがたずねた。「公判記録を?」

「そう」サラは整理だんすに寄りかかった。「彼が読んだのはわかってるの。バスルームに置いてきたから」

「それで?」

「それで」サラは言った。「電話もくれないの。今日一日、なにも言ってこない」

「そう」キャシーはすでに心を決めているようだった。「じゃあ、そんな男、放っておきなさい。彼はクズよ」

22

ジェフリーはさして苦労することもなくアシュトン通り六三三番地を見つけた。目的の家はぼろぼろで、シンダー・ブロックで造った立方体にすぎなかった。窓はあとから思い立って取りつけたような感じで、どれひとつとして同じ大きさのものはない。玄関ポーチにセラミック製の暖炉があり、その横に山と積まれた書類や雑誌はおそらく焚きつけに使うのだろう。

さりげない動作を心がけながら、ジェフリーは家の周辺をぐるりと見まわした。スーツにネクタイというでたち、白のタウン・カーで乗りつけた彼は、ここでは浮いている感じだ。アシュトン通りは、いや少なくともジャック・ライトの暮らす一画は、荒れ果てた、いかがわしい環境だった。近所の家の大半は板張りがされ、接収物件であることを示す黄色の警告書が貼ってある。そんな家々の、土を固めた裏庭で子どもたちが遊んでいるが、親たちの姿はまったく見当たらない。あたりに立ち込める悪臭は、汚水ではないが同種のにおいだ。ジェフリーは、マディスン郊外にある市のゴミ投棄場を車で通りかかったときのことを思い出した。晴れた日には、風下に向かって走っていても、腐敗が進むゴミのにおいが鼻に届く。窓を閉めてエアコンをつけていても。

ジェフリーは、この悪臭に慣れようと何度か深呼吸をしてから家に近づいた。ドアの手前にはいかめしい金網のスクリーン・ドアが南京錠で枠に留めてある。ドア本体には差し金式の錠が三個も取りつけられ、開けるには鍵よりもジグソー・パズルの一片が必要そうに見えた。ジャック・ライトは人生の大半を刑務所で過ごしている。どうやらプライヴァシーをほしがる男らしい。ジェフリーは、家をぐるりと見まわしてから窓のひとつに近づいた。その窓にも金網と頑丈そうな錠が取りつけてあるが、窓枠が古いので簡単に壊せそうだ。二、三度強く押すと、窓枠全体がゆるんだ。あたりをうかがってから枠ごと窓をはずし、ジェフリーは家の中に忍び込んだ。

リビング・ルームは薄暗くてみすぼらしく、そこらじゅうにゴミと書類が積んであった。床にひとつ置かれたオレンジ色のカウチには、なにかをこぼしたような黒っぽいしみがいくつもついている。嚙み煙草の汁なのか、体液のたぐいなのか、ジェフリーには判断がつかなかった。わかるのは、むせかえるほどの汗のにおいにライゾールのにおいが混じった悪臭が部屋中に充満していることだけだ。

四方の壁の最上部を、さまざまなキリスト磔刑像が飾り縁のように縁取っている。自動販売機のキャンディのおまけから、少なくとも二十五センチの高さがあるものまで、大きさはまちまちだ。端と端をぴったりくっつけ、一列に並んだひとつの部隊さながらに釘で壁に留めてある。キリストのテーマはまだ続き、日曜学校の教室から取ってきたらしく、イエスや弟子たちが描かれたポスターが何枚も貼ってある。その中の一枚で、イエス・キリストは小羊を抱いている。別の一枚では、両手を広げて手のひらの傷を見せている。

　その絵を見た瞬間、ジェフリーは鼓動が速まるのを感じた。銃に手をやり、拳銃ホルスターのストラップをはずして家の表側へと向かい、私道をやって来る人間がいないのを確認した。

　キッチンに入ると、流しには汚れのこびりついた不潔そうな皿が何枚も重ねてあった。床はねばつき、部屋中が水以外のなにかで湿っている感じだ。ベッドルームも同様で、饐《す》えたようなにおいが湿った浴用タオルのごとくジェフリーの顔に張りついた。しみだらけのマットレスの上方の壁には、光輪を戴いたイエス・キリストを描いた大きなポスターが貼ってあった。リビング・ルームのポスターと同じく、キリストは両の手のひらを広げて傷跡を見せている。磔刑のテーマはベッドルーム周辺にも続いていたが、こっちのほうが十字架が大きい。ベッドに立つと、何者かが、おそらくはライトが、キリストの傷を誇張するため赤のペンキを使って胸まで血をしたたらせ、頭に載せたイバラの冠を強調したのがわかった。目につくかぎり、キリストの目にはすべて黒のX印がしてある。キリストの視線を封じたかったといわんばかりだ。隠す必要のあるどんなことをライトがしていたのか、ジェフリーにはなんとしても答えがほしい疑問だった。

ジェフリーはベッドを下りた。ものに手を触れる前に、ポケットから取り出したラテックスの手袋をゆっくりはめてから、何冊かの雑誌に目を通した。雑誌の大半は《ピープル》と《ライフ》の旧号ばかりだ。クロゼットには、床から天井までポルノ雑誌が積んであった。《巨乳娘》の横に《行ないの正しい赤毛たち》があった。ジェフリーはサラを思い、喉が詰まりそうになった。

足でマットレスを蹴り上げた。ボックススプリングの上には九ミリ口径のシグ・ザウェルが載っていた。銃は真新しく、よく手入れしてあるようだ。こんな地区に住んでいれば、手元に銃を置かずに眠りにつくのは愚か者だけだ。マットレスを押し戻しながらジェフリーはほくそ笑んだ。この銃があとで役に立つかもしれない。

化粧台を開けるとき、なにが見つかると予想しているのか自分でもわからなかった。ことによると、またポルノ雑誌だろうか。別の銃、あるいは銃に代わる間に合わせの武器かもしれない。しかし、そのどれでもなく、上のふたつのひきだしには女性用の下着がぎっしり詰まっていた。ただの下着ではなく、シルク製でセクシーなデザインで、サラに着せたいたぐいの下着ばかりだ。ボディスーツ、ひも型のショーツ、腰に蝶結びのリボンがついたフレンチカット・パンティ。しかも、どれもとてもサイズが大きい。男がはくのにぴったりのサイズだ。

ジェフリーは思わずこみ上げる身震いを抑えた。針やなんかの尖ったもので指を突き刺したくないし、性病を移されたくないので、ペンを取り出してひきだしの中身を調べた。ひとつのひきだしを閉めかけ、ふと気が変わった。なにか、見落としかけている。濃緑色のレースのパンティをどけると、探していたものが見つかった。ひきだしの底に敷いてあるのは《グラント・カウンティ・オブザーヴァー》の日曜特別版だ。題字に見覚えがあると感じたのだ。

衣類をどけて新聞を取り出した。第一面を見ると、その日はあまり大きなニュースがなかったようだ。一匹の豚を両腕で抱きかかえている市長の写真がジェフリーに笑いかけてきた。日付は一年以上前だ。ほかのひきだしも開け、さらに《オヴザーヴァー》がないかと探した。何部か見つかったものの、大半が無害な記録ばかりだった。アトランタに住むジャック・ライトが《グラント・カウンティ・オブザーヴァー》を購読しているのは興味深い、とジェフリーは思った。

リビング・ルームに戻ると、興味を新たに、床に積まれた書類を調べた。サラの事件のあとライトの被害者となったひとり、ブレンダ・コリンズは、テネシー出身だ。テネシー大学の卒業生向け情報誌《マンスリー・ヴォルズ》が一冊、アラバマ州アレキサンダー・シティの地元紙のあいだにはさまっていた。次に調べた山からは、ほかの州の新聞が、いずれも小都市の地元紙ばかり何部も見つかった。そのほか、アトランタ市内のさまざまな観光スポットを写した絵葉書が何枚もあった。裏面は空白で、文字が書かれるのを待っている。ライトのような男がこの絵葉書をどう使うのか、ジェフリーには想像もつかなかった。友人のいるタイプの男とは思えないのだ。

ジェフリーはリビング・ルームを見まわし、この狭苦しい部屋でなにひとつ見落としていないのを確認した。古い暖炉にテレビ・セットが押し込んである。わりと新しいものらしく、出所についてくどくど質問をしなければ五十ドルで買うことができるたぐいの代物だ。その上にはケーブル・テレビのターミナルがあった。

外に出ようと表側の窓に向かったが、カウチの下にあるものに気づいて足を止めた。足を使ってカウチをひっくり返すと、床の上をゴキブリどもが散り散りに逃げていった。床には小さな黒いキーボードがあった。

ケーブル・テレビのターミナルだと思ったものは、実はそのキーボードにつながっていた。テレビ・セットの電源を入れ、キーボードのボタンを次々押してみると、やがてインターネットへの接続を開始した。ひっくり返したカウチの端に腰かけ、接続するのを待った。署ではブラッド・スティーヴンスがコンピュータを担当しているが、若い巡査が操作しているのを見るうち、ジェフリーもインターネットの使いかたを覚えていた。

ライトのメールにアクセスするのは簡単だった。シボレーの部品販売店からの勧誘メールと、大学の学費がほしくてやむをえずセクシーなアピールをしている十代の女の子のメールをのぞくと、どこのだれが受け取ってもおかしくないたぐいのメールばかりで、ライトの母親と思しき女性からの長いメールが一本あった。ほかには、脚を大きく広げたポーズをとっている若い女性の写真を貼付したメール。送り主のメール・アドレスは数字をでたらめに並べたものだ。たぶんライトの刑務所仲間だろう。それでもジェフリーは、ポケットに持っていた紙の切れ端にそのアドレスを書き留めた。

矢印キーを使ってブックマークのウィンドウを表示した。いろんなポルノのサイトや暴力のサイトに加え、《グラント・オブザーヴァー》のオン・ライン版へのリンクも見つかった。ジェフリーはこれ以上ないほどのショックを受けた。テレビ画面に、昨夜のジュリア・マシューズの自殺を報じる今日の一面記事が映し出されていた。下向きの矢印キーを押し、改めてその記事をざっと読んだ。保存ファイルを開いて〝シビル・アダムズ〟で検索を実行した。数秒後、昨年の職業指導に関する記事が画面に現われた。

〝ジュリア・マシューズ〟で検索すると今日の第一面しか出ない。サラの名前を打ち込んで検索すると、六十以上の記事が出た。

ジェフリーはコンピュータを終了させ、カウチを元どおりに起こした。外に出て、さっき開けた穴に窓を押し込んだ。窓はじっと留まろうとしないので、椅子をひとつ持ってきてもたせかけなければならなかった。車から見るかぎり窓はいじられたように見えないが、ジャック・ライト本人なら、玄関ポーチに上がるや何者かが家に侵入したのがわかるはずだ。防犯に神経を使う男らしいので、かえって、怒らせるのにいいかもしれない。こんな不潔な通りでも、アトランタの街並みの向こうに沈みゆく夕陽は見るに値する。陽が昇り沈むことがなければ、このブロックの住民は人間らしい気持ちを持てないにちがいないとジェフリーは想像した。

ジェフリーが車に乗り込むとき、ちょうど車の上方の街灯がついた。

三時間半待ってようやく、ブルーのシボレー・ノヴァが私道に入ってきた。車は古く、汚れていて、トランクや尾灯に点々と錆びが浮いていた。どうやらライトも少しは修理を試みたようだ。車の最後部には銀色の粘着テープを十字に貼り、バンパーの片側には〝主はわが運転助手〟と記したステッカーを貼っていた。反対側には〝アトランタ動物園では凶暴になるゾ〟と書いた白黒の縞模様のステッカーが貼ってあった。

ジャック・ライトは長らく法執行機関の世話になっていたので、警察官の見かけがどんなものか知っている。彼はノヴァを降りながら、警戒の目でちらりとジェフリーを見た。生え際が後退し始めた、ずんぐりした男だ。シャツを脱いでいるので、乳房としか表現しようのないものがジェフリーの目にも入った。デポプロベーダの影響だろう。レイプ犯や小児性愛者がデポ注射をやめるおもな原因は、人によっては体重が増えて動作が女性っぽくなるという不快な副作用の出ることがあるからだ。

ジェフリーが私道を近づいていくと、ライトが会釈した。アトランタ市内でも放置された一画なのに、街灯はどれも正常に働いている。ライトの家は白昼さながらに明るく照らされていた。

　ライトが口を開くと、やはりデポの副作用か、声が甲高い。「おれを探してるのか?」

「そうだ」ジェフリーは答え、サラ・リントンをレイプして刺した男の正面で足を止めた。

「そうか、くそ」ライトは唇を引き結んだ。「どこかの女の子がかっさらわれたんだな? どこぞの若い娘が行方不明になると、あんたらはかならずおれの家に来てノックする」

「家に入ろう」ジェフリーは言った。

「いやだ」ライトが言い返し、車に寄りかかった。「きれいな女なのか、その行方不明の娘は?」答えを待つかのように間を置いた。舌でゆっくりと唇を舐めた。「おれはきれいな女しか選ばないんだ」

「聞きたいのは昔の事件のことだ」ジェフリーはライトの挑発に乗らないよう努めた。

「エイミーか? おれのかわいいエイミーのことか?」

　ジェフリーは目を丸くした。エイミーの名前は事件のファイルで見た覚えがある。エイミー・バクスターはジャック・ライトにレイプされたのち自殺した。看護師で、アレキサンダー・シティからアトランタに移ってきたのだ。

「ちがう、エイミーじゃないな」ライトが言い、片手をあごに当てて考えるような仕草をした。「じゃあ、おれのかわいい」――言葉を切り、ジェフリーの車を見やった。「グラント郡だな？　どうして、そう言わないんだ？」彼がほほえむと、欠けた前歯の一本が見えた。「おれのかわいいサラはどうしてる？」

ジェフリーは一歩詰め寄ったが、ライトはまったく動じなかった。

ライトが言った。「さあ、殴りなよ。手荒なほうが好きなんだ」

ジェフリーは後退し、この男を殴るな、とみずからに言い聞かせた。

突然ライトが両手で自分の両の乳房を持ち上げた。「おっぱいは好きかい？」ジェフリーの顔に浮かんでいるにちがいない嫌悪の表情を見て、ライトはにやりとした。「おれはデポを打ってるが、そんなことはとっくに承知なんだろ？　あれがどんな作用をもたらすかも知ってるな？」声を低めた。「女のような気分になるんだ。男と女それぞれの世界で最高のものを両方とも男に与えるんだよ」

「やめろ」ジェフリーはあたりを見まわした。近所の住民たちが出てきて、この見せ物を眺めている。

「おれのタマはビー玉くらいの大きさだ」ライトが両手をブルー・ジーンズの腰に当てた。「見たいか？」

ジェフリーは声を低めてうなるような声で答えた。「おまえが去勢から〝化学的〟という言葉を取り除きたくないかぎり、ごめんだ」

ライトがくすくす笑った。「あんたは大柄で屈強な男だ。自分でわかってるか？　おれのサラの面倒を見てやることになってるのか?」

ジェフリーにはつばを飲み込むことしかできなかった。

「彼女らみんな、おれが自分を選んだわけを知りたがる。『なぜ、わたしが? なぜ、わたしなの?』ってな」彼が声を震わすと、ますます甲高くなった。「サラの場合、本物の赤毛か確かめたかったんだ」

ジェフリーは微動だにできずにその場に立ち尽くしていた。

「あんたは彼女が本物の赤毛だと知ってるんだろ、どうだ? その目を見ればわかるよ」ライトはジェフリーの目を見据えたまま、胸の前で腕を組んだ。「なあ、彼女のおっぱいは大きいよな。おれはあのおっぱいをしゃぶるのが好きだったな」彼は唇を舐めた。「彼女の顔に浮かんだ恐怖の表情を、あんたにも見せてやりたかったよ。彼女は慣れてなかったんだ。まだ本物の男を知らなかったのさ、意味はわかるだろ?」

ジェフリーは片手をライトの首にかけ、そのまま背後の車に押しつけた。とっさの行動だったので、手の甲にジャック・ライトの長い爪が食い込むのを感じるまで、自分がなにをしているかわからなかった。

ジェフリーはどうにか手を放した。ライトをつばを吐き、咳き込んで、息を吸おうとしていた。ジェフリーはくるっとまわって、近所の住民の様子を確認した。だれひとり、一歩たりとも動いていない。みんな、この見せ物に見とれているらしい。

「おれを脅すことができるとでも思ってるのか？」ライトがかすれた声で言った。「刑務所では、あんたより体の大きな連中ふたりを一度に相手にしたことがあるんだ」

「今週の月曜日、おまえはどこにいた？」ジェフリーはたずねた。

「仕事に出てたよ。おれの保護観察官に聞いてくれ」

「場合によっては聞くかもしれん」

「あの女がおれの居場所を確認してきたよ」──ライトはそれについて考えるふりをした──「二時か二時半ごろだったな。あんたが知りたいのはその時間帯だろ？」

ジェフリーは答えなかった。シビル・アダムズの死亡時刻は《オブザーヴァー》に出ていた。

「床を掃いてモップをかけ、ゴミ箱を空《から》にしてたよ」ライトが続けた。

ジェフリーはタトゥーを指さした。「おまえは信仰心が篤いようだな」

ライトは自分の腕を見た。「それでサラにばれちまったのさ」

「被害者たちを追い続けていたいんだな、ええ？」ジェフリーはたずねた。「新聞に目を通すとか？　インターネットで調べるとか？」

ライトが初めてぴりぴりした様子を見せた。「家に入ったのか？」

「壁は気に入ったよ。小さなキリスト像があんなにあって、部屋を歩きまわると、キリストたちの目が追ってくるんだな」

ライトの顔が変わった。ほんの一握りの不運な被害女性たちしか目にすることのなかった横顔をジェフリーに見せて金切り声を上げた。「あれはおれの私有財産だ。あんたには立ち入る権利なんてない」

「入ったんだ」ライトが興奮しているいま、ジェフリーは落ち着き払った態度を取ることができた。「全部、見せてもらったよ」

「ちくしょう」ライトが叫び、パンチを繰り出した。ジェフリーは脇に動いてパンチをよけると、ライトの腕をつかんで背中にねじ上げた。ライトが前に傾き、顔から地面に倒れた。ジェフリーは馬乗りになり、ライトの背中にひざを押しつけた。

「おまえはなにを知ってるんだ？」ジェフリーは問いただした。

「放してくれ」ライトが懇願した。「頼む、放してくれ」

ジェフリーは手錠を取り出し、力ずくでライトの手にかけた。錠がかかるカチッという音を聞くと、ライトの息遣いが荒くなった。

「読んだだけなんだ」ライトが言った。「頼む、お願いだから放してくれ」

ジェフリーは身をかがめて彼の耳元でささやいた。「おまえは刑務所に逆戻りだ」

「送り返さないでくれ」ライトが懇願した。「頼むよ」

ジェフリーは片手を伸ばし、ライトの足首につけられた輪を引っぱった。アトランタ市のやりかたはわかっているし、九一一番通報するよりこのほうが早い。ブレスレットがびくともしないので、ジェフリーは靴の踵で踏み壊した。

「そんなこと、できっこない」ライトが叫んだ。「できるはずない。みんなが見てるんだ」

隣人たちのことを思い出してジェフリーは顔を上げた。無言で見ていると、全員が背を向け、それぞれの家に消えていった。

「なんてこった、頼むから、おれを刑務所に戻さないでくれ」ライトが懇願した。「頼む、なんでもするから」

「警察は、おまえのマットレスの下にあった九ミリ口径の銃も気に入らないだろうな、ジャック」

「おお、神さま」ライトは身を震わせてすすり泣き始めた。

ジェフリーはノヴァに寄りかかり、昼間にキースがくれた名刺を取り出した。名刺に書かれた名前はメアリ・アン・ムーン。腕時計に目をやった。金曜日の午後八時十分前、ムーンという名の女性が喜んで彼に会いたがるとは、まじめなところ、考えられない。

23

陽光が顔に降り注ぐとレナは目を閉じた。水は泳ぎたくなるほど温かく、波が優しく背中をなでるたび体にそよ風が感じられる。この前いつ海に行ったのか思い出せないが、今回の休暇は、控えめに言ってもらって当然のものだ。

「見て」頭上を指さし、シビルが言った。

レナは妹の指先をたどり、海の上空に一羽のカモメを見つけた。気がつくと、カモメではなく点々と浮かぶ雲を見つめていた。淡いブルーを背景に映える綿玉のようだ。

「これ、返してほしい？」シビルがたずね、レナに赤いビート板を手渡した。

レナは声を上げて笑った。「それをあんたがなくしたってハンクが言うのよ」

シビルがほほえんだ。「伯父さんには見つけられないところに隠しておいたのよ」

レナは突然、明快なまでに、目が見えていなかったのはシビルではなくハンクのほうだと気づいた。なぜふたりを混同してしまったのかはわからないが、ビーチにいるハンクは黒っぽい眼鏡をかけて目を隠している。両手をうしろについて寄りかかり、太陽を胸にまっすぐ浴びている。彼はこれまで見たことがないほど日焼けしている。実際、いつ海に行っても、ハンクは姪たちと一緒にビーチに出ずにホテルの部屋にこもっていた。ホテルの部屋で一日中なにをしていたのか、レナは知らない。シビルは日差しを避けてしばらく一緒に部屋に残ることもあったが、レナはビーチに出るのが好きだった。水に入って遊んだり、即席のメンバーでビーチバレーの試合をしている人たちを探し、取り入って仲間に入れてもらうのが好きだった。

それで、くだらない元ボーイフレンド、グレッグ・ミッチェルと出会ったのだ。グレッグは友人グループとビーチバレーをしていた。当人は二十八歳くらいだが、友人たちははるかに年下で、実際に試合をするよりも女の子を見るほうに関心があった。若者たちに品定めされ牛の脇腹肉のごとく評価されているのがわかっていながらレナは近づいていき、試合に入れてほしいと頼んだ。グレッグが胸元から一直線にボールを投げてよこしたので、レナも胸元で受け取った。

しばらくすると、若者たちはアルコールか女か、あるいはその両方を探しに、ひとりずついなくなった。レナとグレッグは数時間とも思えるあいだビーチバレーをした。男だからという理由で勝ちを譲ってもらえるとグレッグが期待していたとしたら、それこそ考えちがいだった。レナが完膚なきまでに打ち負かしたので、グレッグは三試合目が終わらないうちに試合を放棄し、賞品代わりに夕食をごちそうすると申し出た。

彼が連れていってくれたどこかの安っぽいメキシコ料理店は、レナのおじいさんがまだ生きていれば卒倒したにちがいないような店だった。ふたりで甘ったるいマルガリータを飲み、ダンスをし、おやすみなさいのキスの代わりにレナは意味ありげな笑みをグレッグに向けた。翌日、彼はサーフボードを手にふたたびレナのホテルの前にやって来た。レナは常々サーフィンを習いたいと思っていたので、教えようという彼の申し出を、ためらうことなく受け入れた。

いま、背中にサーフボードが当たり、波が体を宙に持ち上げて下ろすのを感じていた。腰に添えられたグレッグの手が下へ下へと這っていき、ついには片手で尻をつかんだ。レナはゆっくりと寝返りをうって、裸体を彼の目にさらし、手に触れさせた。降り注ぐ陽光で肌が温まり、生きていると感じられた。

彼は日焼け用オイルを両手に取り、レナの両足をこすり始めた。その手が足首をつかんでレナの脚を広げた。ふたりはまだ海に浮かんでいるが、なぜか水面は固く、レナの体をグレッグのほうへと持ち上げている。彼の両手が太ももまで這い上がってきて、なでたり触れたりしながらプライヴェートな場所を過ぎ、最後に乳房をつかんだ。彼は舌を使ってレナの乳首、そして乳房にキスし、嚙み、そのまま口へと舌を這わせた。グレッグのキスは、これまで知らなかったほど力強く荒々しい。体が自分では想像すらできなかった反応をしているのがわかる。

覆いかぶさっている彼の重みは危険なほどに肉欲をそそった。彼はたこのできた両手、荒っぽい触れかたで、レナを意のままにしている。生まれて初めてレナは自制心をなくしていた。生まれて初めて、ひとりの男に組み敷かれただけで完全に無力な状態になっていた。レナの感じる虚しさは彼によってのみ満たされていた。彼が望むことならなんでもする。彼が口にする望みはなんでも叶える。

彼の口が体に這い下りてきて、舌先が脚のあいだを探検すると歯がごつごつした。両手を伸ばして彼を引き寄せようとするが、手はびくとも動かない。不意に彼が覆いかぶさってレナの両手を体から離して横に伸ばし、身動きできなくして挿入した。悦楽の波が押し寄せ、それが何時間も続くかに思えたが、突然、体をしぼるようなオルガズムが訪れた。全身を彼に開放し、自分の肉体を彼に完全に結合したくて、レナは背中を弓ぞりにした。

やがて、それも終わった。レナは体から力が抜けるのを感じ、頭がふたたび集中し始めた。頭を左右に転がし、余韻にふけった。唇を舐め、細く目を開けると、まっ暗な部屋が見えた。遠くからカチカチいう音が聞こえた。ほかにも、もっと近くで四方から聞こえる不規則ながらカチカチという音は、時計のようだが水音だ。雲間から落ちてくる水滴をなんというのか、もはや思い出すことができないと気づいた。

レナは動こうとしたが、両手が動きたくないらしい。ちらりと目を向けると、照らす明かりがないにもかかわらず指先が見えた。ゆるまないように手首になにかがしっかりと巻かれている。思考回路がつながって指先を動かせと指示すると、手の甲に粗い木の表面を感じた。同じく、足首にもなにか巻いてあり、足が床に固定されている。脚も腕も動かせない。文字どおり床に大の字になっている。それに気づいた瞬間、体が生き返ったようだ。罠に落ちたのだ。

ふたたび、まっ暗な部屋に戻っていた。何時間も前に連れてこられた場所だ。いや、数日前だろうか？　数週間前だろうか？　カンカンという音が聞こえ、水の拷問のゆっくりした拍子が脳みそに響いた。この部屋には窓がなく、光も差さない。この部屋にいるのはレナだけで、ほかにはレナを床に留めているなにかがあるだけだ。

急に光が、目を焼くほどまばゆい光が差した。レナはふたたび拘束を振りほどこうとしたが、どうにもならなかった。だれかいる。そのだれかは、助けてくれるべきなのに助けようとしない。拘束に身をよじり、体をねじり、振りほどこうとするが、うまくいかない。口を開けるが言葉は出てこない。頭の中に言葉――お願い、助けて――をしぼり出すが、声にはなってくれない。

頭を横に向け、目をしばたたき、光を通して見ようとするうち、手のひらにかすかな重みを感じた。感覚は鈍いが、光のおかげで手のひらに突き刺された長い釘の頭が見える。やはり光のおかげで、振り上げられた金づちが見える。

痛みは感じなかったが、レナは目を閉じた。

ふたたびビーチに戻っているが、もはや波に浮かんではいなかった。今度は空を飛んでいた。

24

メアリ・アン・ムーンは感じのいい女性ではなかった。口元には「わたしにふざけたまねをするな」と言いたげな表情をたたえ、ジェフリーに自己紹介の機会も与えなかった。ライトの壊れた監視用ブレスレットを一目見るなり、言葉をジェフリーに向けた。

「これがどんなに高いものか知ってるの？」

そこから先は下り坂を転がるようなものだった。

ムーン――本人がそう呼んでくれというのだ――と渡り合う上で最大の問題は、言葉の壁だった。ムーンは東部のどこかの出身で、その地域では子音に独立した音を持たせる。それに加え、大きな声とぶっきらぼうなしゃべりかたは、どちらも南部の人間の耳には実に粗野な感じに響く。コンピュータ室から取調室へとエレベーターで上がるあいだ、ジェフリーの真横に立ったムーンは、非難がましく口を真一文字に結び、腕を腰の前あたりの低い位置で組んでいた。年齢は四十歳くらいだが、過度の喫煙と飲酒の影響か、やつれた感じの四十歳だ。濃いブロンドの髪には白髪が幾筋か混じっている。唇に刻まれたしわから深い筋が何本も伸びている。

鼻声と時速百キロ近い早口のせいで、ジェフリーはフレンチ・ホルンに向かって話している印象を受けた。彼女の言葉をいったん頭の中で翻訳する必要があるため、ジェフリーの返事は決まってワンテンポ遅れた。その遅れを愚かさゆえだとムーンが受け取っているのは早い段階でわかったが、実際、ジェフリーにはどうしようもなかった。

警察署の中を歩きながら、ムーンが肩越しになにか言った。ジェフリーはその言葉を頭の中でスロー再生し、彼女が「そちらの事件について説明して、署長さん」と言ったのだと理解した。

彼は、サラとの関係については伏せたまま、シビル・アダムズ発見以後の出来事をかいつまんで話した。その説明は長ったらしかったらしいとわかった。彼が質問に答えようとするたび、ムーンは、最後まで言い終える時間を与えずに次々と質問を繰り出すのだ。

「あなた、わたしの被観察者の自宅に行ったということね? そこら中のキリストの像や絵を見たの?」彼女は白目を剝いた。「あの九ミリ口径の銃はあなたのズボンの裾に隠れて歩いていったわけじゃないでしょうね、テイラー保安官?」

ジェフリーは、凄みが利いていることを願って彼女を睨んだ。それに対するムーンの反応は、彼の鼓膜を突き通すほどのはじけるような笑い声だった。「聞き覚えのある名前だわ」

「どの名前が？」

「リントンよ。トリヴァーもね」小さな両の手を細い腰に当てた。「わたし、通告が得意なのよ、署長さん。サラにはたぶん五、六回は電話をかけて、ジャック・アレン・ライトの居所を知らせたわ。年に一度、被害者に通告するのはわたしの仕事なの。彼女の事件は十年前だった？」

「十二年前だ」

「じゃあ、少なくとも六回は彼女と話したわね」

ばれているとわかってジェフリーは白状した。「サラは別れた妻だ。ライトの最初の被害者のひとりだ」

「その関係を知っていながら捜査が許されたの？」

「捜査責任者はおれだ、ミズ・ムーン」彼は答えた。

ムーンは、おそらく仮出獄者には利くと思われる目でじっと彼を見たが、そのまなざしはジェフリーを苛立たせただけだ。メアリ・アン・ムーンより六十センチほど背が高いのだから、こんなヤンキー女のくだらない憎しみに動じるつもりはない。

「ライトはデポ・フリークなの。意味はわかる？」

「明らかに彼はデポ注射が好きらしいな」

「発端は早い時期、サラの事件の直後にさかのぼるわ。彼の写真を見た？」

ジェフリーは首を振った。

「ついて来て」ムーンが言った。

ジェフリーは言われたとおり、彼女の踵を踏まないよう気をつけながらあとに従った。何事にも素早い彼女も歩くのはそう速くなく、ジェフリーの歩幅は彼女の二倍以上ある。ムーンはファイル保存箱がいっぱい詰め込まれた小さなオフィスの前で足を止めた。手引書の山をまたぎ、デスクから一冊のファイルを取った。

「ここは散らかり放題ね」自分は無関係だとでも言いたげな口調だ。「さあ、見て」

ジェフリーがファイルを開くと、最初のページに、いまより若く細く女性っぽくないジャック・アレン・ライトの写真がクリップで留めてあった。頭髪も多く、顔もほっそりしている。毎日三時間はウェイトトレーニングをしている人間特有の引き締まった体つきで、目はひときわ青い。ジェフリーはさっき見た涙ぐんだ目を思い出した。サラの証言の中で、ライトを犯人と断定した決め手の一部が鮮やかな青い目だったのも思い出した。サラをレイプして以来、ライトの外見は、どれひとつ取ってもすっかり変わっている。この写真の男こそ、ライトの家を捜索した際に予想していた男だ。これこそ、サラをレイプした男、ジェフリーの子どもを生む能力をサラから奪った男だ。

ムーンがファイルを繰っていた。「これが仮出獄時の写真よ」別の写真を抜き出した。

ジェフリーはうなずき、ライトとして知っている男の顔を見た。

「彼が刑務所でつらい目に遭ったのは知ってる?」

ジェフリーはまたもうなずいた。

「たくさんの男が闘おうとするわ。そのうちの何人かはあっさり屈するの」

「胸が痛む話だ」ジェフリーは抑揚を欠いた口調で言った。「刑務所には面会人がたくさん来たのか?」

「母親だけ」

ジェフリーはファイルを閉じ、彼女に返した。「出所後はどうなんだ? 明らかにデポを絶った。そうじゃないか? またレイプ事件を起こした」

「本人は絶たなかったと言ってるけど、打ってるはずの注射の影響で勃起することは絶対にありえなかったはずよ」

「当時の保護観察官はだれだ?」

「彼は自己監督してたの」ジェフリーがなにも言えないうちにムーンが制した。「いいこと、完璧なやりかたじゃないのはわかってるけど、ときには仮出獄者を信頼する必要があるのよ。読みちがうこともあるわ。ライトに関しては読みちがいだった」彼女はファイルを自分のデスクに放った。「いまは週に一度、診療所に行ってデポを打ってるわ。まったくきれいで手がかからない。親切にもあなたが壊してくれたブレスレットのおかげで詳しく観察できてたのよ。彼はちゃんとしてたわ」

「一度もアトランタを離れてないのか？」

「そうよ」彼女が答えた。「今週の月曜日は職場で居場所確認を取ったの。彼はバンク・ビルディングにいたわ」

「大勢の女子学生がいる大学の近くで働かせるとは親切なことだな」

「口出しは越権行為よ」彼女が警告を発した。

ジェフリーは手のひらを見せて両手を上げた。

「たずねたい質問はすべて書き出して。ライトとはわたしが話すわ」

「彼の答えから次の質問を考える必要がある」

「理屈の上では、わたしにはあなたをここに入れる必要もないのよ。はるばるメイベリーまで蹴り返さなかっただけでも感謝してほしいわね」

怒鳴り返さないよう、ジェフリーは文字どおり舌を嚙んだ。彼女の言うとおりだ。明日の朝、アトランタ市警の知り合い数人に電話をすればもっとまともな扱いをしてもらえるが、目下のところ決定権はメアリ・アン・ムーンが握っている。

ジェフリーは言った。「少し時間をもらえるか？」デスクを指さした。「うちの連中に連絡を入れなくてはならない」

「ここから長距離電話はかけられないわよ」

ジェフリーは携帯電話を持ち上げた。「おれがほしいのはプライヴァシーのほうだ」

彼女はうなずき、背を向けた。

「ありがとう」ジェフリーは言ったが、それに見合う返事はなかった。彼女が廊下を遠ざかるのを待って、ジェフリーはドアを閉めた。ひとかたまりになっている箱をまたぎ、彼女のデスクの前に腰を下ろした。椅子はずいぶん低く、ひざが耳につきそうだ。腕時計で時刻を確認してからサラの番号を押した。彼女は早く寝るタイプだが、どうしても話をする必要があった。呼び出し音が響くと、興奮の波が押し寄せてくる気がした。

四度目の呼び出し音のあと、眠そうな声でサラが電話に出た、「もしもし？」

ジェフリーはずっと息を詰めていたのに気づいた。「サラ？」

答えがないので、一瞬、サラが電話を切ったのかと思った。彼女が動いてシーツがすれる音が聞こえた。ベッドに入っているのだ。外の雨の音、遠くでとどろく雷の音が電話越しに聞こえた。ずいぶん昔、一緒に過ごした夜の記憶がふと頭をよぎった。サラはもともと嵐が嫌いで、ジェフリーを起こしては雷鳴や稲妻から気をそらしてもらいたがった。

「なんの用？」サラがたずねた。

ジェフリーは言葉を探したが、突然、彼女に連絡を取るのを先延ばしにしすぎたと気づいた。サラの声の調子から、ふたりの関係でなにかが変わってしまったとわかった。どのように、なぜ、変わってしまったのかはまったく定かではないが。

「前にもかけたんだ」うそではないのに、うそを言っている気分だ。「診療所に」

「そうなの？」

「ネリーと話した」

「重要な用件だと言ったの？」

ジェフリーは胃が重くなった気がした。返事をしなかった。

サラは笑いらしき声を発した。

ジェフリーは言った。「なにかわかるまで話をしたくなかったんだ」

「なにかって、なんのことで？」

「いまアトランタにいる」

サラが黙り込み、ややあって言った。「当ててみるわ。アシュトン通り六三三番地ね」

「さっきはな」彼は答えた。「いまはアトランタ市警本部にいる。やつは取調室だ」

「ジャックが？」サラがたずねた。

彼女がジャックという親しげな呼び名を使ったのでジェフリーは不快になった。

「彼の監視装置が切れたとき、ムーンが電話をくれたのよ」サラが抑揚を欠いた口調で教えてくれた。「あなたがあそこにいるって気がしたの」

「機動部隊に助けを求める前に、なにが起きてるのか、やつと話したかったんだ」

サラが深々とため息をついた。「ご立派なこと」

ふたたび沈黙が流れ、ジェフリーはまたも言葉をなくした。サラがその沈黙を破った。

彼女がたずねた。「それで電話してきたの？　彼を逮捕したと伝えるために？」

「きみが大丈夫か確認するためだ」

彼女はふっと笑った。「へえ、そう。すばらしい気分でいるわ、ジェフ。電話してくれてありがとう」

「サラ？」サラが電話を切るのを怖れて彼は呼びかけた。「さっきもかけたんだ」

「あまり熱心にではなかったようね」

電話を通して彼女の怒りが伝わってきた。「電話をかけたときに、きみに話せることを得たいと思ったんだ。具体的なことを」

サラがそっけなく低い声でさえぎった。「なんと言えばいいかわからなかったから、診療所までわずか二ブロックの距離を歩いてくることも、確実に電話をつないでもらうこともせず、直接ジャックと会うためにさっさとアトランタに行ったのね」彼女が間を置いた。「彼に会ってどんな気分だったか話して、ジェフ」

ジェフリーは答えることができなかった。

「なにをしたの、彼を殴り倒したの？」彼女の声がなじるような調子に変わった。「十二年前なら、そうしてもらえばわたしも気が晴れたでしょうね。でも、いまはただ、あなたにそばにいてほしかったわ。わたしを支えてほしかった」

「おれはきみを支えようとしてるんだ、サラ」ジェフリーは痛いところを突かれた気がして言い返した。「おれがこっちでなにをしてると思う？　やつがいまでもそこで女性をレイプしてるのか突き止めようとしてるんだ」

「彼はこの二年アトランタを離れてないってムーンから聞いてるわ」

「ライトはグラントで起きてる事件に関与してるかもしれない。それを考えたか？」

「別に」彼女がよどみなく答えた。「わたしが考えられるのは、今朝あなたに例の記録を見せたこと、心の内をあなたにさらけ出したこと、それに対してあなたがこの町を離れるという反応を示したことだけよ」

「おれはただ――」

「わたしから逃げたかったのよ。どう対処すればいいかわからないから逃げたんだわ。帰宅したわたしに、ほかの女とベッドにいる現場を見せつけるほどずるいやりかたじゃないけど、あなたの言いたいことは同じよ。そうじゃない？」

「ジェフリーは、なぜこんな話になったのか理解できずに首を振った。「どこが同じなんだ？　おれはきみを助けようとしてるんだ」

その言葉で彼女の口調が変わり、怒っているのではなく深く傷ついているという調子になった。これまでサラがそんな話しかたをしたのはただ一度、彼の裏切りの現場を目撃した直後だけだ。あのときもジェフリーは、いまと同じく、自分本位な最低野郎だという気持ちになった。

サラが言った。「アトランタにいて、どうやってわたしを助けるつもり？　車で四時間もかかるところにいるのがどんな助けになるの？　わたしが今日一日どんな気持ちだったかわかる？　電話が鳴るたび、あなたかもしれないと思って、はっとなってた気持ちがわかる？」彼に代わってサラが答えた。「愚か者になった気分だった。あれをあなたに見せるのがどんなにつらかったか、あなたにわかる？　わが身に起きたことをあなたに知らせるつらさが？」

「おれは別に――」

「わたしももうすぐ四十歳になるわ、ジェフリー。両親にとって良い娘でありたいし、テッサにとっては頼りになる姉でありたいの。アメリカでもトップ・クラスの名門大学を首席で卒業できるよう努力したわ。子どもたちを救うために小児科医の道を選んだのよ。家族の近くにいられるよう、グラントに戻ることにした。あなたをとても愛してたから六年間も妻でいたのよ、ジェフリー。とても愛してたわ」彼女が話をやめると、泣いているのがジェフリーにもわかった。「でも、好んでレイプされたわけじゃない」

彼はなにか言おうとしたが、サラがなにも言わせなかった。

「わたしの身に起きたことは、時間にして十五分よ。ほんの十五分の出来事が、それまでのわたしのすべてをぬぐい去ってしまったの。あの十五分を考えると、なにひとつ重要ではなくなってしまうの」

「そんなことはないよ」

「そう？」サラがたずねた。「じゃあ、どうして今朝、電話をくれなかったの？」

「電話はかけたけど——」

「いまはわたしを被害者として見てるから電話をくれなかったのよ。ジュリア・マシューズやシビル・アダムズを見るのと同じ目でわたしを見てるのよ」

「ちがうよ、サラ」そんなことで責められるのはショックだったので、ジェフリーは言い返した。「おれはきみをそんな目で——」

「手錠を切って解放してもらうまで、二時間も病院のトイレでひざをついて座ってたのよ。危うく出血多量で死ぬところだった。彼にあんな目に遭わされたあと、わたしにはなにも残ってなかった。なにひとつ。人生を立て直すしかなかったわ。あの男のせいで子どもを生めなくなった事実を受け入れるしかなかった。この先セックスをしたくなるなんて考えられなかった。あんな目に遭ったあとでは、どんな男性もわたしに触れたがらないと思ったわ」彼女が黙るとジェフリーはなにか言ってやりたくてたまらなくなったが、言葉はひとつも出てこなかった。

サラは低い声で言った。「あなた、わたしが一度も本心を見せたことがないと言ったわね？　さあ、これが理由よ。心のいちばん奥底にある忌まわしい秘密を話したら、あなたはなにをした？　車でアトランタに行き、あんなまねをした男と対面したのよ、わたしと話す代わりに。わたしを慰める代わりに」

「おれになにかしてほしいんだと思った」

「なにかしてほしかったわ」悲しみに満ちた口調だ。「なにかをね」

サラが電話を切ったカチリという音がジェフリーの耳に響いた。ふたたび彼女の番号にかけたが、通話中だった。さらに五回、〝再ダイアル〟ボタンを押してみたが、サラは受話器をフックからはずしてしまっていた。


ジェフリーは観察室のマジック・ミラーの前に立ち、サラと交わした会話を頭の中で繰り返していた。抑えきれない悲しみが彼を包んだ。電話の件ではサラの言うとおりだとわかっていた。なんとしてもつないでくれとネリーにごり押しすべきだった。診療所に行って、いまも愛してる、きみはいまもおれの人生でいちばん大切な女性だ、とサラに伝えるべきだった。おれのもとに戻ってくれと、ひざまずいて頼むべきだった。彼女を放り出すべきではなかった。二度までも。

数日前にレナがレイプ被害者を称した〝性犯罪者の餌食〟という言葉を思い出した。彼女はその言葉に皮肉を込め、〝弱者〟とか〝愚か者〟と言うときと同じ言いかたをした。レナがそんな分類をするのが気に入らなかったし、同じ言葉をサラの口から聞くのは断じて気に入らない。サラのことは、おそらく彼女がこれまでに出会ったほかのどの男よりもよく知っているし、サラが破滅的な自己評価以外なんの被害者でもないことはよくわかっている。彼女が指摘した意味合いの被害者だなどとは考えていない。どちらかといえば、サラは辛苦に耐えて生き残るタイプの人間だと思っている。サラにあれほど過小評価されていることに、ジェフリーは心底傷ついていた。

そんな思考をさえぎってムーンがたずねた、「そろそろ始めましょうか?」

「そうだな」ジェフリーは答え、サラを頭から締め出した。サラがなんと言おうと、ライトがグラント郡で起きている事件の有力な手がかりであることには変わりない。ジェフリーはすでにアトランタにいる。あの男から必要なことを残らず聞き出すまでは戻る理由がない。あごに手をやり、マジック・ミラー越しに目を凝らしながら、ジェフリーは目先の仕事に無理やり集中した。

ムーンは大きな音を立てて取調室に入ると、乱暴にドアを閉め、タイル張りの床に脚を引きずる鋭い音を立てて椅子をテーブルから引き出した。アトランタ市警にはたっぷりの予算と特別提供資金があるにもかかわらず、取調室はグラント郡のものほどきれいではない。ジャック・アレン・ライトが座っている部屋はすすけた感じでむさくるしい。コンクリートの壁はペンキも塗らず灰色のままだ。この部屋を出ていきたければ自白しろと促すような陰気な雰囲気がある。メアリ・アン・ムーンがライトの取調べをするあいだに、ジェフリーはそういったことを見て取った。レナ・アダムズほど巧みではないにせよ、ムーンがこのレイプ犯と良好な関係を築いているのは否定できない。彼女は実の姉のような口のききかたをした。

「あの南部男はあなたにちょっかいを出してないわよね？」

彼女がライトとのあいだになんらかの信頼を結ぼうとしているのはジェフリーにもわかったが、その手の男呼ばわりされるのはごめんだ。とりわけ、メアリ・アン・ムーン当人がそれを正確な表現だと思っているらしいとなると。

「あの男がおれのブレスレットを壊したんだ」ライトが言った。「おれは壊してない」

「ジャック」ムーンはため息をつき、テーブルをはさんで彼の向かいに腰を下ろした。

「それは知ってるわ。わかった？　あの銃がなぜあんたのマットレスの下にあったのか、なんとしても突き止める必要があるの。明らかな違法行為だし、あんたはこれで〝三振〟になるからよ。そうでしょ？」

ライトは、おそらくマジック・ミラーの向こうにジェフリーがいるのを重々承知しているのだろう、ちらりと目を向けた。「どうしてあそこにあったのか、わからないな」

「彼が銃にあんたの指紋をつけることまでやったと思う？」ムーンがたずね、腕組みをした。

ライトはそれについて考えているらしい。ジェフリーはあの銃がライトのものだと知っているが、ムーンがこれほど手早く銃を鑑識にまわして指紋から身元を割り出すことまでできるはずがないのも知っていた。

「怖かったんだよ」ライトがようやく答えた。「近所の連中は知ってる、そうだろ？ 連中はおれがどういう人間か知ってるんだ」

「どういう人間なの？」

「みんな、おれの女たちのことを知ってるんだ」

ムーンが椅子から立ち上がった。ライトに背を向けて、窓の外を見た。窓枠には、ライトの家に張ってあったのとよく似た金網が留めてある。ライトが自宅に手を入れて刑務所そっくりにしていることに気づき、ジェフリーは驚いた。

「あんたの女たちのことを話してちょうだい」ムーンが言った。「サラのことよ」

サラの名前を聞いてジェフリーは思わず両手を握り締めた。

ライトは椅子の背にもたれ、唇を舐めた。「引き締まったおまんこだった」ににたと笑った。「愉しませてもらったよ」

ムーンは飽き飽きしたといった口調だ。長年そんな話ばかり聞かされているので、いまさらショックを受けないのだ。「サラが？」

「彼女は最高だったね」

ムーンが向き直り、金網に寄りかかった。「彼女の住んでる町で起きている事件を知ってるのね。あんたの女たちに起きてることを、あんたは知ってるんでしょ」

「新聞で読んだことだけはね」ライトが言い、肩をすくめてみせた。「あの銃の件でおれをぶち込まないだろ、ボス？　おれは自分の身を守る必要があったんだ。心底怖かったんだよ」

「グラント郡の話をしましょう」ムーンが水を向けた。「銃の話はそのあとよ」

ライトは顔をなでながら彼女を推し量っていた。「あんた、正直に話してるか？」

「もちろんよ、ジャック。わたしが正直じゃなかったことがある？」

ライトはどちらがいいか考えているようだった。ジェフリーの見たかぎり悩むまでもないことだ。刑務所か協力か。それでも、ライトは自分で自分の人生を管理しているように装いたいのだろう。

「彼女の車にされてたことだけどさ」ライトが言った。

「なんの話？」ムーンがたずねた。

「彼女の車に書いてあった言葉だよ」ライトが明確に言った。「おれはやってないよ」

「あんたじゃないの？」

「弁護士にもそう言ったけど、そんなことは重要じゃないって言われた」

「いまは重要よ、ジャック」ムーンが適度に強調した口調で言った。

「おれが他人の車にあんな言葉を書くはずないよ」

「〝CUNT〟って？　トイレで彼女をそう呼んだでしょ？」

「それは話が別だよ。あれは興奮してる最中だったからね」

それにはムーンは反応を示さなかった。「だれが書いたの?」

「それは知らない」ライトが答えた。「おれ、あの日はずっと病院の中で仕事をしてたんだ。彼女がどんな車に乗ってるか知らなかった。でも、推測ならできたよ。なにしろ彼女はああいう態度だろ? わたしはだれより優秀です、って感じでさ」

「いまはその話はいいわ、ジャック」

「わかってる」彼はうつむいた。「すまない」

「彼女の車にあの言葉を書いたのはだれだと思う?」ムーンがたずねた。「病院のだれかかしら?」

「彼女を知ってるだれか、彼女の車を知ってるだれかだね」

「たとえば医者?」

「わからない」彼は肩をすくめた。「そうかもしれない」

「あんた、正直に話してる?」

ライトはその質問に驚いたらしい。「もちろん、そうしてるよ」

「じゃあ、病院のだれかが彼女の車にあの言葉を書いたと思ってるのね? なぜ?」

「彼女が怒らせたからじゃないか?」

「彼女はよく人を怒らせるの?」

「ちがう」彼は大きく首を振った。「サラは善良な人間だったよ。だれにでも声をかけてた」たったいまサラが思い上がった女だったと言ったのを覚えていないらしい。ライトは続けて言った。「廊下で会うといつも挨拶してくれた。『どう、元気』とかそういう言葉じゃなくて、『こんにちは、あんたがそこにいるのは知ってるわよ』って感じでね。たいていの人は、こっちの姿を見てもちゃんと目に入ってないんだよ。言ってることがわかる？」

「サラはいい人よ」ムーンは、彼が本題からそれないようにした。「彼女の車にあんな落書きをする人がいるかしら？」

「だれかがなにかで彼女に腹を立てたんじゃないかな？」

うなじの毛が逆立ち、ジェフリーは片手をマジック・ミラーについた。ムーンもその言葉に飛びついた。

彼女がたずねた。「たとえばどんなことで？」

「わからない」ライトが答えた。「おれは絶対に彼女の車にあんな落書きをしてない、って言ってるんだよ」

「ずいぶんはっきり言い切るのね」

ライトはごくりとつばを飲み込んだ。「あんた、この話と銃の件を取り引きするって言ったよね？」

ムーンがきっとなって彼を見た。「わたしに質問しないで、ジャック。最初に、取り引きだと言ったでしょ。で、なにを教えてくれるの？」

ライトがマジック・ミラーにちらりと目を向けた。「それだけなんだ。彼女の車にあんなことをしたのはおれじゃないってことだけだよ」

「じゃあ、だれがやったの？」

ライトは肩をすくめた。「知らないって言ってるじゃないか」

「彼女の車に落書きをした人間がグラント郡での事件を起こしてると思う？」

彼はこれにも肩をすくめた。「おれは刑事じゃないからね。知ってることを話してるだけだよ」

ムーンが胸の前で腕を組んだ。「週末は留置場に泊まってもらうわ。月曜日に話をするときには、あれをやったのがだれか思いついてるでしょ」

ライトの目に涙があふれた。「おれはほんとのことを話してるよ」

「〝ほんと〟の内容が月曜日の朝になっても変わらないか、見てみましょう」

「あんなところにぶち込まないでくれよ、頼む」

「留置するだけよ、ジャック」ムーンがなだめた。「かならず独房にしてもらうよう手を打ってあげるから」

「家に帰らせてくれよ」

「それはだめよ」ムーンが一言で退けた。「一日じっくり考えるのね。なにを優先すべきか心を決める時間をあげるわ」

「心は決まってるよ。ほんとだよ」

ムーンはそれ以上ぐずぐずしていなかった。両手に顔をうずめて泣きだしたライトを残し、取調室を出た。

土曜日

25

サラははっとして目が覚め、しばし自分がどこにいるのかわからずパニックに陥った。ベッドルームを見まわして、どっしりしたもの、慰めをもたらしてくれるものを見つめた。かつて祖母が使っていた古い整理だんす、あるガレージ・セールで見つけた鏡台、父に手伝ってもらってベッドルームのドアの蝶番をはずして無理やり入れた横幅の広い大型の衣裳だんす。

ベッドに起き上がり、並んだ窓から湖を眺めた。昨夜の嵐で湖面は荒れ、大きな波が立っている。外は、太陽が薄墨色の空に隠れ、霧が地表近くに停滞していた。家の中が冷えとしているので、外はもっと寒いのだろうとサラは想像した。キルトを巻きつけてバスルームに向かい、冷たい床を進むうち鼻にしわを寄せた。

キッチンに入るとコーヒーメーカーのスイッチを入れ、その場に立って、カップ一杯分ができると注いだ。ベッドルームに戻り、スパンデックスのランニングショーツをはき、その上から古いスウェットパンツをはいた。ゆうべジェフリーから電話がかかってきたあとフックからはずしたままになっていた受話器を戻した。ほぼ同時に電話が鳴り響いた。サラは深呼吸をしてから電話に出た。「もしもし?」

「ヘイ、ベイビー」エディ・リントンだ。「どこに行ってたんだ?」

「たまたま受話器がはずれてたのよ」サラはうそをついた。

父はうそに気づかなかったか、聞き流したようだ。「こっちは朝食の準備中なんだ。来るか?」

「いいえ、結構よ。ありがとう」断わるあいだにも胃が抗議の声を上げていた。「いまから走りにいくところなの」

「じゃあ、なんならあとで来るか?」

「そうするかもしれない」答えながら廊下のデスクに向かった。いちばん上のひきだしを開け、十二枚の絵葉書を取り出した。レイプ事件から十二年間、毎年一枚ずつ届いている。片面にはサラの住所と一緒にかならず聖書の一節がタイプで記してある。

「ベイビー?」エディが呼びかけた。

「はい、パパ」サラは答え、頭のチャンネルを父の話に合わせた。絵葉書を戻し、ひきだしを尻で押して閉めた。

しばらく昨夜の嵐についておしゃべりをし、木の大枝がリントン家からあわや二メートルほどのところに落ちたとエディが言うので、サラはあとで行ってかたづけるのを手伝うと申し出た。父の話を聞きながら、サラの頭に、レイプされた直後の記憶がよぎった。病院のベッドに横たわって、人工呼吸器の音を聞き、死んでいないと安心させる心電図モニターを見ながら、そう思わせてくれてもこれっぽっちも慰めにならないと感じていたのを思い出した。

眠り続けたあと、目が覚めるとエディがいて、両手でサラの片手を握り締めていた。サラはそれまで父が泣くのを一度も見たことはなかったが、あのとき父は泣いていて、唇のあいだから小さな痛ましい嗚咽が漏れていた。父のうしろには母のキャシーがいて、父の腰に両腕をまわして背中に顔をうずめていた。サラは場ちがいなところにいる気がして、自分の身に起きたことを思い出すまでのわずかな時間、どうして両親が取り乱しているのかわからなかった。

病院で一週間過ごしたあと、エディの運転でグラントに帰った。テッサが生まれる前と同じく父の古いトラックの前部座席に父と母にはさまれて座り、道中ずっと父の肩に頭を乗せていた。母は、それまでサラが一度も耳にしたことのない賛美歌を調子はずれに歌った。救済について。贖罪について。愛について。

「ベイビー?」

「なに、パパ」サラは目に浮かんだ涙をぬぐった。「あとで寄るわ、いいでしょ?」サラは電話に向かってキスをした。「愛してるわ」

エディも愛していると答えたが、その口調にサラは父の心配を聞き取った。フックに戻した受話器をつかんだまま、父が動揺しないよう念じた。ジャック・アレン・ライトの犯行から立ち直る上でもっとも難しかったのは、父がレイプの状況をこと細かく知っているとわかっていたことだ。あれ以後ずっと、なにもかもが父にさらされたせいで父との関係が一変したと感じている。父がボール投げ遊びをしてくれたサラはいなくなった。せめて婦人科医になっていてくれれば娘がふたりとも〝配管〟関係の仕事をしていると言えるのに、というエディの願いを茶化すこともなくなった。父はもはやサラを強い娘として見ていない。守ってやる必要のある娘という目で見ている。それどころか、いまジェフリーが向けるのと同じ目で見ている。

サラはテニス・シューズのひもを引っぱって結び、きつすぎるのも気にしなかった。ゆうべ、ジェフリーの声に哀れみを感じた。その瞬間、状況が変わり二度ともとに戻れないとわかった。今後、彼はわたしを一被害者としてしか見ないだろう。そんな気持ちに打ち勝とうと懸命に闘ってきたのに、結局、いまになって屈したわけだ。

薄手のジャケットを着て家を出た。ジョギングで私道から通りへ出ると左に折れ、両親の家から遠ざかる方向へと向かった。本来、通りを走るのは好きではない。絶え間なく衝撃を受けて故障し、ぼろぼろに傷んだひざを多く見てきた。トレーニングをするときは、グラントYMCAのランニング・マシンで走るか、そこのプールで泳ぐことにしている。

夏には朝早くに湖で泳いで頭をすっきりさせ、その日一日の仕事に集中し直す。今日は自分を限界まで追い込みたかった。ひざ関節がどうなろうと知ったことではない。サラは昔から運動好きで、汗をかくと本来の自分を取り戻すことができるのだ。

家から三キロほど行ったところで、湖沿いに走ろうと、本通りを離れて細い脇道に入った。湖周辺はところどころ起伏があるものの、景色は目をみはるほど美しい。上空で太陽が黒雲との戦いにようやく勝利を収めかけているとき、サラは、ジェブ・マグワイアの自宅裏に来ているのに気づいた。足を止め、ドックにつながれた光沢のある黒いボートを見て初めて、自分のいる場所に思いいたった。額に手をかざし、ジェブの家の裏手に目を凝らした。

ジェブの自宅はかつてタナー老人の住んでいた家で、つい最近、売りに出されたばかりだった。湖畔に暮らす人々は自分の土地をなかなか手放したがらないものだが、何年も前にグラントを出ていったタナー家の子どもたちは、父親がようやく肺気腫で亡くなると、嬉々として金を受け取って帰っていった。ラッセル・タナーは感じのいい老人だったが、年寄り連中の例に漏れず風変わりな点がいくつかあった。ジェブはラッセルの薬を自分で届けていたので、老人の死後、おそらく家を安く買い取ることができたのだろう。

サラは傾斜の急な芝生を家へと上っていった。この家に引っ越した一週間後、ジェブは家の内装を取り除き、古びてがたがたになっていた窓を二枚ガラスの窓に入れ替え、屋根や側壁のアスベストのこけら板を取り払った。この家はサラの覚えているかぎり昔から濃いねずみ色だったが、ジェブが派手な黄色に塗り直した。その色はサラには明るすぎるがジェブにはよく似合った。

「サラ?」ジェブが呼びかけ、家から出てきた。脇に屋根葺き用の金づちを吊るした工具ベルトをつけている。

「こんにちは」サラは声をかけ、彼に歩み寄った。家に近づくにつれ、なにかのしたたる音がはっきり耳に届いた。「なんの音?」

ジェブが屋根の端から垂れ下がっている樋を指さした。「ちょうど取りかかろうとしてたところだ」説明しながらサラに歩み寄った。片手を金づちにかけている。「このところ仕事が忙しくて、息をするひまもないほどだったからね」

サラは、そのジレンマはよくわかるとばかりにうなずいた。「手伝いましょうか?」

「いや、大丈夫だ」ジェブは断わり、百八十センチのはしごを手に取った。そのはしごを垂れ下がった樋まで運びながら話した。「ドンドンいう音が聞こえるか? こいつの水はけが悪いものだから縦樋の基部を小型ドリルのように叩くんだよ」

彼について家へと近づくと、その音がもっとはっきり聞こえた。いらいらするような間断ない音で、鋳鉄製の流しに水道の水がしたたり落ちる音に似ている。「どうしたの?」

「木が老朽化してるせいだと思う」彼が言い、はしごを逆さにして向きを正した。「言いたくないけど、この家は金食い虫でね。屋根を修理したら樋が落ちてくる。デッキの水漏れをふさぐと足部が沈み始める」

サラはデッキの下部に目をやり、たまった水に気づいた。「地下室が浸水してるの？」

「ありがたいことに地下室はないんだ。あったら、下は満潮になってるよ」ジェブがベルトにつけてある革袋のひとつに手を入れた。片手で樋打ち用の釘を一本取り出し、もう片方の手で金づちを探ってはずした。

サラはピンと来るものがあって、その釘を見つめた。「それを見せてくれる？」

ジェブは妙な顔でサラを見て、ややあって答えた。「いいとも」

サラは釘を受け取り、片手で重さを量った。三十センチという長さは、樋を固定するには充分にちがいないが、犯人もジュリア・マシューズを動かないよう床に打ちつけるのにこの手の釘を使ったということがあるだろうか？

「サラ？」ジェブが呼んでいた。片手を釘のほうに差し出している。「物置小屋にまだあるよ」ブリキ張りの小屋を指さした。「一本ほしいなら」

「いらないわ」サラは答え、釘を返した。家に帰って、この件をフランク・ウォレスに電話で伝える必要がある。おそらくジェフリーはまだアトランタだろうが、だれかが、最近このタイプの釘を購入した人間を突き止める必要がある。有力な手がかりだ。

サラはたずねた。「これはあの金物屋で買ったの？」

「そうだよ」彼が答え、好奇心満々の目をサラに向けた。「どうして？」

サラは彼を安心させようとほほえんだ。ジェブは、彼女が樋打ち用の釘にこれほど関心を示すのを妙だと思っているのだろう。理由を明かすわけにいかない。ただでさえサラが確保しているデート相手は少ないのに、この釘がレイプしやすいよう女性を床に固定するのにうってつけだとにおわせてジェブ・マグワイアをデート候補からはずす必要はない。

サラは、彼が垂れ下がった樋を家に留めるのを見守った。気がつくと、ジェフリーとジャック・アレン・ライトがひとつ部屋にいる光景を思い浮かべていた。刑務所に入ったライトは健康に関する抑制心を失い、彫像のごとくがりがりだった体に脂肪がついてぶよぶよになったとムーンから聞いていたが、サラは十二年前のあの日の姿で彼を思い浮かべていた。皮膚が骨に張りつくほど痩せこけ、腕の静脈が浮き出ていた。憎しみを刻んだ見本のような表情で、レイプのあいだ、歯を食いしばって凄みのある笑みを浮かべていた。

サラは思わず身震いした。この十二年間、サラの人生は頭の中からライトを締め出すことに費やされたというのに、ジェフリーを通してであれ、例のくだらない絵葉書を通してであれ、いかなる形にせよ、こうしてサラの人生に戻ってきたライトに改めて陵辱されている気がした。そのことでサラはジェフリーを恨んだ。おもな理由は、恨みを直接ぶつけることのできる唯一の相手だからだ。

「ちょっと待って」ジェブの声にサラは回想から引き戻された。ジェブが片方の耳に手を当て、耳を澄ました。水が縦樋にしたたり落ちるカンカンという音はまだ聞こえた。

「頭が変になりそうだ」水のしたたるカンカンという音をかき消すようにジェブが言った。

「その気持ち、わかるわ」この音を五分ほど聞いているだけで早くも頭痛がしてきたとサラは思った。

ジェブがはしごから下りてきて、金づちをベルトに差し戻した。「どうかしたのか?」

「いいえ」サラは答えた。「考えごとをしてただけ」

「どんなことを?」

サラはひとつ深呼吸をしてから言った。「例の雨天順延切符のことよ」空を見上げた。「二時ごろ、うちに遅めの昼食を食べにこない? マディスンのデリで持ち帰り料理をなにか買っておくわ」

笑みを浮かべたジェブは意外にぎこちない口調だった。「そうだね」彼が答えた。「楽しそうだ」

26

ジェフリーは運転に意識を集中しようとしたが、考えごとが多すぎてできなかった。ゆうべは一睡もしなかったので、全身を疲労が包んでいた。車を路肩に寄せて三十分ほど仮眠を取ったあとも、頭がまともに働いている気がしなかった。あまりにいろんなことがありすぎた。多くのことが、彼を同時にいろんな方向へと引っぱるのだ。

メアリ・アン・ムーンは、サラが働いていた当時の雇用者名簿の提出命令をグレイディ病院に出すと約束してくれた。彼女が約束を果たす人間であってくれるようジェフリーは願った。彼女の計算では、雇用者名簿は日曜日の午後のうちにジェフリーに届き、目を通すことができるだろうということだった。ジェフリーの願いはただひとつ、病院で働いていた人間の中に聞き覚えのある名前がひとつ入っていることだけだ。当時の仕事仲間でグラント出身者の名前をサラが口にしたことは一度もないが、それでも、たずねてみる必要がある。サラの自宅に三度、電話をかけてみたが、いずれも留守番電話に切り替わった。ゆうべの彼女の口かけ直してくれるようメッセージを入れても無駄なのはわかっている。

調は、おそらく二度と口をきく気がないのだと確信するに充分だった。

ジェフリーはタウン・カーを署の駐車場に入れた。家に帰り、シャワーを浴びて着替えたくてしかたがないが、署に顔を出す必要もあった。アトランタ行きは当初の予定より時間を食ったし、けさの会議に出席できなかったからだ。

ジェフリーが駐車位置に車を停めていると、フランク・ウォレスが正面玄関から出てきた。フランクは軽く手を振ると、車の前をまわって助手席に乗り込んだ。

フランクが言った。「キッドの行方がわからないんだ」

「レナが？」

フランクがうなずき、ジェフリーは車のギアを入れた。

ジェフリーはたずねた。「なにがあった？」

「伯父のハンクが彼女を探して署に電話をかけてきた。彼女の姿を最後に見たのは、マシューズが自殺した直後、彼女の自宅のキッチンだそうだ」

「二日前だな」ジェフリーは強い口調で言った。「いったいなぜ、そんなことになったんだ？」

「彼女の留守番電話にメッセージを残しておいたんだ。参ってると思ったもんでね。休暇をやったんだろ？」

「そうだ」ジェフリーは自責の念に駆られた。「ハンクは彼女の家にいるのか？」

フランクがまたうなずき、ジェフリーが速度を百二十キロ以上に上げると、シートベルトを締めた。レナの自宅へ向かうあいだ車の中は緊張に包まれた。レナの家に着くと、ハンク・ノートンが玄関ポーチに座って待っていた。

ハンクが駆け足で車に来た。「ベッドに寝た形跡がないんだ」挨拶代わりに言った。「おれはナン・トーマスの家にいた。ふたりとも、あいつからなんの連絡も受けてない。あんたと一緒だと思ってたんだ」

「一緒じゃなかった」ジェフリーは言わずもがなのことを告げた。レナの家に入り、表の部屋を調べて手がかりを探した。近所の多くの家と同じく、レナの家は二階建てだ。一階にはキッチン、ダイニング・ルーム、リビング・ルームがあり、二階にベッドルームがふたつとバスルームがある。

ジェフリーが一段飛ばしで階段を上ると、右脚が抗議の声を上げた。レナのベッドルームだと見当をつけた部屋に入り、この失踪の説明がつく可能性のありそうなものを探した。目の奥に鋭い痛みを覚え、見ているものすべてがうっすらと赤みを帯びた。なにが見つかると思っているのかわからないまま、ひきだしを順に調べ、クロゼットの洋服を脇に寄せて見た。なにも見つからなかった。

一階に下りてキッチンに入ると、非難と自制がせめぎ合っているような口調でハンク・ノートンがフランクに向かってさかんにまくしたてていた。「あいつはあんたと仕事をしてたはずだろ」ハンクが言った。「パートナーなんだから」

ジェフリーは伯父ハンクの口調にレナと同じものを聞き取った。怒り、なじるような口調だ。日ごろレナの口調に聞き取っているのと同じ敵意が根底に潜んでいる。

ジェフリーはフランクを解放してやった。「彼女には休暇を与えたんだよ、ミスタ・ノートン。彼女は家にいるものと、われわれは思っていた」

「姪の目の前でひとりの娘が頭を吹き飛ばしたというのに、姪は大丈夫だとあんたたちは考えてたのか？」彼が毒づいた。「なんてこった、一日の休暇を与え、それで責任を果たしたってわけか？」

「そういうつもりじゃなかったんだ、ミスタ・ノートン」

「いいかげん、おれのことをミスタ・ノートンと呼ぶのはやめろ」ハンクが怒鳴り、両手を振り上げた。

ジェフリーはハンクがさらになにか言うのを待ったが、ハンクは急に向き直ってキッチンを出た。激しい勢いでドアを閉めた。

フランクは動揺もあらわに、ゆっくりと言った。「彼女の様子を確かめるべきだった」

「おれが確かめるべきだった」ジェフリーは言った。「彼女のことはおれが責任を負ってる」

「彼女のことはわれわれ全員が責任を負ってる」フランクが言い返した。キッチンの捜索を始め、ひきだしを次々と開けては閉め、キャビネットの中を順に調べた。フランクは自分のしていることにさほど注意を払っていないようだ。なにか具体的な証拠を探すというよりみずからの怒りを吐き出すため、キャビネットの扉を閉めるたびにバタンと音を立てていた。ジェフリーはその様子をしばらく見ていたが、そのうちに窓に歩み寄った。私道に停めてあるレナの黒いセリカが見えた。

ジェフリーが言った。「車はまだここにあるぞ」

フランクがひきだしを乱暴に閉めた。「さっき気づいたよ」

「ちょっと行って調べてみるよ」ジェフリーが言った。裏口から出て、裏庭に通じる踏み段に腰を下ろしているハンク・ノートンの横を通った。ハンクは、怒りに駆られたぎこちない動作で煙草を吸っていた。

ジェフリーは彼にたずねた。「あんたが留守のあいだ、車はずっとそこに停まってたのか?」

「そんなこと、おれが知るわけないだろ」ノートンが噛みついた。

ジェフリーは聞き流した。車に近づくと、どちらのドアにもロックが下りているとわかった。助手席側のタイヤは問題なさそうだし、車のまわりを歩きながらボンネットに触ると冷たかった。

「署長?」フランクがキッチンの戸口から呼んだ。ジェフリーが家のほうへと戻り始めるとハンク・ノートンが立ち上がった。

「どうした？」ノートンがたずねた。「なにか見つけたのか？」

キッチンに戻るや、ジェフリーは、フランクがなにを見つけたのか即座に見て取った。レンジの上方にあるキャビネットの扉の内側に、〝CUNT〟の文字が刻んであった。

「提出命令など知ったことか」ジェフリーは大学へと急行しながらメアリ・アン・ムーンに向かって言い捨てた。片手で携帯電話を持ち、空いたほうの手でハンドルを握っている。

「いま、うちの刑事のひとりが行方不明になっていて、手がかりはその名簿だけだ」気を鎮めようと息をついた。「なんとしても、あの病院の雇用者名簿を手に入れなければならないんだ」

ムーンはそつのない返事をした。「署長、こっちでは手続を踏んでことを進めなければならないのよ。グラント郡とはちがうわ。だれかの感情を害したら、次の教会懇親会で許してもらうというような事柄じゃないの」

「こっちで犯人が女性たちをどんな目に遭わせてるか、きみはわかってるのか？」彼はたずねた。「こうしてるあいだにも、うちの女性刑事がレイプされてる責任を、きみが取ってくれるのか？　彼女はまちがいなく、そんな目に遭ってるはずだ」その光景が頭にしみ込まないよう、しばし息を詰めた。

ムーンが答えないので、彼は言った。「彼女のキッチンにあるキャビネットに、何者かが文字を刻んでいる」間を置いて、ムーンにその意味を考えさせた。「なんという言葉か推測してみるかね、ミズ・ムーン？」

ムーンはしばらく無言で考えている様子だった。「病院の記録課にいる知り合いの女性に頼んでみることはできるかもしれない。でも、十二年前というと一昔前よ。そういう記録を手元で保管してる保証はないわ。おそらく州公文書館のマイクロフィッシュに入ってると思うの」

ジェフリーは彼女に携帯電話の番号を教えてから通話を切った。

「寮の部屋番号は？」大学の表門を通過する際にフランクがたずねた。

ジェフリーは手帳を取り出し、数ページ前をめくった。「十二号室。ジェファソン・ホールだ」

ジェフリーはタウン・カーの後部を横滑りさせて寮の前に停めた。次の瞬間にはドアから飛び出し、階段を駆け上がっていた。十二号室のドアをこぶしでがんがん叩き、返事がないのでさっと開けた。

「わっ、なによ」ジェニー・プライスがシーツをつかんで引き上げた。初めて見る顔の若者がベッドから飛び起き、手慣れた動きでズボンをはいた。

「出ていけ」ジェフリーは若者に命じ、この部屋の、ジュリア・マシューズが使っていた側に行った。前に来たときから、なにひとつ動かされていない。マシューズの両親は亡くなった娘の持ち物に目を通す気になれないのだろうとジェフリーは想像した。

服を着終えたジェニー・プライスは先日よりも大胆だった。「なんの用？」強い調子でたずねた。

ジェフリーはその質問を無視し、洋服や本を順に調べた。

ジェニーが、今度はフランクに向かって同じ質問をした。

「警察の捜査だ」彼が廊下から低い声で答えた。

ジェフリーはまたたくうちに部屋中をひっくり返していた。そもそも大して荷物がないし、前にも捜索しているので、新たな発見はなにもなかった。手を止めて部屋を見まわし、見逃しているものを見極めようとした。もう一度クロゼットの中を探そうと向き直った瞬間、ドアの脇に積んである本の山に気づいた。背の部分に薄く泥がついている。前にこの部屋を捜索した際にはなかった。あれば覚えているはずだ。

彼はたずねた。「あれはなんだ？」

ジェニーが彼の視線をたどった。「大学警備本部が持ってきたの」彼女が説明した。

「ジュリアの本よ」

ジェフリーはなにかを叩き壊したい気分でこぶしを固めた。「連中はここに持ってきたのか？」驚く理由が自分でもわからない。グラント工業技術大学の大学警備本部は、脳みそのない中年の助手どもが大半を占めている。

ジェニーが説明した。「図書館の外で見つけたんだって」

ジェフリーは無理やりこぶしをゆるめ、ひざをついて本の山を調べた。手を触れる前に手袋をはめることも考えたが、どのみち、物証保管の継続性は損なわれている。

いちばん上は『微生物学』で、表紙一面に泥が点々とついている。ジェフリーはその本を手に取ってページをめくった。二十三ページに、探していたものを見つけた。そのページいっぱいに、太い赤のマーカー・ペンで、〝CUNT〟の文字が書いてあった。

「ひどい」ジェニーが漏らし、片手で口を押さえた。

ジェフリーはフランクを残し、その部屋を立入禁止にさせた。シビルの職場だった大学の科学研究室へは、車を使わず、数日前にレナとたどったのと反対の方向へキャンパスを走って横切った。またしても一段飛ばしで階段を駆け上がった。シビル・アダムズの研究室につくと、ノックをして外で返事を待つことはしなかった。

「おや」リチャード・カーターがノートから顔を上げた。「なんの用ですか?」

ジェフリーは手近のデスクに片手をつき、呼吸を調えようとした。「なにか」彼は切り出した。「いつもとちがうことが、シビル・アダムズの殺害された日にあったか?」

カーターの顔に、むっとした表情が浮かんだ。ジェフリーは殴ってその表情を消してしまいたい気持ちを抑えた。

カーターがひとりよがりな口調で言った。「前にも言ったけど、いつもとちがうことなんて、なにひとつなかったよ。彼女は亡くなったんだ、トリヴァー署長。変わったことがあれば、ぼくが話したはずだと思わないか？」

「ある言葉がどこかに書いてあったかもしれない」ジェフリーはあまり多くを漏らしたくなくて、それとなく持ち出してみた。具体的な質問をぶつけると、驚くことに、相手はそれを思い出したと勘ちがいするのだ。「彼女のノートのどこかになにか書いてあるのを見なかったか？　彼女が身近に持ってたものに何者かがいたずらしたということは？」

カーターの表情がくもった。どうやら、なにか思い出したらしい。「そう言われれば」彼が口を開いた、「月曜日の午前の授業前、黒板に落書きを見つけた」厚い胸の前で腕を組んだ。「学生たちはああした悪ふざけをしておもしろがるんだ。彼女は目が不自由だから、連中のしたことが実際には見えなかったんだけどね」

「なにをしたんだ？」

「それが、だれがやったかはわからないけど、黒板に〝CUNT〟って書いてあったんだよ」

「月曜日の午前だな？」

「そうだ」

「彼女が亡くなる前に？」

カーターとて、答える前に目をそらすだけのたしなみは持ち合せていた。「そうだ」

ジェフリーはしばしカーターの頭のてっぺんを睨みつけ、こぶしを何発か見舞いたい気持ちを抑えた。「月曜日にその話をしてくれれば、ジュリア・マシューズが死ななかったかもしれないのはわかってるのか?」

リチャード・カーターには返事のしようがなかった。

ジェフリーは研究室を出て乱暴にドアを閉めた。階段を下りているときに携帯電話が鳴った。彼は最初の呼び出し音で出た。「トリヴァーだ」

メアリ・アン・ムーンはいきなり本題に入った。「いま記録課に来て名簿を見てるところ。医者から守衛にいたるまで、一階にある救急病棟で働いてた全員の名簿よ」

「読み上げてくれ」ジェフリーは目を閉じて、サラと一緒に働いていた男たちのファーストネーム、ミドルネーム、ラストネームをムーンが読み上げるあいだ、彼女の耳障りなヤンキーなまりを遮断した。全員の名前を読み上げてもらうのに五分かかった。最後の名前を聞いたあと、ジェフリーは黙り込んだ。

ムーンがたずねた。「聞き覚えのある名前があったの?」

「ちがう」ジェフリーは答えていた。「すまないが、その名簿をファクスでおれのオフィス宛てに送ってくれ」ファクス番号を告げながらも、ジェフリーは腹にパンチを食らったような気分だった。またしても、地下室の床に釘で留められ怯えているレナの姿が脳裏に浮かんだ。

ムーンが先を促した。「署長？」

「うちの連中に選挙人名簿や電話帳と突き合わせ確認をさせる」言うべきかどうか迷って躊躇した。結局、育ちのよさが勝った。「ありがとう」彼は口にした。「名簿を調べてくれて」

ムーンはいつもの無愛想な挨拶で電話を切らなかった。「名簿にピンと来る名前がなくて残念だわ」

「そうだな」彼は言い、腕時計に目をやった。「いいか、四時間ほどでアトランタに行ける。ライトと二人だけで面会する時間をもらえるか？」

彼女のほうも迷って躊躇したあと、答えが返ってきた。「彼はけさ襲われたの」

「なにっ？」

「留置場の看守たちは、彼を独房に入れるに値しないと考えたらしいわ」

「やつを一般房に入れないと、きみは約束したじゃないか」

「わかってるわ」彼女がぴしゃりと言った。「彼を留置場に戻したあとで起きることをコントロールすることなんて、わたしにはできない。あなただって、看守が自分たちのルールで動くのは知ってるはずよ」

ジャック・アレン・ライトに対する昨日のふるまいを考えると、ジェフリーは自己弁護をする立場になかった。

「しばらく意識不明の状態が続くそうよ」ムーンが言った。「手ひどくやられたの」

ジェフリーは小声で呪いの言葉を吐いた。「おれが帰ったあと、やつはきみになにも話してないか?」

「ええ」

「犯人は病院で働いていた人間にまちがいないと、やつは確信してるのか?」

「それが、そうでもないのよ」

「犯人は病院で彼女を見かけた人間だ。働いていない者で、だれが病院で彼女を見かけるんだ?」彼は空いたほうの手で目を覆い、考えようとした。「病院から患者のファイルを手に入れることができるのか?」

「たとえばカルテをってこと?」それはどうかと言いたげな口調だ。「それはたぶん難しいわね」

「名前だけだ。事件当日の分だけ。四月二十三日だ」

「日付ならわかってるわ」

「できるか?」

ムーンは送話口を手でふさいだようだが、それでも、だれかと相談しているのがわかった。数秒後、ムーンが電話口で言った。「一時間、いえ一時間半ちょうだい」

ジェフリーは思わず漏らしそうになったうめきを抑えた。一時間は長すぎる。しかし、彼は答えた。「待ってるよ」

27

レナの耳に、どこかでドアの開く音が聞こえた。レナは床に横たわったまま彼を待った。それしかできないからだ。シビルが死んだとジェフリーから聞かされたとき、シビルを殺した犯人を突き止めること、犯人を裁きの場に引き出すことだけがレナの行動目的となった。憎い犯人を見つけて電気椅子送りにすることだけを望んだ。最初の日からそんな思いに強く取り憑かれたあまり、立ち止まって悲しむ時間がまったくなかった。一日たりとも、妹を亡くした悲しみに浸ることをしなかった。一時間たりとも、立ち止まって喪失感にじっくり思いを馳せることをしなかった。

いま、この家に囚われ、床に釘づけにされて、レナはシビルの死について考えるしかなかった。時間のすべてがシビルの思い出に捧げられた。口にスポンジを押し当てられ、喉の奥に感じる苦い味の液体を無理やり飲み込まされて意識が朦朧としているあいだでさえ、シビルの死を悲しんでいた。学校時代の記憶があまりにリアルなので、手に持った鉛筆の木部を感じるほどだった。シビルと並んで教室の最後列に座り、ディット複写機のインクのにおいを嗅ぐことができた。ドライヴ、休暇、成人映画、郊外学習。それらひとつひとつの経験がよみがえり、シビルと並んで、いまこの瞬間にも現実にその場にいるような気がした。

彼が入ってくると、部屋にまた光が差した。瞳孔が開いているのでレナには影しか見えないのに、彼は明かりを利用してレナの視界を邪魔する。目が痛くてたまらないので閉じるしかなかった。なぜ彼がこんなことをするのか見当もつかない。だれが自分を捕えているのかは知っている。声ではわからなかったにせよ、話す内容は、町の薬剤師の口から出た言葉にほかならない。

ジェブは彼女の足元に座り、明かりを床に置いた。このかすかな一条の光以外、部屋の中は完全に闇に包まれている。長く闇の中にいたので、レナはなにかが見えることにいくぶんの慰めを見出していた。

ジェブがたずねた。「気分は良くなった?」

「ええ」さっきまで気分が悪かったかどうか覚えていないが、レナは答えた。四時間かそれくらいおきに、彼はなにかを注射する。注射のあとすぐに全身の筋肉がゆるむのでなんらかの鎮痛剤だろうとレナは推測していた。その薬物は、痛みを感じなくさせるには充分だが意識を失わせるほどではない。彼がレナの意識を失わせるのは夜だけで、その際、なにかを水に入れる。湿したスポンジをレナの口に押し当て、苦い液体を無理やり飲み込ませる。飲まされているのがベラドンナではありませんように、とレナは神に祈った。この目でジュリア・マシューズを見ている。ベラドンナが命を奪いかねない薬物だと承知している。それに、サラ・リントンがその場にいて命を救ってくれるとは思えない。命を救ってほしいと思っているかどうかも定かではない。レナは心の奥底で、わが身に起きるいちばんいいことはこの場で死ぬことだ、という結論に達していた。

「あの水漏れの音を止めようとしたんだ」ジェブが詫びるかのように言った。「なにが悪いのかわからないんだ」

レナは唇を舐め、黙っていた。

「サラがぶらりとやって来たよ」彼が言った。「いいかい、彼女はおれが何者か、まったくわかってないんだ」

これにもレナは黙っていた。彼の口調には、レナに返事をしてほしくないような孤独な調子がある。ただ慰めがほしいという感じだ。

「ぼくがきみの妹になにをしたか知りたい？」彼がたずねた。

「ええ」抑えることができず、レナは答えていた。

「彼女は扁桃腺炎だった」言いながら彼はシャツを脱いだ。彼が次々に衣類を脱ぐのをレナは目の隅で見ていた。彼のなにげない口調は、咳止め薬や特別なメーカーのビタミン剤をカウンター越しに勧める際の口調と同じだ。

「彼女はどんな薬も、アスピリンさえ飲みたがらなかった。薬草を使った咳止め方法を知らないかってきくんだ」彼はもはや完全に裸になり、レナに身を寄せた。彼が隣に寝そべるので、レナは身を離そうとしたがだめだった。両手両足が釘でしっかり床に固定されている。

ジェブが続けた。二次拘束で体は麻痺同然の状態だ。「一時にあの簡易レストランに行くとサラは言っていた。ぼくはシビルがあそこにいるのも知ってた。毎週月曜日、彼女が昼食に出かけるとき、ぼくの店の前を通るのを見てたからね。彼女はとてもきれいだったよ、レナ。でも、きみにはかなわない。彼女にはきみのようなガッツがなかった」

彼が片手を伸ばして腹をなで始めるとレナの体がびくっと震えた。彼の指先が肌を這うと全身に戦慄が走った。

彼はレナの肩に頭を乗せ、自分の手を見ながら話した。「サラがあの店に来るのはわかってたし、サラに彼女の命が救えるのもわかってたけど、むろん、ことはそう運ばなかった、そうだろ？　サラは遅刻したんだ。サラは時間に遅れて、きみの妹を死なせた」

レナは全身の震えを抑えられなかった。これまでの陵辱は、彼に薬を与えられて意識が麻痺していたので、まだ耐えることができた。いまこの状態でレイプされると、生きていられない。ジュリア・マシューズの最後の言葉を覚えている。彼女はジェブに愛撫されたと言った。それが理由でジュリアは死んだ。彼に優しく扱われようものなら、手荒にではなく優しく抱かれたりすれば、恋人のようなキスと愛撫をされてしまうと、そこから二度と引き返すことができなくなる。彼にどんな目に遭わされようと、自分が明日以降も生きているとしても、このつらい試練から生還できたとしても、心の一部はすでに死んでいるにちがいない。

ジェブが覆いかぶさるようにしてレナの下腹部に舌を這わせ、舌先をへそに突っ込んだ。彼が満足げな笑い声を上げた。「きみはすばらしいよ、レナ」ささやくように言うと、舌を乳首まで這わせた。やさしく乳房をしゃぶりながら、もう片方の乳房を手のひらで愛撫している。彼が体を押しつけてきて、レナは脚に硬直した彼の一部を感じた。

レナは震える唇で、「シビルのことを聞かせて」と頼んだ。

彼が指先でレナの乳首をそっとつまんだ。別の場面でなら、状況がちがえば、いたずらっぽいと言ってもいいような手つきだ。彼の声に穏やかな恋人のような調子があるので、レナの背筋を嫌悪の波が走った。

ジェブが言った。「ぼくは建物の裏手をまわってトイレに隠れた。彼女があの紅茶を飲めばトイレに行きたくなるのはわかってたから……」指を腹まで這わせ、局部の手前で止めた。「ぼくはもう片方の個室に入って錠をかけた。あっという間に終わったよ。彼女がヴァージンだと察するべきだった」たらふく餌を喰ったあとで犬が漏らすような、満足げなため息をついた。「ぼくが入ったとき、彼女はとても温かく、濡れてたよ」

彼の指が股間を探り始めるとレナは身震いした。視線を絡ませて反応を見ながら、彼は愛撫を続けた。直接的な刺激に、レナの体は、心が感じている恐怖とは正反対の反応を示した。彼が覆いかぶさるようにして胸の谷間にキスをした。「ああ、きみの体は美しい」彼がうめき、股間を探っていた指をレナの唇に運んで口を押し開けた。彼がその指を深く突っ込み、出したり入れたりを繰り返すので、レナは自分の愛液の味を知った。

彼が言った。「ジュリアもきれいだったけど、きみにはかなわない」手を股間に戻し、指を彼女の中に深く突っ込んだ。彼が指をもう一本差し入れると、レナは膣口が広がるのがわかった。

「なにかいれてあげようか」彼が言った。「うんと広げるのに。こぶしごと突っ込んであげよう」

すすり泣きの声が室内を満たした。レナの声だ。レナ自身、生まれて初めて聞く、悲しみに満ちた泣き声だった。その泣き声は、ジェブがしていること以上にレナを怯えさせた。彼がこぶしでファックするあいだ、レナの体全体が縦方向に揺れ、拘束具についている鎖が床をこすり、後頭部が堅い木の床にすれた。

彼はこぶしを引き抜くと、レナと並んで横たわり、脇腹に体を押しつけた。彼の体のすべての部分を感じることができ、それが彼を興奮させているのがわかった。部屋にセックスのにおいが満ち、レナは息が苦しかった。彼がなにかをしているが、それがなにかわからない。

彼が耳元に口を寄せてささやいた。「〝見よ、わたしはあなたがたに、へびやさそりを踏みつけ、敵のあらゆる力に打ち勝つ権威を授けた。だから、あなたがたに害を及ぼす者はまったくないであろう〟」

レナの歯がガチガチ鳴り始めた。つねられたような痛みを太ももに感じ、また注射されたとわかった。

「〝しばし、わたしはあなたがたを見捨てた。しかし、寛大なる慈悲をもって、あなたがたを引き寄せるであろう〟」

「やめて」レナは叫んだ。「こんなことしないで」

「サラはジュリアの命を助けることができた。きみの妹はだめだったけどね」ジェブが言った。彼は身を起こし、また脚を組んだ。自慰をしながら、世間話でもしているような口調で話した。「彼女がきみの命を救うことができるかどうか、ぼくにはわからないよ、レナ。きみはわかる?」

レナは彼から目をそらすことができなかった。彼が床からズボンを拾い上げてうしろのポケットからなにかを引っぱり出すあいだも、レナは彼に目を注いでいた。彼はレナの視線の先にペンチを持ち上げた。大きなペンチで長さは二十五センチほどあり、ステンレス・スティールが明かりを受けてきらめいた。

「遅めの昼食をとるんだ」彼が言った。「そのあと車で薬局に行って、少しばかり書類仕事をかたづけなくちゃならない。それまでには出血もおさまってるよ。ペルコダンに凝血剤を混ぜておいた。それに、制吐剤も少し混ぜたしね。ちょっと痛いよ。ぼくはうそは言わない」

レナは理解できずに頭を左右に転がした。薬剤が効き始めたのがわかる。体が融けて床にしみ込みそうだ。

「血は立派な潤滑剤なんだよ。知ってるか？」

レナは、次になにをされるのかわからないながらも、危険を感じて息を詰めた。

彼はペニスをレナの胸元にかすめてレナの体にまたがった。力強い手でレナの頭を固定し、片手をあごに押しつけて無理やり口を開けさせた。レナは目がかすみ、ペンチを口に突っ込まれると、視界がぼやけた。

28

ドックに近づくと、サラはスロットルを引いた。ジェブはすでに来ていてオレンジ色の救命用ベストを脱いでおり、この前同様、間が抜けた感じに見えた。サラと同じく、彼も分厚いセーターにジーンズというでたちだ。昨夜の嵐で気温がかなり下がったので、どうしても必要がないかぎり今日は湖上に出たがる人がいるとは思えない。

「手伝うよ」彼がボートのほうへ手を伸ばした。もやい綱の一本をつかむと、デッキを歩いてボートをウィンチのほうへ引っぱった。

「結ぶだけにしてね」サラはボートを下りた。「あとで両親の家に行かなくちゃならないの」

「なにかあったんじゃないだろうね？」

「ないわ」サラは答えながらもう一本の綱を結んだ。ジェブの結んだ綱に目をやり、双係柱に引っかけた輪のゆるい結び目に気づいた。これではおそらく十分もしないうちにボートがデッキから離れてしまうだろうが、彼に綱の結びかたの講習をする気はなかった。

ボートに手を伸ばして食料品店のビニール袋をふたつ取り出した。「店まで行くのに妹の車を借りなくちゃならなかったの」サラは説明した。「わたしの車はまだ押収されたままなのよ」

「例の件で――」彼は言葉を切り、サラの肩の上方、あらぬかたを見た。

「そうなの」サラはドックを歩いた。「樋は直った？」

彼はサラに追いついて並ぶと首を振り、袋を持った。「なにが悪いかわからないんだ」

「縦樋の底にスポンジかなにかを置いてみることを考えた？」サラは言ってみた。「音はそれで小さくなるかもしれないわよ」

「いい考えだ」彼が言った。家に着くと、サラは裏口のドアを押さえて彼を通した。

自分のボートのキーと並べてカウンターの上に袋をふたつとも置くと、彼は気づかわしげな顔でサラを見た。「ほんとにドアの錠をかけておくべきだよ、サラ」

「ちょっと留守にしてただけよ」

「それはわかってる」ジェブはキッチン・カウンターに袋をきちんと置いた。「でも、万が一ってこともある。特に最近の出来事を考えるとね。ほら、あの女性たちのことさ」

サラはため息をついた。彼の言うことにも一理ある。町で起きていることを自分の家と結びつけることができなかった。〝稲妻は同じ場所に二度は落ちない〟という昔からあるルールでなぜか守られているとでもいうように。もちろん、ジェブの言うとおりだ。もっと用心深くならなければ。

サラは「ボートはどんな調子？」とたずねながら留守番電話に歩いていった。メッセージ・ランプは点滅していないが、着信記録を表示してみると、この一時間のあいだにジェフリーが三回もかけてきたとわかった。どんな用件にせよ、彼の話に耳を貸す気はない。実は検死官の仕事を辞めようと考えている。人生からジェフリーを追い出すにはそうするほうがいい。過去を悔やむより現在に目を向けなければ。本当のところ、過去など、これまで自分で思い込んでいたほど重要ではない。

「サラ？」ジェブがワインの入ったグラスを差し出していた。

「あら」サラは、アルコールを口にするにはいささか早い時刻だと思いながらもグラスを受け取った。

ジェブが自分のグラスを持ち上げた。「乾杯」

「乾杯」サラも言い、グラスを傾けた。ワインの味にむせた。「まずい」片手で口を押さえた。刺激の強い味が湿った布きれのように舌に張りついている。

「どうかした？」

「うっ」サラはうめき、キッチンの蛇口の下に顔を突っ込んだ。何度か口をすすいでからジェブに向き直った。「いたんでる。このワイン、いたんでるわ」

彼は鼻先でグラスを振り、顔をしかめた。「酢のようなにおいだ」

「そうよ」サラはもう一口、水を飲んだ。

「くそ、すまない。少々長く保管しすぎたようだ」

サラが蛇口を閉めていると電話が鳴った。部屋を横切りながら詫びるような笑みをジェブに向け、発信者名を確かめた。またジェフリーだ。サラは受話器を取らなかった。

「サラです」留守番電話が応答した。どのボタンを押せばいいのか思い出そうとしているうちにピーっと鳴り、続いてジェフリーの声が聞こえてきた。

「サラ。念のためグレイディ病院から患者の記録を手に入れるから――」

サラは電話機のうしろの電源コードを引き抜き、ジェフリーが最後まで言い終わらないうちに通話を切った。自分では申しわけながっている笑顔だと思う表情を浮かべてジェブに向き直った。「ごめんなさい」

「どうかしたのか?」彼がたずねた。「きみは昔グレイディ病院で働いてなかった?」

「前世でね」サラは答え、受話器をフックからはずした。発信音を確認し、受話器をテーブルに置いた。

「おやおや」ジェブが言った。

もの問いたげな彼の顔に笑顔で応じ、口に残る酸味を吐き出したい衝動を抑えた。カウンターに行き、袋の中身を出し始めた。「結局、食料品店で調理済みの肉類を買ったの」話題を変えた。「ロースト・ビーフ、チキン、ターキー、ポテト・サラダ」彼が浮かべている表情に、思わず言葉を止めた。「なに？」

彼が首を振った。「きみはほんとに美しい」

サラはそのお世辞に顔が赤らむのがわかった。なんとか「ありがとう」と言い、パンを取り出した。「マヨネーズはつける？」

彼が笑顔のままうなずいた。彼の表情は崇拝に近い。それがサラを落ち着かない気持ちにさせていた。

気まずい空気を払拭すべくサラは言ってみた。「なにか音楽をかけてくれない？」

彼女の指示に従って、ジェブがステレオに行った。サラがサンドイッチを作り終えたとき、彼はサラのCDコレクションを指先で繰りながら順に見ていた。

ジェブが言った。「ぼくたち、音楽の好みが同じだね」

サラは「うれしい」という言葉を飲み込み、キャビネットから皿を取り出した。サンドイッチを半分に切っていると音楽が鳴りだした。何年も聞いていなかったロバート・パーマーの昔のCDだ。

「すばらしい音響システムだね」ジェブが言った。「サラウンド・サウンド？」

「そうよ」サラは答えた。このスピーカー・システムは、家のどこにいても音楽が聞こえるようジェフリーが取りつけたものだ。バスルームにまでスピーカーがつけてある。夜、浴槽の周囲に蠟燭を何本か灯し、ステレオで甘美な曲をかけて一緒に入浴することがあった。

「サラ？」

「ごめんなさい」サラは自分の意識がほかに飛んでいたのに気づいた。キッチン・テーブルに、向かい合わせの位置に皿を置いた。ジェブが戻るのを待って、片脚を尻に敷いて座った。「この曲を聞くのはひさしぶりだわ」

「かなり古い曲だよ」彼がサンドイッチに嚙みついた。「昔、妹がよく聞いてた」彼がほほえんだ。「《スニーキン・サリー・スルー・ジ・アリー》。妹の名前なんだ、サリーって」サラは指についたマヨネーズを舐め、さっきのワインの味を消してくれればいいと思った。「あなたに妹がいるなんて知らなかったわ」

彼は座り直し、ジーンズのうしろポケットから札入れを取り出した。「ずいぶん前に死んだんだよ」前部ポケットに入っている写真を繰った。ビニール・ポケットのひとつから一枚の写真を取り出し、サラに差し出した。「よくある話さ」

妹の死を語る言葉にしては妙だとサラは思った。それでも写真を手に取ると、チアリーダーの衣裳を身につけた少女が写っていた。ポンポンを持った手を左右に広げている。顔には笑みが浮かんでいる。少女はジェブにそっくりだ。「とても可愛いわね」サラは写真を彼に返した。「何歳だったの？」

「十三になったばかりだった」彼が答え、ほんの何秒か写真を見つめていた。写真をビニール・ポケットに戻し、札入れをうしろポケットにしまった。「両親にとっては思いがけずできた娘だったんだ。あいつが生まれたとき、ぼくは十五歳だった。父が初めて自分の教会を持ったときだ」

「お父さんは聖職者だったの？」サラは、以前にもデートしたのにジェブの家族について知らなかったということがあるだろうか、と思いつつたずねた。父親は電気技師だと以前ジェブから聞いたと断言できそうなほどだ。

「バプテスト教会の牧師だった」ジェブが明確にした。「父は、主の力が苦しみを癒すと固く信じてた。困難を乗り越える信仰を父が持ってたのはうれしいけど……」ジェブは肩をすくめた。「世の中には思い切れないこともあるからね。忘れられないことが」

「妹さんのことはお気の毒だったわね」思い切れないことというのがなにを意味するのかわかったので、サラは応じた。目を伏せてサンドイッチを見て、いまこの瞬間これに噛みつくのは不謹慎だと思った。さっさと噛みつけとばかりに腹の虫が鳴いたが無視した。

「ずいぶん昔の話さ」ようやくジェブが言った。「今日あいつのことを思い出したのは、あんなことが続いてるからだよ」

サラはなんと言ったものかわからなかった。人の死にはうんざりだ。彼を慰めるのはごめんだ。こうしてデートすることにしたのは、最近の事件を頭から追い出すためであって、思い出すためではない。

　サラは「ほかになにか飲み物はどう？」と言いながら席を立った。冷蔵庫に行きながら話した。「コカコーラ、クール・エイド、オレンジ・ジュースがあるわよ」冷蔵庫のドアを開けると、吸盤をはがすような音がなにかを思い出させた。ドアに指をかけることができなかった。突然、ピンと来た。グレイディ病院の救急処置室に通じる扉が開くと、扉についているゴム製のパッキングがまったく同じ音を立てた。これまでふたつの音が同じだと気づいたことは一度もなかったが、まちがいない。

　ジェブが言った。「コカコーラがいいな」

　サラは庫内に手を伸ばし、コカコーラを探した。トレードマークの赤い缶にかけた手を止めた。肺に空気を取り込み過ぎたかのように頭がくらくらする。目を閉じて、平衡感覚を維持しようとした。サラは救急処置室に戻っていた。吸盤をはがすような例の音で扉が開く。ストレッチャーに乗せられた少女が運び込まれる。救急医療隊員がヴァイタル数値を告げ、すでに点滴が開始され、気管内挿管もすんでいる。少女はショック症状を起こしており、瞳孔は散大し、体は触れると熱い。体温が四十度と告げられる。血圧は最高値が測定不能なほど高い。股間から激しく出血している。

　サラはそっちの処置を急ぎ、止血を試みた。少女は全身痙攣を起こして点滴チューブを引き抜き、足元の器具トレイを蹴ってひっくり返した。サラは少女に覆いかぶさり、それ以上の被害をもたらすのを止めようとした。急に痙攣が止まり、少女は死んだものとサラは思った。しかし脈は強かった。各機能の反応は弱いながらも数値が記録されていた。

骨盤検査の結果、少女がつい最近、妊娠中絶をしたばかりだとわかったが、資格を持つ医者が行なった手術ではなかった。子宮はぼろぼろ、膣壁はすりむけてずたずただ。できるかぎりの修復を図ったが、手の施しようはなかった。サラがどのような処置を行なおうと、回復は少女次第だった。

少女の両親と話す前にシャツを着替えようと車に行った。待合室の両親に気づき、経過を説明した。〝予断は許さないが見通しは明るい〟とか〝危険ながら状態は安定している〟といった、妥当な言いまわしを使った。ただ、少女はその後の三時間を持ちこたえることができなかった。ふたたび発作を起こし、実際に熱で脳がやられてしまった。

当時のサラにとって、あの十三歳の少女は、死なせた中でもっとも若い患者だった。サラが担当して亡くなったほかの患者はもっと年上か病気が重く、死なれると悲しいのに変わりはないが、彼らの死はさほど予想外ではなかった。待合室へ向かうとき、少女の悲惨な死にショックを受けていた。少女の両親も同様にショックを受けた様子だった。娘が妊娠していたことにまったく気づいていなかった。両親の知るかぎり、少女にボーイフレンドはいなかった。死んだのはおろか、娘がなぜ妊娠したのか、両親にはまったく理解できなかった。

「おれのベイビー」父親が小さな声で言った。悲しみを秘めた声で何度も繰り返した。

「あれはおれのベイビーだった」

「なにかのまちがいよ」母親が言った。バッグをかきまわし、財布を取り出した。サラが止める前に一枚の写真を見つけた――チアリーダーのユニフォームを着た、学校での少女の写真だ。サラは見たくなかったが、母親の気持ちを慰めるにはその写真を見るしかなかった。ちらりと見下ろし、すぐに、もう少し注意を払って見た。写真に写っているのは、チアリーダーの衣裳を着た少女だった。ポンポンを持った手を左右に広げている。顔には笑みが浮かんでいる。その表情は、ストレッチャーに横たえられモルグへと運ばれるのを待っている少女の生気の失せた表情とはまさに対照的だった。

父親が手を伸ばしてサラの両手を握った。頭《こうべ》を垂れて、長々と続くかに思える祈りを小声で唱え、許しを乞い、改めて神への信仰を口にした。サラは決して信心深い人間ではなかったが、彼の祈りにはなぜか胸を打たれた。そんな無残な死に直面してなおそのような慰めを見出すことができるのが、サラにとっては驚くべきことだった。

祈りが終わるとサラは車に行き、頭を整理しよう、このブロックを車で一周りして、この悲しい不必要な死について考えよう、と思った。車の落書きを見つけたのはそのときだ。戻ってトイレに行ったのはそのときだ。ジャック・アレン・ライトにレイプされたのは、そのときだった。

ジェブが見せたのは、十二年前に待合室で見たのとまったく同じ写真だった。

「サラ?」

ステレオの曲が変わった。スピーカーから「ヘイ、ヘイ、ジュリア」という歌詞が聞こえてくると、サラは胃が沈む気がした。

「どうかしたのか?」ジェブがたずね、すぐに歌の一節を口にした。「〝妙なふるまいばかりして〟」

サラは立ち上がり、冷蔵庫を閉めながら缶を持ち上げた。「これが最後の一本だわ」じりじりとガレージのドアへと向かった。「外に何本かあるのよ」

「気にしなくていいよ」彼が肩をすくめた。「ぼくは水でかまわない」すでにサンドイッチを置き、サラを見つめていた。

サラはコカコーラの缶を開けた。両手がかすかに震えているが、ジェブには気づかれていないと思った。缶を口元に運ぶと、ぐいと飲んで少しセーターにこぼした。

「いやだ」驚いたふりをしようとした。「着替えてくるわ。すぐに戻るから」

彼の向けた笑みに笑顔で応じたが、唇が震えている。思い切って動き、ジェブの警戒心を呼び起こさないよう、廊下をゆっくりと進んだ。ベッドルームに入ると急いで受話器を持ち上げ、並んだ窓の外に目をやって、明るい日差しが降り注いでいるのを見て驚いた。いま感じている恐怖とあまりに不釣り合いだ。ジェフリーの番号にかけたが、ボタンを押しても発信音がしない。受話器を睨みつけ、動けと念じた。

「きみがさっきフックからはずしたんだよ」ジェブの声だ。「覚えてるか？」

サラはびっくりしてベッドから立ち上がった。「父にかけようとしてたの。あと何分かで来るのよ」

ジェブは戸口に立ってドア枠に寄りかかっている。「きみがあとで両親の家に行くことになってると言ったと思ったけど」

「そうよ」サラは答え、部屋の反対側へとあとずさった。そうすれば、ふたりのあいだにベッドをはさむことになるが、窓を背にして身動きが取れなくなる。「父が迎えにくるのよ」

「そう思う？」ジェブがたずねた。いつもと同じ、子どもの顔によく見られるような、口元を片側だけ曲げた笑みを浮かべている。あまりに平然として、脅威を感じさせない態度なので、サラはほんの一瞬、自分の導き出した結論がまちがいなのかと思った。ちらっと彼の手を見下ろした瞬間、そんな考えがはじけ飛んだ。彼は脇に長い骨取り用ナイフを持っていた。

「なぜわかった？」彼がたずねた。「酢だ、そうだろう？　コルク栓をしたまま入れるのにずいぶん時間がかかったんだよ。心臓用の注射器があって助かったけどね」

サラは片手をうしろにまわし、手のひらで冷たい窓ガラスを感じた。「あなたは彼女たちをわたしに残したのね」頭の中でこの数日の出来事を思い返した。テッサと昼食をするのをジェブは知っていた。ジェフリーが撃たれた夜、サラが病院にいるのをジェブは知っていた。「だからシビルがあのトイレにいた。だからジュリアがわたしの車の上にいた。あなたはわたしに彼女たちの命を救わせたかった」

彼が笑みを浮かべてゆっくりとうなずいた。このゲームが終わるのを残念がっているかのように、目に悲しみをたたえている。「きみにその機会をあげたかったんだよ」

「それで妹さんの写真を見せたの？　わたしがあの子を思い出すかどうか確かめるために？」

「きみが思い出したから驚いたよ」

「どうして？」サラはたずねた。「あんな出来事を忘れることができると思う？　彼女はまだほんの子どもだったのよ」

彼が肩をすくめた。

「あなたがあの子にあんなことを？」家庭での妊娠中絶のむごさを思い出してたずねた。彼女の指導医デリック・ラングはハンガーが使われたと推測していた。

「あれはあなたがやったの？」

「なぜわかった？」いまにも弁解を並べそうな口調だ。「あいつが話したのか？」

彼の話にはまだなにかある、言葉の裏にもっと卑劣な秘密が隠れている。サラは口を開き、最後まで言い終わる前に答えがわかった。これまで目の当たりにしてきた、ジェブにできることを考え合わせると、完全に筋が通る。

サラはたずねた。「あなた、妹をレイプしたのね？」

「ぼくは妹を愛してたんだ」言い返す彼の口調にまだ弁解がましさが残っていた。

「彼女はまだ子どもだったわ」

「あいつのほうから来たんだ」なんらかの言い訳になるかのように言った。「ぼくと一緒にいたがったんだよ」

「彼女は十三歳だったのよ」

「〝男がみずからの妹、みずからの父の娘と関係を結び、その裸を見て、妹が兄の裸を見るなら、それは邪悪である〟」いかにも悦に入っていると思わせる笑みを浮かべた。

「ぼくを邪悪と呼んでくれ」

「彼女はあなたの妹だったのよ」

「ぼくたちみんな神の子だ、そうじゃないか？　みんな同じ親から生まれた」

「レイプを正当化するために聖書の一節を引用していいの？　殺人を正当化するために聖書の一節を引用することが許されるの？」

「聖書のいい点はね、サラ、解釈が自由だってことなんだ。神はわれわれにさまざまなしるしと機会を与え、われわれはそれに従うか従わないかなんだよ。そうやって、わが身に起きることを選択できるんだ。そうは考えたくないけど、みんな自分の運命の指揮官なんだよ。自分の人生の方向を定める決定を下すんだ」彼はサラを見つめ、何秒か黙っていた。「きみも十二年前に学んだものと思ってたよ」

ある考えが頭に浮かび、サラは足元の大地が崩れる気がした。「あなただったの？　あのトイレにいたのは？」

「とんでもない」ジェブはその考えを退けた。「あれはジャック・ライトだった。あいつがぼくを出し抜いたんだと思う。でも、いいアイデアをくれたよ」ジェブがドア枠に寄りかかり、唇を歪めて例のうれしそうな笑みを見せた。「なにしろ、ぼくたちふたりとも信仰の篤い人間だからね。ふたりとも聖霊に導いてもらってる」

「あなたたちに共通してるのは、どっちもけだものだってことよ」

「ぼくらが結びついたのはあいつのおかげだろうね。あいつがきみにしたことが、ぼくのいい手本になったんだよ、サラ。それについてはきみに感謝したいね。あれ以後現われたたくさんの女性に代わって、ぼくの言う〝現われた〟というのは聖書に出てくる意味においてだけど、きみに心からの礼を言うよ」

「なんてこと」サラは漏らし、片手で口を押さえた。彼が自分の妹に、シビル・アダムズに、ジュリア・マシューズに対して行なったことを、サラは見てきた。それがすべて、自分がジャック・ライトに襲われたときに始まったと考えると、胃がひっくり返る気がした。

「この人でなし」サラは吐き捨てた。「人殺し」

怒りのため、ジェブはたちまち表情を変えて背筋を伸ばした。物静かで控えめな薬剤師から、少なくともふたりの女性をレイプして殺した男に変貌した。その体勢が怒りを発散している。「きみがあいつを死なせたんだ。きみが殺した」

「わたしのもとに運び込まれたときには亡くなってたわ」サラは努めて落ち着いた口調で言い返した。「大量の出血があったから」

「うそだ」

「あなたは全部掻き出してなかった。彼女は体内から腐り始めてたのよ」

「うそだ」

サラは首を振った。片手をうしろにまわして窓の錠を探った。「あなたが彼女を殺したのよ」

「うそだ」彼は繰り返したが、口調に変化が見られるので、頭のどこかでサラの言葉を信じたのだとわかった。

サラは錠を探り当て、ひねって開けようとした。錠はびくとも動かない。「シビルが死んだのもあなたのせいよ」

「ぼくが残していったとき、彼女は生きてた」

「心臓発作を起こしたのよ」サラは言い、ふたたび力を込めて錠をひねろうとした。「シビルは過剰投与で亡くなったの。あなたの妹と同じく、発作を起こしたのよ」

ジェブが「うそだ」と怒鳴ると、その声がベッドルームに不気味なほど大きく響き、サラの背後の窓ガラスががたがたと揺れた。

彼が一歩前に詰め寄ったので、サラは錠を開けるのをあきらめた。彼は例のナイフを脇に下げたままだが、脅威はまだ存在している。「きみのおまんこは、ジャックのときと同じく、いまでも最高なのかな」ジェブがつぶやいた。「裁判のあいだ、ぼくは傍聴席に座って些細なことにも耳を傾けてたんだ。メモを取りたかったけど、公判初日が終わって、その必要がないとわかった」うしろポケットに手をやり、手錠を取り出した。「きみに残した鍵をまだ持ってるか?」

サラは言葉で彼を制した。「二度とあんな目に遭う気はないわ」きっぱり言い切った。「先にわたしを殺すしかないわよ」

彼は床に目を伏せ、肩の力が抜けた。サラがふと安堵を覚えた瞬間、彼が目を上げてサラを見つめた。口元に笑みを浮かべて言った。「きみが死んでようといまいと、それがぼくにとって重要だと、なぜ思うんだ?」

「わたしのお腹に穴を開けるつもり?」

彼はショックのあまり手錠を床に落とした。「なんだって?」彼がささやいた。

「あなたは彼女にアナル・セックスをしなかったわ」

ジェブの側頭部から玉のような汗が流れ落ちるのが見えた。「だれに?」

「シビルよ」サラは告げた。「ほかに彼女のヴァギナの奥に糞便が入る理由がある？」

「そんな言いかた、不快だな」

「そう？」サラはたずねた。「彼女のお腹の穴をファックしてるとき、彼女に嚙みついたでしょ？」

彼は首を大きく左右に振った。「そんなことしてない」

「彼女の肩にあなたの歯型が残ってたのよ、ジェブ」

「そんなことはない」

「この目で見たのよ」サラは言い返した。「あなたが彼女たちにしたことをすべて見たわ。あなたが彼女たちにどうやって痛みを与えたか見たのよ」

「彼女たちは痛みを感じなかった」彼が言い張った。「少しも痛がらなかったんだ」

サラはベッドにひざが当たるまで彼に近づいた。彼はベッドの反対側に立ち、傷ついたような表情を浮かべてサラを見つめていた。「彼女たちは苦しんだわ、ジェブ。ふたりとも苦しんだのよ、あなたの妹と同じようにね。サリーと同じよ」

「彼女たちをあんなふうには傷つけてない」彼が小声で言った。「絶対に傷つけてない。彼女たちを死なせたのはきみだ」

「あなたは十三歳の少女、目の不自由な女性、そして情緒不安定な二十三歳の女性をレイプした。それがあなたを興奮させるの、ジェブ？　無力な女性を襲うのが？　彼女たちを支配することが？」

彼のあごがこわばった。「きみは自分でますます状況を難しくしてる」

「くそ食らえ、この変態野郎」

「ちがう。逆だよ」

「かかってきなさいよ」サラはあざけるような調子で挑発し、こぶしを固めた。「できるものならやってごらん」

ジェブが飛びかかったが、サラはすでに動いていた。ピクチャー・ウィンドウに向かって全力で走り、首を縮めてガラスを突き破った。ガラスの破片で全身が切れ、一気に痛みが走った。裏庭に着地し、体を丸めたまま斜面を数メートル転がり落ちた。

素早く立ち上がると、振り向きもせず湖に向かって走った。上腕二頭筋を切り、額から血が噴き出ているが、そんなことにかまっていられない。ドックに着いたときには、ジェブがすぐ背後に迫っていた。サラは迷わず冷たい水に飛び込み、息が苦しくなるまで潜って進んだ。ようやく湖面に顔を出したのは、ドックから十メートルほど離れた地点だった。ジェブが彼女のボートに飛び乗るのが見え、遅まきながら、イグニションにキーを挿しっぱなしにしていたのを思い出した。

サラは水に潜って懸命に水をかき、できるだけ進んで顔を出した。背後に向き直るや、ボートが自分に向かってくるのが見えた。潜って湖底に手がついた瞬間、ボートが猛スピードで頭上を通過した。水中で向きを変え、沖にある岩場を目指した。ほんの六メートルほどの距離なのに、泳いでいるうちに腕が疲れてきた。冷たい湖水が顔をひっぱたくようで、水温が低いためスピードが落ちるはずだと気づいた。

湖面に顔を出し、あたりを見まわしてボートを探した。またジェブが全速力で向かってきた。またサラは水に潜った。湖面に顔を出したとき、ちょうど、ボートが水中の岩に向かって湖面を滑るように進んでいくのが見えた。ボートの先端が最初の岩に正面からぶつかって跳ね上がり、裏返しになった。ジェブがボートから投げ出されるのが見えた。彼は空中を飛び、湖面に叩きつけられた。溺れないよう、両手を必死にかいている。口を開け、恐怖で目を見開き、両手両足をばたばたさせながら水中に引き込まれていった。サラは息を詰めて待ったが、彼は浮かび上がってこなかった。

ジェブが投げ出されたのはボートから三メートルほど離れた位置で、岩場から離れている。岸にたどり着くには岩場のあいだを泳ぎ抜けるしかないと、サラは知っていた。水中を進めるのは、全身が寒さに包まれるまでだ。ドックまでは遠すぎる。泳ぎ着けないに決まっている。ひっくり返ったボートの脇を通って岸にたどり着くのがもっとも安全なルートだ。

ほんとうはその場に留まっていたかったが、冷たい水のせいで自己満足へと誘われているのはわかっていた。水温は氷点下ではないものの、水中に長く留まると中程度の低体温症を起こすには充分なほど冷たい。

体温を維持するためにゆっくりとクロールで泳ぎ、岩場を泳ぎ抜けるときは顔を水面に出した。自分の息が目の前でまっ白になるが、暖かいものを思い浮かべようとした。火の前に座ってマシュマロをあぶる光景。ＹＭＣＡの熱い風呂。サウナ室。ベッドの暖かいキルト。

コースを変え、ボートから離れたところ、ジェブが沈んだ位置から遠いところを通った。サラは映画をたくさん観ている。彼が深みから浮き上がってきて脚をつかみ、引きずり込むのを怖れた。ボートを過ぎると、岩がボートのへさきを突き破った大きな穴が見えた。ボートはひっくり返って船底が空を向いている。ジェブは向こう側で、穴の開いたへさきにしがみついていた。紫色になった唇が蒼白な顔に鮮やかな対照をなしている。どうしようもなく震え、息はくっきりと白い塊に見える。水面に顔を出していようともがき続け、体力を無駄に消耗していた。冷たい水が彼の深部体温を刻一刻と下げ続けているのだろう。

サラは速度を落として泳ぎ続けた。静まり返った湖に聞こえるのは、ジェブの息遣いとサラの両手が水をかく音だけだ。

「ぼ、ぼ、ぼくは泳げないんだ」ジェブが言った。

「それは残念ね」喉の奥に引っかかったような声だ。手負いの獰猛な動物を迂回して通る気分だった。

「きみはぼくを置き去りにできないはずだ」彼が歯をがたがた鳴らしながらなんとか言った。

彼に背中を見せないようサラは水中で向きを変え、横泳ぎを始めた。「できるわ」

「きみは医者だろ」

「ええ、医者よ」サラは彼から離れ続けた。

「絶対にレナを見つけることができないぞ」

サラは体の上に重石が落ちてきた気がした。水をかきながら、ジェブを見据えた。

「レナがなんだと言うの？」

「ぼ、ぼくがさらったんだ。彼女は逃げ出すおそれのない場所にいる」

「そんなこと、信じない」

彼は肩をすくめたと思われる動作をした。

「逃げ出すおそれのない場所ってどこ？」サラは問いただした。「彼女になにをしたの？」

「きみのために彼女を置いてきたんだ、サラ」体が震えだし、声が喉に引っかかった。サラは知識の奥底から、低体温症の第二段階は抑えがたい震えと脈絡のない思考が特徴だと思い出した。

彼が言った。「彼女をある場所に置いてきた」

サラは彼を信用せず、わずかに近づいた。「どこに置いてきたの？」

「な、な、なんとしても彼女を助けるんだ」彼がつぶやき、目を閉じた。頭部が下がって口が水面下に沈んだ。鼻に水が入ると鼻を鳴らして噴き出し、ボートにつかまる手に力が入った。ボートが動いて岩にぶつかり、砕ける音がした。

突然、サラの全身に熱が走った。「彼女はどこなの、ジェブ?」答えがないので、彼に向かって告げた。「あなたはここで死ぬことだってありえるのよ。水は充分冷たいわ。心臓が弱まって最後には止まるの。よくて二十分ってところね」実際には数時間だとわかっていたが、そう言った。「わたし、あなたを見殺しにするわ」生まれてこのかた、これ以上確信していることはないという口調で警告した。「彼女の居場所を教えなさい」

「お、教えるのは岸に着いてからだ」彼が低い声で言った。

「いま教えて。あなたが、孤独で死んでいくような場所に彼女を放置するはずがないのはわかってるのよ」

「そんなことはしないさ」彼の目が理解を示してきらめいた。「ぼくが彼女を孤独に放っておくはずがないだろ、サラ。彼女を孤独で死なせたりしないよ」

凍えないよう体を動かし続けるため、サラは両腕を大きく横に広げた。「彼女はどこにいるの、ジェブ?」

彼が激しく首を振るとボートが水中で揺れ、小さな波がサラに向かってきた。ジェブが細い声で言った。「なんとしても彼女を助けるんだ、サラ。なんとしても助けろ」

「居場所を教えなさいよ。でないと見殺しにするわよ、ジェブ。ほんとうに、ここで溺れ死にさせるわ」

彼の目が曇り、青ざめた唇にかすかな笑みが浮かんだ。小声で「すべてが終わった」と言うと、ふたたび頭が下がり始めたが、今度は止めようとしなかった。サラが見つめる中、彼の手がボートを放し、頭が水の中へと滑り落ちた。

「だめ」サラは叫び、急いで彼のもとへ向かった。シャツの背をつかんで引き上げようとした。彼が反射的に抵抗し始め、引き上げてもらうのではなくサラを水中に引き込もうとした。そうやってもみ合ううち、ジェブが彼女のスラックスやセーターをつかみ、彼女をはしご代わりにして空中に顔を出そうとした。彼の爪が腕の切創を引っかいたので、サラは思わず腕を振りほどいた。ジェブは彼女に押し返される感じになり、手がかりを探る指先が彼女のセーターの胸元をかすめた。

彼がよじ登るとサラは沈んだ。彼が頭をボートにぶつける鈍い音がした。彼は驚いて口を開け、すぐに声もなく水中に沈み始めた。あとには、ボートのへさきに鮮やかな紅い血が一筋残っていた。サラは肺の苦しさを無視し、彼をもう一度引き上げようと手を伸ばした。わずかな陽光で、彼が湖底へ沈んでいくのがどうにか見えた。口を開け、両手をサラに差し出している。

サラは湖面に顔を出し、あえぐように空気を吸うと、ふたたび水中に顔を沈めた。それを何度か繰り返してジェブを探した。ようやく見つけたとき、彼は両腕を前に突き出して大きな丸石に身を横たえ、彼女を見つめるように目を開けていた。生きているかどうか、サラは片手を彼の手首に当てた。息継ぎをしようと、腕を横に広げて水をかいた。歯ががちがち鳴っていたが、声を出して数を数えた。

「いーち」がちがち鳴る歯のあいだから言った。「にーい」数を数え続けながら、がむしゃらに水をかき続けた。懐かしい〝マルコ・ポーロ・ゲーム〟を思い出した。自分かテッサが目を閉じたまま立ち泳ぎをし、決めた数を数えてから相手を探したものだ。

五十まで数えたところで深呼吸をして、ふたたび水中に潜った。ジェブはまだ湖底で頭をのけぞらせていた。サラは目を閉じ、すくい上げるように彼の両腕の下に手を差し入れた。湖面に出ると、片腕を彼の首にまわし、もう片方の腕で水をかいた。そんなふうに彼を抱えて岸を目指した。

何時間も経ったように思えるが、せいぜい一分で、サラは手を止め、息継ぎができるよう立ち泳ぎをした。岸がさっきより遠くなったように見えた。両脚が体からもげてしまった気がするが、それでも水を蹴るよう命じた。ジェブは文字どおり死んだように重く、サラを水中に引き込もうとする。水面ぎりぎりに顔が沈むが、手を止めて湖水を吐き出し、頭をはっきりさせようとした。とても寒く、とても眠い。長く閉じたままにならないよう目をしばたたいた。短い休息は効果的だ。ここで休息し、すぐに彼を岸まで引っぱっていこう。

　サラは頭をのけぞり、あお向けに浮かぼうとした。ジェブを抱えていては浮かぶことができず、またしても水中に沈み始めた。ジェブを放すしかない。それはわかっている。思い切って放すことができないだけだ。彼の体の重みでまたしても自分が水中に沈み始めても、サラには彼を放すことができなかった。

　だれかの手が彼女の体をつかみ、すぐに腰に腕がまわされた。サラにはあらがう力がなく、脳が凍えていて、なにが起きているのか考えられなかった。ほんの一瞬、ジェブだと思ったが、サラを湖面に引き上げる力はとても強い。ジェブをつかんでいる手が弱まり、目を開けると、彼の体がまたしても湖底へと沈んでいくのが見えた。

　彼女の頭が湖面を割り、空気を求め口を大きく開けてあえいだ。一息ごとに肺が痛み、鼻水が流れ出た。心臓を止めかねない咳病のような咳が出始めた。新鮮な空気を求めてむせると、口から水を、続いて胆汁を吐いた。だれかが背中を叩いて水を吐き出させてくれるのがわかった。頭が傾いてまた水中に沈んだが、髪をつかんで引き上げられた。

「サラ」ジェフリーが片手を彼女のあごに当て、もう片方の手で腕をつかんで、彼女を引き上げた。「おれを見ろ」彼が命じた。「サラ」

　サラは、全身から力が抜け、岸へとジェフリーが引っぱってくれるのを感じた。片腕がサラの体に、両腕の下にしっかりとまわされ、もう片方の腕を使って泳ぎにくそうに背泳ぎしている。

サラは、両手をジェフリーの腕にかけ、彼の胸に頭をもたせて、家に運んでもらった。

29

レナはジェブを必要としていた。彼に痛みを取り払ってほしかった。彼に、シビルや母や父のいる場所へと送り返してほしかった。家族と一緒にいたい。そのためにどんな代償を払うことになってもかまわない。家族と一緒になりたい。

血が喉の奥に間断なく流れ落ちて、ときどき咳き込ませる。彼の言ったとおり、口の中がずきずきと痛むが、ペルコダンのおかげで我慢できた。すぐに出血が止まるというジェブの言葉を信じた。彼にはまだやり残したことがあるとレナにはわかっていた。ここに監禁するために手間をかけたのだから、自分の血で窒息死させるようなまねはしないはずだ。彼がもっとむごいことをしようと考えているのがわかった。

思いが巡り、自分の体がナン・トーマスの家の前に遺棄されたところを想像した。なぜか、その考えが気に入った。レナに行なわれたことをハンクが目にすることになる。彼はシビルに行なわれたことを知ることになる。シビルに見えなかったことを、ハンクが目にすることになる。当を得たことのように思えた。

聞きなれた音が階下から聞こえた。硬い木の床を歩く足音だ。彼がカーペットを歩くときには足音が消される。あれはリビング・ルームだろう。この家の間取りは知らないが、遠くの音を聞くうち、家の中を歩きまわる際に床を打つ鈍い靴音と、様子を見にくるときに靴を脱いで歩くかすかな足音の区別がつくようになり、彼の居場所がだいたいわかるようになった。

ただ、今回はもうひとつ別の足音がする。

「レナ？」かろうじて聞き取れる声だが、直感的にジェフリー・トリヴァーだとわかった。ほんの一瞬、彼がここでなにをしているのだろうと思った。

口を開けたが、言葉が出てこない。ここは上階の屋根裏部屋だ。たぶん彼はここを探そうとは思わないだろう。ひとりにしておいてくれるかもしれない。ここで死に、どんな目に遭わされたか、だれにも知られることがないかもしれない。

「レナ？」別の声が呼んだ。サラ・リントンだ。

レナの口は開いたままだが、言葉を出せなかった。

何時間とも思えるあいだ、ふたりは階下を歩きまわっていた。家具を動かしたりクローゼット内を探す、重いきしみ音やばたんという音が何度も聞こえた。ふたりのくぐもった声がめちゃくちゃなハーモニーに聞こえた。鍋釜類をぶつけているような音がすると考えて、実際に笑みを浮かべた。ジェブがわたしをキッチンに監禁できるはずがないのに。

　そう考えるとおかしくなった。抑えきれずに笑いだすと、胸が震えて咳き込んだ。たちまち、笑いすぎて涙が出てきた。やがて、この一週間の出来事を頭の中で再現しているうち、すすり泣きが漏れ、胸が締めつけられて痛くなった。モルグの厚板に横たえられたシビルの姿が見えた。姪を亡くして悲しみに沈むハンクの姿が浮かんだ。目の縁をまっ赤にして悲しみに打ちひしがれたナン・トーマスの顔が浮かんだ。覆いかぶさってセックスをするジェブが見える気がした。

　自分を床に留めている長い釘に指を巻きつけ、自分の体に行なわれた暴力を知っている全身が麻痺したように動かなかった。

「レナ?」ジェフリーの呼ぶ声がさっきより大きくなっていた。「レナ?」彼が近づいてきて、せわしく続けざまにノックする音が聞こえ、少し間があいてふたたびノックの音がした。

　サラが言った。「隠し扉だわ」

　さらにノックの音がしたかと思うと、屋根裏へ続く階段にふたりの足音が響いた。さっとドアが開き、光が闇を切り裂いた。無数の針が眼球に突き刺さった気がして、レナはぎゅっと目を閉じた。

「なんてこと」サラがあえいだ。すぐに「タオルを取ってきて。シーツでもいい。なんでもいいから」と言った。

サラが正面にひざをつくと、レナは細く目を開けた。サラの体は冷気を発し、ずぶ濡れだった。

「大丈夫よ」サラが小声で言い、レナの額に片手を当てた。「もう大丈夫」

レナはもう少し目を開けて、瞳孔を光にならした。背後のドアに目をやり、ジェブを探した。

「彼は死んだわ」サラが言った。「彼があなたを傷つけることは――」サラは言葉を切ったが、彼女がなにを言おうとしたのか、レナにはわかった。サラの言葉の先を、耳で聞かなかったとしても、頭の中で聞いていた。〝彼があなたを傷つけることはもう二度とない〟とサラは言いかけたのだ。

レナは思い切ってサラを見上げた。サラの目に一瞬なにかが浮かび、なぜかサラは理解しているとレナにはわかった。もはやジェブはレナの一部だ。この先一生、毎日レナを傷つけ続けるにちがいない。

日曜日

30

ジェフリーは、オーガスタの病院から車で戻る道中、戦争から帰還する兵士のような気分だった。レナは体の傷は回復するだろうが、ジェブ・マグワイアに与えられた心の傷が回復することがあるのかどうか、彼にはわからない。ジュリア・マシューズと同じく、レナはだれにも口をきかない、伯父のハンクにさえ。時間を与える以外、彼女になにをしてやればいいのか、まったくわからなかった。

メアリ・アン・ムーンは、調査を要請してからきっかり一時間二十分後に電話をかけてきた。サラの患者の名前はサリー・リー・マグワイア。ムーンはわざわざコンピュータを使い、その名字で病院職員のリストを検索した。具体的な名前での検索なので、わずか数秒でジェレミー・〝ジェブ〟・マグワイアの名前が浮かんだ。サラがグレイディ病院で働いていた当時、彼は同病院の三階の薬局でインターン研修を受けていた。サラが彼に会うきっかけはなかっただろうが、ジェブのほうは彼女と会う機会を求めたにちがいない。

屋根裏部屋に飛び込んだときにレナの顔に浮かんだ表情を、ジェフリーは絶対に忘れることができないだろう。ジェブの屋根裏部屋の床に釘で打ちつけられて横たわるレナの姿を思い浮かべるたび、頭の中ではサラの写真を思い出すのだ。あの屋根裏部屋はまっ暗な箱になるよう工夫されていた。窓に釘で打ちつけたベニヤ板も含め、いたるところがまっ黒のペンキで塗られていた。アイフックに通した鎖が床にねじで留められていた跡、拘束具の上下にそれぞれ残る二組の釘の跡が、被害者の磔にされた位置を示していた。

車の中で、ジェフリーは目をこすり、シビル・アダムズが殺された以降に目にしたすべてを考えまいとした。郡境を越えてグラント郡に入るころには、もはやすべてが以前とはちがうということしか考えられなかった。町の人々、友人や近所の人たちを、先週の日曜日のいまごろと同じまったく疑いのない目で見ることは二度とないにちがいない。戦争神経症のような気分だった。

サラの私道へと曲がりながら、彼女の家もまた以前とはちがって見えると感じていた。ここでサラはジェブと戦った。ここでジェブは溺れ死んだ。死体は湖から引き上げたが、あの男の記憶が消えることは絶対にない。

ジェフリーは運転席に座ったまま家を見つめていた。サラは時間が必要だと言ったが、ジェフリーは時間を与える気はなかった。自分の頭に去来した思いをなんとしても説明したい。彼女の人生に立ち入らずにいる気など断じてないと、彼女に対してのみならず自分自身にも改めて確認する必要があるのだ。

玄関ドアは開いていたが、ジェフリーはノックをしてから入った。ポール・サイモンの《ハヴ・ア・グッド・タイム》の歌声がステレオから聞こえる。家の中は散らかり放題だった。廊下に箱が並び、本はすべて本棚から下ろされている。サラはレンチを手にキッチンにいた。白い袖なしのTシャツにぼろぼろのグレイのスウェットパンツを着ていて、これまで彼女がこんなに美しく見えたことはないとジェフリーは思った。ドア枠をノックしたとき、サラは排水管を見下ろしていた。

向き直った彼女は、ジェフリーを見ても驚いた様子はなかった。「わたしに時間をくれると言ったのは、こういうことだったの？」

彼は肩をすくめ、両手をポケットに突っ込んだ。サラは額の切り傷に明るい緑色のバンドエイドを貼り、ガラスで深く切れたため縫合した腕の傷には白い包帯を巻いている。サラがあんなことをして無事に生きているのが、ジェフリーにとっては奇跡だ。彼女の精神力には感心する。

ステレオから次の曲が流れてきた。《恋人と別れる五十の方法》だ。ジェフリーは冗談めかして「おれたちの歌だ」と言った。

サラはうんざりしたような目で彼を見ると、リモコンをいじった。不意に音楽が止まり、家中に響いていた歌に代わって静寂が広がった。ふたりとも、その変化に慣れるのに何秒かを要した。

サラが言った。「こんなところでなにをしてるの？」

ジェフリーは口を開き、なにかロマンティックな言葉を言おう、彼女を夢中にさせる言葉を言おう、と思った。生まれてこのかたサラほど美しい女性を知らない、サラに会って初めて恋がどういうものかほんとうにわかった、と言いたかった。しかし、その手の言葉がなにひとつ口から出てこないので、代わりに情報を伝えることにした。

「きみの公判記録、ライトとの裁判の記録を、ジェブの家で見つけたよ」

サラは腕組みをした。「そうなの？」

「ほかにも、新聞の切り抜きや写真があった。そういったたぐいのものが」彼はいったん言葉を切ってから続けた。「ジェブはきみに近づこうとして、この町に越してきたんだと思う」

サラは見下すような調子で「そう思う？」と言った。

その口調にひそむ警告を、ジェフリーは無視した。「パイク郡でも何件か暴行事件が起きてるんだ」ジェフリーは続けた。サラの表情から、口をつぐむべきだ、彼女はそんなことを知りたくない、と読み取れるにもかかわらず、ジェフリーは抑えがきかなくなっていた。問題は、サラに対して自分の心のうちを話すより事実を告げるほうがはるかに簡単だということだ。

ジェフリーは続けた。「向こうの保安官がジェブの犯行と断定しようとしてる事件が四つある。向こうの現場で採取したDNA鑑定用資料と照合できるよう、ジェブの採取資料を科捜研に提出する必要があるんだ。ジュリア・マシューズから採取した資料も」彼は咳払いをした。「彼の死体はモルグに運んである」

「わたしはやらないわよ」サラが応じた。

「オーガスタからだれか呼んでもいい」

「そうじゃないの」サラが訂正した。「あなたはわかってないのよ。わたしは明日、辞表を出すつもりなの」

ジェフリーは言うべき言葉が思い浮かばず、「なぜ?」とだけたずねた。

「もうこんなこと、できないからよ」彼女はふたりのあいだの空間を指し示した。「こんなこと、続けていられないのよ、ジェフリー。だから離婚したの」

「離婚したのは、おれが愚かなあやまちを犯したからだ」

「ちがうわ」サラが制した。「繰り返し同じ議論をするのはおしまいにするの。だから辞表を出すのよ。これ以上、こんなことはできない。わたしの生活圏内にあなたを踏み込ませるわけにいかないの。次に進まなくちゃならないのよ」

「愛してるんだ」ジェフリーは、それでなにかが変わるとでもいうように言った。「おれが不似合いな相手であることは承知してる。きみをまったく理解できないのも、自分がいろいろとまちがいを犯すのも、まちがったことを言うのも、アトランタに行かずにきみのそばにいるべきだったこともわかってる。きみが例の事件のことを打ち明けてくれたあと――あれを読んだあと――」彼は間を置いて続けた。「全部わかってる。それでも、きみを愛することをやめられない」サラが応えないので彼は続けた。「サラ、きみと離れるなんてできない。おれにはきみが必要なんだ」

「どっちのわたしが必要なの？」彼女がたずねた。「昔のわたし、それともレイプされたわたし？」

「どっちも同じ人間だろ」彼は言い返した。「どっちも必要だ。どっちも愛してる」サラを見つめ、誤解のない言いかたをしようとした。「きみなしでいるのはいやなんだ」

「あなたに選択権はないのよ」

「あるんだ」彼は答えた。「きみがなんと言おうと気にしないよ、サラ。きみが仕事を辞めようと、この町から引っ越そうと、名前を変えようとかまわないし、おれはきみを探し出すまでだ」

「ジェブのように？」

その言葉は痛烈にこたえた。彼女が口にすることのできたあらゆる言葉の中でもっとも残酷な一言だった。サラもそれに気づいたらしく、即座にあやまった。「いまの言葉はフェアじゃなかったわ。ごめんなさい」

「きみはそう思ってるのか？　おれがやつのようだと？」

「ちがう」サラは首を左右に振った。「あなたが彼とちがうのはわかってるわ」

いまの言葉にまだ傷ついていて、ジェフリーは床を見つめた。大嫌いと怒鳴りつけられたとしても、これほど痛みを覚えなかったにちがいない。

「ジェフ」サラが近づいてきた。片手を彼の頰に当てるので、ジェフリーはその手をとって手のひらにキスをした。

彼は言った。「きみを失いたくないんだ、サラ」

「もう失ってるじゃない」

「ちがう」そんなことは受け入れられない。「まだ失っていない。それはわかってる。でなきゃ、きみがこうしてここに立ってるはずがない。さっきの場所に立ったまま、帰れというはずだ」

サラは反論しなかったが、彼から離れて流しに戻った。「やらなくちゃいけないことがあるの」つぶやくように言うと、レンチを手に取った。

「引っ越すつもりか？」

「掃除よ。ゆうべから始めたの。なにもかも、どこにあるかわからないのよ。ベッドが散らかりすぎて、ゆうべはソファで寝るしかなかったわ」

ジェフリーは状況を明るくしようとした。「少なくともママを喜ばせてあげられるじゃないか」

サラは冷ややかに笑って、流しの前にひざをついた。排水管をタオルでくるみ、その上からレンチを当てた。全力でレンチを押した。レンチがびくとも動きそうにないのがジェフリーにもわかった。

「手伝うよ」彼は言い、コートを脱いだ。サラが止める間もなく隣にひざをつき、レンチを押した。排水管は古く、ねじはびくともしなかった。彼はあきらめて言った。「たぶん切断するしかないよ」

「いやよ」サラが言い返し、そっと彼を押しのけた。背後のキャビネットに片足をかけて、力のかぎりレンチを押した。レンチがゆっくりとまわり、サラの体も前に動いた。

彼女は一瞬、達成感に満ちた笑みを漏らした。「ほらね?」

「きみには感心するよ」ジェフリーは本気で言った。しゃがんだまま、サラが排水管を分解するのを見守った。「きみにできないことなんてあるのか?」

「長いリストができるほどあるわ」サラがつぶやいた。

その言葉を無視し、ジェフリーはたずねた。「詰まってるのか?」

「あるものを中に落としたのよ」サラは答え、Pトラップの奥を指で探った。なにか引っぱり出すと、ジェフリーに見られる前に手のひらで包んだ。

「なんだ?」ジェフリーは彼女のこぶしに手を伸ばした。

サラは首を振り、こぶしをゆるめなかった。

ますます好奇心が募って、ジェフリーはほほえんだ。「なんだよ?」彼は重ねてたずねた。

サラは両ひざをついたまま身を起こし、両手を背中に隠した。一瞬、集中して眉間にしわを寄せたかと思うと、両のこぶしを前に差し出した。

「どっちか選んで」

彼は言われたとおりにして、彼女の右手を軽く叩いた。

彼女が言った。「もうひとつを選んで」

彼は笑い声を上げ、左手を軽く叩いた。

サラは手首を返し、指を広げた。手のひらに小さな金の指輪が乗っている。この指輪を最後に見たのは、サラが彼の顔に投げつけることができるよう指から抜き取ったときだ。

ジェフリーは指輪を見てあまりに驚いたので、なにを言えばいいのかわからなかった。

「捨てたと言ったじゃないか」

「わたしはあなたが思う以上にうそが上手なの」

ジェフリーは、わかっているという顔を向け、彼女の手から結婚指輪を取った。「いまさら、これをどうするつもりだ?」

「これって、いやなやつに似てるの」サラが言った。「かならずまた現われる」

その言葉を誘いだと受け取り、ジェフリーはたずねた。「明日の夜の予定は?」

サラはため息をついて座り込んだ。「わからない。たぶん仕事の遅れを取り戻してるわ」

「そのあとは？」

「家に帰ると思う。どうして？」

彼は指輪をポケットにしまった。「なんなら夕食を持ってくるよ」

サラは首を振った。「ジェフリー——」

「〈テイスティ・ピッグ〉で」サラのお気に入りの店のひとつだと知っていて気を引いた。

サラの両手を握って言った。「ブランズウィック・シチュー、リブのバーベキュー、ポーク・サンドイッチ、ビア・ベイクド・ビーンズ」

サラはなにも答えず彼を見つめていた。ようやく言った。「そんなことをしても、うまくいかないのはわかってるでしょ」

「失うものなどないだろ？」

サラはそれについて考えているようだった。ジェフリーは忍耐強くなろうと努めて待った。サラが彼の手を放し、肩につかまって立ち上がった。

ジェフリーも立ち上がり、彼女ががらくたの入ったひきだしを次々と調べるのを見た。なにか話しかけようと口を開けたものの、言えることなどないとわかった。サラ・リントンに関して唯一わかっているのは、いったん心を決めれば絶対にあと戻りしない、ということだ。

彼はサラの背後に立ち、むき出しの肩にキスをした。もっとましな別れの言葉があるはずだが、ひとつも思いつかなかった。ジェフリーは気持ちを言葉でうまく伝えることができたためしがない。行動で示すほうが得意なのだ。とにかく、たいていの場合は。

廊下を歩いているとき、サラが呼びかけた。

「銀器を持ってきて」彼女は言った。

ジェフリーは聞きまちがいにちがいないと思って向き直った。

サラはまだうつむいたままひきだしをかきまわしていた。「明日の夜よ」彼女は明確にした。「フォークをどこに入れたか思い出せないの」

謝辞

本書の執筆にあたり、エージェントであるヴィクトリア・サンダーズは常に心の支えとなってくれた。彼女の援助なしでは、この書は生まれなかっただろう。編集者のミーガン・ダウリングは、本書の方向を確立するために力を貸してくれ、その困難な作業に立ち向かう気を起こさせてくれたことに心から感謝の意を述べたい。ジョージア州フォレスト・パーク市の刑事課長ジョー・アン・ケイン警部は親切にも数々の体験談を話してくれた。ミッチェル・ケアリー一家は配管工事に関する質問のすべてに答えてくれ、興味深いアイデアを与えてくれた。医学博士マイクル・A・ロルニックおよびキャロル・バービヤ・ロルニックはサラに実在性を持たせてくれた。タマラ・ケネディは初めに貴重な助言を与えてくれた。上記の専門分野においてなんらかの誤りがあるとすれば、すべて著者自身の誤りである。

同輩の作家であるエレン・コンフォード、ジェイン・ハダム、アイリーン・マウシー、ケイティ・マンガーに感謝する。理由は各自がおわかりだろう。スティーヴ・ホーガンは毎日のように私のノイローゼを切り抜け、その点ではなんらかのメダルを与えられるべきだろう。原稿を読んでくれたクリス・キャッシュ、セシル・ドジエ、メラニー・ハメット、ジュディ・ジョーダン、リー・ヴァンデレルズはこの上なく大切な人たちだ。記号の第一人者グレッグ・パパスは物事を実に簡単にしてくれた。Ｂ・Ａは良き助言と執筆のための静かな場所を与えてくれた。Ｓ・Ｓは困難なとき心のよりどころだった。最後に、Ｄ・Ａに感謝する――あなたは、私以上に私自身である。

解説　カリン・スローターはここから始まった　北上次郎

本書は、二〇〇二年のベスト1である！　と、二〇一七年に気がついた。

もしも本書を復刊するのなら、帯コピーはこれがいい、と酒場で話していたことを思い出す。ようするに私、二〇〇二年に翻訳の出た本書を二〇一七年まで未読だったのである。十五年も放っておくんだから情けない。

最初から書こう。二〇一七年一月にハーパーBOOKSから翻訳された『ハンティング』をたまたま読んだのである。一読、たちまちしびれた。

「この三人が本書の主要な登場人物だが、彼らの濃い感情が物語の随所から噴出し、読む者を圧倒する。いやはや、すごい。主人公の私生活が事件とは別に語られるという趣向は珍しくないが、その範疇を超えているのだ」（『日刊ゲンダイ』二〇一七年一月二十七日）

「この三人」、というのは、ウィルとサラとフェイスだ。カリン・スローターを知らず、書店でたまたま本書を手に取った方は、いきなり「ウィルとサラとフェイス」と名前を並べられてもぴんと来ないだろうが、少しずつ説明していくのでしばしお待ちを。

その二〇一七年一月の段階で、カリン・スローターの作品で翻訳されていたのは、この『ハンティング』の前に三作。それが『開かれた瞳孔』（ハヤカワ文庫）、『プリティ・ガールズ』（ハーパーBOOKS）、『三連の殺意』（マグノリアブックス）である。『開かれた瞳孔』は、サラ・リントンを主人公とする〈グラント郡〉シリーズの第一作で、『プリティ・ガールズ』は単発作品、『三連の殺意』はウィル・トレントを主人公とするシリーズの第一作だが、つまり、版元もばらばらで、シリーズも異なる三作が、読者からすれば統一感なく刊行されていた。

その三作のうちどれかを読んでいて、面白かったから『ハンティング』を手に取ったわけではない。その時点で『開かれた瞳孔』『プリティ・ガールズ』『三連の殺意』の存在を知らなかったから、偶然手に取ったにすぎない。ところが前記したように、その『ハンティング』がすごい傑作であったから、急いで先行していた三作を読んだ。するとこの年の四月に『砕かれた少女』、六月に『サイレント』、十二月に『血のペナルティ』と、立て続けに翻訳が刊行されたから大変だった。この三作はすべて〈ウィル・トレント〉シリーズだ。二〇一七年は、カリン・スローターの年であったといっても過言ではない。同じシリーズの作品が四作も同一年に翻訳されるなんて、あまり聞いたことがない。私は『小説推理』（双葉社）で翻訳ミステリーの年間ベスト5というランキングを発表しているのだが、二〇一七年は一位から四位まですべてカリン・スローターで埋めてしまったほどである。

最初は、〈ウィル・トレント〉シリーズと、『開かれた瞳孔』から始まる〈グラント郡〉シリーズの繋がりがよくわからなかったが、〈グラント郡〉シリーズが全六作で終わったあと、その主要登場人物がそっくり〈ウィル・トレント〉シリーズに合流したことをあとで知る。その合流が〈ウィル・トレント〉シリーズ第三作の『ハンティング』であったこともあとで知った。つまり、偶然ながら私は、二つのシリーズが合流した記念すべき作品からカリン・スローターを読み始めた、ということになる。

〈ウィル・トレント〉シリーズを語る場ではないので、ここでは控えめにしておくが、そのように満更無縁というわけでもないので簡単に触れておく。ジョージア州捜査局の特別捜査官ウィルが主人公と先に書いてしまったが、実はこの男、シリーズの狂言まわしである。主役はいつも別にいる。同僚のフェイスであったり、上司のアマンダであったり、医師のサラであったり、大半は女性が主役をつとめる。しかも、ただのドラマではなく、彼女たちの濃い感情が行間から爆発するように飛び出てくるから圧倒される。警察小説のかたちを借りながらも、カリン・スローターが書き続けているのは、女性たちの物語なのだ。しかも、いつも突然だから驚く。たとえばシリーズ第五作『血のペナルティ』では、ウィルの上司アマンダと、フェイスの母親イヴリンが拳銃片手に走り回るからぶっとびもの。

それまでアマンダはシリーズの脇役にすぎなかったのに、突然物語の前面に出てくるから驚く。この六十代ヒロインがどうしてこれほどタフなのかは、続く第六作『罪人のカルマ』で判明する。これはこのふたりの若き日が描かれる傑作だが、タフな精神は突然生まれるものではないとの教訓を、我々はここで学ぶことになる。

ウィルと別居中の妻アンジーは、ふたりともに児童養護施設で育った過去を持つのだが（つまりそこで知り合ったわけだ）、その詳しいことはこれまで語られてこなかった。シリーズ第八作の『贖いのリミット』では、そのアンジーが主役となって彼女の心中が語られるから、ファンには見逃せない一作になっている。

この〈ウィル・トレント〉シリーズで、サラ・リントンがこちらに合流するまでに何があったのかは随所で語られている。だからここに書いてもいいのだが、〈ウィル・トレント〉シリーズを未読で、本書『開かれた瞳孔』からカリン・スローターを読み始める人もいるかもしれないので、ここには書かないでおく。本書に続いて、この〈グラント郡〉シリーズが順調に翻訳されることを願っているので、出来ればサラの運命を知らないほうがいい。ここでは、二〇一七年に遅ればせながら本書を読んだときの興奮を書くにとどめたい。少し長くなるが、当時の興奮をわかっていただきたいので、その一部を引く。

とにかくドラマが濃い。感情が濃い。その迫力にもうたじたじである。

双子の妹が残忍な手口で殺された女性刑事レナの怒りが、まず凄まじい。その熱さにぐいぐいと引っ張られていく。まるでこの女性刑事が主人公であるかのようだ。レナがどういう少女時代を過ごしたのか。その過去がどんどん挿入されてきて、レナの感情の原点を私たちは目撃する。そうするとレナの怒りは私たちの怒りとなり、ページをめくる手はさらにスピードを増していく。しかも途中から主人公のサラ・リントンが物語の前面に出てくると、熱さはますます膨れ上がるからもう大変。サラもまた傷を負った人間なのである。その傷とは何か。サラのトラウマになっている過去の事件が挿入されるから、そちらを読んでいただければいい。ここでは、レナの怒り以上の怒りを、サラもまたかかえているのだと書くにとどめておく。

この翻訳の出た十五年前にどうして私はこれを読まなかったのか。読んでいれば間違いなくその月の推薦作にしていたし、その年のベスト3にあげていただろう。

(『小説推理』二〇一七年五月号)

今回この稿を書くために三年ぶりに再読したが、おやおやっと思ったのは、サラの元夫であるジェフリーが意外に活躍していることだ。〈ウィル・トレント〉シリーズにおいて彼を狂言まわしにしているのは、女性を主人公にするというカリン・スローターならではの特徴かもと思っていたのだが、本書では微妙に異なっていることを指摘しておきたい。

もっとも主人公はやっぱりトラウマをかかえるサラであり、双子の妹を殺されたレナである。たった七日間の物語にすぎないのに、長い長い物語を読んだように錯覚するのは、ミステリーとしてすぐれていることもあるけれど、彼女たちの熱い感情が充満しているからにほかならない。

最後に余計なことを一つ。アンジェラ・マーソンズ『サイレント・スクリーム』（高山真由美訳／ハヤカワ文庫）の訳者あとがきを読んで知ったのだが、この作者アンジェラ・マーソンズはオールタイム・ベストに、カリン・スローターの〈グラント郡〉シリーズの第五作をあげているという。その月は、レイフ・GW・ペーション『許されざる者』とどちらを推薦作にするか、迷っていたのだが、この訳者あとがきを読んで、『サイレント・スクリーム』のほうをその月の推薦作にした。本書に続いて、〈グラント郡〉シリーズの第二〜六作が順調に翻訳されれば、その第五作をオールタイム・ベストに選んだアンジェラ・マーソンズは偉い、と納得するかもしれない。その日が早く来ることを祈りたい。

*本書は、二〇〇二年十月に早川書房より刊行された
『開かれた瞳孔』を再編集したものです。

訳者紹介　北野寿美枝

神戸市外国語大学英米学科卒業。翻訳家。主な訳書に、キアナン『刑事シーハン　紺青の傷痕』、ヤング『影の子』、エクランド『迷路の少女』(以上、早川書房)がある。

ハーパーBOOKS

開《ひら》かれた瞳孔《どうこう》

2020年2月20日発行　第1刷

著　者　カリン・スローター

訳　者　北野寿美枝《きたのすみえ》

発行人　鈴木幸辰

発行所　株式会社ハーパーコリンズ・ジャパン
東京都千代田区大手町1-5-1
03-6269-2883(営業)
0570-008091(読者サービス係)

印刷・製本　中央精版印刷株式会社

定価はカバーに表示してあります。

ISBN978-4-596-54131-4

カリン・スローターの好評既刊
〈ウィル・トレント〉シリーズ

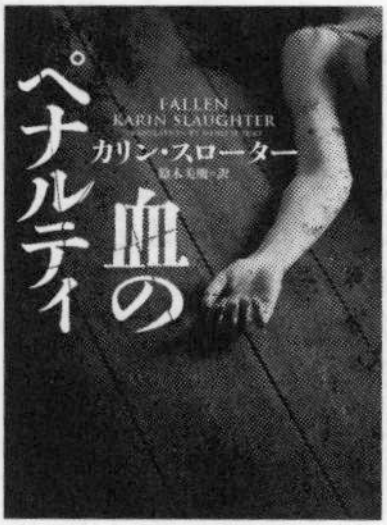

血のペナルティ

鈴木美朋 訳

切断された薬指を残し、
元警官が拉致された。
彼女は4年前に起きた
麻薬捜査課の汚職事件で
唯一無罪放免となった刑事だ。
特別捜査官ウィルは
再調査に乗りだす。

定価：本体1185円＋税　ISBN978-4-596-55076-7

罪人のカルマ

田辺千幸 訳

捜査官ウィルは、40年以上前に
連続殺人事件を起こした父親が
仮釈放されたと知る。
まもなく同じ手口で
女性が殺害され……。
ウィルvsシリアルキラー（実父）！

定価：本体1185円＋税　ISBN978-4-596-55090-3

カリン・スローターの好評既刊

ザ・ゴールド

リー・チャイルド共著

鈴木美朋 訳

電子書籍
限定短編

人気スリラー作家とミステリー界の
新女王の豪華競演!
特別捜査官ウィルは
金塊貯蔵所へ潜入捜査に向かう。
警官殺しの容疑者の名は
ジャック・リーチャーだった。

＊電子書店にてお買い求めください。

彼女のかけら 上・下

鈴木美朋 訳

銃乱射事件が発生。
居合わせたアンディの母親は
犯人の少年を躊躇なく殺した。
ごく平凡に生きてきたはずの母親に
どんな秘密があるのか。
傑作サスペンス!

上巻 定価：本体889円＋税 ISBN978-4-596-55100-9
下巻 定価：本体889円＋税 ISBN978-4-596-54101-7